As Minas de Prata

3a parte

José de Alencar

As Minas de Prata

Copyright © JiaHu Books 2016

First Published in Great Britain in 2016 by Jiahu Books – part of Richardson-Prachai Solutions Ltd, 434 Whaddon Way, MK3 7LB

ISBN: 978-1-78435-156-4

A CIP catalogue record for this book is available from the British Library

Visit us at: jiahubooks.co.uk

Capítulo I: Como Estácio evadiu-se de uma prisão para cair em outra 5

Capítulo II: Do céu ao fundo do mar 18

Capítulo III: Em que o rato fura a casca do queijo mas não chega ao miolo 29

Capítulo IV: Mais vale quem Deus ajuda do que quem cedo madruga 39

Capítulo V: Que refere o suicídio de uma virtude 48

Capítulo VI: Do mais que sucedera na Bahia 58

Capítulo VII: No fim das contas cai o rato na ratoeira 67

Capítulo VIII: Como brota o amor entre goivos 75

Capítulo IX: Avança o P. Molina a sua reserva 85

Capítulo X: Milagre do gelo que se derrete em bálsamo 93

Capítulo XI: O círculo vicioso da fortuna adversa 98

Capítulo XII: Esperança é flor que brota em toda a parte 114

Capítulo XIII: Remonta a águia o voo 122

Capítulo XIV: A boca na botija 135

Capítulo XV: A criança enjeitada e a herança rejeitada 143

Capítulo XVI: A esfinge do drama no deserto 152

Capítulo XVII: A caça caçando o caçador 162

Capítulo XVIII: O caos eterno do coração da mulher 172

Capítulo XIX: Um impedimento matrimonial não cogitado pelos canonistas 183

Capítulo XX: Estrangulação de uma derradeira esperança 193

Capítulo XXI: Onde o acaso representa seu papel de bufo na tragédia humana 201

Capítulo XXII: Itinerário da decepção ao desengano 213

Capítulo XXIII: Em que Estácio prossegue na sua via dolorosa 219

Capítulo XXIV: Et erunt duo in carne una 226

Capítulo XXV: Vanitas vanitatum et omnia vanitas 232

Capítulo XXVI: A rosa reflorida e a bonina ceifada 237

Capítulo XXVII: À beira de um esquife 242

Epílogo 248

Capítulo I

Na véspera ficava Estácio no seu cárcere, coacto sob a impressão poderosa da carta de seu mestre e amigo. A liberdade era sem dúvida coisa de muito preço para que a desejasse ele ardentemente; mas o seu coração liso e a sua razão direita não podiam ficar surdos à voz austera do velho advogado, falando em nome da honra e virtude.

— Sossegai, mestre!... murmurou como se Vaz Caminha o ouvisse. Não sairei daqui assassino.

Escondeu entre o corpo e a camisa os objetos que lhe enviara o velho, e apagando o rolo, estendeu-se sobre a pedra, como na véspera, não para dormir, mas para meditar durante as duas ou três horas que faltavam para meia-noite.

Vaz Caminha lhe pedia a procuração para ir ao Rio de Janeiro receber o roteiro e pô-lo a bom recato. Recordando a partida do P. Molina, Estácio compreendia de quanta urgência era prevenir, se ainda fosse tempo, as maquinações do frade. Mas ao mesmo tempo temia, já pelo advogado a quem semelhante viagem seria por demais penosa e arriscada, já pelo tesouro guardado apenas por um velho débil e desprotegido de própria ou alheia força.

Os assomos de uma impetuosa impaciência borbotavam-lhe no coração e subiam-lhe à cabeça abrasada: sentia-se sufocar naquele cárcere, pequeno demais para conter os ausos de sua coragem.

A declaração jurada de D. Fernando, que o advogado pensou devesse amainar o seu desespero e impaciência, ao contrário mais os insuflaram. Reanimado outra vez nas doces esperanças de seu amor, que o impossível como que esmagara, o mancebo ansiava agora por conquistar nome, posição e riqueza para oferecer a Inesita.

Enleado nestas cogitações revolvia-se ele sobre o frio lajedo, quando o mesmo sussurro de vozes que na véspera o surpreendera, veio outra vez distraí-lo. Ou súbita inspiração, ou necessidade que sente o espírito fortemente ocupado, de uma diversão, o mancebo ergueu-se e obedeceu ao impulso de curiosidade que espertara nele. Bateu o fuzil, acendeu o rolo, e examinou atentamente o lugar por onde as vozes pareciam sair do chão. Retirando o toro de pau, descobriu então à claridade da candeia o que a dúbia luz da seteira não lhe deixara ver durante o dia. O cimento da laje onde repousava a cabeça, fora todo aluído; com o auxílio do prego introduzido nas fendas pôde levantar um canto da pedra.

Nisso lembrou-se que a luz o podia denunciar; ficando no escuro, ergueu de todo a laje que era grossa e bastante pesada: imediatamente refrescou-lhe o rosto uma baforada de ar encanado. Estácio era um espírito observador; e pois essa circunstância lhe indicou logo que o buraco tinha outra boca, e que não estava fechada naquela ocasião. De repente ocorreu-lhe que o seu antecessor de cárcere ali falecera depois de muitos anos de prisão; e era bem provável fosse ele quem preparasse aquela mina para uma evasão que não conseguira efetuar.

— Sem dúvida ele se comunicava com os vizinhos.

As vozes tinham emudecido. Estácio sondou a mina com o braço, e nada encontrando de suspeito, arriscou a cabeça, depois os ombros, e afinal todo o corpo. Formava a solapa um arco de círculo que se estendia através do alicerce por baixo do pavimento do vizinho cárcere. A suposição do mancebo não era, como sabemos, destituída de fundamento; ele estava na mina aberta por Staed.

No momento em que Estácio chegava ao ponto de intercessão onde se reuniam os três ramos comunicando com a galeria e os cárceres vizinhos, Beltrão erguia a laje e chamava por Hugo. Entre ambos teve então lugar a prática sabida, de que Estácio não perdeu uma só palavra. Imediatamente concebeu ele não só a ideia de sua evasão, como o plano de fazer abortar a fuga dos dois prisioneiros.

Quando pois a palavra do santo foi transmitida por Beltrão aos prisioneiros, o mancebo que a ouvira, ganhou a galeria logo após os flamengos, passou incólume entre as sentinelas, e chegou às ameias onde encontrou o indivíduo que parecia adormecido. Esse era Esteves, bem acordado, e esperando a hora de meia-noite para acabar com a incumbência que lhe dera Vaz Caminha. Reconheceu o pescador a Estácio quando este o apalpava, e felizmente foi tamanha a surpresa nele de o ver ali, que embargou-lhe o menor gesto ou palavra. Era o tempo em que o estudante também o reconhecia:

— Silêncio!...

E pendurou-se à ameia para escorregar ao longo do muro. Esteves que de manhoso se embrulhara na adriça, passou a ponta dela ao mancebo, e instantes depois estavam ambos no mar, nadando de mergulho, para que os não descobrissem do barco.

Vogavam o Anselmo e sua gente pouco avante, seguindo na direção das tercenas. Os nadadores cortaram em linha reta; ao pisarem terra, surgiu-lhes Gil que esperava a volta de Esteves, e cuidou morrer de alegria reconhecendo seu querido amo e cavalheiro.

Seguindo a praia deitaram-se a correr para esperar os fugitivos no lugar do desembarque. Estácio deixou Esteves de espreita ali e seguiu com Gil até a Rua da Palma a pista dos fugitivos. Entrados que foram estes, o estudante passando revista à casa, deparou com a corda suspensa à janela por onde havia descido o Anselmo, quando partira a toda pressa para o Castelo de Santo Alberto.

Em qualquer outro caso, Estácio teria escrúpulo de penetrar furtivamente na casa alheia; mas tratava-se de graves interesses da república, e pois não hesitou. Foi bem compensado de sua fadiga; as palavras trocadas entre o rabino e os flamengos lhe revelaram uma e a mais terrível parte da trama dos judeus, por ele ainda ignorada: o plano da rendição da Bahia aos holandeses.

Estácio sentiu ferver-lhe o sangue de indignação. Deixando Gil de alcateia em frente à casa do judeu, deitou a correr para a morada de Mariquinhas dos Cachos. Sabia pelo que ouvira que tinha diante de si três horas; mas a impaciência dava-lhe asas. Não encontrando Cristóvão, foi ter com ele perto da casa de D. Luísa de Paiva onde se achava com João Fogaça.

Que serviço ali prestou ao amigo e como dele se despediu, é já sabido.

Entrando na cidade, Estácio e sua gente subiram a Ladeira da Palma. O vulto de Gil desentrouxou-se do vão de uma porta onde estivera agachado.

— Ainda não voltou?

— Ainda não! respondeu o pajem.

— Houve coisa de novo?

— Um defunto que atiraram lá, no meio da rua! balbuciou o menino trêmulo e benzendo-se.

— Onde?

— Seguindo deste mesmo lado, quase à esquina.

— Espera que volte o outro!... Eu estarei na praia.

Estácio deixou um índio com Gil, e seguiu rua acima. No lugar indicado viu o corpo de que lhe falara o pajem, e pelas roupas, mais que pela fisionomia, julgou reconhecer o alferes; ele não tinha porém tempo para esperdiçar em investigações que reservou para mais tarde. Chegou acompanhado de sua gente à ribeira, perto dos trapiches. A sombra de Esteves destacou-se de uma pedra com a qual formava uma massa compacta.

— Dormem? perguntou Estácio.

— Sono velho!... Se esvaziaram o odre!

— Onde estão as cordas?

O pescador mostrou um rolo de cordoalhas de barco.

— Bem; esperarás aqui por Gil.

Estácio voltou a seus homens e transmitiu-lhes em termos breves as suas determinações, mostrando-lhes a tiro de berço da praia a chalupa de Pedro que as ondas balouçavam docemente. Logo foram todos despindo lentamente as roupas e armas pesadas, que deitavam dentro da canoa de Esteves ali arrastada como por acaso.

Nus, com a adaga nos dentes e uma corda amarrada à cintura, escorregaram pela praia e nadaram para a chalupa. Saltar pela borda, cair de chofre sobre os nove remeiros adormecidos, amarrá-los e tirar-lhes as roupas como quem descamisa espigas de milho, foi para Estácio e sua gente negócio de minutos. Os surpreendidos estremunharam seu tanto, soltaram arres e juras, mas a adaga que lhes reluzia ante os olhos, ou a palavra que lhes soou ao ouvido, aquietou-os por encanto.

— Se mexes ou falas, morto és! disse cada um ao seu vencido.

Efetuada a captura da tripulação do barco, foi esta, com exceção de Pedro, transportada para a praia, a uma distância considerável, e enfileirada como toros de madeira sobre a areia. Aí os deixou Estácio guardados por um dos índios e por Gil:

— Se alguém der o menor sinal de querer bulir ou falar, apertem-lhe o gasnete, e mergulhem-no dentro d'água.

Ouvindo a recomendação e o gesto com que a recebeu o índio, os oito malandros atados de pé e mão morderam a língua para tirar-lhes a vontade de fugir, se tal tentação o diabo lhes metesse.

Daí despediu Estácio o pajem, apesar das súplicas que ele fez para acompanhar seu cavalheiro naquela empresa:

— Não, Gil: tua presença nos trairia.

— Posso me encolher num cantinho!...

— Demais, é preciso que fiques para contar ao doutor o que é passado. Diz-lhe que amanhã nos veremos!

Força foi ao menino ceder.

De volta ao barco Estácio ordenou a Antão, Esteves e aos índios que vestissem as roupas dos pescadores e guarnecessem a cinta com as armas que tinham trazido e as que acharam no barco.

Pedro, amarrado como os companheiros de pés e mãos, tendo na boca uma mordaça de pano que lhe introduzira o Antão, jazia estendido no fundo da catraia e por baixo dos bancos. A um sinal de Estácio, os índios o puseram em pé, diante do mancebo.

— Pedro!

O pescador fez um gesto de surpresa.

— Admira-te que saiba teu nome?... Coisas piores sei eu a teu respeito, que contadas ao senhor governador agora, te fariam amanhecer pendurado na forca do Rosário!

Pedro levantou as mãos engalfinhadas e súplices.

— De combinação com outros, destes escapula a dois flamengos, presos de Estado, que estais aqui esperando para conduzir a Itapoã, onde se acham os navios de sua nação com quem passais contrabando!

O mísero fungou pelas ventas um soluço, único sinal que ele pôde dar de sua aflição.

Estácio armou um laço na ponta de uma corda, e passou-o ao pescoço de Pedro.

— Ora bem; abri os ouvidos e escutai. Tendes a escolher entre duas coisas; este baraço amanhã na forca e mesmo aqui esta noite, conforme a vossa impaciência; ou a escapula, e por cima a bolsa de um dos flamengos, que há de vir fornida de boa chelpa pelo velho judeu. Qual preferis? A corda?...

Pedro abanou fortemente com a cabeça.

— Ah! sois homem de juízo; agrada-vos mais a segunda! Pois está em vossas mãos. Ides responder com verdade às minhas perguntas, na certeza que a mais pequena mentira custar-vos-á a vida.

O mancebo voltou-se para Antão:

— Tirai-lhe a mordaça; mas caso ele levante a voz meio tom além do que é necessário, apertai o baraço sem dó.

— Estais ouvindo, malandro?... Tento com a língua!

Logo que o pescador teve a boca desentupida, começou o interrogatório:

— Qual o sinal para os navios flamengos?

— Em chegando a tiro de falcão, um grito.

— Dai o tom desse grito; mas cuidado! Sem levantar a voz.

O pescador obedeceu.

— Isso é o grito da gaivota!

— O mesmo.

— E por que não o dissestes logo? Estou vendo que serei obrigado bem contra meu coração a mandar-vos enforcar.

— Mas eu não menti!... murmurou o rapaz trêmulo.

— Se não mentiste de palavra, mentiste de pensamento, subtraindo parte da verdade. E depois, ao aproximar dos navios?

— Três salvas de remos na distância de um cabo.

— E para atracar?

— Nada! Eles me conhecem.

— Estais mentindo. Não se entra a bordo de navio armado em guerra, sem trocar uma senha. É o mesmo que em um forte. A senha?...

— Nenhuma, já disse!...

— Apertai o baraço, Antão! disse o mancebo.

Quando a corda já o sufocava, o pescador levantou a mão, com gesto desesperado e borbotou esta palavra:

— Moisés!...

— É esta a senha?

— Senhor, sim.

— Quantos são os navios flamengos?

— Dois.

— De que lote?

— Um bergantim e uma escuna.

— Qual é a tripulação de cada um?

— Não posso saber ao justo!

— Orçai pelo que viste.

— O bergantim há de ser sessenta e a escuna trinta!

— Onde estão os navios?

— Além de Itapoã.

— A âncora ou a vela?

— A unha d'âncora; prontos a partir.

Estácio refletiu:

— Como se chama o homem que acompanha os flamengos?

— Anselmo.

— Ele fica na praia, ou embarca com os outros?

— Embarca.

— Conhece-te ele?

— Muito!

Estácio refletiu um instante, ao cabo do qual ordenou a Antão que de novo amordaçasse o pescador e o deitasse no fundo da catraia.

— O prometido?... balbuciou o pescador.

— Quando chegarmos ao ajuste de contas.

— Hã!... Cuidavas tu, marreco, que te havias de pôr ao fresco tão depressa!... exclamou rindo-se o Antão.

O mancebo pôs Esteves ao leme; segurou no croque, e ganhou a proa, onde esperou de pé, encostado ao fuste, e com os olhos pregados na Ladeira dos Padres que ficava de esguelha:

— Armai os remos e pronto ao primeiro sinal! dissera ele ao Antão.

Os oito remos, quatro por banda, encaixados nos toletes, ficaram com as pás erguidas, como as asas abertas de uma gaivota prestes a cortar as ondas.

Não tinha decorrido um quarto de hora, quando desembocou na ribeira pela rampa um grupo de cinco pessoas. Eram uma dama e quatro homens; destes Estácio reconheceu os dois holandeses e o Anselmo que lhes servia de guia; o último dava mostras de judeu pela roupa talar. Estácio fez o sinal a Antão, e os oito remos fendendo cadentes as águas, impeliram com velocidade a catraia para a praia. Receando que a falta de Pedro pudesse dar suspeitas ao Anselmo e fazer gorar todo o plano o mancebo resolvera afastar esse obstáculo. Abicar à praia, quando lá chegassem os flamengos, incutir-lhes o terror de um imaginário perigo, disfarçando com uma bebedeira o pretendido sono de Pedro, e finalmente embarcar de supetão os dois fugitivos, largando a catraia a tempo de deixar em terra o filho da Eufrásia, era o expediente ousado de que se pretendia servir o estudante. Caso falhasse, a força supriria o ardil.

Já tocavam terra, quando do lado da Vitória apareceu o vulto de um homem, que parecia nu, a correr ao longo da praia na direção da barca, e gritando a toda força dos pulmões:

— Traição!...

Fora o caso que um dos remeiros tripulantes da catraia, amarrados e entregues à guarda do índio, achando-se deitado de bruços sobre uma casca de ostra que ali jazia entre a areia, conseguira calcando sobre ela, cortar os laços que lhe prendiam as mãos. Depois manhosamente desfizera o nó das cordas que peavam, e apenas achou ensejo favorável, de um pulo pôs-se fora do alcance do índio e deitou a correr para o lado, onde avistara os flamengos, esforçando por dar-lhes rebate.

Estácio adivinhou o que passara; mas não desanimou:

— Sem perda de tempo!... Embarcai!... Espiam-nos!... disse antes mesmo de atracar.

— O Pedro?... Onde está o Pedro? perguntou Anselmo surpreso.

— Não o vedes ali espojado com a carraspana que tomou?... Aviai ou não respondo pelo que acontecer.

Nesse instante o remeiro esbaforido gritou como desesperado:

— Traição!... Traição!...

Ia talvez dizer mais; porém caiu redondamente por terra; a seta do índio o havia traspassado.

— Estais ouvindo?... perguntou Estácio. É um dos nossos que eu pus de vigia.

— Vinde, pai! disse a voz maviosa de Raquel.

E saltou a primeira na chalupa; os holandeses ajudaram o velho judeu a embarcar e saltaram logo após. Imediatamente ao forte impulso do croque manejado por Estácio, a chalupa afastou-se de súbito e vigorosamente. O Anselmo, que já tinha o pé na borda, estrebuchou no raso da maré.

— Com mil diabos!... exclamou ele erguendo-se e correndo para o barco. Não podias esperar, bruto!...

— Quem embarcou, embarcasse, amigo!... Estica! Força! disse para os remeiros.

Os índios deitaram-se sobre os remos e a catraia fendeu garbosamente as águas, fugindo de terra.

O Anselmo acompanhou-a da praia com um rosário de imprecações ao maldito catraieiro; mas lembrando-se do grito que haviam soltado e do aviso relativo à gente suspeita, foi tratando de pôr-se em segurança.

Entretanto prosseguia a catraia a sua rápida singradura, mar em fora. Os dois flamengos sentados à popa praticavam à meia-voz em sua língua; Raquel olhava as estrelas; o velho rabino meditava, calculando quantos mil cruzados lhe custava o heroico sacrifício feito à religião. Estácio, sentado ao leme, não perdia um só de seus gestos, apesar da escuridão da noite. Os índios esticavam os remos, e o Antão, colocado no primeiro banco, remexia-se de impaciência.

Deixaram à esquerda a Ponta do Patrão, e seguiram fronteiros com a costa que se prolonga até o Rio Vermelho. Ventava fresco de nordeste; mudado o rumo podiam agora navegar entre bolina e seis quartas, bordejando ao largo.

— Pano fora!... disse Estácio.

Ergueu-se o Antão de um salto, e ajudado por dois índios tirou do fundo o mastro da vela grande para armá-lo, enquanto outros desenrolavam a bujarrona à proa.

— Olha a escota!... gritou o antigo contramestre atirando a ponta da corda a Esteves.

Começaram então a desfraldar a vela, mas com tal desazo e confusão que os dois flamengos, atentos à manobra, trocaram um sorriso de muda e íntima satisfação. Foi o orgulho nacional dos sucessores e rivais dos intrépidos navegantes portugueses, que se expandiu no coração dos dois prisioneiros. Mas outro sentimento os agitara, se eles pudessem adivinhar qual o motivo oculto daquela confusão. Não era decerto o que pensavam. Antão era um antigo marinheiro tostado aos sóis da Índia, digno êmulo de Caminha; e melhor marinheiro do que o selvagem americano não existiu ainda.

De repente a grande vela soltando-se do mastro, caiu sobre os passageiros e os envolveu; ao mesmo tempo Estácio e Esteves de um lado, Antão e os índios do outro, saltaram e subjugaram os três homens que antes de voltarem a si da surpresa estavam atados de pés e mãos, amordaçados e estendidos no fundo do barco.

— Metei-lhes bastante estopa na boca e nos ouvidos.

A judia ficara imóvel de espanto e de indignação; insensivelmente levou a mão ao punhal de madrepérola que trazia à cinta, mas rejeitou-o desdenhosamente.

Estácio visitou as algibeiras dos presos; além das bolsas bem fornidas, achou em poder de Hugo Antônio, escondida no peito entre a carne e a camisa, um grosso e largo cartapácio, que ele contava encontrar, depois da conversa que ouvira. Era realmente a missiva dos rabinos da Bahia, em nome de seus irmãos do Brasil.

O mancebo guardou consigo, no mesmo lugar que o flamengo, aquele precioso documento, dirigindo ao pescador e ao contramestre uma recomendação:

— Se eu sucumbir, tirai-o daqui, e levai-o em meu nome ao governador. Em caso algum, que ele caia nas mãos do inimigo!...

A vela foi desfraldada ao vento; impelida agora pela rajada fresca e pelos oito remos vigorosos, a catraia voava sobre as ondas como um espadarte.

Estácio voltou-se então para a linda judia que assistira com a mesma altiva impassibilidade a toda esta cena, e dirigiu-lhe a palavra com polidez:

— Não contava, senhora, com a vossa presença neste barco, a semelhante hora da noite; e não vos ocultarei que muito agradável em outra ocasião, neste momento me embaraça mui seriamente.

— Tendes um meio de livrar-vos dela; matai-me.

— Não sou um assassino, nem El-Rei a quem sirvo carece de vossa vida, mas unicamente do vosso absoluto silêncio. Não ousando eu pôr mãos em uma dama, para reduzi-la à posição destes homens, sou forçado a empregar o único meio que me resta.

— Qual, senhor?

— Vou deixar-vos em terra por algumas horas, durante que executo a empresa a que me destino. Ficareis aí até que eu volte para receber-vos.

— Juntamente com meu pai?

— Um desses homens é vosso pai? Sem dúvida o judeu Samuel Levi?... Não, esse por segurança devo conservá-lo em meu poder.

— Então onde ele estiver, estará sua filha. Quanto ao meu silêncio, podeis contar com ele; vou dar-vos um juramento.

— Menos que um juramento; vossa palavra, senhora, me bastaria, se fosse eu o empenhado neste objeto; preferira perder-me a duvidar da vossa sinceridade. Mas em negócio do Estado não posso fiar o êxito de uma empresa da boa-fé de ninguém. Portanto permitireis que vos conduza à terra.

— Pois bem, senhor, dai-me os instrumentos precisos, e eu mesmo me condenarei ao silêncio e à imobilidade para garantia vossa. Prefiro esta humilhação a que me separem de meu pai.

— Mas atendei que ides correr conosco perigos imensos.

— Eu os arrostarei de bom grado; não há maior para mim do que a separação a que me quereis forçar.

— Faça-se segundo a vossa vontade.

O estudante sentado à popa, pusera de lado uma das bolsas, que reservava para Pedro, e esvaziando a outra sobre o banco, contou as moedas. Esse mancebo tinha o talento de César: *maximus in minimis;* ele sabia curar das pequenas coisas no meio das maiores empresas, o que foi uma das bases da glória daquele grande capitão e político.

A bolsa continha cem moedas de meias doblas, o que orçava em cerca de seiscentos e quarenta mil réis.

— Sois dez! disse ele. Cabem oito moedas a cada um, e vinte ao capataz.

— E vós, Sr. Estácio? disse Antão.

O mancebo sorriu; ele recordou-se do seu Plutarco, na vida dos homens ilustres, e de uma passagem que lera aí sobre Alexandre; respondeu parodiando a resposta do filho de Filipe aos seus generais:

— Eu, reservo-me a esperança!...

Por ordem do estudante os dois flamengos foram separados, um à popa, outro à ré da chalupa.

— Tirai a mordaça a este; mas tapai os ouvidos ao de lá.

Estácio queria interrogá-los:

— Que nome tens?

— Hugo Antônio!

— Sabes a sorte que te espera. Queres a vida salva?

— Com que condição?

— Em chegando à fala dos navios, dirás a senha para que nos recebam como amigos.

— Uma traição! Contra os meus compatriotas?

— Em paga daquela que vos tirou de onde estáveis. Vamos, resolvei!

— Por tal preço me assegurais vida e liberdade?

— Liberdade, não; a vida unicamente. Voltareis ao vosso antigo cárcere ou a outro mais seguro!

— Recuso; antes a morte do que o novo cativeiro.

— É vosso gosto? Se soubésseis que gênero de morte vos espera, talvez não fôsseis tão fácil na escolha. Dizei-lhe, Antão, como pretendeis tratá-lo.

— Com o maior mimo!... Assá-lo, não em grelhas, como os hereges da sua casta dele fizeram ao bom São Lourenço, mas numa sertã, com alho e toicinho!...

— Aí vo-lo entrego!...

Estácio proferiu essas palavras em tom decidido, e afastou-se.

— Esperai!... balbuciou o mísero flamengo.

— É tarde, amigo! disse o mancebo sorrindo à sorrelfa.

— Outra vez; se ressuscitardes, sereis mais prudente!... acrescentou filosoficamente Antão.

Estácio fez igual interrogatório a Dick; mas o altivo flamengo, de ânimo inabalável, não se dignou de responder; apenas quando o mancebo lhe ofereceu a vida em troca da traição, ele sorriu com desprezo.

— Não me conheces, português!

O mancebo cravou os olhos no semblante enérgico do inimigo e pronunciou com firmeza e pausa esta ameaça:

— Ouve bem, flamengo. Logo que estejamos à fala dos navios, tu hás de dar-lhes a senha para que nos recebam como amigos. Eu não entendo tua língua; porém ao menor sinal suspeito, minha adaga te cortará a palavra na gorja.

Dick foi de novo amordaçado, enquanto Estácio satisfeito da resulta de seu plano, murmurava entres si:

— Calculei bem!... A humanidade não está ainda tão degenerada, pois entre dois homens, um prefere a honra à vida!

Um vulto negro como o dorso de um cetáceo adormecido à tona d'água foi, ainda longe, assomando pela proa.

— Vedes? perguntou Estácio.

— A Ilha de Itapoã?... disse o Antão.

— Ali está o inimigo; ali vamos nós.

— Bem me parecia!...

— São dois navios, um bergantim e uma escuna.

— Dois! exclamou Gonçalo.

— Parece-vos demais? perguntou o mancebo, pensando que o velho tinha medo.

— Sem dúvida! retrucou o marítimo: falta-nos gente para tripular a ambos.

Estácio riu-se:

— Para a viagem que têm a fazer, não carecem. Escutai; é o momento de comunicar-vos a todos o plano; daqui a um instante será tempo de obras, não de palavras.

Ao aceno de Antão os índios estenderam o pescoço sobre os remos para escutar, e por alguns momentos ouviu-se o murmúrio da voz do mancebo de envolta com a surdina das vagas, que babujavam nos flancos da catraia.

Um gazeio de admiração escapou dos lábios dessa gente afeita às lutas desde o berço, e para quem uma nova espécie de perigo era distração e sainete.

— O risco é igual para os que vão como para os que ficam. Escolham!...

— Fico eu e este caboclo! disse o Antão apontando para um índio robusto que remava na frente.

— Esteves, solta o grito da gaivota! disse Estácio.

O pescador apertou as bochechas entre o polegar e o indicador, e o estrídulo conhecido da ave aquática vibrou pelas solidões do mar. Nesse instante dobrava a catraia a ponta norte da ilha, e a um tiro de berço apareceram os dois navios holandeses, fundeados a meio do canal.

Na ocasião achavam-se alongados a pique de âncora, com a proa para o norte de onde vinha a catraia; o fluxo da maré mais vivo sobre a caravela do que sobre o bergantim por ela abrigado, fizera garrar a popa da primeira a cerca de duas braças do outro.

Quase ao mesmo tempo soou o apito a bordo do bergantim, e uma lanterna foi içada no castelo de proa.

Os remos afrouxaram a um sinal de Estácio, e a catraia aproximou-se vagarosamente dos navios; no entanto foi a gente despindo alguma roupa mais pesada e tirando da cinta os pistoletes que deitaram sobre a mesa do mastro. Chegando à fala do bergantim, os remos deram as três salvas indicadas por Pedro, a que de bordo responderam com sinais de lanternas.

Então o mancebo erguendo Dick pelos ombros, e obrigando-o a ter-se de pé um instante, mandou-lhe tirar a estopa da boca e ouvidos.

— Flamengo! É chegado o momento de salvar a tua vida: ali está o navio; cumpre com o que te ordenei ou prepara-te para morrer.

O holandês sorriu e mudo fitou os olhos no bergantim, como se fora um torrão de sua pátria.

— Por que esperas? perguntou Estácio que adivinhou a intenção do estrangeiro.

— Ainda estamos longe; a minha voz não se ouviria.

Desta vez foi Estácio quem sorriu. A catraia avançava prudente e vagarosa; já se divisavam distintamente vultos debruçados às amuras, e ouvia-se o sussurro zombeteiro da maruja, a galrar da aventura noturna e da feliz escápula de seus compatriotas.

Dick ergueu então a voz calma e vibrante que traspassou como uma veia sonora o silêncio da noite, e soltou na linguagem pátria algumas palavras lentas e pausadas:

— Compatriotas!... estai alerta!... Há neste barco inimigos traidores que maquinam vossa perda!

Estácio não entendia o flamengo; mas ele tinha os olhos no navio, e o sobressalto que ali produziram as palavras de Dick lhe deu a significação delas. Imediatamente o mancebo calcando a mão na boca do prisioneiro, ergueu também a voz sonora e disse:

— Morre, herege!...

Arrancando um pistolete da cinta desfechou o tiro, cuja explosão fuzilou nas trevas, retumbando ao longe. O flamengo caiu, mas não ferido, que o tiro fora apontado ao ar; caiu prostrado pelos índios que o sujigaram de novo no fundo do barco.

Estácio, o pescador e sete índios resvalaram pela borda e sumiram-se nas ondas, que abriram-se docemente para recebê-los no úmido seio; já com o corpo mergulhado o mancebo voltou o rosto para ainda murmurar a Antão:

— Não esqueci!... Eu virei do outro mundo pedir-vos conta do que de vosso valor confio!

— Ide tranquilo!... É como se fossem a pele de meus ossos. Em último caso ao mar!...

Os mergulhadores desapareceram sob o espelho liso e mudo do oceano, cuja face impassível, como a dos grandes ânimos, não traiu o segredo do seu íntimo.

Antão deu um safanão à cana do leme, e a catraia virando o bordo, partiu veloz com a proa feita ao mar para dobrar de novo a Ponta de Itapoã.

A esse tempo os holandeses tanto do bergantim como da caravela, postos em alvoroto pelo aviso de Dick, saltavam quais sobre as armas e os remos, quais sobre os ovéns e estingas. As chalupas foram deitadas ao mar; e quase toda a maruja se precipitou para embarcar e correr à salvação de seus compatriotas ou à sua vingança.

As palavras graves de Dick, a exclamação vibrante de Estácio, o tiro que seguiu-se, e logo após a fuga da catraia; todas essas circunstâncias foram como uma súbita revelação para os holandeses em massa. Eles acreditaram que a evasão de seus compatriotas fora descoberta pelos guardas, que fingindo favorecê-los pretendiam à sombra deles penetrar a bordo como aliados, e apanhando a tripulação de surpresa, capturarem os navios. Dick porém suspeitara a trama, e sacrificara heroicamente a vida para salvar seus compatriotas.

Ora, vendo a catraia, que se punha em fuga precipitada, duas ideias lampejaram de repente no espírito desses homens. A primeira, que não estavam os inimigos em número para afrontá-los a peito descoberto, ainda que bastantes fossem para a emboscada; a segunda, que seus compatriotas ali estavam a algumas braças esperando de seu denodo serem salvos ou vingados.

Se por um lado a indignação contra a perfídia do inimigo, e o espírito nacional, sublevaram toda a guarnição como um só homem; por outro a certeza da vitória e o medo dos inimigos que fugiam, adormeceram nos oficiais aquela vigilância sempre necessária. No meio do tumulto embarcaram quase todos a trouxe-mouxe; e as quatro chalupas partiram de ambos os navios, levando cerca de setenta homens; ficaram pois apenas vinte homens a bordo, sem contar com os moços de cozinha, lambazes e grumetes, e outra casta de serviçais.

Todos esses, trepados pelas enxárcias e gurupés, acompanhavam com ansiedade imensa os batéis que lutavam de velocidade à caça da catraia. Essa aproveitara bem o avanço devido, já à distância em que estava dos navios, já à demora no apresto das chalupas. Agora ia ela dobrando outra vez a ponta da ilha, por onde pouco antes passara.

Entretanto que a atenção de bordo estava assim toda empregada além, pela popa deserta do bergantim grimpavam ligeiramente uns vultos que surgiam do seio das ondas; subiu o primeiro, depois outro e outro até oito, e agacharam-se todos junto à bitácula. O principal deles murmurou:

— Esperai um momento aqui!... Se me ouvirdes um grito, atacai!...

O mancebo desceu pela escotilha de popa até à câmera; entrou na sala d'armas, onde ficava ao fundo a porta do paiol. Como conjeturara, ali estava postada uma sentinela de arcabuz ao ombro. A luz mortiça de uma lâmpada embutida no tabique pelo lado exterior, esclarecia o lugar.

Estácio dirigiu-se intrepidamente à sentinela, trocou o santo, imitando a pronúncia de Hugo, e fingiu querer introduzir a chave na porta. O flamengo tomando-o por um marujo, que vinha à busca de munições por mandado do capitão, disse-lhe:

— Então há refega lá por cima?

O mancebo conservou-se impassível, e continuou a fazer tinir de encontro ao ferro uma moeda que tinha entre os dedos. O soldado voltou-lhe as costas despeitado. O estudante que esperava o ensejo favorável, atirou-se a ele como um tigre, cerrando-lhe a garganta com as mãos ambas. Essa gargalheira animada foi estreitando a sufocar o mísero, que lutava vigorosamente. Durante todo o tempo da estrangulação os braços crispados pelo desespero manejavam o arcabuz como uma catapulta, atirando para as costas botes furiosos, que moíam as espáduas ao mancebo. Mas ele insensível à dor estringia sempre, até que a massa frouxa amolgou-se a seus pés, e inteiriçou.

Estácio, apesar do tempo que urgia, demorou um olhar sobre o cadáver; era a primeira vida que ele sacrificava.

— Foi pela pátria!... murmurou.

Rápido dirigiu-se à porta da sala d'armas arrastando o corpo por prudência; podia o soldado não estar morto, mas apenas desmaiado, voltar a si dentro em pouco, e com um tiro no paiol fazer saltar o navio, o que ele buscara prevenir com risco de sua vida. Mais breve era cravar-lhe um punhal no peito; mas repugnava-lhe semelhante atrocidade num corpo exânime ou quase.

Empurrando a porta, esta não cedeu: de fora a tinham fechado. Naturalmente alguém do navio o pressentira, e encerrando-o correra a dar rebate.

— Embora! Ainda a vitória me pertence.

Assim exclamou o valente mancebo erguendo os olhos para o teto da câmera, como para afrontar o furor dos holandeses. Travando de um dos cem pistoletes que pendiam à parede do cabide d'armas, pôs-lhe a mira no óculo do paiol, e esperou com o ouvido alerta, e a mão prestes a desferir o raio.

A chave rangeu na porta.

— Até o céu, Inês minha! suspirou o coração de Estácio.

Capítulo II

A gente do bergantim se apinhara na proa para acompanhar as chalupas, que lançadas a remo e vela decididamente ganharam avanço sobre a catraia.

Um grumete se aproveitara dessa circunstância e da completa solidão em que estava a câmera, para correr à despensa e lambiscar alguma passa e queijo desgarrado. Estava o ratinho de bordo bem ocupado a roer com as unhas o miolo de um parmesão já estreado, quando sentiu passos sutis na escotilha.

Cuidou que fosse o despenseiro, e esgueirando-se como uma sombra ao rés do tabique, ganhou o passo da sala d'armas, e agachou-se junto à porta; ora do outro lado estava justamente um monte de lambazes, que fez simetria perfeita com a trouxa do rapazito. Estácio entrando investigou com os olhos e apalpou depois com o pé o primeiro dos vultos; conjecturando do outro por esse, passou sem a mínima suspeita. Levava a atenção na sentinela, e por isso não percebeu o suspiro do grumete.

Este já livre do susto, ia-se desenrolando para ganhar o convés, quando ouviu estranho rumor na sala de armas; deitou o nariz à fresta da porta, e viu em morte-cor o quadro terrível: a sentinela com os olhos esbugalhados, as bochechas intumescidas, e a língua bolçando da garganta. Viu, e desmaiou de susto: mas por um movimento instintivo de defesa, antes de perder o sentido, a mão frouxa conseguira dar volta à chave, levantando assim barreira entre ele e o perigo. A vertigem foi curta; recobrados alguns espíritos, o rapaz recordando a imagem que vira, fugiu espavorido; a voz na garganta, queria gritar e não podia.

A essa circunstância fortuita devia Estácio a crítica e desesperada posição em que se achava. O menino galgava aos dois e três os degraus da escada, e ia cego à proa avisar a tripulação e abrigar-se à sombra dos marujos. Estes correriam às armas, e assim prevenidos esmagariam os sete índios.

Mas a sagacidade do selvagem brasileiro estava nesse momento a bordo.

Os índios obedecendo à recomendação de Estácio, esperavam imóveis e mudos: mas o ouvido sempre à espreita, o olho sempre vivo, a mão sempre lesta. Os saltos do grumete na escada não lhes escaparam; um dos selvagens resvalou pelo convés aproximando-se da escotilha; mal viu ele assomar um vulto que não era do estudante, e virar de corrida para o lado de proa, imaginou por longe o que havia passado na câmera.

O menino estava fora do alcance do braço, e a proa pouco distava; o menor grito ou ruído suspeito despertava a gente. Felizmente os cabos que suspendiam as chalupas estavam ainda enrolados ao longo do tombadilho; o selvagem espreitou o momento, imprimiu-lhe um movimento, e o grumete escorregando estendeu-se; já o índio caía sobre ele, cobrindo-o com o corpo, como cobrimos um objeto com a palma da mão.

Seu primeiro cuidado foi apertar a boca do menino de encontro ao peito para lhe abafar o grito; depois enrolando-o em trouxa desceu com ele à escotilha:

— Onde está o branco?

O menino forcejou para falar.

— Aponta!...

Guiado pelo dedo do grumete, foi até à porta da sala d'armas. O selvagem levou a mão à chave; Estácio ouvira o rangido; a explosão pairou sobre o navio. Mas o selvagem lembrou-se súbito que o mancebo ali fechado pelo inimigo devia estar pronto, como no seu caso ele estaria, a cair sobre no primeiro instante; retirou pois a mão, e pelo buraco da fechadura fez sinal.

— Abre!... disse Estácio adivinhando a presença de um dos selvagens.

A porta abriu-se então. Sem perda de tempo amordaçaram o grumete, e em falta de corda o prenderam debaixo de uma couraça de ferro; fechada a sala d'armas, subiram ao tombadilho, e trancaram a escotilha, para evitar que o inimigo se abrigasse na câmera.

Então divididos em dois pelotões caíram de improviso e por ambos os bordos sobre os desapercebidos holandeses. O choque foi terrível; dos que não sucumbiram, uns deitaram-se ao mar, outros grimparam pelas cordas e enxárcias; o resto escoou entre o ferro inimigo ganhando a outra extremidade do navio. Avaliando melhor do número dos assaltantes, fizeram rosto ao perigo. O combate renhiu-se com furor, e foi pelejado cerca de meia hora.

Afinal Estácio e sua gente, melhor armados, fortalecidos pela calma, levaram a melhor. O grupo dos bravos flamengos, repelidos até a amura do navio, sucumbiu a um e um; do lugar onde estavam, à medida que o ferro inimigo os abatia, sepultavam-se nas ondas, como vinte anos depois o seu Almirante Adrião Pater. Também para eles, simples, mas valentes marujos, o oceano era o único túmulo digno, e quiçá o mais grato aos seus manes.

Três badaladas soaram no sino de bordo: era o sinal convencionado para anunciar a Antão que a vitória era ganha, e podia recolher ao navio.

Senhor do bergantim, o pensamento do mancebo voou como um pelouro ao outro navio. Ele e sua gente tinham recebido algumas feridas, porém ligeiras; precedidos pelo terror da primeira vitória, a segunda os esperava.

— Ao outro!... exclamou.

Saltaram às enxárcias para passar a bordo da caravela pelos estais e adriças da gávea; mas o inimigo burlou o seu arrojo.

O terror, como sempre costuma, exagera o perigo a proporções enormes; a gente da caravela em alvoroço supunha que era a guarnição inteira de alguma nau inimiga que tomara o bergantim de abordagem; e os fugitivos, escapos dali a nado, longe de reduzir o vulto ao medo, ao contrário o agigantavam. Temendo pois igual sorte, a gente da caravela só pensara na fugida; em um instante picaram a amarra, deram pano ao vento e surdiram avante, singrando para o norte.

Estácio os olhou, iroso e despeitado de que lhe escapassem.

— Agora toca a enxugar o corpo; vamos brincar com fogo, rapazes!...

A roupa molhada do mar foi substituída por trapos e panos que encontraram no navio; da sala d'armas trouxeram cabides de arcabuzes e mosquetes, bem como munições e mechas.

Escorvado de novo o rodízio de popa, o mancebo encostou-se a ele e esperou.

Raiava a manhã.

Nesse momento, pela ponta sul de Itapoã surgia a catraia, e logo em seguida escaladas a pequena distância as quatro chalupas holandesas. O Antão fizera proezas. A princípio valeu-se da estratégia de guinar amiúdo o bordo, fingindo mudar de direção; parecia ora que buscava ganhar a terra firme, ora que seguia rumo direito, ora que ia abicar à ilha. A cada uma dessas evoluções as chalupas igualmente variavam o rumo; e daí resultava sempre para a catraia uma vantagem, não só por ser pronta a iniciativa, e a imitação ter de demorar-se o tempo preciso para ver, mas sobretudo pela rapidez com que se efetuava sua manobra. Da popa dava ele aviso ao selvagem que estava na proa, e este saltava no mar; então um empuxão à cana do leme a bombordo, uma peitada a estibordo, e o batelão virava como um molinete sobre si mesmo.

Mas apesar da estratégia e do avanço que tivera, a catraia perdia terreno: uma manobra habilmente executada ao voltar a outra ponta da ilha deu algum fôlego ao Antão. Os holandeses pensavam que o inimigo trataria de escapar-se para um lado ou para outro, e não podiam imaginar que cometesse a loucura de aproximar-se dos navios de que fugira. O capataz aproveitou-se desse engano, e de repente contornando a ilha, se distanciara dos seus perseguidores.

Afinal uma das chalupas chegando a tiro de arcabuz, disparou contra a catraia a primeira carga de fuzilaria, quase toda perdida; porém segunda e terceira iam seguir-se, e afinal viria a abordagem.

Estácio então avaliou de longe a situação da catraia.

— Qual tem melhor olho? perguntou.

— Em falta de Guaraçu, eu! disse um.

— Na popa, que apanhe o mastro.

O índio ajoelhou e fez a pontaria; o mancebo retificando-a, achou-a perfeita.

— Fogo!...

O grito de Antão respondeu ao longe.

— Bravo!...

Dissipado o turbilhão de fumo conheceu-se o estrago produzido na chalupa; aproveitando-se do espanto causado entre os holandeses, a catraia continuou a salvo e atracou ao navio; os três prisioneiros foram içados como fardos, e a judia recebida pelo mancebo com a possível cortesia. O Antão Gonçalo pisou com sentimento indizível de júbilo esse soalho que fora seu chão tantos anos.

— Olá! mestre!... gritou-lhe Estácio; cuidado com a catraia!

E continuou a fulminar os escaleres holandeses, dos quais só escapou o último, arripiando carreira. Os tripulantes ou morreram no combate, ou foram acabar depois às mãos dos selvagens nalgum ponto da costa, pois deles não houve mais notícia.

— A caravela? perguntou o Antão.

Estácio apontou para o horizonte, onde o navio aparecia como uma sombra.

— E então? Que fazemos aqui parados? gritou o velho marujo.

— Sois capaz de navegar o bergantim? Com que maruja?

— Os meus índios!... Que mais quereis?... São antas; tanto correm em terra como nadam n'água. Vereis!...

— Pois arranjai-vos com a manobra; eu me ponho ao leme.

— Ah! entendeis do riscado?...

— Não; mas Deus proverá.

A intenção de Estácio era queimar os dois navios e voltar à Bahia com seus prisioneiros; mas tendo-lhe escapado a caravela, o plano do Antão lhe sorria.

Mandou que lhe trouxessem Pedro:

— Toma, rapaz, a bolsa do holandês, que te foi prometida. Põe-te a nado, e safa-te!...

— Já agora prefiro ficar convosco!...

— Acho que não fazes bem.

— Por que razão, senhor?

— Não tenho confiança em ti; por conseguinte porei ao teu lado um destes camaradas para torcer-te o gasnete à primeira suspeita. Pensa bem; ê um perigo.

— Senhor, eu não sou velhaco! replicou o rapaz com lágrimas nos olhos. Se me passei para vós, abandonando os que me assoldaram, foi porque me vencestes à força; resisti quanto pude, do mais não tenho eu culpa. A bolsa, aceitei-a porque veio do meu ganho; e pois que me privastes de tão boa freguesia, justo era que me desforrásseis. Mas agora que me ganhastes, não posso ser senão vosso.

— Está bem; ficai!

Com pouco o bergantim desfraldando ao vento as velas todas até os últimos papa-figos, singrava airosamente rumo do norte, com a proa sobre a caravela.

Eram oito horas do dia; o sol entornava cascatas de luz sobre as solidões do mar. O bergantim deitando cinco a seis nós por hora, prosseguiu com ardor a caça começada; ganhava sobre a caravela meio nó, de modo que só lá por volta da tarde a não escassear o vento podia chegar ao alcance do canhão.

Antão descansado a respeito da manobra passara uma revista pela despensa, e havia arranjado sobre a meia laranja um suculento almoço; paios, bolacha, queijo e vinho; ele e o estudante fizeram-lhe as honras com excelente apetite.

Quando estavam no fim da refeição, achegou-se deles Esteves:

— A judia vos busca, Senhor Estácio.

— Dizei-lhe que já sou com ela.

Como preparava-se para descer à câmera, viu que lhe vinha ao encontro a formosa israelita. O mancebo não se pôde esquivar à admiração, contemplando a bela criatura. Os grandes olhos negros, de intenso brilho, nadavam em um fluido límpido, como se ainda os orvalhasse o soro das lágrimas; não havia sorrisos no seu lábio, mas que sorrisos valiam a bonina deles?

— Senhora, escusai, disse o estudante catando a cortesia devida às damas, se não vos agasalho como era meu dever e mais ainda meu desejo. O caso imprevisto que me fez hóspede vosso, quis que ainda neste ponto incorresse em vosso desagrado.

— Outra coisa para mim de maior monta me traz à vossa presença, senhor cavalheiro.

— Melhor faríeis ordenando que fosse eu à vossa.

— Vai quem espera mercê; e muito alcança, às vezes, se obtém audiência para o que tem a pedir.

— Desterrai esse temor, senhora; com muito empenho vos escuto.

Raquel afastou-se fazendo ao mancebo um aceno para que a seguisse. Tirando então de sob a peliça que a envolvia o cofre de filigrana com suas joias, abriu-o de modo que só Estácio o visse:

— As joias que estão neste cofre valem, segundo ouvi, muitos centos de mil cruzados; além delas meu pai traz a oparlanda cosida de ouro; tudo isto vos pertence se concederes a vida ao velho Samuel e à sua filha.

Estácio sorriu com benevolência:

— Guardai, donzela, vossas lindas joias para aderçar-vos, que a nenhuma iriam elas melhor que à sua formosa senhora. Quanto ao ouro de Samuel, todo ele fundido não pesa um só fio do cabelo de sua cabeça. Vosso pai é mercador, e vós filha; pensa ele que tudo se compra, vós, que tudo se pode esperar em benefício do autor de vossos dias. Por isso a ambos vos perdoo.

Raquel, apesar do tom brando dessas palavras, sentiu a têmpera d'alma varonil, como sob o macio estofo de um divã acetinado sente-se a vibração elástica do aço. Arrependeu-se quase do passo que tinha dado, e receou tivesse agravado a sorte do pai, ofendendo o brio do mancebo. Sob essa pressão vergou a fronte lânguida.

— Outra moeda, senhora, tendes para mim de maior preço, com a qual muito, senão tudo podeis obter.

Raquel corou, erguendo os olhos magoados:

— Essa linguagem, cavalheiro...

— Apresso-me em declarar-vos; a moeda de que vos falei, não é outra, senão a verdade. Essa sim, é ouro fino e de lei!

— Não seria capaz de faltar a ela!

— Creio bem, mas podeis encerrar-vos no silêncio.

— Que exigis de mim?

— A confissão inteira do que é passado a respeito da fuga dos dois flamengos.

— Uma impiedade! Que as palavras da filha sirvam para condenar o pai!...

— Para a condenação de vosso pai, com mágoa vos digo, não hei mister de mais do que já sei da melhor fonte. Samuel, grão-mestre dos judeus do Salvador, foi quem promoveu a fuga dos flamengos. Em sua casa se ocultaram até partirem da cidade; dele receberam dinheiro e a missiva que para em meu poder, convidando o inimigo a vir atacar a Bahia.

Raquel estremecia a cada palavra do mancebo:

— Pois se tudo sabeis, que mais quereis de mim?

— Há um ponto que eu ignoro; não compromete mais vosso pai, antes pode favorecê-lo.

— Qual ele é?

— Quem foi o traidor, que descobriu o santo, e entregou a planta da cidade levantada pelo sargento-mor?

Raquel empalideceu; a palavra borbotou-lhe do seio como uma lava:

— Foi o mais vil dos homens!...

— Fidalgo?

— Para vergonha de seu nobre sangue!...

— O nome?...

— Poupai-me a dor de o proferir!

Estácio refletiu:

— Esse homem, senhora, seria o mesmo, cujo corpo depois que o assassinaram, foi lançado à rua, pouco distante de vossa casa, cerca de onze horas?

— Não estava morto; sim ébrio!

— Era ele então?... Um oficial de a cavalos, se não me engano!...

— Pois que tanto sabeis, vede o resto!

Raquel tirou do seio o vale de D. José, que na noite antecedente tomara das mãos do pai, e entregou-o ao mancebo.

Estácio leu corando de vergonha; terminando, a donzela referiu-lhe em poucas e acres palavras a cena passada na véspera entre ela e o alferes.

— A vida e a liberdade de vosso pai, senhora, por este papel e o segredo profundo do que ele encerra!

— Guardai-o e Deus vos recompense.

— A promessa que vos faço não se pode realizar já; depende ela do governador, em nome de quem procedo; mas empenho-vos minha palavra.

— Ela me basta! disse a judia com nobreza.

Estácio ficou pensativo, relendo lentamente o papel que tinha diante dos olhos:

— Muito amigo sois desse homem, cavalheiro?

— Ele? exclamou Estácio. Vota-me ódio profundo.

— Bem me parecia que entre vós e ele só ódio pode existir. Mas então por que exigis que se cale sua infâmia?

— É irmão da mulher que eu amo!

— D. Inês?...

— Compreendeis-me?... Todo o segredo!...

— Eu vo-lo juro.

Nesse instante um índio soltou um pequeno grito gutural com que costumava chamar a atenção, e que se pode talvez exprimir assim:

— Huhu!...

À esquerda, na extrema do horizonte, descobria-se a mastreação e velame de uma embarcação de alto bordo, que seguia o mesmo rumo, porém muito amarrada; devia estar a três léguas de distância: Estácio assestou o óculo, que passou ao contramestre.

— É uma fragata... e portuguesa. Vai para São Sebastião!

— Vira de rumo?...

— E vem de Pernambuco.

— Bem pode ser o novo governador, D. Francisco de Sousa!

— Estava a chegar?

— Já tardava!

— Então não é outro.

Ambas as suposições eram exatas.

A fragata era realmente portuguesa e trazia a seu bordo D. Francisco de Sousa, governador nomeado para o Estado do Sul; tendo-se demorado na travessia da Europa por causa da caça a dois navios holandeses que a desviaram de sua rota, refrescara alguns dias em Pernambuco, e demandava agora o porto do Rio de Janeiro.

D. Francisco de Sousa é um vulto importante na história dos tempos coloniais, pela energia do caráter, agudeza de engenho e grandes letras; embora apenas um momento perpasse pela cena deste drama, teve uma grande influência na crônica das minas de prata. Em 1591 viera ele à cata daquelas minas com a promessa de uma recompensa, negada ao seu descobridor; agora, dezoito anos depois, voltava com renovação da promessa à busca daquele imenso tesouro, cujo segredo a terra guardava.

Vaz Caminha não se enganara pois; era o roteiro de Robério Dias que trazia outra vez à América o orgulhoso fidalgo português.

Quando mestre Brás ao desembarcar em Lisboa foi ao palácio dos Sousas visitar o antigo governador, não o levou mera reverência ou acatamento. O judengo que embaçara o frade e os companheiros, fingindo-se enjoado e ébrio durante a palestra da ceia, ouvira tudo; e, como o P. Molina, farejara a existência do roteiro no poder de D. Diogo de Mariz. Revelou portanto ao fidalgo o que sabia e conjeturava. D. Francisco correu a Madrid; teve larga conferência com o ministro; e por fim, depois de mil protelações, obteve a divisão do Estado e o provimento para o Sul.

Seria a sua segunda vinda ao Brasil tão funesta ao filho, como fora a primeira ao pai?

Já a Providência os aproximava. De milhares de léguas que separavam esses dois homens, o soberbo fidalgo e o órfão desvalido, só restavam três; e em pouco talvez se tenham eles de encarar frente a frente como dois inimigos hereditários; entre ambos erguia-se a memória da vítima!...

Também de bordo da nau tinham avistado o bergantim à popa e a caravela à proa como os dois extremos da base de um triângulo, de que ela ocupasse o vértice. O comandante depois de examiná-los atentamente com o óculo de longa mira, ficou pensativo:

— Não vos parecem os nossos dois holandeses da Ilha de Fernando de Noronha?

— Eu jurara que são!... respondeu o imediato.

— Se não fosse o senhor governador estar tão impaciente de chegar!...

— Pois vão no mesmo rumo, que mau é tentar!...

— Avisais bem!

Embocando a buzina mandou a manobra:

— Larga escotas a bombordo! Cassa a estibordo! Orça à terra!...

Uma hora depois, mestre Gonçalo exclamava a bordo do bergantim:

— Oh! oh!... Os amigos vão-se chegando. Quem sabe se já não farejam a caça.

— Quem? Os da nau? perguntou Estácio vivamente.

— Os ditos cujos. Não vedes como atravessam manhosamente? Por tarde temo-los conosco.

— E não há meio de evitá-los?...

— É o que não custa; mas deixaremos escapar a caravela?

— Isso não!...

— Depois quem sabe?... Talvez os flamengos com medo da nau se cosam com a terra, e vão se esconder nos baixos dos Abrolhos! Nesse caso embaçamos cá os camaradas, e podemos pilhar a caravela como tatu no buraco.

— Conheceis estas paragens?...

— Se não conhecera!... Muito herege inglês e francês caçamos por aqui no tempo do Senhor D. Jerônimo de Albuquerque. Bom capitão de mar, aquele! Como ele não vem cá segundo.

O contramestre voltou-se:

— Olá de proa!...

Foi Pedro quem acudiu:

— Vai lá por baixo, e vê se me desencavas a bandeira real de Espanha. É impossível que estes cães de flamengos não a trouxessem a bordo, para nos pregar das suas.

Por volta da tarde o horizonte apareceu acolchoado de grossas nuvens bronzeadas. O vento ponteiro que se levantou de sudoeste anunciou a repetição da tempestade da véspera.

O bergantim, singrando galhardamente, ganhara tanta vantagem, que estava quase a tiro de canhão da caravela; como previra o contramestre, os flamengos, que a princípio buscavam a salvação no alto mar, com o aparecimento de outra vela se encostaram à terra. Não obstante, a nau tomando o vento em cheio pela popa aproximava rapidamente do bergantim que apenas o tomava a seis quartas.

25

Estácio estava inquieto, receando algum obstáculo.

— Que alcance dais a este rodízio, mestre Antão?

— Cinquenta quintais... Pode alcançar cerca de trezentas braças.

— E a caravela está?...

— Pouco mais do que isso!

— Então experimentemos!...

Carregada a peça com uma carga formidável, o moço fez a pontaria.

— Na mastreação!... disse o contramestre. Cortar-lhe as asas!...

A bala partiu, e foi cair perto da caravela, mas já fria e sem força; contudo o mancebo não desanimou, e os tiros sucederam-se uns aos outros. À medida que o alteroso bordo da nau se aproximava, o sangue fervia-lhe no coração de impaciência; e nova descarga partia. Afinal foram seus esforços coroados de sucesso: uma bala cortou a meio o mastro da mezena, diminuindo consideravelmente o pano à caravela, cuja marcha atrasou.

A tempestade rugia; sobre o manto dela desdobrava-se a noite tormentosa. Quando o primeiro trovão soou a sota-vento, do lado oposto ouviu-se o tiro do canhão a bordo da nau; as quinas portuguesas desdobraram-se majestosamente na popa, enquanto o pavilhão de capitão-general borboleteando pela adriça, foi tremular no tope do mastro grande.

O bergantim correspondeu à salva, içando igualmente a bandeira real de Espanha e Portugal. Os dois navios alongando-se em rumos paralelos, foram assim um instante a par e par, e tão próximos que se podia falar sem buzina de um a outro bordo.

— Que navio é esse? perguntaram.

— Uma presa flamenga.

— Venha o comandante a bordo.

— Não tenho tempo!... respondeu Estácio.

— Obedecei, senão vos meterei ao fundo!...

O mancebo calou um instante:

— Ponde vós o escaler ao mar; a mim não sobra gente para isso.

Em um instante arreou-se o escaler da nau com dois marinheiros e um oficial; os navios ficaram ao pairo durante a travessia, continuando depois a sua marcha. Estácio, havendo feito suas recomendações a Antão e Esteves, passara-se para bordo da nau, onde apenas chegado foi conduzido à popa. Ali estava o Governador D. Francisco de Sousa com sua comitiva, e ao lado o capitão-mor do vaso e oficialidade.

A presença do mancebo produziu no grupo de fidalgos e oficiais vária impressão. A beleza viril de sua fisionomia, que realçava nesse momento um assomo de intrepidez, inspirava interesse e simpatia; mas as roupas enxovalhadas no mar e no combate, as mãos negras de pólvora, deviam excitar uma prevenção a respeito da qualidade e posição do mancebo.

— Sois então o comandante da presa? interrogou o governador.

— Quem me interroga, e com que autoridade?

— Aquele pavilhão já vo-lo anunciou, mancebo! replicou o fidalgo com severidade.

— Como a bandeira real içada a meu bordo anunciou ao sr. capitão-general, que eu navego ao serviço d'El-Rei!

— Prudência, mancebo. Falais a D. Francisco de Sousa, governador, e capitão-general do Estado do Sul.

Estácio empalideceu:

— Acatarei em Vossa Senhoria a autoridade de El-Rei, nosso senhor...

O mancebo carregou nas últimas palavras para tornar bem frisante o seu pensamento, que era separar o cargo da pessoa, nivelando ao mesmo tempo a ambos, o poderoso fidalgo e o fraco mancebo, na qualidade de súditos do mesmo soberano.

— Como vos chamais?

— Melhor é que o ignoreis, senhor; porque esse nome deve ser uma recordação pungente para Vossa Senhoria.

— Que significa isto?... Explicai-vos melhor! exclamou o governador dardejando um olhar de cólera.

— Sou filho de Robério Dias, senhor governador!

— Ah!... Sim, ele deixou um filho!...

— Na miséria, em que tem vivido até hoje.

— Não se trata disto agora. Onde e como fizeste esta presa?

— Capturei-a ontem à noite na Ilha de Itapoã, onde estava fundeada.

— Com que autoridade?... Admira-vos a pergunta? Igual me fizestes pouco há!

— Com a autoridade que tem todo o súdito de El-Rei de servi-lo e defender os seus estados; autoridade justa e legítima como nenhuma outra, pois nasce de um dever sagrado. Onze homens apenas metem-se numa catraia, e à custa de grande esforço e ardil obtêm capturar um bergantim tripulado por sessenta marujos, matando a maior parte da tripulação; e quando, servindo-se das armas do inimigo, o perseguem, tudo isto sem custar um ceitil ao real erário, vós, sr. governador, lhe saís ao encontro, para lhe perguntar com que autoridade fizemos isto?

Essa linguagem firme abalou todos que a ouviram; mas restava uma suspeita no espírito de D. Francisco.

— Sem dúvida, mancebo, que praticastes uma ação valorosa, e eu vos louvo por vosso arrojo; mas não sabendo se a fizestes em nome de El-Rei como dissestes, ou por conta própria, viajareis de conserva comigo até São Sebastião, onde averiguaremos o caso, e se for como dizeis, darei conta a El-Rei que vos premiará.

— Suspeitais que eu seja um pirata, senhor?... replicou o mancebo com azedume. Assim devia julgar o filho, quem há dezoito anos condenou o pai como traidor!

— Deixai em paz as cinzas paternas, mancebo, não as revolvei que podem tisnar-vos ainda!... Basta; já resolvi o que tenho por melhor.

— Com vossa permissão, o que resolvestes não é possível.

— Por quê?

— A minha obra não está acabada!

— Nós a acabaremos juntos.

— Que diríeis, senhor governador, de quem vos quisesse usurpar os poderes de que vos El-Rei investiu?...

— Qual paridade há nisso?

— A captura daquele navio é meu direito, como é vosso a patente dada por El-Rei.

— Quero eu tomá-lo!...

— Não é a mim que o toma V. S.a, mas ao Senhor D. Diogo de Menezes e Siqueira, governador e capitão-general do Estado do Brasil, a quem só reconheço como tal, pois a nenhum outro ainda prestaram homenagem as Câmaras das cidades e vilas!...

— Onde está a patente que dele trazeis?

— Não careci dela para arriscar a minha vida, menos agora que a empresa está feita.

— Tenho resolvido!

— Atenda o senhor governador que será causa de escapar-nos o inimigo; já ele ganhou sobre nós e com a noite nos fugirá.

Era real o que dizia o mancebo, nem essa circunstância escapara aos oficiais.

— Bem; consinto que tomeis a dianteira; mas meter-vos-ei a bordo uma guarda, para segurança.

— O primeiro soldado que pisar nas tábuas do bergantim sem permissão, será também o último, porque o navio arrebentará com a explosão do paiol. É minha ordem!... E agora podeis fazer de mim o que vos aprouver!...

O mancebo cruzou os braços, e pôs-se a olhar a caravela, que envolta pelas sombras da noite tormentosa, confundia-se já com o vulto da terra assomando a sota-vento.

As organizações superiores têm um poderoso magnetismo, ao qual não escapam outras de igual têmpera. O heroísmo da empresa audaciosa, executada pelo brioso mancebo em tão verdes anos, a firmeza do seu ânimo junto à agudeza de engenho, conquistaram a admiração do fidalgo. Por outro lado D. Francisco sentia, que ele não tinha justo motivo para reter o navio; a suspeita de pirataria era inverossímil; quando muito se podia supor um corso feito sem carta e por conta própria. Mas na colônia do Brasil, tão desamparada da Metrópole quanto acometida por aventureiros de todas as nações, e onde a defensão do Estado estava quase sempre confiada aos esforços particulares, podia-se com razão imputar como delito a Estácio o seu ato de bravura, e impedi-lo de coroar a sua obra com a destruição do outro navio?

Essas razões ponderadas em conselho modificaram a primeira decisão do governador; o mancebo foi restituído ao seu navio. Quando ele sentiu de novo sob os pés as tábuas do bergantim, respirou como Anteu depois de tocar a terra.

— Reparemos o tempo perdido!...

A tempestade desabava. O bergantim, como um corcel por algum tempo sofreado, disparou corcoveando sobre as ondas. Impelido pela refega do temporal, arrostando temerariamente a fúria dos elementos, parecia um dos brancos alcíons que ao cair da tormenta, atravessam calmos e serenos por cima das ondas.

D. Francisco sorriu murmurando consigo esta paródia sinistra:

— Sit tibi aqua profunda.

Capítulo III

Terça-feira da Purificação, em que se contavam dois de fevereiro do ano da graça de 1609, O provedor-mor da alfândega de São Sebastião do Rio de Janeiro estava ocupado em rever papéis velhos, quando sua mulher lhe mandou avisar pela caseira, que um padre da Companhia o procurava.

O fidalgo ordenou que o fizessem entrar, e interrompendo as suas notas, esperou a visita anunciada.

D. Diogo de Mariz teria cerca de trinta anos; mas os últimos cinco decorridos depois da catástrofe que lhe roubara de um só golpe toda a família, haviam assolado aquela mocidade robusta e viçosa. A sua fronte alta e inteligente, como a de seu pai, começava a despovoar-se, e a tez morena, menos crestada do sol do que outrora, parecia curtida pela dor e saudade.

Mas o que perdera em brilho e frescor da idade, ganhara em gravidade de aspecto e nobreza de gesto. Começava a adquirir a beleza varonil, que adornava o busto venerável de D. Antônio de Mariz, ainda nos últimos dias da sua existência.

A sala em que se achava o fidalgo era como a página desdobrada do íntimo de sua alma: ali estavam em torno, a cingi-lo, as recordações mais palpitantes de sua vida. Os retratos de seus pais, de Cecília e Isabel, pendiam das paredes; e em frente à papeleira onde escrevia, um pintor do tempo imaginara sob as indicações do fidalgo uma cópia muito semelhante da casa do Paquequer assentada sobre o rochedo à margem do rio. A um lado via-se uma palhoça, e encaminhando-se a ela um índio que figurava Peri; no terreiro D. Antônio passeando com um mancebo fidalgo que representava Álvaro de Sá. Mais longe, perto do casarão dos aventureiros, a desengonçada figura de Aires Gomes. D. Lauriana e as moças apareciam sentadas nos degraus da escada, trabalhando em obras de agulha e debuxo.

Bastava ao fidalgo erguer os olhos e circular esse aposento para se imaginar ainda no Paquequer, vivendo a alegre e descuidosa vida de mancebo que fruíra naqueles ermos, cercado de sua família. Então embalava-se algumas horas nessa doce ilusão, até que afinal lhe subia à memória uma ideia pungente que amargurava todas as reminiscências; recordava-se com desespero que fora ele, insciente é verdade, a causa primeira da calamidade que o isolara no mundo.

Nesse instante, ao recolher no canto da arca as notas que escrevia, assaltou-o essa ideia suscitada pela vista de um objeto ali guardado. A visita que entrou depois, veio encontrá-lo submerso no doloroso recordo dos tempos idos.

O P. Gusmão de Molina, pois era ele quem procurava a essa hora o provedor, penetrou no aposento com a orgulhosa humildade que acompanhava o jesuíta ao palácio, como à choupana; e era o traço característico, dessa, mais que de nenhuma outra ordem religiosa. Cada membro dela sentia-se pequeno como individualidade, mas como parte da poderosa associação conhecia que nele estava a força da Companhia. A humildade trajando as vestes profanas da soberba, o corpo do apóstolo sob a túnica do patriciado: eis o jesuíta.

Da porta ao fidalgo que se erguera para recebê-lo, o P. Gusmão fez as três reverências, conforme o ritual da Companhia, cruzando as mãos no peito à moda oriental. Mas não foi unicamente à cortesia que se aplicou a atenção do frade durante esse curto instante: aproveitando o movimento da cabeça, seus olhos circularam duas vezes o aposento, uma de alto a baixo, outra da esquerda à direita.

— É o Senhor D. Diogo de Mariz, em presença de quem estou?

— Sim, Reverendo. Queira ter a bondade de acomodar-se.

O jesuíta sentou-se.

— Minha pessoa é desconhecida a Vossa Mercê, senhor provedor; mas não assim o meu nome. Eu sou o P. Gusmão de Molina!...

— Gusmão de Molina!... Não me recordo!... disse lentamente o fidalgo sondando sua memória.

— Não admira, pois faz mais de ano que viu esse nome e uma vez tão somente.

— Dir-me-á V. Paternidade onde o vi?

— Na carta que em setembro do ano atrasado escrevi a Vossa Mercê, de Lisboa onde então me achava.

— Sobre que objeto? perguntou o fidalgo, como quem se lembrava, mas queria verificar a lembrança.

— A propósito do roteiro que pertenceu a Robério Dias e se acha em poder de Vossa Mercê.

— Ah! exclamou D. Diogo.

— Nessa carta avisava eu ao senhor provedor haver-se perdido a que Sua Mercê escrevera anteriormente à mulher de Robério Dias...

O frade com os olhos cravados no semblante do fidalgo proferiu as últimas palavras e continuou repetindo:

— Escrevera à mulher de Robério Dias; pelo que, sendo possível apresentar-se com ela alguma pessoa inculcando-se procurador daquela dama, para receber o roteiro, prevenia em tempo que só a mim, em nome da Companhia, cabia reclamá-lo, pois o filho de Robério Dias e seu único herdeiro, é nosso irmão noviço.

— Recordo-me agora perfeitamente; tenho-a ali.

D. Diogo ergueu-se, e abrindo a arca tirou de um escaninho um papel, que estava atado a um embrulho cerrado e lacrado com pingos verdes. Desdobrando o autógrafo já amarelado do P. Molina e percorrendo-o com os olhos para certificar-se de sua identidade, o apresentou ao jesuíta. Este agradeceu; por comprazer recebeu o papel e leu o que ele sabia de cor.

Enquanto isto, o fidalgo de novo acabrunhado por essa evocação do passado, que ainda há pouco o pungira, reclinara a nobre fronte carregada de mágoas. Ao erguer a vista do papel deu o P. Molina com essa fisionomia quebrada por triste desânimo, e torvou-se; os cantos de sua boca plicaram-se como duas garras, que ele teve logo o cuidado de cobrir com um sorriso angélico:

— Vejo porém que foi em pura perda o aviso, pois me apresento tarde para reclamar o nosso direito!... insinuou a voz dolente do frade.

O fidalgo solevou a fronte surpreso:

— Donde vê tal, V. Paternidade?

— Do modo pesaroso com que me recebe o senhor provedor, o qual por seguro não anuncia boa-nova.

D. Diogo sorriu com melancolia:

— Não quero mal a V. Paternidade pela severa lição de cortesia que me deu agora, pois a mereci. Não é com rosto magoado e ânimo pesaroso que se agasalha o hóspede que nos Deus envia; e nem D. Diogo de Mariz costuma semelhante hospitalidade. Mas se V. Paternidade soubesse que passado doloroso acorda em mim a menor circunstância relativa à catástrofe que me enlutou o resto da existência!...

— A morte do Senhor D. Antônio de Mariz, pai de V. Mercê?...

— Teve V. Paternidade notícia dela?

— Achava-me nesta cidade quando aconteceu.

— Talvez não a referiram com todas as particularidades.

— Ouvi falar apenas de longe; e pesou-me não saber mais miudamente do acontecido.

— Se o P. Molina a deseja ouvir, creio que acharia consolo em confiar-lhe as minhas penas, e especialmente um escrúpulo de consciência, que nada ainda pôde apagar.

— Para mim será gosto e dever escutar a sua mercê. Essas dores ocultas e recônditas, são as que buscamos nas profundezas d'alma com mais afã que o mineiro as veias de ouro nas entranhas da terra.

O P. Molina ouviu em grave silêncio, sem perder um gesto da fisionomia do fidalgo. Seu olhar agudo e penetrante apalpava o seio daquela alma que se desnudava; e sondando o ponto em que ela parecia fender-se, conhecia não ser mais do que o lisim da pedra.

— As almas de mais forte têmpera, pensava ele, são sujeitas a essas falhas; como são justamente as pedras rijas, que racham mais profundamente.

D. Diogo começou a narração dos fatos que precederam a catástrofe do Paquequer desde o momento da morte por ele dada involuntariamente até o dia da sua partida para a cidade de São Sebastião em busca de socorro.

— Quando voltei àqueles lugares onde havia deixado quanto amava neste mundo, só encontrei a terra devastada pelo fogo. As ruínas que juncavam o chão em que fora a casa, anunciaram-me logo a terrível catástrofe. Na seguinte manhã minha gente cativou três índias velhas, únicos restos da tribo aimoré, que vagavam na mata próxima; delas soube os pormenores do acontecimento funesto. Meu pai alcançara morte digna de um cavalheiro português; perecera sepultando consigo os seus inimigos.

À recordação do heroísmo paterno um ligeiro sorriso trespassou a máscara triste do fidalgo; porém breve apagou-se, deixando a fisionomia mais opaca e torva que dantes. Abriram-se dos olhos aos cantos da boca duas rugas profundas, onde jaziam sepultas, mas não desfeitas, as dores cruas daquela catástrofe.

— Avalie V. Paternidade de minha miséria e angústia nesse transe. Pois sobre essa chaga viva imagine que punham um ferro em brasa, e terá uma ideia longe do que sofri, lembrando que eu era o causador da desgraça dos meus!...

A nobre fronte do fidalgo vergou como o cimo do cedro robusto, quando a carcoma ataca-lhe o cerne.

O P. Molina, que o ouvira em grave silêncio, falou então; e com a eloquência persuasiva que possuía no mais alto grau, espargiu nas úlceras dessa alma chagada o bálsamo de sua palavra ungida e elevada. Aproveitou habilmente esse espiráculo que se abria naquela alma para insinuar-se dentro dela.

A Providência é que desenvolve das várias causas os efeitos diversos; tal poder não foi dado ao homem, simples utensílio na grande fábrica do universo. Quantas vezes no pecado não se gera grande virtude ou obra meritória? E quantas do cumprimento do dever as desgraças?

— Praticastes uma ação inocente, porque não tivestes a intenção do mal.

— Quem o sabe?... exclamou o fidalgo.

— Sei-o eu que perscruto os refolhos de vossa alma. Não a tivestes, não. E pois ofendeis o Senhor, deixando-vos abater por semelhante pensamento, e gastando na dor uma coragem de que tanto hão mister a Santa Religião Católica e o serviço de El-Rei. O sofisma de vossa consciência é o mesmo de Jó amaldiçoando o dia em que nasceu!...

À medida que o frade falava sentia D. Diogo abrandar a angústia de sua alma. Mais calmo pôde reatar o fio à narração.

— Consinta V. Paternidade que finalize esta penosa narrativa. O que resta, mais de perto lhe interessa, pois explica como se acha em meu poder o manuscrito de Robério Dias.

— Escuto a Vossa Mercê, como devo.

— Apesar da cruel certeza que viam meus olhos e da afirmativa das velhas selvagens, a esperança ainda não me abandonou de todo. Tratei de percorrer os arredores a ver se descobria algum vestígio animador. Demos então com um claro na mata, onde sem dúvida uma partida de gente de D. Antônio de Mariz travara combate mortal com os Aimorés. De uma banda estavam alinhadas as ossadas dos aventureiros já descarnadas pelos abutres, mas cobertas ainda de alguns trapos das roupas. Contamos nove. Da outra banda havia seguramente vinte e tantos esqueletos de selvagens, sinal de que os nossos haviam vendido a vida bem caro.

— Esse combate deve ter precedido de perto a catástrofe em que a tribo dos Aimorés foi destruída.

— De que induz isso V. Paternidade?

— Os selvagens têm por dever de religião enterrar os seus mortos depois do combate, e se o não fizeram é porque sobreveio a catástrofe em que pereceram!

— É bem possível. Um dos homens que eu havia assoldado para acompanhar-me, remexendo com a ponta de um chuço naquele monturo de ossos e trapos, espetou uma bolsa de malha; e abrindo-a na esperança de topar com alguma moeda, achou um rolo de papel. Quis o acaso que observando-o à distância, me achegasse a tempo de ler-lhe por cima do ombro a palavra *roteiro*. Apoderei-me logo do manuscrito, que pelo rótulo conheci pertencer ao famoso Robério Dias, do Salvador, filho de outro de igual nome, por alcunha Moribeca, descobridor das minas de prata.

— E o manuscrito?... disse com paciência evangélica o P. Molina.

— Deixe V. Paternidade que conclua de uma vez; depois conversaremos do mais. O homem, que achara a cinta, não sabia ler felizmente; mas da primeira palavra ROTEIRO que me escapara, concebera ele suspeitas, ainda que erradas, do valor do papel. Era em 1604, e então já envelhecida a história das minas de prata que tanto rumor fizera, começava a ganhar muita voga a fábula da cidade encantada ou reino do *el-dorado*. Para aí torceu a fantasia do mariola, que se imaginava já senhor de palácios e tesouros. Desenganei-o de sua pretensão; e aceitando o depósito sagrado que Deus me incumbira em nome dos ausentes e desvalidos, apenas chegado ao Rio de Janeiro escrevi à esposa de Robério que soube viver ainda na Bahia. Mais de ano decorreu sem resposta alguma, e já eu ia de novo insistir, quando me vieram às mãos as respeitáveis letras de V. Paternidade.

— Neste caso, resta unicamente que eu apresente os meus poderes para receber o manuscrito!... murmurou o P. Molina.

— Tais poderes, acredito que V. Paternidade os tem, pois sabedor como é, e tão respeitável de sua pessoa e ministério sagrado, não seria admissível que os ignorasse, ou sem eles se apresentasse; de resto em tempo e lugar próprio averiguaremos esse ponto.

— Não sei qual tempo e lugar sejam mais próprios do que este em que estamos! retorquiu o P. Molina sempre afável e cortês.

D. Diogo erigiu o busto com a altivez que herdara do pai:

— Lembro haver dito a V. Paternidade que aceitara de Deus o depósito que ele me incumbira em favor dos ausentes e desvalidos. Pois bem, esse depósito sagrado, para que dele me exonere é necessário que sua restituição se faça perante oficial de justiça, e fique em público e raso no livro de notas. É hoje dia santificado, e pois amanhã pode V. Paternidade receber o que de mim requer, comparecendo ao cartório do tabelião Ferreira, antes da alfândega.

— *Ecce homo!* murmurou consigo o frade.

O semblante do P. Molina ficou impassível; sua atitude não sofreu a menor alteração; mas o ligeiro empanado dos olhos, efeito de uma conversão da luz para o íntimo, denotava que uma ideia grave surgira no seu espírito, que reclamava máxima atenção. O visitador vira com as últimas palavras do fidalgo surgir um obstáculo formidável aos seus planos tão bem combinados; e tomando o peso a esse fardo, dispunha-se a carregá-lo sobre os ombros, e alijá-lo à banda para desimpedir o caminho.

— Ouvi a V. Mercê, sem logo ir-lhe à mão, esperando pelas razões em que fundou a resolução tomada; mas ou me engano eu, ou não foram elas deduzidas.

— Para que fim, padre-mestre? A minha honra me ordena de proceder nesta conformidade, e pois dispenso argumentos. Pode V. Paternidade produzir outros mais engenhosos; nenhum lhe afirmo de maior força que aquele.

— Permita sempre o senhor provedor observar-lhe que o escrito público e suas solenidades só é uso exigi-lo, quando existe uma obrigação anterior revestida de igual sacramento. Ora, é V. Mercê quem confessa ter recebido esse depósito de Deus, sem ter passado título algum; parece que da mesma forma o deve restituir?

— O padre-mestre esquece que há uma testemunha?...

— Bem sei; o mariola que achou a bolsa. Mas é realmente uma testemunha?... Penso que não; uma testemunha quer-se idônea, sabedora do fato, e nesse caso não está um mariola, que ignora a natureza do objeto. De resto que valha como testemunha, em troca dela dou a V. Mercê duas mais conceituadas, o dono do roteiro e seu procurador.

— Bem adverti eu que V. Paternidade havia de acabar por ter razão contra meus argumentos, pois que não sou versado nestas coisas; mas da minha convicção é que duvido que me demova.

— As mesmas rochas se movem e espedaçam; e para isso basta um sopro do Senhor. Dele espero que alcançarei persuadir a V. Mercê.

— É tentá-lo, padre-mestre.

— Senhor D. Diogo de Mariz! proferiu o visitador assumindo uma atitude grave e um tom solene; a honra que V. Mercê invoca em prol de sua resolução é o mesmo título sagrado pelo qual eu neste instante em nome de meu constituinte e da Companhia que represento, em nome especialmente dos brasões de sua cota d'armas, reclamo e protesto contra a insólita exigência que me acaba de ser feita.

— Cautela, padre!... Medi bem as vossas palavras antes de enunciá-las; e dizei logo que direitos vos dão meus brasões e minha honra!...

— Todos, nobre fidalgo, como vou provar. Ouça-me o senhor provedor sem receio de que ofenda os seus brios. Há cerca de quatro anos que foi pela esposa de Robério Dias recebida a carta que anunciava a achada do manuscrito pertencente a seu marido; e sabendo em que mãos estava ele depositado, julgou-o aí mais seguro do que nas suas próprias. Finou-se deixando ao filho o cuidado de receber o manuscrito; esse moço, apesar do imenso valor de semelhante papel, continuou a confiança materna, até que renunciou seus direitos na Companhia, a qual perseverou por mais de ano no nobre exemplo de seus antecessores. Nenhum dos sucessivos proprietários do tesouro de que o Senhor D. Diogo de Mariz tem a guarda, duvidou um instante da inviolabilidade desse depósito.

— Nem o devia!... Há mais de quatro anos que esse papel existe em meu poder; desde o primeiro dia em que li o rótulo nunca mais estes olhos o buscaram para ler uma palavra; na mesma hora em que a esta cidade cheguei, o cerrei sob meu selo, e o depus no mesmo lugar da prateleira onde jaz ainda intato desta mãos.

— Eu o sabia antes que o dissesse V. Mercê, e como eu, sabiam aqueles que dormiam na maior tranquilidade e segurança, acreditando que seu tesouro estava sob a guarda de Deus, pois estava sob a guarda de tão honrado fidalgo. Essa confiança nobre não merece reciprocidade? Não pede que dispenseis igual com que a teve convosco?

— Tinham a minha carta.

— E depois de perdida?... Por outro lado não ignora V. Mercê a história desse roteiro e da descoberta de que ele reza; por lho terem roubado, o que então ninguém acreditou, finou-se Robério desgraçado, e ainda assim feliz, por não ver cumprir-se o confisco que se executou sobre seu espólio, reduzindo à miséria mulher e filho.

— Tenho notícia desses fatos, ainda que era eu menino quando se deram.

— Pois considere V. Mercê nos efeitos da sua exigência. O ato público divulgará a existência do roteiro que se supõe perdido ou incógnito. Logo se açularão de um lado as perseguições dos governadores, do outro a cobiça dos aventureiros para disputarem a presa; prosseguirá a série interrompida dos crimes a que já deu lugar esse fatal segredo; eu perecerei vítima dele, mas isso é o menos. A Companhia não poderá fazer o uso nobre que pretende, qual é o de restituí-lo a El-Rei em nome do filho de Robério Dias, pedindo em recompensa unicamente a reabilitação da sua memória, e o dízimo do quinto da mineração para edificação de novos colégios.

D. Diogo calou-se; o P. Molina depois que o contemplou um instante, concluiu:

— Consulte V. Mercê sua consciência e diga. Seria conforme à honra que tanto preza, sacrificar a meros escrúpulos a honra alheia? E houvera fiel cumprimento do depósito, se o segredo, essência dele fosse violado?

Suponho que não. Enfim o senhor provedor, tão suscetível em matéria de culpa, que imputou a si a desgraça de sua família só porque ela derivou de um fato por ele praticado, embora sem intenção; o senhor provedor, repito, deve com maior razão temer as consequências fatais que hão de resultar necessariamente da divulgação do segredo. Com a diferença que neste último caso não só há propósito, mas está V. Mercê advertido do mal.

A argúcia do visitador abalou fortemente o fidalgo; o apelo à sua honra ao mesmo tempo que a alusão à catástrofe do Paquequer, tocaram o fidalgo nas duas fibras mestras de sua alma. Ele esteve um momento recolhido, e respondeu ao frade:

— Careço de meditar sobre o que me disse V. Paternidade. Quando uma vez se tomou uma resolução, que foi criando raízes no ânimo, não é de um instante para outro que a arranca a gente e a joga fora.

Outro, que não o P. Molina, decerto insistira a ver se obtinha naquela mesma hora o ambicionado tesouro. Mas o visitador tinha, como ninguém, o dom admirável de perscrutar os arcanos do pensamento e de avaliar rapidamente das situações. Ele conheceu que seu argumento imprimira naquele coração uma doce flexão, que no isolamento podia ir a pouco e pouco aumentando até que de todo o vergasse. Se ao contrário procurasse forçar aquela rijeza de aço, bem podia ela reagir contra a mão imprudente, e feri-lo com as ásperas vibrações. Tocar-lhe depois fora, senão impossível, perigoso.

O visitador portanto ergueu-se, e despediu-se do fidalgo, ficando de voltar no dia seguinte à hora da sesta para saber da resolução final.

Ganhando a rua, o jesuíta atravessou para o lado oposto, e fingindo a atitude de um homem irresoluto no caminho que deve tomar, esteve parado algum tempo a examinar a casa de onde saíra.

Não há muitos anos, que foi de todo reconstruído um antigo sobrado de caixões na Rua de São José entre o Cotovelo e Ajuda. Era a morada de D. Diogo de Mariz, em frente à qual se achava o P. Molina. À esquerda do edifício ficava uma casa térrea de porta e janela, com água- furtada sobre o telhado. Era este de tal modo agudo e afunilado, que a cumeeira entrava no outão do sobrado quase pela altura das biqueiras do telhado.

Na rótula da casa estava cosendo uma mulher que, mal avistou o hábito do frade, debruçou-se ao parapeito para lhe pedir a sua bênção se passasse rente, e acompanhá-lo com os olhos se tomasse oposta direção. A curiosidade feminil de que era objeto não escapou ao jesuíta, que examinando o sobrado, examinou também a casa térrea, e a moradora como acessório dela.

— A água-furtada toca justamente com a recâmera pela parede a que está encostada a arca dos papéis, pensava o P. Molina sorrindo. *Jus est potior –* direito é força.

O frade tornou a atravessar a rua, e entrou na casa térrea pela porta de rótula, que foi abrindo-se diante dele, como por encanto; era o encanto do olhar imperativo que atravessara as grades e estremecera a devota. Um quarto de hora bastou ao hábil operário para amolecer aquela cera e fazer dela uma figura a seu jeito.

— Mulher, não me viste dali defronte olhando esta casa?... Passando meu caminho, ordenou o Senhor que erguesse os olhos, e mostrou-me por sua infinita misericórdia, e para salvação tua, os sinais do mau espírito. Esta casa está mal-assombrada, mulher!

— Jesus, Maria, valei-me! gritou a mulher caindo de joelhos.

— Não te assustes, pecadora, pois o Senhor enviou-me para salvar-te.

— Sim, meu bento padre, salvai-me! Cobri-me com vosso manto! murmurava a devota enrolando-se no hábito do frade.

— Recomendo-te todo o silêncio!... Não boquejes disso a pessoa alguma.

— A ninguém!...

— Eu voltarei dentro de uma hora com o livro para começar o exorcismo. É especialmente na água-furtada que Satanás assentou as suas diabruras.

— Senhor Deus, quando pensei eu que estivesse tão perto das garras do Tinhoso!...

O P. Molina depois de algumas recomendações mais, saiu apressado, e subindo a Ladeira do Cotovelo, recolheu ao Colégio no alto do Castelo. Quando ele entrava a portaria, tocava a refeitório; reuniu-se à comunidade no poio, e comendo às pressas o necessário, ergueu-se, obtida a vênia do reitor.

O P. Molina se apresentara na casa de São Sebastião na qualidade de delegado do provincial da Bahia para incumbência de suma importância; a carta de Fernão Cardim recomendava que se lhe desse toda a ajuda e subsídio de que porventura necessitasse. Chegado na véspera por tarde, mal tivera tempo de descansar, e já andava em diligência.

Levantando-se do refeitório, foi direito às oficinas, onde costumavam muitos irmãos exercitar-se nas artes mecânicas, de que saíam afinal peritos oficiais e mestres. O visitador percorreu-as, examinando com atenção os vários utensílios espalhados pelos bancos de trabalho, ou guardados nos respectivos baús. De entre eles escolhia alguns que ia metendo na sacola oculta por baixo do hábito. Concluído este trabalho, sobraçou o livro dos exorcismos, e voltou à casa da devota que o esperava em ânsias.

Momentos depois estava o frade instalado na água-furtada, ninho de ratos e andorinhas, que media quando muito uma braça em quadro. Encostado nas traves, com a cabeça a roçar nos caibros, o frade tinha os olhos pregados na parede oposta que tocava com o sobrado de D. Diogo de Mariz. Seu olhar firme e claro media, como um compasso sobre o papel, as dimensões daquele muro, e traçava as linhas com a justeza de uma régua. Era um matemático de primeira plaina, dos que nascem como Pascal com os dois instintos especiais do algarismo e do metro, e não carecem para as suas operações de outros instrumentos senão do olhar e da memória.

Contudo o jesuíta não se julgou habilitado à solução definitiva do problema;

acusando na parede com a ponta de uma pinça o resultado do cálculo que acabava de fazer, remeteu para depois a verificação.

No dia seguinte à hora aprazada Molina entrava na habitação de D. Diogo de Mariz; desde que pisou a soleira da porta, pode-se quase dizer que não era um homem quem penetrava na casa, mas um instrumento geométrico. De feito o frade se movia e regulava, como se o seu corpo fora uma esquadria ou um compasso.

Contou os passos que deu até o gabinete, os degraus que subiu, calculou as diferenças produzidas pela inclinação da escada e desvio da linha reta; e concluiu de todas essas equações a distância exata em que se achava o gabinete do alinhamento da rua, e confrontou-a com a distância já por ele conhecida da água-furtada. Quando pois entrou no aposento, seu olhar, como se a parede do outão fosse transparente, viu desenhar-se a figura pontuda do teto vizinho; metade do armário ficava dentro dessa figura, e essa metade era justamente aquela onde estava guardado o roteiro.

O visitador aproveitou o instante de espera no gabinete para retificar os seus cálculos. Quando o fidalgo entrou, achou-o já em repouso.

— Padre-mestre, as razões de V. Paternidade pesaram em meu espírito. Refleti no que me ponderou, e reconheço que devo ao dono do depósito o segredo, sem o qual corre iminente risco a segurança da pessoa a quem o entregue, e pode falhar a reabilitação do nome de Robério Dias. Prezo muito a minha honra para baratear a reputação alheia.

— Esperava achar hoje o senhor provedor deste acordo! disse o P. Molina.

— Portanto desisto da entrega perante oficial público e me satisfaço simplesmente com um escrito do punho de V. Paternidade.

Molina estremeceu interiormente; a exigência do fidalgo, reduzida agora aos verdadeiros limites, era formidável porque se tornara justa e razoável. Mas as circunstâncias especiais em que se achava o jesuíta não lhe permitiam aceder à vontade do fidalgo. Estácio podia, apesar da prisão e da distância, chegar um dia ao Rio de Janeiro e apresentar-se a D. Diogo. Se na mão deste ficasse um documento assinado por ele P. Molina, estaria destruída toda a sua obra. O filho de Robério Dias naturalmente havia de recorrer à autoridade de El-Rei; e daí resultaria em vez de importante serviço, grande dano à Companhia.

Era necessário pois ao plano do jesuíta que ele se apoderasse do roteiro sem deixar vestígio de sua passagem; e para isso empregou todos os recursos de sua inteligência, mas debalde. A quanto argumento aduzia o pronto e fértil espírito, respondia o fidalgo com uma única razão, na qual se havia acastelado heroicamente:

— Para que o roteiro saia de meu poder é indispensável que fique no seu lugar o documento da sua entrega. A honra é como a mulher de César que nem deve ser suspeitada.

O jesuíta retirou-se, pedindo vênia para voltar; não era ele homem que se desse por batido assim de primeira vez.

— Não há homem previdente neste mundo!... suspirava o visitador. Eu me tinha nessa conta, e não passo de um calouro. Se tivesse escrito a carta com suposto nome, não me esbarraria agora neste obstáculo!

Breve porém só cuidou de reparar o erro passado. Seu projeto estava formulado e pronto. Se pudesse apoderar-se pelo ardil do roteiro, preferia esse meio; do contrário subscreveria à condição do fidalgo, e quanto ao futuro, Deus e a sua inteligência proveriam.

O frade entrou na casa da devota, ganhou a água-furtada, e ratificando o seu cálculo, traçou na parede um quadrado de palmo de face; descascando o ligeiro emboço com um escopro de que se munira, viu com alegria que acertara nas juntas do tijolo, de modo que o trabalho facilitava-se.

Os cinco dias que seguiram foram repartidos por Molina entre duas ocupações; ir à casa de D. Diogo persuadi-lo a entregar-lhe o roteiro independente de quitação, e trabalhar no rombo da parede, escondido na água-furtada da casa vizinha. Já ele tinha chegado à outra face, e descoberto a madeira da arca ali encostada. Servindo-se então de uma serrilha estreita e fina de serralheiro, que introduziu pelo buraco da verruma, começou a cortar um tampo circular no armário. Essa era a parte mais delicada do trabalho, que só podia ter lugar quando o fidalgo estava ausente e que por isso havia de avançar lentamente.

Mais um dia, e o P. Molina era senhor do roteiro.

Capítulo IV

Aos oito de fevereiro, a nau *Santiago* entrava a Baía de Niterói, e fundeava junto ao Forte de Villegaignon. Recebido com a costumada formalidade pelo Senado da Câmara e acompanhado do povo, foi o governador alojar-se nas casas para esse fim destinadas, na Rua Direita, próximo à Alfândega. Depois da audiência de cumprimento, à qual compareceu a gente principal da terra, encerrou-se o governador com o provedor-mor da alfândega D. Diogo de Mariz.

Acreditaram os da comitiva, que traria o governador alguma recomendação especial sobre o tráfego do porto e serviço da aduana; e bem longe estavam de suspeitar do verdadeiro assunto daquela prática.

— Sem dúvida que tendes notícia das famosas minas de prata de Jacobina, senhor provedor?

D. Diogo teve um leve sobressalto; mas logo restabeleceu a calma do seu nobre aspecto.

— Por certo, senhor governador. Tanto se tem falado sobre elas, que ninguém há nesta América que as ignore.

— Sabeis também o que houve com seu descobridor, Robério Dias, no ano de 1591, em que S. Majestade El-Rei me mandou por governador a este Estado?

— Ouvi-o de várias pessoas.

— Corre que o roteiro não é perdido, e menos falso, como então muitos supuseram?

O sagaz e astuto governador espiava o efeito de suas palavras na fisionomia de D. Diogo. Este calou-se um instante visivelmente perplexo; mas tomando logo uma resolução enérgica, e revestindo ares de severa dignidade, fixou no seu interlocutor um olhar límpido e calmo, reflexo de uma alma leal.

— É D. Francisco de Sousa quem me interroga, ou o governador deste Estado?

— Suponde que sejam ambos! acudiu logo o fidalgo com um sorriso.

— Nesse caso: ao primeiro eu não responderia, mas cortesmente lhe pedira que mudássemos de assunto.

— E ao segundo?

— Diria com todo o respeito: — Não me interrogueis sobre este objeto, porque me colocaríeis na dura necessidade de desobedecer à vossa autoridade, para guardar a minha honra.

O governador rugou o sobrolho. Abandonando de repente a sua primeira tática, investiu direito ao alvo.

— É inútil a reserva, D. Diogo de Mariz. O roteiro de Robério Dias está em vosso poder.

O provedor ficou impassível.

— Negais?

— Já respondi a V. Senhoria, não respondendo.

— Não o podereis negar. Não só tenho plena certeza; mas estou informado da circunstância que vos fez depositário deste segredo.

O governador referiu o quanto o Brás tinha ouvido do Anselmo a bordo do galeão *Rosário*.

D. Diogo não se abalou; ouviu silencioso sem o mínimo sinal de confirmação ou negativa.

— Vosso mesmo silêncio, concluiu o governador, é a prova mais robusta do fato. Em vossos lábios mudos há uma confissão mais clara do que se falassem.

D. Diogo sentiu o peso dessa observação:

— Não sou e nunca fui de argúcias e ambages, senhor governador; na minha família, sempre houve timbre de franqueza e verdade. É exato que o roteiro das minas de prata foi confiado à minha guarda pela Providência; e que eu aceitei a responsabilidade desse perigoso depósito, resolvido a cumpri-lo. Eis o que me cabe comunicar a V. Senhoria.

— E como contais cumpri-lo, senhor provedor?

— Restituindo-o a seu legítimo senhor.

— Não me enganaram os que tão bons prólogos me fizeram no reino e aqui da vossa nobreza, D. Diogo de Mariz; sois credor da estima de todos os homens de bem pela vossa probidade austera e constante lealdade.

— Folgo de ver meu procedimento confirmado por pessoa de tanta autoridade!

— Sem dúvida que vos aprovo e louvo. Deveis restituir o roteiro a seu legítimo senhor. E quem pensais que seja esse?

— O herdeiro de Robério Dias!

— É incontestável.

— Então está o senhor governador de acordo comigo? perguntou o provedor serenando.

— De perfeito acordo, respondeu D. Francisco sorrindo.

D. Diogo ergueu-se para retirar.

— Portanto só me resta receber o depósito e dar-vos quitação.

— Vós, Senhor D. Francisco de Sousa?

— Mas decerto!

— Em que qualidade?

— Na de procurador bastante do herdeiro de Robério Dias.

— Qual herdeiro? Pois o filho...

— O único legítimo herdeiro, Sua Majestade El-Rei, nosso senhor.

— Não compreendo.

— A sentença de condenação de Robério Dias, ordenando o confisco de seus bens, constituiu o real erário seu único herdeiro. Creio que não me contestareis este ponto; mas acresce ainda que El-Rei já era sucessor desse roteiro por cessão que dele lhe fizera o próprio Robério, e embora se argumente com ter sido condicional.

D. Diogo teve tempo de refletir; e interrompeu o governador:

— Me levais para outro terreno, Senhor D. Francisco de Sousa, em que sou ainda mais peco que na diplomacia, o da rabulice. Os letrados vos darão mil razões; concedo mesmo que seja exato quanto expendestes. Mas o roteiro que tenho em meu poder, recebi-o como de Robério Dias; e para com ele me obriguei perante Deus, em cujo tribunal não há confiscos. Só a ele pois ou a seu filho que o representa, restituirei o que me foi confiado. Se El-Rei, ou quem quer que seja, tem direitos a este objeto, discuta-os nos seus tribunais, entre ele e seu adversário. Comigo não, que só me obriguei no juízo de Deus.

— Nesse caso recusais entregar-me?

— Sou a isso forçado.

— E a El-Rei também recusareis?

— A El-Rei como a qualquer.

— Lede.

O governador apresentou um alvará em que Filipe III ordenava a D. Francisco de Sousa, que apreendesse, em mão de quem quer que o tivesse, o roteiro das minas de prata descobertas por Robério Dias, empregando a esse fim, se fosse necessário, a coação, derrogados para tal efeito todos os privilégios e isenções de nobreza.

D. Diogo leu o alvará, e tornando-o ao governador, disse-lhe friamente:

— Execute V. Senhoria o alvará!...

— Desobedeceis a El-Rei, Senhor D. Diogo de Mariz?

— Desobedece quem recebe uma ordem e não a cumpre. El-Rei não pode ordenar-me uma coisa contrária à minha honra e dignidade.

D. Francisco bateu o pé arrebatado, e passeou agitado pela sala.

— Estais sob a influência de uma nímia suscetibilidade, Senhor D. Diogo de Mariz; também eu sei prezar a honra e dignidade de meu nome, e não seria capaz de exigir de vós coisa que não fosse digna de um fidalgo. Quero dar-vos tempo para refletir, antes de uma decisão que vos pode ser fatal. Recolhei à vossa habitação: amanhã ao meio-dia, me direis a vossa última palavra, e espero em Deus que será propícia. Jurai que desde este instante até então o depósito que tendes em vosso poder não mudará de lugar!...

— Jurarei se o quereis, senhor governador. Mas amanhã, como hoje, a minha resposta será a mesma.

— Jurai!

D. Diogo satisfez o desejo de D. Francisco e retirou-se.

A reputação de astuto e sagaz que adquirira D. Francisco de Sousa era merecida. Ele contava que o pranto da família e a influência da noite operassem fortemente no ânimo do fidalgo e o rendessem à sua vontade. Desse modo evitava um ato de força, que empregado logo no princípio do seu governo e contra um fidalgo de alta linhagem e oficial superior de fazenda, seria perigoso. D. Diogo era pela sua inteireza e severidade de costumes geralmente estimado da gente boa; a sua desobediência, longe de parecer crime, daria talvez maior realce àquelas virtudes. No estado em que então se achava a colônia um tumulto popular não era impossível; e El-Rei não duvidaria dar razão à gente da terra contra seu governador, como muitas vezes aconteceu.

Demais, que arriscava o governador com esse adiamento de vinte e quatro horas? Estácio estava a estas horas ou sepultado nas ondas ou em luta com elas; quanto à dificuldade que podia criar o provedor escondendo melhor o roteiro, o juramento dado era uma garantia.

Seriam duas horas da tarde, quando do colégio dos jesuítas no Morro do Castelo se avistou a nau *Santiago*, dobrando o Pão de Açúcar para entrar a barra.

Os padres levantando-se do refeitório, caminharam às janelas para acompanharem com os olhos a majestosa singradura da alterosa nau, que fendia as ondas, como uma princesa do oceano, soltas ao vento as brancas roupagens.

Antes deles porém o P. Molina sempre alerta a tudo que passava em torno, com um óculo de longa mira e do interior da cela examinava o navio.

A escolha de D. Francisco de Sousa em idade avançada para governador do Estado do Sul, acordara no espírito de Molina a mesma ideia que suscitara na lembrança de Vaz Caminha; porque para ambos a nova desse fato coincidira com a notícia da existência do roteiro de Robério Dias. Como porém a partida de D. Francisco de Sousa estava marcada para o começo de outro ano, o visitador deixando a Espanha em outubro de 1608, trazia cerca de três meses de avanço; e por conseguinte podia concluir a sua missão antes mesmo que o governador se fizesse à vela.

Deste lado estava pois o jesuíta de ânimo tranquilo, quando o surpreendeu a chegada inesperada do governador. Ao primeiro sinal de nau portuguesa à barra, teve ele um pressentimento, que logo tornou-se em certeza, quando pôde distinguir o pavilhão de capitão-general içado no tope do mastro e saudado pelos fortes e navios da armada.

Que razão tivera o governador para assim precipitar a partida?

O espírito do jesuíta cingindo-se à investigação desse problema, acabou por concluir que o motivo da alteração fora relativo às minas de prata, e nenhum outro senão uma suspeita sobre os projetos da Companhia. É certo que o segredo ficara entre o Geral Cláudio Aquaviva e ele P. Molina, entre um abismo e um túmulo. Mas o visitador sabia por experiência própria que o espírito humano é dotado de uma espécie de faro moral, capaz de perceber ao longe fatos de que não há notícia. É por esse dom singular que a gente de uma cidade anuncia às vezes uma vitória ou um naufrágio, ao mesmo dia e hora em que ele tem lugar a centenas de léguas distante; o que fez dizer ao provérbio: voz do povo, voz de Deus, quando divulga o bem, ou do diabo, quando anuncia o mal.

Ora, pensava o P. Molina, era bem possível que embora do abismo profundo onde estava sepultado o segredo, não escapasse eco dele, contudo se levantasse algum ligeiro odor, que prurisse o fino olfato da diplomacia castelhana, discípula aproveitada da inquisição e do jesuitismo.

Cogitando destas coisas, dirigiu-se a toda a pressa para a Rua de São José.

O visitador não se enganava. Fora justamente essa a razão, que precipitara a partida do governador. Mestre Brás, quando visitara D. Francisco em Lisboa, lhe falara do P. Gusmão, e comunicara algumas leves suspeitas que tivera. O astuto diplomata não desdenhara estas informações; todavia chegando a Madrid e sondando ali como em Lisboa a casa provincial, não percebeu coisa suspeita. Logo porém que veio-lhe ao conhecimento a partida do P. Gusmão de Molina para o Brasil, ele ficou inquieto. Sabendo do que pôde colher do prelado, ser essa partida ordenada de Roma pelo Geral, que desligara o professo da sua obediência à casa de Espanha, o governador não duvidou mais, e instando com o ministro, fez-se à vela ao cabo de quinze dias, que tanto se despendeu com o apresto da nau.

Se não fosse a demora da caça aos holandeses, talvez que D. Francisco de Sousa aportasse a São Sebastião antes do P. Molina.

Enquanto repicavam os sinos e ardiam no ar fogos de artifício para festejar a boa-vinda do novo governador, o P. Gusmão indiferente às demonstrações festivas, chegava à casa de D. Diogo, resolvido a satisfazer a exigência da quitação e receber o roteiro. Deixaria nas mãos do fidalgo um documento de sua falsidade; mas engendraria modos de reparar esse mal.

— Tenha eu o papel em meu poder, é o essencial. Ao mais Deus proverá.

O frade pensava que a perfuração da parede serviria para subtrair o recibo, desde que o roteiro estivesse em suas mãos.

D. Diogo não estava em casa; já tinha saído para ir ao acompanhamento do governador, donde só recolheu à noite, depois da prática que se referiu. O frade desgostoso desse contratempo, mas não desanimado, recorreu ao meio extremo; subiu à água-furtada, e pôs mãos à obra, deixando a beata de vigia à rótula para o avisar da volta do fidalgo, logo que o avistasse no princípio da rua. Entretanto trabalhava com ardor extraordinário; faltava-lhe ainda muito para concluir o rombo; a tábua além de grossa devia ser delicadamente serrada a fim de não cair do lado oposto e chamar a atenção.

Nesse ponto do trabalho foi o visitador distraído pela beata que o chamava do patamar da escada. O provedor recolhia taciturno e sob o peso de graves pensamentos; quando o jesuíta saiu à porta, ainda vinha a vinte passos de distância, pelo lado oposto da rua. Deixando que se aproximasse foi-lhe direito o P. Gusmão:

— Vosso servo, senhor provedor!... ia ele dizendo.

Mas uma estrambótica figura, que não tinha percebido, meteu-se de repente entre ele e o provedor, de modo que este, distraído como vinha, passou adiante sem dar fé de quem lhe falara.

— Reverendo, uma palavra!... disse o recém-chegado.

— Segui vosso caminho, irmão, e deixai-me ir o meu, que tenho muita pressa!... replicou o frade.

— Mais tenho eu, reverendo!...

— Pouco me embaraça!

— Embaraça-me a mim!

O jesuíta procurava passar, e o desconhecido esbarrava-lhe o passo postando-se em frente.

— Que quereis de mim, então?

— Que o reverendo venha ouvir de confissão uma pobre mulher...

— Não posso agora!...

— *Sangre de Cristo!...* Um padre que recusa confissão a enfermo mortal!... É pior bicho que a besta-fera, pois esta come só a carne!...

O P. Molina, que apesar da escuridão da noite, estava entreconhecendo o desastrado sujeito, ao ouvir a tão familiar jura de outrora, recordou-se imediatamente do Capitão Fuerte Espada. Este reconhecimento levou-o logo e naturalmente a uma conjetura. O aventureiro, que ele deixara em Lisboa nas garras da Inquisição, para escapar-lhe devera ter sido amparado por pessoa de grande valimento: e essa não era outra senão o Governador D. Francisco de Sousa que o tomara a seu serviço.

Tudo isto foi rápido e pensado enquanto o aventureiro terminava seu dizer, ao qual o jesuíta retrucou:

— Assim era, irmão, se não estivesse eu suspenso de ordens!...

— Caramba! O reverendo está suspenso! Que tal!... Por bom não há de ser!...

— Deixo-vos com Deus, senhor!...

O Capitão Fuerte Espada, que não primava pelos dotes do espírito, ficara estatelado com o expediente do frade; e enquanto ruminava ele o modo de retorquir ao argumento e convencer o jesuíta para que o acompanhasse, este seguira o seu caminho desimpedido, e já pisava o limiar da porta de D. Diogo, quando o aventureiro em dois saltos o alcançou e tomou-lhe a dianteira.

— Nada, reverendo, haveis de acompanhar-me. Ocorreu-me que assim como qualquer sem ser padre batiza em artigo de morte, podeis vós, mesmo de ordens suspensas, confessar!...

— Então também vós, sem ser padre; e portanto não careceis de mim, disse o frade a rir.

— *Sangre de Cristo!* O reverendo está chasqueando do próximo!... Pois saiba que lhe fala o Capitão D. Aníbal Aquiles Cipião de la Fuerte Espada, com quem ninguém ainda brincou, nem mesmo sua mãe quando ele era fedelho! Disse eu que o reverendo me havia de seguir a confessar a mulher, e é como se já estivesse lá.

No forte desta altercação fechou-se a porta do provedor; o sino de recolher começava de ser tangido. O frade pensou que o melhor modo de se desvencilhar do aventureiro, era condescender com ele; e pois resolveu-se a segui-lo.

— Mostrai o caminho, irmão.

— Em frente! Sempre em frente! É a minha divisa!...

Seguiram os dois rua acima. Com um galrador da força de D. Aníbal, não era difícil ao P. Molina verificar o que já suspeitara a respeito da sua vinda ao Brasil. D. Francisco de Sousa, guiado pelas revelações de mestre Brás, compreendera que lhe seria útil o concurso do aventureiro, e tirou-o dos cárceres do Santo Ofício, para logo dar-lhe um lugar em sua comitiva. O aventureiro, que já se considerava queimado, recebeu aquele favor do céu sem saber a que circunstância o devia:

— O tal mestre Brás!... concluiu o soldado bufando. Um dia havemos de ajustar contas!...

O frade que revolvia nesse instante tristes pensamentos, sorriu de ver atribuir ao taberneiro a denúncia por ele deitada na caixa secreta; mas logo uma ideia amarga derramou-se no seu espírito, confrontando as circunstâncias agora referidas com outras por ele antes sabidas.

"A inteligência humana é uma burla do Criador!... Eu, Gusmão de Molina, com vinte anos de um estudo incessante, eu, discípulo melhor dos grandes mestres, deixar-me iludir por um taberneiro!... Quando podia pensar que aquele bruto seria capaz de contraminar um plano meu!"

Chegavam os dois à Rua da Ajuda.

— Ao menos reparemos o erro!...

Murmurando consigo, o frade recuou de repente, fingindo sobressalto:

— Que temos?... perguntou o aventureiro.

— Não vê, D. Aníbal, ali no mato uns vultos!... Falam tanto de malfeitores agora!

— Quem vai lá? gritou o destemido capitão.

Não respondendo ninguém, desembainhou a espada e arremeteu a cutiladas pelo mato. As sombras eram duas estacas ali fincadas para coradouro, o que ele só conheceu chegando perto.

— Oh! oh! oh!... exclamou rindo! Vinde ver os vossos malfeitores, reverendo.

Mas o P. Molina se tinha sumido.

— E não logrou-me o demônio do frade!... Melhor; poupou-me o trabalho de me descartar dele.

D. Aníbal voltou à Rua de São José, mas qual não foi o seu pasmo descobrindo de longe o vulto do jesuíta em pé defronte da porta de D. Diogo de Mariz, esperando que acudissem ao seu bater. Deitou a correr para ele, quando lhe saiu do vão junto da parede um sujeito.

— Então asno, assim é que cumpres as minhas ordens?

— Mas, capitão, o frade disse que vinha por ordem do senhor governador, e que vós não havíeis tardar! Como saístes ambos juntos!...

— E que tinha isso, grandíssima besta!...

D. Aníbal chegou a tempo; ouviam-se já as passadas da caseira de D. Diogo na escada:

— Sem dúvida, reverendo, vos enganastes de porta: a do vosso convento fica no Castelo, onde este camarada vai levar-vos direitinho como um fuso. Vamos! um, dois, três; em frente, marcha.

O visitador conheceu que a resistência, além de improfícua, podia ser funesta. Era claro que o governador guardava a porta de D. Diogo, e por conseguinte ele não poderia naquela noite penetrar na casa. Entretanto, se por um lado aquela medida o assustava, por outro lhe dava esperanças, pois era indício de que o provedor, fiel aos severos princípios de honra, recusara ao governador a entrega do depósito.

Recolheu pois o visitador ao Colégio, ao passo que D. Aníbal se atravessava na soleira da porta resolvido a ali passar a noite, e despachava a caseira acudida ao chamado do frade:

— Não é nada, rapariga, senão fui eu que me enganei de porta.

Entretanto D. Diogo de Mariz ignorava o que passava à porta de sua casa. A nuvem que um instante toldara o seu pensamento se dissipara; recobrara a calma e serenidade da consciência pura. Depois da ceia frugal, escreveu uma carta que encomendou aos cuidados da caseira, e dormiu ao lado da virtuosa esposa o sono do justo.

A caseira do fidalgo era a mulher dos esquecimentos; tinha memória de galinha pedrês, de quem diz o vulgo que não se lembra onde pôs o primeiro ovo. Quantas incumbências lhe davam, umas não fazia, outras amanhava de través. Nessa noite à vista das instantes recomendações do amo, teve ela uma feliz ideia: meteu a carta no cocó. Era o meio de não esquecê-la em casa no outro dia ao sair para as compras.

Assim aconteceu de fato. Às cinco horas da manhã, a velha, de samburá no braço, ganhou a rua, e com ela foi escondida no cabelo a carta da qual nem mais se lembrava. D. Aníbal viu-a sair, e deixando a porta guardada foi-lhe no encalço. A poucos passos fê-la parar:

— Alto, minha velha. O senhor governador teve denúncia de que trazíeis convosco certas bruxarias...

— Eu!... Bento Jesus!... Que falso testemunho!...

— É o que vamos averiguar! Vou passar-vos uma revista completa!...

— Podeis passar, na certeza que se alguma encontrardes, são artes do Tinhoso!...

Sem respeito ao pudor, D. Aníbal revistou ou apalpou a velha; não lhe encontrando coisa suspeita, deixou-a seguir. Como poderia pensar o capitão que os cabelos dessa sujeita seriam para ele como os cabelos das matronas romanas para o seu homônimo!

A essa mesma hora o P. Molina saía do Colégio em direção à Rua de São José. Levara a noite inteira a meditar; e ia resolvido a instalar-se em casa da beata, e daí operar como o caso pedisse. Tinha dois meios a empregar; um era o furo da parede; o outro o quintal, por onde supunha poder penetrar na casa do fidalgo.

Sucedeu que ao chegar o visitador embaixo da ladeira, passou-lhe pela frente a caseira, que ele imediatamente reconheceu. A velha ia bem descansada de seu; nem lembrança da carta; mas ao ver o frade caiu em si, e tirou do cocó o papel engordurado de banha.

O P. Molina quebrou o selo e leu rápido:

Padre-mestre. — Rogo-vos encarecidamente a graça de achar-vos nesta vossa casa de São José amanhã, segunda-feira, que se contam nove de fevereiro, antes da hora de meio-dia.

De V. Paternidade
um irmão reverente

D. Diogo de Mariz.

— Para que me quer ele?... E por que ao meio-dia antes do que a qualquer outra hora?...

O frade tornou a ler a carta, e interrogou a velha, da qual só colheu o que já sabia; que o provedor recolhera tarde voltando de palácio.

— O governador exigiu a entrega do roteiro; D. Diogo pediu tempo para refletir; o governador lhe concedeu, mas fê-lo guardar por cautela. O prazo expira ao meio-dia; ele me convida pois para prevenir-me da entrega que vai fazer do roteiro ao governador. Não é outra coisa.

Caminhando sempre, prosseguiu:

— Também é possível que ele pedisse prazo para poder livrar-se do depósito entregando-o a mim. Mas não! se assim fosse, não me diria — antes do meio-dia, e sim — venha o mais cedo possível!...

O frade encaminhou-se apressado para a casa da Mariana, onde pretendia entrar sorrateiramente, para daí sondar o terreno. Mas nesse tempo pouca gente transitava pelas ruas de modo que apenas o frade apontou longe, o capitão o lobrigou, e foi-se logo preparando para fazer-lhe frente. D. Aníbal tinha mais medo da língua de um jesuíta, do que da ponta de uma adaga afiada.

Com admiração sua, o frade em vez de se dirigir à porta de D. Diogo, bateu devagarinho na rótula: por infelicidade a beata estava para os fundos, e tardou uns dez minutos a abrir. Foi o tempo necessário para o aventureiro formular um pequeno raciocínio, em virtude do qual lhe pareceu suspeita a entrada na casa vizinha pelo mesmo indivíduo que tamanha insistência fizera na véspera para entrar em casa de D. Diogo.

D. Aníbal avançou pois:

— Bom-dia, reverendo. Já tão cedo na rua! Quer me parecer que o padre tem rasca por estas bandas.

O jesuíta revestiu- se da sua dignidade, e não respondeu; este ar pesou sobre o aventureiro, que retorquiu em tom cortês e polido.

— Não se pode saber o que vem o reverendo fazer a esta casa?

— Venho exercer o meu sagrado ministério!

— Queira o reverendo traduzir-me isso em vulgar.

— Fui chamado a uma confissão aqui!...

— Mas o reverendo não está suspenso de ordens?

— Minha suspensão terminou no dia de ontem.

O Capitão Fuerte Espada ficou estatalado; mas sem o sentir arrancou da cachola uma réplica chistosa:

— Neste caso, reverendo, a minha enferma de ontem está em primeiro lugar.

E receando a lógica temível do jesuíta, pôs-se o aventureiro a cantarolar, acenando a um dos seus homens para guardar a rótula da Mariana. O P. Molina, homem da palavra e soldado na milícia da inteligência, teve de ceder ante o poder da força bruta. Retirou-se, é verdade, mas como a vaga que se retrai para de novo arremessar-se com maior ímpeto.

Capítulo V

Eis-nos outra vez na cidade do Salvador.

Muito há que é noite.

Elvira sentada no escabelo dourado, crava os olhos com uma fixidez espantosa no óculo aberto ao alto da janela; a inflexão da cabeça sobre a espádua indica a atenção que presta seu ouvido aos rumores sutis que vêm de fora. Em sua fisionomia se debuxa com viva cor a ânsia de uma alma angustiada entre uma dor intensa que a oprime e uma esperança que vacila.

O que sofreu a mísera donzela desde a noite fatal do que para outros fora Ano-Bom, e para ela tão mau, já exprimiram suas queixas na carta escrita a

Garcia de Ávila. O reverendo P. Figueira, acudindo a toda pressa ao chamado urgente da viúva, ouvira com a maior atenção a história dos acontecimentos da noite; e logo reconhecera que um obstáculo sério opunha-se ao projeto tão afagado por seu espírito, e cuja realização lhe parecia infalível.

O jesuíta teve uma longa conferência com D. Luísa de Paiva, que reassumiu a calma habitual, e na despedida acompanhou seu confessor até a porta com um sorriso angélico. Nesse mesmo dia foi chamado um serralheiro que fechou com grades de ferro as janelas e a porta do aposento de Elvira, agora seu cárcere, de câmera que fora. A alimentação reduziu-se a pão e água durante os dias magros da semana; nos outros apenas havia de mais algum legume.

O isolamento e jejum tinham sido os meios aconselhados pelo jesuíta; serviam não só de penitência pela culpa cometida, como de remédio contra o pecado original do amor de Elvira. O P. Figueira sabia que influência exerce o físico sobre o moral da criatura; e esperava amainar a chama do coração debilitando e empobrecendo o sangue que o fazia pulsar.

Para apressar a cura d'alma empregaram-se outros meios; tentaram fazer acreditar a Elvira que seu amante havia sucumbido às feridas que recebera; e a ameaçaram com o castigo divino se continuasse na desobediência à sua mãe; ao mesmo tempo recorriam às promessas e rogos para demoverem a moça de sua paixão. Mas foi tudo baldado; o coração de Elvira se acrisolava no sofrimento.

No dia de Reis, D. Luísa por inspiração do confessor, resolveu levar a filha à igreja; depositavam ambos muita esperança no sermão do P. Molina; não porque devesse o exímio pregador tentar especialmente o assunto, mas pelo efeito que a palavra sagrada, manejada por tão insigne mestre, havia de produzir geralmente na multidão dos devotos. Contava o frade tirar daí nova força e autoridade para seus conselhos.

O resultado foi contrário à expectativa. Bem longe de impressionar-se com a majestade da festa religiosa, a donzela no fundo do palanquim onde a haviam encerrado, só teve olhos para Estácio, que lhe apareceu naquele instante como a sombra de Cristóvão. Recolhendo a casa, trouxe a certeza de que o amante vivia, e a esperança de que breve o havia de ver.

No dia seguinte lembrou-se de escrever ao amigo; era um modo de aproximar-se dele mais cedo. Começou a carta sem ainda saber por que meio a enviaria a seu destino, e confiando tudo do acaso. Quando estava nessa doce ocupação, foi de repente surpreendida pelos passos de sua mãe, que se aproximava acompanhada do P. Figueira. Elvira apenas teve tempo de ocultar o papel no seio e afastar-se rapidamente da mesa onde escrevia.

A viúva entrou, correndo pelo aposento um olhar suspeitoso; enquanto o jesuíta com sorriso melífluo dirigia-se à donzela:

— Deus esteja convosco, filha!...

— O Senhor é misericordioso e espero não me há de desamparar nesta minha tributação! respondeu Elvira com altivez.

— Não desampara, não; e a prova é que me envia a vós para falar-vos em seu santo nome!

A donzela voltou o rosto com visível desgosto; ela acreditou que a palavra sagrada não podia manar daquele lábio fino e delgado como uma lâmina.

— Fostes vítima, filha, da sedução de um mau homem, que felizmente não conseguiu seu feio intento, pela solicitude e zelo materno de vossa respeitável mãe. Errar não é vergonha; sobretudo quando o arrependimento lava a culpa. Foi o que vimos no vosso caso; a falta que cometestes, ouvindo os requebros de um casquilho, estimulou-vos a virtude. Desde então vos encerrastes nesta câmera solitária e propícia ao recolho do espírito; ao mesmo tempo que por penitência condenastes a carne a jejum rigoroso de pão e água! Tão grande fervor e humildade têm excitado a admiração dos estranhos e chamado sobre vossa cabeça as bênçãos celestes.

Elvira fitou no frade um olhar pasmo; o seu espanto ouvindo o jesuíta atribuir-lhe como penitência espontânea, o que lhe haviam infligido como severo castigo, era extremo; mas redobrou notando a impassibilidade austera que conservava a fisionomia de sua mãe diante daquela falsidade.

— O amor da respeitável matrona que o Senhor vos concedeu por mãe, se um instante retirou-se da filha culpada, voltou já o com maiores estremecimentos à filha arrependida. Não é verdade quanto digo, Senhora D. Luísa, minha respeitável devota?...

— Só a verdade fala pela boca de V. Reverendíssima.

— Mas, se já fizestes muito, virtuosa donzela, não fizestes tudo para a redenção de vossa alma. É preciso coroar dignamente a obra de tão santa abnegação, ofertando enfim as premissas de vossa alma cândida que o bafo impuro do tentador escapou de manchar, a quem somente as merece!... Para recebê-las e satisfazer esse voto íntimo de vossa alma, enviou-me Deus à vossa presença!

Elvira não prestava atenção ao jesuíta; ansiosa de ficar só para concluir a carta, e receando que a sua réplica suscitasse a cólera materna e as longas contestações que se lhe seguiam, resolvera calar-se para abreviar a prática. Arredara o espírito das pessoas que ali estavam, e o dirigira para o seu alvo favorito, Cristóvão. Só voltou a si quando o P. Figueira impondo-lhe as mão ambas sobre o missal, e com a destra benzendo-as três vezes, proferiu estas palavras graves e solenes:

— Em nome do Senhor recebo e santifico o voto solene, que fazeis vós, D. Elvira de Paiva, de consagrar-vos corpo e alma à religião em uma ordem regular, como esposa de Cristo!...

A donzela, que a princípio não tinha compreendido e emudecera ante a majestade do ato, espavorida arrancou as mãos soltando um grito de horror:

— Misericórdia, Senhor Deus! Vós bem sabeis que não fiz outro voto senão de amar eternamente o escolhido de meu coração!

A donzela caiu de joelhos.

— Calai-vos, filha.

— Compaixão, mãe, desta infeliz!

— Deste instante em diante, filha, já não podeis sentir outro amor, que não seja o evangélico: o amor puro e imaculado!

— Eu enlouqueço!...

— Serenai vosso ânimo. Nós vamos, vossa mãe e eu, tratar dos modos de realizar depressa os impulsos de vossa alma.

O confessor saiu seguido pela viúva. Elvira pasma e estática, ficou de pé no meio do aposento, inclinada para a porta por onde acabavam de sair, como se houvessem levado após si o estame de sua alma. Mas afinal o instinto da salvação dominou o atordoamento. Ouvindo entrarem no vizinho gabinete, a donzela precipitou para uma porta oculta na tapeçaria, que servia de comunicação entre os dois aposentos, e escutou.

Sentou D. Luísa justamente numa poltrona que havia contra essa porta, e o padre ao seu lado:

— Não nos ouvirá? perguntou o jesuíta em tom de segredo, mas com a voz bem clara.

— Nem suspeita que estejamos aqui! Pode falar, P. Figueira.

Elvira pensou que a Providência a favorecia, fazendo-a ouvir o que a respeito de seu destino decidia o confessor e conselheiro de sua mãe; e bem longe estava de suspeitar a verdade. De propósito o P. Figueira combinara com D. Luísa toda aquela cena, a fim de exercer no espírito de Elvira uma pressão favorável aos seus intentos. Conhecia que suas palavras eram recebidas pela donzela com uma desconfiança que ela não procurava disfarçar; outro tanto não sucederia com o que surpreendesse daquela conversa secreta.

— Estão todas as dificuldades vencidas, continuou o padre. Vou escrever para Lisboa ao provincial que se entenda com a Superiora de Santa Clara sobre a admissão ao noviciado da menina Elvira. Justamente está a partir por estes dias um galeão.

— Neste ponto confio tudo de vosso zelo, Senhor P. Figueira. De onde ainda receio é daqui.

— Não vos entendo.

— Da resistência de Elvira.

— Essa é impossível, a menos que não julgueis vossa filha uma renegada!

— Deus me defenda de tal.

— Lembrai-vos que ela já fez voto de ser freira; e portanto é como se já estivesse clausurada.

— Supondes então que o voto que ela fez a obriga eternamente?

— Sem dúvida! Como se fosse feito em profissão solene; as fórmulas são nada: o ato é tudo!

As vozes abaixaram, e não se ouviu mais que o murmúrio de palavras.

Elvira aterrada, ficara imóvel e hirta. A trama do jesuíta, que em pessoa mais conhecedora do mundo talvez não suscitasse senão desprezo n'alma ingênua da donzela, impregnada das crenças profundas do tempo, produziu o efeito calculado pelo astuto frade. Acreditou a inocente que de feito estava para sempre ligada por um voto que ela não fizera espontaneamente, mas por surpresa lhe haviam arrancado; julgou-se já freira, noiva do Cristo, e separada para sempre, nesta e na outra vida, daquele a quem amava.

Prostrou-se de joelhos ante o crucifixo:

— Meu Deus, eu não sou digna de vós! Deixai-me ao amor daquele a quem me destes, muito antes de me quererem para vós.

Mais que nunca sentiu a necessidade de ter Cristóvão a seu lado para a proteger e salvar sua alma, que ela sentia delirar dentro de um corpo convulso. Voltou à mesa e de um ímpeto terminou a carta começada pela manhã e tão bruscamente interrompida.

Mas como enviá-la? Muito tempo girou insôfrega pelo aposento, como uma mariposa que busca na treva uma réstia de luz. Veio a noite e encheu os muros que a enclausuravam, de silêncio e escuridão. De novo implorou a misericórdia divina, de quem só esperava socorro.

Deus a ouviu.

Foi justamente nesse momento que a seta despedida por Estácio, atravessando o aposento e cravando a parede, lhe trouxera as letras queridas de seu amante e o fio condutor que devia levar a resposta. Nos primeiros momentos que sucederam a essa feliz surpresa, Elvira não teve alma e vida senão para a carta de seu amante. Cristóvão nada lhe dizia que ela não soubesse; eram juras e protestos, mil vezes repetidos de um amor ardente; eram suspiros de saudade e gemidos de desventura, como ela também exalava. Mas isso escrito pela mão amada, valia como carícias vivas, encerradas no papel, que ao abrir se atiravam às faces e ao seio da donzela para afagá-la.

Quando o tiro soara, ela acordou do seu doce enlevo. Sua aflição durou até a gargalhada do capitão de mato e as palavras por ele proferidas que a tranquilizavam acerca da vida de Cristóvão naquela noite. Mas podia não ser ele outra vez tão feliz, e já ela se acusava de o haver exposto à morte, chamando-o a si.

Nestas inquietações passou até a noite seguinte, em que novo acidente a veio distrair. Uma segunda flecha penetrou como a primeira no aposento, trazendo-lhe um recado de Cristóvão:

Antes que me chamásseis, senhora minha, já minha alma tinha voado para vós e estaria a vossos pés neste instante, se o corpo enfermo não me encadeasse a um leito de martírio.

Breve nos veremos, espero em Deus, apesar dos obstáculos que se erguem entre nós; mas sobre todas as coisas eu vos suplico, Elvira minha, não acrediteis um instante que haja poder para nos separar jamais!

— Se ele soubesse!...

Na terceira noite, às mesmas horas mortas, a mensageira fiel, que ela já esperava como se fora uma amiga, entrou sibilando pela fresta da janela. Desta vez trazia a seta, como da primeira, além da carta um fio condutor:

Já me aproximo de vós, doce Elvira minha. Ajudai-me. Conservareis em vossa mão o fio que esta seta conduz; uma segunda vai partir que leva outro fio; ligai ambas as pontas; e esperai-me. Não vos assuste qualquer estranho rumor que porventura vos chegue ao ouvido: é vosso amigo que se avizinha. Até amanhã talvez, ajudando Deus.

Mal acabava de ler, ouviu o sibilo da flecha anunciada; ela executou à risca as instruções, e observou que o segundo fio fazendo moutão de um dos ferros da grade, puxava o primeiro, o qual foi substituído por uma corda de ticum a ele presa. Também por sua vez a corda foi rolando pelo balaústre até que depois de algum tempo tornou-se firme. Elvira julgou ouvir as suas vibrações produzidas por uma forte distensão, e logo depois rumor no telhado.

E não se enganava. João Fogaça, autor deste plano, calculado sobre a inspiração de Estácio depois de firmada a corda no ramo da árvore, enviava sobre essa maroma Olho, na qualidade de explorador. O índio, agachado como um gato, depois de sondar a treva que não lhe ofereceu nada de suspeito, resvalou rápido até à janela; afinal galgou o telhado, e arrancando algumas telhas, insinuou-se no forro.

Cristóvão com a saúde e a ânsia de ver a amante, readquirira a audácia; embora não desejasse dar escândalos, já o não retinham pequenos escrúpulos, que durante a sua moléstia se lhe antolhavam como fatos gravíssimos. João Fogaça desembaraçado de seus movimentos, também de seu lado recobrara a costumada fecundidade. O plano que ele tratava de pôr em execução era bem concebido: resolvera penetrar na casa pelos ares; era o único meio de burlar a vigilância exercida pelo Batista e sua gente. Sobre as cabeças dos vigias postados embaixo das janelas de Elvira, o índio suspenso à corda e oculto pela ramagem do arvoredo, passou despercebido. É escusado advertir que tudo isto se fazia em profundo silêncio, e que uma linha de atiradores deitada ao longo do fosso, esperava o primeiro sinal suspeito de algum dos vigias para traspassá-lo com as setas.

Cristóvão, ao escrever a Elvira, lembrara-se de pedir-lhe algumas indicações sobre o interior da casa, que facilitasse a exploração incumbida a Olho; mas João Fogaça opôs-se com todas as forças.

— Nada, Cristovinho!... Isso de mulheres, é sempre fogo de palha; muita chama de repente, e logo abaixa. Pode a menina assustar-se com o que se vai fazer, e transtornar tudo. Deixai cá o negócio ao meu cuidado; chegareis quando ela menos o pensar, e por onde nem cuida!

O capitão de mato andou bem avisado, pois Elvira sentindo os ligeiros rumores que percorriam o teto da casa, começou a tremer de susto, e arrependida de haver chamado Cristóvão, se afigurava já como a causa de sua morte.

— Em vez de chamá-lo eu devia ter procurado arredá-lo o mais possível de mim!... soluçava ela.

Nisto pareceu-lhe que abriam e tornavam a fechar sutilmente a porta da câmera; cuidou que fosse D. Luísa que tendo ouvido algum rumor, viesse escutar se ela dormia. Essa circunstância ainda mais aumentou seu grande terror.

Depois os rumores cessaram no teto, e a corda começou de novo a rolar, sendo substituída pelo fio, e desaparecendo completamente. Ela compreendeu que por aquela noite estava tudo terminado.

Entretanto Olho voltara ao lugar, onde havia deixado Cristóvão e João Fogaça, a dar conta da sua exploração:

— Olho entrou no forro da casa, e logo viu lá no fim um canto menos escuro.

— Já sei; era um buraco no forro.

— Sim; Olho amarrou a corda no caibro, e desceu.

— Em que lugar?

— No corredor. Junto do quarto da senhora está outro quarto, que tem janela, por onde senhor pode entrar.

— Qual é das janelas?

— Uma, duas, três... Aquela! respondeu o índio apontando.

— E a porta da câmera?...

— Aberta com este ferro.

O capitão de mato tomou o molho de gazuas que dera antes ao índio, e dele separou aquela que servia na porta de Elvira.

— Guarda, Cristovinho! Amanhã a esta hora lá estarás!

— E por que não hoje, agora mesmo?

— Por trinta e uma razões; sendo a primeira que não se pode.

No dia seguinte, logo que fechou a noite, os dois amigos estavam no mesmo sítio; ainda então era necessário que o capitão de mato contivesse a impaciência de seu colaço. Força foi a Cristóvão esperar até noite alta.

Enquanto isto, o terreiro da casa de D. Luísa era investigado pelos sentidos do capitão de mato; como na véspera, dois homens de vigia velavam daquele lado da casa, um embaixo mesmo da janela de Elvira, o outro no canto do edifício. Desde a noite da fuga de Estácio a vigilância redobrara, por causa da ameaça de João Fogaça ao Batista.

— Agora! disse o capitão de mato.

Cristóvão avançou rápido:

— Escutai primeiro!... Eu com meia dúzia dos caboclos vou para o lado de lá da casa, e faço como quem quer atravessar o valado. Eles me pressentem, e naturalmente acodem todos para aquela banda. Enquanto isto, tendes o caminho livre; com a gente que vos fica, amarrai os dois vigias; não vos embaracem os gritos, ninguém os ouvirá! Já Olho deve ter segura a escada de corda à janela; subi, entrai, e boa-noite!...

O capitão de mato teve um sorriso brejeiro.

— João, não me faleis assim nesse tom a respeito de meu amor; tal gracejo, mesmo na vossa boca, é uma injúria, que eu não tolero. Acreditai, amigo, que Elvira só, naquela câmera solitária, entregue a mim pelo afeto ao mesmo tempo que pelo receio dos seus, me é mais sagrada do que o fora ante o altar, em face de Deus e presença de toda gente! Amareis um dia, João, para compreender a santidade do verdadeiro amor, e qual céu é para a mulher amada o coração que a ama.

— Ta, ta, ta!... Não vos amofineis agora por um gracejo! Não vos conheço eu desde as faixas, para saber o quanto valeis? E a não ser assim, julgais que vos prestasse as mãos para levar a desonra ao seio de uma família?... Quero-vos muito Cristóvão, para preferir vosso brio ao vosso prazer!...

— Obrigado; estou tranquilo. Podeis ir.

— Recomendo-vos toda a prudência.

— Descansai; eu me pouparei para ela que de mim carece.

João Fogaça afastou-se com um grupo de índios.

É neste momento que encontramos Elvira sentada na sua câmera, com a atenção suspensa ao menor ruído.

De repente um sibilo atravessou os ares; a pequena flecha, sua conhecida, vibrou na parede, portadora do papel e do fio. Repetiu-se a cena da véspera; a corda foi esticada no ferro da grade; os ligeiros rumores propagaram-se pelo teto da casa, depois pelo corredor; pareceu-lhe que a janela próxima era aberta. Nesse instante porém um ruído forte soou do lado oposto; ouviram-se imprecações e juras embaixo das janelas.

Elvira apesar de prevenida não podia reprimir o terror que a congelava, quando a porta da câmera abriu-se, e Cristóvão deitando-se a ela, a cingiu nos braços, afogando contra o peito a exclamação que exalaram os lábios da donzela.

Sentados no estrado, onde quinze dias antes os tinha surpreendido a viúva, já nem se lembravam dos maus dias passados; dir-se-ia ao vê-los tão prazenteiros, que dissipado o cruel pesadelo, eles continuavam aquele interrompido colóquio, antes transfusão recíproca de duas almas. Tinham tanto a dizer, e tão pouco a contar! A noite embebeu no vasto âmbito tantas meiguices ternas e suaves queixas, que os dois corações influíam e refluíam um no outro, como a veia serena de um lago ondula de uma a outra margem.

E o tempo fugace voava; as horas da noite desfiadas uma após outra caíram; o primeiro vislumbre da alvorada palejou as sombras escuras do horizonte.

— É tempo de ir-me, Elvira minha!

— Já, Cristóvão! disse a donzela estremecendo.

O mancebo abrindo a porta, a conduziu à janela por onde penetrara na casa, e à qual estava suspensa a escada de corda.

— Vede! É a primeira luz da alvorada que bruxuleia no horizonte!

— Como é possível, bem meu, se há tão pouco tempo anoiteceu; aquele clarão é da lua!...

— Não sentis esta brisa fresca e perfumada que brinca com os vossos cabelos?... É o primeiro hálito da manhã, fragrante como o de vossos lábios, senhora desta alma!

— Enganai-vos, amor meu; esta frescura e da viração do mar que sopra à meia-noite, quando as palmeiras abrem suas flores!... Ela nos diz que o dia ainda está longe.

Shakespeare foi realmente um grande fisiologista do coração humano. Dois amantes, em uma noite da América, representavam a mesma cena de amor, que o grande poeta desenhou na entrevista noturna de Romeu e Julieta, sob o céu da Itália.

De repente o primeiro rubor da manhã tingiu alguns capuchos de nuvem desfiados pelo azul do céu: a alvorada rompia.

— Duvidais ainda?...

— Não! exclamou a donzela estremecendo. Tendes razão; é o dia!

— Adeus, pois, doce Elvira minha!

— Quereis me deixar outra vez?

Cristóvão surpreso não respondeu.

— Cristóvão, senhor de minha alma, levai-me convosco. Não me abandoneis na solidão desta casa, imenso deserto, onde minha razão se perde! Tenho medo do enlouquecer! Levai-me convosco!... Por Deus e pelo nosso amor, por tudo quanto há para vós de mais sagrado, não me desampareis um só momento, não vos arredeis do meu lado, porque temo perder-vos para toda a eternidade. Eu sou vossa esposa; ninguém já me pode roubar a vós, que sois meu senhor e dono: devo acompanhar-vos.

Surgira no espírito da donzela a lembrança horrível do que ouvira ao P. Figueira, e que o embevecimento da presença de Cristóvão desvanecera até o instante da partida. Cristóvão também, escutando aquelas impetuosas palavras, recordou-se do que lhe dissera Elvira na sua carta.

— Sossegai, Elvira minha; não nos hão de separar. Mas dizei-me o que ouvistes que tanto vos horrorizou, para que melhor possa desfazer a trama.

A donzela abriu os lábios para referir tudo; mas assaltou-a uma lembrança cruel, que já anteriormente se apresentara a seu espírito. Se Cristóvão acreditasse que ela estava ligada à religião, como dissera o frade, e matasse em sua alma um amor sacrílego... Oh! era horrível só de pensar! Ela escondeu o rosto nas mãos, como para arredar a perspectiva que se desenhava a seus olhos alucinados.

— Agora não! Depois sabereis!... Mas eu vos suplico, levai-me desta casa.

— É isso impossível, doce amiga. Não podeis desamparar o teto materno, senão para entrar na igreja onde nos devemos esposar.

— Pois sim. O dia vem raiando; daqui em pouco as portas das igrejas vão abrir-se; e em qualquer delas Deus nos há de enviar um ministro seu para abençoar a nossa união.

— Quero que seja como dizeis. De que modo heis de sair daqui? Pelo mesmo caminho por que vim?... Nem pensar em semelhante coisa!

— Então se não é possível que eu vá, ficai vós junto a mim!

— Que proferis, Elvira! Aqui na vossa câmera de donzela?

— Na minha câmera nupcial!... não sou eu esposa vossa?

— Anjo! disse Cristóvão afagando-a. Vossa inocência e candura não conhecem o mal. Julgais que alguém, vossa própria mãe, achando-me aqui encerrado convosco, acreditasse que a minha honra e a vossa virtude vos tinham guardado virgem imaculada?... Tal é a sordidez do mundo!...

Elvira teve uma vibração íntima. Seus olhos cintilaram. Um sorriso estranho, bruxuleando uma ideia sinistra que despontara em sua mente esvairada, desabrochou nos lábios.

— Vinde! exclamou travando arrebatadamente das mãos de seu amante e levando-o ao seu aposento.

Fechou então a porta; e caminhou para Cristóvão, envolvendo-o com um olhar de Safo. Parou; seu lábio mudo não sabia a linguagem daquele delírio; ela esperava que o mancebo bebesse em seus olhos o segredo de sua alma. Mas este surpreso daquela atitude estranha, entristecia pensando que os pesares houvessem alterado a saúde de sua linda virgem.

Súbito outra revulsão operou-se no espírito de Elvira. As lágrimas espadanaram de seus olhos; e o seio ofegou soluçante. Caiu de joelhos e arrastou-se aos pés de Cristóvão, soluçando:

— Ainda há um meio de salvar o nosso amor, Cristóvão!... Matai-me neste instante!

— Que proferis, Elvira!

— O desejo de meu coração... Matai-me; nos reuniremos no céu! Nenhum poder já nos poderá separar.

— Tão pouca fé tendes em nosso amor, Elvira, que já perdestes toda a esperança?...

— Oh! vós não sabeis!...

Segunda vez a lembrança terrível do voto pruriu seus lábios, e segunda vez recalcada, abalou profundamente aquele coração.

— Não me quereis matar, Cristóvão? exclamou a donzela com veemência.

— Que turbação é a vossa, Elvira minha?

Elvira revestiu-se de uma energia estranha; e sua voz, embora surda e velada, vibrou ao ouvido do amante com uma entonação solene:

— Então é preciso que eu seja esta mesma noite vossa esposa!...

Quando a primeira onda da claridade matutina insinuou-se pela fresta da janela, os dois amantes, longe um do outro, se isolavam em suas almas, tentando debalde fugir a si mesmos para libertar-se da ideia horrível que os esmagava. A luz, penetrando de repente na escuridade do aposento como na treva de sua alma, os fez estremecer. Foi como se desnudassem suas consciências. Entreolharam-se rápida e furtivamente. Cristóvão contemplando no abatido semblante da donzela a cópia descorada da virgem que ainda na véspera amava com tão santo fervor, suspirou:

— Oh! minha para sempre perdida felicidade!

Elvira, que viu abrir-se no sorriso pungente do mancebo o abismo onde ia sepultar-se o casto e puro afeto que inspirara, também gemeu no fundo d'alma:

— Que fiz, Deus meu!...

Os rumores do dia encheram a casa, e chegando até à câmera, lembraram a Cristóvão onde estava. Ergueu-se então, e despedindo-se friamente da donzela, encaminhou-se à porta. Sair assim em pleno dia, sem a mínima precaução, era uma loucura, que traria em resultado a morte de Cristóvão e a desonra de Elvira. Entretanto ele não hesitou um instante; ela não pensou em retê-lo.

— Talvez me acabem! disse consigo o mancebo.

— Já agora, quanto mais perdida para o mundo, mais dele serei!...

Cristóvão pálido e sinistro atravessou com passo firme os vários repartimentos da casa. Ia tão recolhido na sua dor, que passava alheio a quanto o cercava. Os fâmulos da viúva, encontrando-o no caminho, paravam surpresos e tomados de susto; e só depois que ele afastava-se, corriam a dar parte à dama do estranho caso. Assim chegou são e salvo ao caminho, onde João Fogaça inquieto o esperara a noite inteira.

Capítulo VI

Ainda não é dia claro, e já D. Mência, sempre asseada e bem pregadinha, sai do quarto.

A dama, inquieta pela ausência de Estácio, de quem não sabe desde o dia do desafio, ia já para uma semana, resolvera durante a noite tirar a limpo o mistério de que a cercavam. Em princípio o Dr. Vaz Caminha a viera ver, e a sossegara a respeito do sobrinho, pretextando um passeio. Gil também de seu lado respondia o mesmo às suas reiteradas perguntas. Mas os dias correram; Estácio não voltou; e sua tia reparou na tristeza do pajem, a quem na véspera surpreendera lágrimas nos olhos. Essa desacostumada sensibilidade do petulante menino deu-lhe que pensar; de novo inquiriu dele a respeito do ausente, mas Gil disfarçou.

Apenas clareia a manhã, ergue-se do leito onde levara a rolar o corpo e juntamente essas inquietações; depressa se compõe e lá vai direita ao cubículo onde dormia o pajem:

— Gil! oh! Gil!... Espertai, pequeno!...

O menino já ali não está; erguido muito antes dela, e trepado no mais alto dos coqueiros do quintal, devora com os olhos o horizonte e os batelões que velejam barra dentro com a viração da manhã. Por ali se fora Estácio; por ali espera o menino que ele volte nas asas do vento. Três dias eram passados depois da partida do mancebo, e aquele era o segundo de sua aflição por essa tardança.

À voz da dama, que o chama, desce o pajem:

— Filho, ide já deste passo ao Senhor Vaz Caminha, e dizei-lhe que careço de falar-lhe esta manhã mesmo. Não posso mais com isto. Quero saber de uma vez o que é feito de meu sobrinho. Se morto é, não me ocultem, declarem logo para que o chore à minha vontade e reze a Deus por sua alma.

O pajem dispara em pranto.

— Jesus!... Tu que choras, Gil, é que está morto mesmo! exclamou a velha chorando.

— Não, dona! Eu não sei nada! Ninguém sabe! replicou o menino soluçando. Ele foi-se e não voltou!...

— Leva o recado!... Hoje mesmo isto há de ficar deslindado.

O pajem parte ligeiro. Antes mesmo que a velha o incumbisse do recado, já ele tinha na tenção ir ao doutor, a quem desde a partida do amo via constantemente.

Vaz Caminha também está aflito com a demora do afilhado. Desde a madrugada em que Gil lhe viera bater à porta, para trazer-lhe o recado de Estácio, o velho advogado ficara em uma inquietação constante.

Por que meios se evadira Estácio do castelo? Desprezara ele, sempre tão dócil ao seu conselho, a advertência da carta, e comprara a liberdade com assassinato? Que homens eram esses a quem ele seguia, e quais índios os que o acompanhavam naquela expedição? Onde e a que fora, barra fora, embarcado na chalupa arrebatada aos pescadores, que deixara amarrados na praia?

Todas estas questões eram de natureza a perturbarem a serenidade do ânimo de Vaz Caminha; e infelizmente Gil não sabia do plano de Estácio bastante para esclarecer todos aqueles pontos obscuros. Com a celeridade da execução e a ideia de voltar no dia seguinte, não cuidara o mancebo de revelar ao pajem para que levasse a seu velho mestre particularidades que o instruíssem de seu intento.

Entretanto, cheio de cuidados, esperou ele debalde por todo o seguinte dia; o temporal sobreveio nessa noite para ainda mais assustá-lo. Rompendo a alvorada, se dispunha a sair para colher novas, quando lhe apareceu o pajem.

Ouvindo novamente de Gil as circunstâncias que ele já referira, fixou o advogado a dos índios que acompanhavam o estudante, e associando essa à outra recordação do duelo, acudiu-lhe ao espírito o nome de João Fogaça. Sem dúvida era o capitão de mato quem fornecera a Estácio a escolta.

— Onde é encontradiço o João Fogaça, amigo de Estácio?

— Ou em casa do Senhor Cristóvão, ou da viúva do tendeiro.

O advogado encaminhou-se a toda pressa para a casa de Cristóvão. Já restabelecido, o cavalheiro desde a véspera se passara da casa de Mariquinhas dos Cachos para a sua no Terreiro do Colégio, onde o amigo e colaço se alojara temporariamente para lhe fazer companhia.

Vaz Caminha achou-os ambos praticando sobre o assunto que o levara; e em poucas palavras expôs-lhes o fim da visita. Infelizmente Cristóvão sabia menos do que Gil sobre a empresa do amigo; apenas adiantou uma circunstância:

— O de que bem me recordo, é de haver-me ele falado de um segredo de Estado. Qual fosse, a pressa não deixou que nos confiasse.

— Talvez se possa saber alguma coisa mais! disse João Fogaça. Um dos dez caboclos, que dei ao Senhor Estácio para acompanhá-lo, ficou em terra!...

— É verdade! acudiu Vaz Caminha. O que esteve de guarda aos marujos amarrados.

— Justamente. Vou mandá-lo vir; é natural que adiante alguma coisa.

O índio foi chamado a toda a pressa. Segundo as ordens que recebera de Estácio, logo que vinha rompendo o dia, como não visse apontar a chalupa, fora à guarda próxima, chamara um soldado e lhe entregara os marujos como presos à ordem do governador! Quando o soldado voltou-se para interrogá-lo sobre a estranha prisão, já não o viu. Os presos não obstante foram recolhidos à guarda; e logo deu-se aviso do caso para palácio.

Chegado de Nazaré, foi o índio interrogado pelo capitão de mato a respeito da empresa de Estácio:

— Foi tomar navio em Itapoã!

— Assim me quis parecer! disse Cristóvão.

— Perguntai-lhe, Senhor João Fogaça, como ele sabe o que diz? Se ouviu a Estácio, ou a qualquer outra pessoa? acudiu o advogado.

— Estais ouvindo?... Responde!

O índio nada vira; farejara.

— Japi sabe, porque tempo depois que ele foi-se, ouviu no meio do ronco do mar tiro de peça, um primeiro, depois outro, e outro, e outro, muitos. Pelo som, tiro era longe, em Itapoã; lá não tem fortaleza: devia ser navio.

João Fogaça afagou a face do índio, satisfeito da sua perspicácia; este beijou-lhe a mão com uma meiguice de rafeiro.

— Sabemos pois que houve combate, disse Vaz Caminha pensativo; e isso ainda mais deve aumentar as nossas apreensões. Sucumbiria Estácio?

— Qual! desterrai semelhante receio, Senhor Vaz Caminha! exclamou Cristóvão com a confiança que tinha no valor e inteligência do amigo.

— Vosso afilhado sabe o que faz!... É um homem como se encontram poucos, disse Fogaça.

— Eu o conheço! acrescentou o advogado com orgulho. Mas é jovem ainda; talvez não medisse suas forças ou a sorte o desamparasse.

— Se ele tivesse sucumbido, ao menos algum de meus caboclos se salvaria para nos trazer a notícia do desastre.

— Não entendo destas coisas de guerra; mas se não me engano, a empresa de Estácio contra os navios com tão pouca gente não podia ser outra senão tomá-los de abordagem. Não vos parece?

— Sem dúvida!

— Que significam então os tiros de peça ouvidos por esse índio? Que a abordagem não teve lugar, e os assaltantes pressentidos pela gente de bordo foram metralhados sem piedade.

Esta observação de uma lógica rigorosa traspassou como uma punhalada o coração dos dois amigos. Cristóvão vergou a fronte.

— Nada de desanimar fora de tempo. Tu dizes que o negócio foi em Itapoã, Japi? Pois seguirás neste instante para lá por mar, enquanto eu com outros iremos por terra explorar aquelas paragens.

O capitão de mato despediu-se.

— Cá estarei de volta esta noite; e apenas chegado vos buscarei, senhor licenciado.

— Deus vos pague tamanho serviço, senhor.

— Já estou pago com a amizade de vosso afilhado; se me quereis dar também a vossa, é usura de judeu!

— Os amigos de meu filho são para mim seus irmãos; ele tinha um: terá dois agora.

Gil esperava o advogado na porta.

— Então, Senhor Vaz?...

— Esta noite teremos novas, e hão de ser boas, Gil.

Compreendendo com seu instinto infantil o que valia aquela palavra de consolação no lábio do advogado, o pajem separou-se com o coração opresso. Adiante encontrou o caboclinho da taberna. Martim apenas o avistara, deitara-se a correr para ele; e sem reparar no semblante pesaroso que trazia, começou conforme o costume sua lamúria pelos maus tratos do taberneiro.

As queixas do caboclinho recordaram-lhe a parte que o Brás tivera na aventura noturna em que Estácio se empenhara:

— Foram os amigos dele que lhe fizeram mal! pensou.

Em geral o homem tem duas espécies de afeição; as afeições ativas, com que dominamos os entes por quem as sentimos; e as afeições passivas, que nos submetem àqueles que no-las inspiram. Gil sentia a segunda por Estácio, que ele adorava como seu herói, a primeira por Martim, de quem ele gostava como de um cão favorito.

Ora, sucedia que ambas essas afeições eram a um tempo ofendidas pelo mesmo homem, por Brás. Um ódio violento brotou de repente naquele coração de criança, onde o amor não tinha germinado ainda. Mísera criança!... O fado lhe entornava nos lábios a taça de fel, antes de lhe ter adoçado as bordas com algumas tênues gotas de mel; os espinhos lhe vinham n'alma antes do desbotoar da flor!... Era a vida sem primavera, começada pelo estio da paixão.

— Paciência, Martim! Vai sofrendo!... Um dia, breve, eu te vingarei!...

Tinham chegado em frente à taberna. O caboclinho abraçou o pajem, e sumiu-se pela porta entreaberta.

Gil teve a curiosidade de ir olhar pela fresta. O taberneiro, sentado no púlpito, fazia suas contas sobre a lousa. Também ele estava triste e sucumbido. De alguns dias a essa parte as coisas não lhe corriam de boa feição. Começara pela brusca e inesperada partida de Samuel, seu melhor freguês, e homem com quem sempre se entendera perfeitamente acerca do contrabando. Depois a decepção que sofrera o alferes, lhe valera uma hora de amargura; se não fosse a sua habilidade cômica e a necessidade que dele tinha D. José de Aguilar para vingar-se do velho judeu, certamente o teria desancado; contudo ainda o Brás não se julgava seguro.

Finalmente tinham vindo juntar-se graves inquietações a respeito do feliz sucesso da fuga dos flamengos: primeiro o referido por Anselmo sobre o alvoroço do embarque; depois o boato espalhado sobre os homens amarrados, que foram achados na ribeira; por último o cadáver traspassado, que ficara na praia, e no qual ele quis reconhecer um dos contrabandistas; todos esses incidentes eram de natureza a assustar o prudente taberneiro.

Ele somava pois certas verbas de suas economias e avenças, na previsão de ser obrigado de um momento para outro a eclipsar-se como o velho rabino, cuja filha, aqui para nós, não deixava de fazer umas cócegas em seu coração de judengo, apesar dos cinquenta anos, ou mesmo por causa deles. Nem haja motivo para admiração, que nutrindo esta ideia secreta, prestasse o Brás de tão boa vontade as mãos ao negócio do alferes; longe de lamentar, ele regozijou-se com essa circunstância que abaixando a gentil noiva a seu nível, ao mesmo tempo lhe devia elevar o dote; pois o rabino não deixaria de encher com ouro de bom quilate o vácuo deixado pela virtude; nem o alferes de proteger o pai de seu filho e o marido de sua namorada.

Gil esteve a fitar por algum tempo com mau olhado o rosto do taberneiro. Armando-se com um caco de telha, que apanhou no chão da rua, disparou o projetil pela fresta da porta, e deitou a correr. Ouviu-se dentro um quincalhar de botelhas partidas, e o vulpino focinho do Brás assomou à janela pálido e espantadiço. Já não podia ver o pajem, que dobrara a esquina.

Avistou porém o Anselmo, que vinha a todo o estirão das pernas pelo lado oposto. O carpinteiro fora enviado pelo Brás a Itapoã para colher notícias sobre os flamengos evadidos; se tinham felizmente chegado aos navios, e dado este à vela para a pátria.

— Então?

— O negócio não está nada bom. Não há novas de Pedro e sua gente. Os navios desapareceram na mesma noite, depois de terem dado combate a umas chalupas.

— Que chalupas eram essas?

— Ninguém sabe, senão que morreram muitos, e alguns também dos flamengos, pois os corpos vieram à praia.

— Diabo os leve, se os entendo, exclamou o taberneiro dando um soco no ar; sua vontade era dá-lo no Anselmo, mas não se atreveu.

Entretanto chegava Gil à Fonte do Gravatá, onde esperava que Joaninha não tardasse a passar. De feito com pouco ouviu o cantarolar da mulatinha e logo após bruxuleou entre o arvoredo o carmesim de sua vasquinha de lã com vivos pretos. Ao tão conhecido *psiu* do pajem voltou ela o rosto brejeiro e aproximou-se aos pulinhos.

Sentaram ambos sobre a relva.

— Tardei muito? Já estavas cansado de esperar, fala verdade!

— Se também agora mesmo cheguei!

— Pois não te conto, Gil!... És tu capaz de adivinhar quem esteve agora em casa?...

— Sei cá!... Vai dizendo logo de uma vez!...

— O tal D. Fernando!... O noivo!...

— Deveras! E que foi ele lá buscar, Joaninha? Dar-se-á acaso que fosse pedir-te para levar algum recado?...

— Cruzes, Gil!... Sempre tens ideias!... Cuidas tu então que qualquer, seja fidalgo embora, tem lá topete para me pedir coisas destas?... Isso é só para certo capetinha de meus pecados!... E eu em vez de castigá-lo pelo atrevimento, ainda fui tão tola que lhe perdoei a paga.

E a mulatinha assim falando, amimava as faces rosadas de Gil.

— Mas então qual outra coisa o levou à tua casa, rapariga?

— Sabes tu?... Assim eu!... Lá esteve, perguntou por uma ruma de coisas, andou, virou, e eu que tinha mais que fazer... Passe por lá muito bem, meu senhor; uma sua criada, sem mais aquela. E eis-me aqui rente conforme o prometido. Que me queres?

Estas palavras despertaram a dor no coração do pajem:

— Nada mais, Joaninha!... respondeu lagrimejando.

— Deus!... Que hás tu, Gil? Que te aconteceu?...

— Meu pobre amo, Joaninha, o Senhor Estácio, que a esta hora talvez esteja no céu!

Gil ao proferir estas palavras disparou em pranto, escondendo a cabeça no seio da alfeloeira; esta quase estimou semelhante pesar que conchegava ao seu coração aquele por quem tanto e em vão palpitava. Dedicou-se toda a consolar o aflito pajem, já escutando o que lhe ele referia sobre a partida de Estácio, já buscando fortalecer-lhe a esperança não de todo apagada.

— Se te quis falar hoje foi para que levasses à doninha novas dele, pois decerto não sabe ainda as resultas do desafio... Mas agora de que serve isto?...

— Pois não serve, Gil?... Ela há de ficar bem satisfeita com saber!... E quando o Senhor Estácio voltar, que contentamento não há de ser o seu!

— Deus te ouça, Joaninha!... respondeu seguindo-a.

— Queres tu apostar?... Este coração não me engana; e eu tenho aqui um pressentimento de que eles hão de ser felizes... Assim fosse eu!...

— E por que não serás, rapariga?

— Porque não queres, Gil!

— Eu não quero?... Mas o que devo eu fazer para isso?...

— Minto!... Não sabes querer, o que é pior ainda.

Joaninha estremeceu. Vira o Anselmo que apressava o passo para vir ter com ela; desde a noite de Ano-Bom era a primeira vez que o encontrava. Quis evitá-lo; mas já não era tempo.

— Gil acode-me!

— Que tens, Joaninha?

— Ele!...

— Ai! o carapina?

Nisto chegava o mariola; a tumescência das feições e os lampejos dos olhos anunciavam o esto da paixão nessa alma rude.

— Desta vez não terás quem te dispute a mim, disse ele com uma voz curta e ofegante.

Joaninha teve medo e horror; medo por ela, horror por Gil, que ela via pronto a acudir-lhe e sacrificar-se.

— Vai esperar-me adiante, murmurou ela ao pajem.

Este riu e obedeceu. Voltando-se então para o Anselmo, com o rosto banhado de indignação e cólera, atirou-lhe este desafio:

— Podes agarrar-me; mas primeiro morrerás tu, que te larguem estes dentes!

Afrontando a ameaça, ia abraçá-la o Anselmo, quando de repente ouviu-se uma gargalhada de mau agouro, e logo depois apareceu Zana, a feiticeira:

— Não te bastou a primeira, carrasco? Queres segunda?

Perturbou-se o mariola de tal forma com a aparição, que Joaninha pôde escapar-se. Logo adiante achou Gil que a esperava.

Chegados a Nazaré, ficou Gil esperando fora a alfeloeira, que penetrou com ligeireza no interior da casa.

Inesita estava no mesmo lugar onde a encontrara a mulatinha da primeira vez, sentada junto à mãe e ocupada em bordar. Vinte dias apenas eram passados desde a tarde de Ano-Bom, em que a sua lindeza se expandira tão mimosa e faceira entre as galas da festa; e entretanto uma revolução se operara em toda a gentil pessoa. A luta do coração lhe imprimira na beleza um gesto pensativo, aroma precoce de flor que os sóis estivos desabrocharam fora da estação.

Quando a alfeloeira entrou, a donzela ergueu-se e retirou para outro aposento, lançando à rapariga um olhar melancólico. Joaninha não atinou com a causa desse estranho acontecimento. Teria Inesita receio de ser comprometida por ela, ou era esquivança ao amor de Estácio, a quem desejasse esquecer?

Resolvida a averiguar o que passava, e aproveitando-se da nímia bondade da velha D. Ismênia, a alfeloeira, pretextando umas encomendas que a filha lhe havia feito sobre pontos de bordados, penetrou até onde estava a donzela. Esta, vendo-a, sobressaltou-se, e nem deixou que se aproximasse; voltou-se para uma escrava que ali estava a acompanhá-la:

— Dize à alfeloeira que meu pai me proibiu que lhe falasse e ouvisse palavra dela; pelo que peço-lhe eu que se retire, para me não obrigar a despedi-la de minha presença.

Inesita anunciou estas palavras com dignidade e nobreza, mas repassadas ao mesmo tempo da doçura que emanava sempre de seus lábios, ou na voz ou no sorriso. Contudo Joaninha, extraordinariamente surpresa, quer do que ouvira, quer do gesto da donzela, saiu arrebatadamente da casa de D. Francisco. Na porta encontrou-se com o alferes, o qual, aceso em ira, ameaçou-a de fazê-la amarrar ao pelourinho, se tornasse a passar a soleira da casa.

— Sabes que mais, Gil?... Eu não meto outra vez as minhas mãos neste negócio!...

— Por que então?... Ofendeu-te o alferes?

— Isso é o menos! Zombo dele e do mal que me pode fazer. O que desespera a gente é ver que está perdendo seu tempo!... O Sr. Estácio que empregue melhor seus cuidados!

— Melhor, Joaninha?... Como melhor?...

— Em quem o saiba querer!

Entanto que era assim julgada, Inesita ensopava o lenço nas lágrimas abundantes que borbulhavam de seus lindos olhos. Como filha nobre e leal que era, obedeceu ao pai, a quem havia prometido não trocar uma palavra com a alfeloeira; mas seu coração de donzela, livre da submissão paterna e estremecido de puro afeto, pranteava o infortúnio dos castos amores, cortados em bonina. Esta virgem cristã era digna do mancebo espartano que a amava.

Na tarde deste mesmo dia, Vaz Caminha, depois do jantar, se dirigiu à casa misteriosa da Rua de Santa Luzia.

Desde que pela primeira vez ali fora introduzido, na noite de Ano-Bom, tomara o advogado o costume de lá ir todos os dias, algumas vezes por tarde, outras já noite, para não excitar suspeitas com tão repetidas visitas.

O que lá ia fazer o bom velho é fácil de saber, se quisermos tomar o trabalho de acompanhá-lo. Ei-lo que é já fronteiro à espessa touça de bananeiras, e entra a cancela lateral como pessoa familiar da habitação. A Brásia abre-lhe a porta da varanda, onde está sentada ao fundo, sempre triste e pensativa, a formosa D. Dulce. Ao vê-lo, um sorriso dorido deslaça os lábios da dama, que lhe estende a mão saudando-o. O advogado senta-se a par, e começam à meia voz uma conversa que dura até à noite:

— Acho-vos triste hoje, sr. doutor, ou será engano meu?...

— Não vos enganais, D. Dulce; estou com efeito mais triste do que já há muito me fizeram os anos e fastios deste mundo.

— E não posso eu, que vos fiz depositária de minhas mágoas, saber de que provêm as vossas?

— É esse filho, de quem tanto vos tenho falado, a causa única!...

— Ah!... exclamou Dulce comovida. Que lhe sucedeu então?...

— Ignoro-o, e é isto o que me traz aflito; não saber o que seja feito dele a estas horas.

— Não me dissestes há dias que o tinham prendido?

— Logrou evadir-se contra meu voto; mal livre da prisão, embarcou-se logo em não sei que arriscada empresa, da qual não é tornado, nem dele há novas.

— Deus o há de proteger, doutor. Usai de uma pequena porção dessa esperança, de que sois tão pródigo para comigo.

— E se não fosse ela, quem me animaria ainda neste instante?

— Penso que fazeis o caso mais feio do que ele é realmente. Vosso afilhado voltará aos vossos braços, e cumprireis o que prometestes de trazê-lo a esta vossa casa, para que o conheça de perto.

Não foi sem algum esforço que a dama conseguiu pronunciar estas últimas palavras; o advogado, muito preocupado com seus pensamentos, não fez nisso reparo. Seguiu-se uma pequena pausa, em que um e outro se isolaram dentro de suas recordações. Vaz Caminha foi o primeiro que reatou o fio à interrompida prática:

— Não roubem porém meus cuidados os momentos consagrados ao alívio dos vossos, D. Dulce. Como vos encontro hoje? Mais sossegada da aflição dos dias passados?...

O semblante de Dulce anuviou-se:

— Bem sabeis, doutor, que desde o momento em que pela segunda vez reconheci meu marido sob o hábito do jesuíta, e o senti perto de mim, não é possível que eu tenha sossego! Não!... Descansa algumas vezes a dor; mas para recozer!... Se ao menos eu tivesse o consolo de lhe falar e prostrar-me a seus joelhos para suplicar que me atendesse!... Mas a fatalidade, que me persegue, assim como o apresenta de súbito a meus olhos, tão depressa se evapora!... Se vos não tivésseis oposto, certo que o teria seguido.

— Fora baldado intento; talvez antes de chegar ao Rio de Janeiro tivesse ele de lá partido.

— Saberia para onde, e o seguiria!...

— Se ele volta, para que este trabalho? Não é melhor esperá-lo aqui?

— Afiançais então que ele volta?

— Tenho esta convicção. É possível que se não verifique; mas tudo neste mundo é falível e mais que tudo seria a vossa viagem!

Anoiteceu, e Brásia com uma vela na mão precedeu até à sala da frente a dama e seu hóspede, que ali ficaram sós. Então fechando a porta sobre si, Dulce tirou do baú de sua roupa vários instrumentos que o advogado havia a pouco e pouco nas suas visitas trazido ocultos nas vestes. Vaz Caminha, afastando o tapete do oratório, descobriu o ladrilho; um dos tijolos quadrados estava solto, e por baixo dele via-se um buraco profundo, dentro do qual surgia já a meio descoberto o tampo de uma caixa de jacarandá embutida de cobre amarelo.

Sentados de um e outro lado do buraco, a dama e o advogado puseram-se à obra, ele cavava, ela recolhia a terra sobre uma manta de lã, donde era depois espalhada pelo jardim. A cabo de uma boa hora de trabalho incessante ouviu-se um ligeiro rumor subterrâneo.

— Eles que chegam! murmurou Dulce.

O advogado restabeleceu as coisas como estavam. Logo soou a pancada surda de um instrumento cavando subterraneamente o chão da casa; fácil era de perceber pelo foco do ruído o lugar até onde já tinha chegado a mina; mas outro indício ainda mais certo era a natureza do som, que indicava ser retinido do ferro sobre a pedra.

— Temos tempo de sobra, disse o advogado. Agora é que estão no alicerce desta parede, que os há de demorar seguramente oito dias!...

— E nós, sr. doutor, quando terminaremos?...

— Talvez em três, talvez em quatro.

— Em verdade, às vezes pergunto a mim mesma para que busco eu defender com tanto afã esta riqueza, se ela não pode fazer a minha felicidade?

— Se não fizer a vossa, fará a de outros, de quem sereis a benfeitora. Há tantos pobres espalhados na terra! Demais podeis dispor dela como vos aprouver, e mesmo em benefício daqueles que tanto a cobiçam. Mas nesse caso fazei-lhes doação dela, antes do que acoroçoar um crime!...

— Razão tendes, sr. doutor! Quando não servir à minha ventura, há muito emprego nobre que possa dar-lhe.

Vaz Caminha ao recolher encontrou João Fogaça.

As novas não eram boas; versavam pouco mais ou menos pelo mesmo que ao Brás referira o Anselmo. Confirmava-se o fato do combate entre os navios e as chalupas; muitos corpos, já dilacerados e meio devorados dos peixes ou abutres, tinham vindo à praia; alguns menos despedaçados pareciam de flamengos. A gente do Rio Vermelho nada mais sabia do acontecido, senão que alguns pescadores do lugar haviam desaparecido.

O capitão de mato referindo estas informações, que acabrunharam o advogado, despediu-se dele com estas palavras:

— Tudo anuncia uma desgraça; mas eu ainda espero, para acabar de crer, por uma coisa.

— Pelo que, Sr. João Fogaça?

— Por um dos meus caboclos, que venha, ainda mesmo do outro mundo, dar-me conta do acontecido.

Capítulo VII

Tornemos a São Sebastião.

Seriam já sete horas. A presença de homens armados na Rua de São José começava a atrair a atenção pública. Os passantes, que iam à obrigação diária, retardavam o passo e voltavam o rosto para ver; os curiosos paravam a distância e praticavam do caso. Diziam os bem informados que se tratava de uma prisão importante de pessoa moradora naquela rua; mas quem ela fosse, por ora estava em segredo. Os soldados do governador para derrotar a curiosidade tinham feito correr este boato; e como eles estavam espalhados por quase toda a rua, ninguém podia com certeza saber que porta guardavam.

Por este tempo um homem do povo coseu-se à rótula da Mariana, a qual já apercebida do que ia pela rua, estava a espreitar pelas frestas. D. Aníbal não deu atenção alguma a este incidente. Não tinha ordem de guardar aquela porta; nem o indivíduo lhe inspirava suspeitas como o frade.

— Venho do P. Molina! disse o sujeito baixo.

A beata abriu logo a rótula e recebeu o recado que o visitador lhe mandava. Devia ela fingir um ataque, dando altos gemidos, e despachar incontinenti o mesmo emissário a chamar o jesuíta para confessá-la, pois o serviço da Igreja assim o exigia. Isso foi tão depressa dito, como feito.

Mariana estendeu-se sobre o catre a estrebuchar e gemer; o homem abriu arrebatadamente a rótula, e deitou a correr para o fim da rua onde o esperava Molina; acudiu o frade a toda a pressa, caminhando atrás do guia, que, no açodamento em que ia, encontrava os passantes:

— Entre, padre-mestre! Depressa, que está a decidir.

Mas D. Aníbal tinha bispado o hábito preto de sua quijila, e logo após reconhecido o frade apesar do bioco com que buscava se disfarçar.

— Alto lá, rapaz. Entre você, mas cá o reverendo é meu amigo velho; temos que trocar duas palavras.

Chegando então ao ouvido do frade:

— O reverendo é teimoso; eu também sou; e o senhor governador, que aqui me mandou, ainda mais. Portanto melhor é que se desengane, antes que alguma lhe suceda.

O P. Molina fez um gesto de desprezo; depois erguendo a voz de modo a ser ouvido por dois sujeitos que passavam, interpelou o soldado:

— Mas, senhor soldado, veja bem o que faz. Não se deixa morrer assim impenitente uma mísera pecadora, que pede confissão!

Os passantes pararam para escutar. D. Aníbal procurou em seu espírito embotado alguma coisa para responder, e não achou mais que uma jura mal cabida na ocasião. O jesuíta continuou:

— Aos mesmos condenados nunca El-Rei negou confissão, por mais feio e horrendo que fosse o seu crime; e sobem à forca acompanhados de um sacerdote que os exorta na fé do Senhor!... A uma enferma, sem culpa, há de negar-se o consolo da religião, e por autoridade de quem? De um soldado!...

— Soldado!... Soldado!... murmurou D. Aníbal em talas.

Aos dois passantes se haviam reunido outros, que a um e um já formavam grupo, e inquiriam-se mutuamente da causa da altercação, escutando ao mesmo tempo o jesuíta. O homem do recado tivera o cuidado de soprar ao ouvido de cada um o caso do ataque, de modo que os murmúrios descontentes e os gestos de ameaça começaram a despontar no ajuntamento. De seu lado Molina, sentindo que tinha um fragmento de povo ao alcance de sua mão, dispôs-se a empunhá-lo como uma alavanca. A palavra vibrante fluiu de seu lábio, crespo pela indignação, e esparziu sobre aquelas cabeças as centelhas que deviam produzir a combustão. O tumulto popular rugia já no peito do apóstolo, como a tormenta, antes que desabe, ruge ao longe no seio da nuvem, ou como o leão ainda em repouso ruge no seio da selva.

— Fora o herege!...

— Se o cão é mouro!... Não lhe veem o focinho!

— Qual mouro! Judeu arrenegado, que é a pior besta.

— À fogueira com ele!...

D. Aníbal empalideceu; metade com medo do povo que o podia espatifar; metade com medo do governador, que talvez o castigasse por ter excedido suas ordens, promovendo o tumulto. Foi pois como homem prudente encolhendo-se, depois de alinhavar algumas desculpas. O P. Molina penetrou sem obstáculo em casa da Mariana; e foi direito ao quintal para assegurar-se da possibilidade da passagem para a casa do fidalgo. Um instante depois apareceu na rótula para serenar o povo e dispersar o ajuntamento.

— Podeis ir tranquilos, irmãos. A enferma vai melhor depois da confissão; do que precisa é do maior sossego. Curada a alma, pode sarar o corpo.

Fechada a rótula, subiu à água-furtada; e prosseguiu com ardor na tarefa começada. Descoberto o buraco, apareceu o fundo do armário de cedro. Aplicou o jesuíta o ouvido, e pareceu-lhe que ninguém havia no gabinete; era então a hora do almoço, e o fidalgo naturalmente estava à mesa. Sem perda de tempo insinuou pela broca da madeira a serra fina e estreita, e continuou a cortar o tampo começado. Apesar da cautela de untar constantemente o instrumento de óleo com o fim de amortecer o rangido, tinha ele o ouvido atento ao menor sinal.

Dois terços do círculo estavam cortados, quando sentiu ele abrir a porta do gabinete. Ficou imóvel. Era D. Diogo, que terminada a refeição matinal, voltava aos seus papéis, nos quais trabalhava desde a madrugada. Preparado para sofrer as consequências de sua lealdade e rigidez de caráter, escrevia o fidalgo suas últimas disposições, e consolava a esposa em uma carta que lhe dirigia. Já na sua casa se haviam apercebido da presença de gente armada na rua; mas só o fidalgo compreendeu a verdadeira razão.

— Não me conhece! murmurava dentro de sua alma nobre.

Agora sentando-se outra vez à poltrona, afastou docemente a mulher que o acompanhara até o gabinete:

— Ide à vossa lida, e ficai tranquila. Quando vier o padre, o que tem vindo estes dias passados, mandai à caseira que o guie aqui.

— Se vier! acrescentou mentalmente.

O fidalgo lembrara-se que estando sua porta guardada, não poderia o jesuíta acudir ao seu chamado.

— Ao meio-dia também hão de vir a mandado do governador. Que me avisem logo.

Molina, ouvindo da água-furtada as últimas palavras de D. Diogo, conheceu que tinha calculado bem a respeito da exigência do governador.

— São oito horas apenas! pensou ele. Tenho tempo de ir saber o que pretende e voltar.

Desceu pois a íngreme escada; quando chegou abaixo, ouviu do lado da rótula uma altercação. Era D. Aníbal que, desconfiado com a demora do frade, insistia para entrar e ver a enferma; o acólito do jesuíta opunha-se ao seu intento com razões de boca e de ombros. O visitador acudiu e chegou a tempo, porque já os soldados estavam senhores da entrada.

Postando-se diante, opondo às armas o peito inerme e só couraçado com a lila preta, Molina conteve o primeiro ímpeto; depois atirando à rua uma daquelas apóstrofes valentes que ele manejava, formou em pouco um ajuntamento e o concitou em nome de Deus a defender a religião, que ameaçavam profanar tais ímpios, perturbando a última confissão de uma moribunda.

O povo agitou-se e tomou o partido do padre; a porta foi novamente fechada e um muro de gente ergueu-se diante dela! Os soldados, segunda vez batidos recuaram.

Molina dirigiu-se ao quintal, e pela cerca passou à casa de D. Diogo, onde a caseira o viu aparecer com grande pasmo.

— Foi vosso amo que assim ordenou. Levai-me já à sua presença.

A velha obedeceu.

D. Diogo recebeu o frade com sua calma e habitual gravidade.

— Já não contava ver hoje V. Paternidade. Como chegou até aqui?

— Sua Mercê não ignora que para este hábito não há portas fechadas! respondeu o frade iludindo a pergunta.

— É certo. Na suposição porém de que não lhe pudesse falar, tinha longamente escrito. Queira o P. Mestre ler, enquanto de minha parte termino certos negócios da maior importância para mim.

O fidalgo passou ao frade a carta selada. Era a exposição do que ocorrera na véspera em palácio entre o governador e ele. Molina teve tempo de a ler duas vezes e meditar sobre a intenção do provedor, enquanto este escrevia rapidamente.

Afinal D. Diogo acabou o trabalho, e voltou-se para o jesuíta:

— Estou às ordens de V. Paternidade.

— À vista do que me refere Sua Mercê nesta carta, só me resta saber qual é sua intenção.

— Minha intenção?

— Eu me explico! Pretende o sr. Provedor ceder à autoridade do governador?...

D. Diogo o esmagou com o olhar.

— V. Paternidade devia já conhecer-me bastante para ter a certeza de que não há poder que me desvie do cumprimento de um dever de honra.

— Então está ainda disposto a entregar-me o roteiro?

— No momento em que me for exigido por quem de direito.

— Mas sempre mediante quitação?

— Agora, menos que nunca, posso dela prescindir.

Molina hesitou. Que lhe convinha mais, receber já o roteiro, deixando contra si uma prova da sua falsidade, ou apossar-se daquele papel pelo meio violento do roubo?... Se o primeiro meio era perigoso, o segundo era incerto; ele preferiu o risco à dúvida.

— Vou passar a Sua Mercê a quitação!

— Bem! disse o fidalgo cedendo-lhe o lugar na banca. Seus papéis?

— Aqui estão! Esta é a certidão de casamento de Robério Dias com D. Clara Dias Correia; segue-se a de batismo do filho único desse legítimo matrimônio, Estácio Dias Correia, menor de 20 anos; depois duas do óbito dos dois cônjuges; em quarto lugar o auto do noviciado do moço escolar no Colégio da Bahia, o que o constitui em tutela legal da Companhia; quinto finalmente o pleno poder do provincial conferido a mim Gusmão de Molina para este fim.

O fidalgo leu e examinou minuciosamente os papéis, enquanto o jesuíta rastreava nas suas feições o menor gesto de suspeita:

— Está tudo em regra.

O P. Molina correu a pena sobre o papel, e o fidalgo, caminhando para o fundo do aposento, ia abrir o armário.

Ouviram-se no corredor passos rápidos de cavaleiro, a julgar pela rijeza do som, que indicava o salto da bota, e pelo trilhar das esporas.

O jesuíta ergueu a cabeça de sobressalto.

— O governador?... murmurou.

O fidalgo respondeu com um gesto.

Não foi porém o governador que assomou à porta e sim o vulto nobre e gentil de Estácio, corado pela salsugem do oceano e pelos raios do sol.

Donde chegava ele tão imprevistamente?

No momento em que a tempestade o arrebatava nas asas, sobre o abismo das ondas revoltas, o mancebo vendo a nau que ia sumindo-se no horizonte, pensou:

— Mais um que corre após a herança de meu pai!

Ele teve ímpetos de seguir em direitura ao Rio de Janeiro para defender seus bens; mas era um espartano esse jovem: primeiro a pátria, depois o interesse.

— Se a justiça é por mim, Deus me há de amparar.

Com efeito a Providência parecia guiá-lo pela mão. Nessa mesma noite, no meio da horrível tempestade, o bergantim arrojou-se sobre a escuna, como uma águia sobre a presa, e meteu-a a pique. Olhando o casco em chamas, que fugia arrebatado pelo vento, disse o Antão:

— É pena que não haja mais!... Será para outra vez. Agora à Bahia.

— Ao Rio de Janeiro! disse Estácio que o escutava.

Naquele mesmo dia ao romper d'alva tinham fundeado fora da barra para não causar suspeita. Deixando o bergantim guardado por Esteves e Pedro, embarcara com Antão na chalupa tripulada pelos oito índios. O contramestre conhecia a cidade de São Sebastião, e sabia a casa de D. Diogo de Mariz, pois fora o portador da carta do fidalgo à mãe de Estácio; ele guiou pois a chalupa para a praia deserta onde século depois assentou D. Luís de

Vasconcelos o Passeio Público.

Ali saltaram em terra os dois, e se encaminharam à Rua de São José; chegaram justamente na ocasião em que o P. Molina vinha à rótula para impedir a entrada dos soldados.

Estácio perdido na multidão vira e reconhecera o frade. A presença desse homem na vizinhança da casa de D. Diogo, o aspecto tumultuoso das ruas, a esquadra de soldados, a proibição que sofreu querendo entrar a porta do fidalgo; todas estas circunstâncias deram-lhe uma intuição rápida do que sucedia.

— Antão, creio que teremos necessidade de gente.

— Assim estava me parecendo! respondeu o contramestre que examinava D. Aníbal como o entreconhecendo.

— Se, quando voltardes, já eu não estiver aqui, esperai com o ouvido alerta, porque devo estar lá dentro.

— Na casa do provedor?

— Sim. Outra coisa; vistes aquele frade que há pouco arengava ali na rótula?

— Vi; e eu conheço aquele frade!...

— Pois se acaso o virdes sair de uma das duas casas sem mim, segui-o, e apoderai-vos dele antes que fale com qualquer pessoa.

— Um sacerdote!... disse Antão com escrúpulos.

— Um sacerdote que pretende apossar-se do bem alheio! Julgais que mereça respeito?...

— Basta; vou buscar a gente.

Antão deitou a correr para a Praia do Boqueirão. Estácio foi direito à rótula e bateu de leve; apareceu pela fresta o rosto desconfiado do servente.

— Abri depressa!

— Para quê?

— Este papel que o reverendo mandou buscar, respondeu Estácio tirando do bolso a carta de D. Diogo a sua mãe.

— Dai-mo que lho entregarei!...

— Por forma alguma. A ordem que me deu é que lho trouxesse eu mesmo.

— Mas quando vos falou ele? perguntou o sujeito cada vez mais suspeitoso.

— Há pouco em casa de D. Diogo, onde se acha. Qualquer demora pode deitar a perder o negócio que sabeis; e sereis vós a causa.

Estácio assim dizendo ia empurrando a porta, que o homem indeciso só frouxamente já sustinha; apenas dentro, ganhara ele o quintal, penetrara em casa do fidalgo; e foi guiado ao seu gabinete pela velha caseira, que subia de espanto em espanto.

O mancebo circulou o aposento com um olhar rápido, que afinal foi cravar-se na fisionomia do jesuíta; este já havia dominado o seu primeiro pasmo, e impassível abaixava a vista para o papel onde continuava a escrever.

O fidalgo esperava um tanto surpreso da inesperada visita.

— O Senhor D. Diogo de Mariz?

— Aqui o tendes, senhor.

— Sou o filho de Robério Dias; venho receber o papel que nesta carta Sua Mercê anunciava anos há à minha falecida mãe achar-se em seu poder.

O mancebo passou ao fidalgo a carta aludida.

— Ouvistes, padre-mestre?

— Perfeitamente! Eu vos tinha prevenido na minha carta.

— Então supondes?

— Tenho plena certeza!

O fidalgo adiantou um passo:

— Vedes-me, senhor, em uma posição difícil. Não desejo por forma alguma ofender vosso melindre; mas não vos conheço; é a primeira vez que nos achamos em presença; e portanto me permitireis uma observação.

— Falai, senhor provedor.

— Dizeis que sois filho de Robério Dias, mas essa pessoa, se não me engano, deixou um filho único.

— E esse sou eu, Estácio Dias Correia, que tem a honra de falar-vos.

— Entretanto aqui está o Rev. P. Molina, que se me apresentou como procurador de Estácio Dias Correia, noviço da Companhia de Jesus no Colégio da Bahia. Eis os documentos que justificam essa qualidade.

Estácio leu:

— A pessoa de quem tratam estes papéis sou eu próprio; apenas há um pequeno engano, e é que não sou, e nunca fui noviço da Companhia; porém apenas estudante nas aulas públicas que os padres da Bahia, em falta de escolas, franqueiam a todos.

Voltando-se para o P. Molina, o mancebo o interrogou:

— É isso ou não verdade, Senhor P. Molina?

— O único filho de Robério Dias, que eu conheço, é o de que rezam estes documentos; não sei de outro.

— Basta! Vejo, Senhor D. Diogo de Mariz, que nada me resta a fazer aqui. Vim à vossa presença, como um homem leal e sincero se devia dirigir a um fidalgo do vosso nome e caráter, com verdade e fé; pareceu-me que vossa carta era suficiente documento, e a minha palavra de cavalheiro prova maior de toda a exceção. Encontro porém aqui o embuste e a mentira trajando as vestes respeitáveis da religião; não estou munido de armas para combatê-las, nem mesmo sei, como as fuinhas de cartório, pesquisá-las. Eu me retiro, senhor; e embora o papel, cuja restituição me negais, seja a reparação da memória de meu pai e toda minha esperança de futuro, dou-vos plena quitação desta dívida de honra.

O mancebo dobrou a carta do fidalgo e rasgando-a em cruz, jogou de si os fragmentos.

O fidalgo empalideceu:

— Esta ação é um insulto, senhor.

— Igual ao que me irrogastes duvidando de minha palavra. Se pois o quereis, apelemos para o juízo de Deus, e decida ele o pleito de honra e o pleito judiciário!...

— Seja!

— Mas eu protesto contra qualquer resolução vossa, senhor provedor, que ofenda o meu direito! Se por virtude de um desafio entregardes um depósito sagrado a outrem que não a seu dono, não ficareis desobrigado nem perante as leis da justiça, nem perante as leis da cavalaria.

O fidalgo tornou-se perplexo. O olhar de Estácio brilhou de repente:

— Deus protege o direito, senhor!... Observai! Este homem se vos apresenta munido de provas para disputar-vos o que é meu; eu venho só acompanhado com a verdade e a justiça, sem outro documento além de vossas letras. Pois bem, naquelas mesmas provas, produzidas contra mim, está o meu reconhecimento!

— Explicai-vos melhor.

— Aí está, dissestes, um auto com a minha assinatura, com a assinatura de Estácio Dias Correia. Ainda não o vi. Mas a assinatura é esta!...

O mancebo tomou a pena e escreveu o seu nome.

— É verdade! exclamou o fidalgo.

— Que prova isto?... acudiu o frade. Quem munido de uma carta alheia se apresenta simulando aquela pessoa, naturalmente se prepara para de alguma forma provar sua falsa identidade. De mais eu tenho ainda um documento, que destrói toda a dúvida e que não apresentei por não supor necessário. Se o senhor provedor me promete esperar!...

— Ide; mas voltai breve.

O frade desapareceu.

Ficando sós, o fidalgo interrogou Estácio acerca de sua família; o mancebo contou-lhe da sua história o que dizia respeito aos seus estudos no Colégio da Bahia, e ao roteiro das minas de prata, inclusive sua temerária empresa contra os holandeses e a viagem ao Rio de Janeiro.

Quando Estácio terminou, o fidalgo estendeu-lhe a mão com fervor.

— Desejo a vossa amizade, mancebo! Sois um digno e valente coração! Me recordais um amigo, que perdi há cinco anos.

O fidalgo lembrou-se de Álvaro:

— Já não me resta a menor dúvida; nem quero outra prova além da vossa palavra. É passado o quarto de hora; vou restituir-vos o que vos pertence.

D. Diogo abriu o armário e buscou o embrulho lacrado; já ali não estava; o tampo de madeira, cerrado em círculo e outra vez colocado no seu lugar, explicou logo o desaparecimento do papel.

O fidalgo rugiu de indignação.

— Eu compreendo!... exclamou Estácio.

— Foi o maldito padre!

— Não há tempo a perder. Nós nos veremos, D. Diogo, no céu ou na terra.

O mancebo ganhou a porta, e achou-se face a face com D. Francisco de Sousa; o governador tremeu, ao encará-lo, de ira e espanto.

— Apoderai-vos deste mancebo! exclamou voltando-se para um oficial que o acompanhava.

— Senhor Governador, segunda vez peço vênia para passar, disse Estácio inclinando-se.

Ergueu depois a fronte com audácia:

— Senhor D. Francisco de Sousa, lembrai-vos de quem sou filho, e sabei que há vinte dias brinco com a morte a cada instante.

Proferindo estas palavras, desembainhou a espada; o governador e o oficial recuaram para fazer outro tanto. Aproveitando-se dessa aberta, o ágil mancebo de um salto ganhou o corredor, fechou sobre ele a porta para não ser perseguido, e em um instante achou-se na casa da Mariana. Correndo o edifício de relance e certificando-se que já ali não era o frade, ganhou a rua.

Já os soldados advertidos pelo governador estavam em alvoroto; mas não conhecendo o homem que perseguiam, deitaram-se a correr rua abaixo, quando ainda Estácio estava na casa da Mariana; iam longe quando o moço, metendo-se entre o povo, ganhou sem obstáculo a Praia do Boqueirão.

— Só me resta uma esperança! Que Antão haja executado o que ordenei.

Ao chegar à praia viu o mancebo a chalupa, a algumas braças da terra, com os remos a pique. Molina estava sentado à popa. O mancebo não esperou que lhe viessem ao encontro; meteu-se pela água.

— Chegais a tempo, Senhor Estácio! disse Gonçalo destapando os ouvidos. Este homem não é gente, é uma tentação de meus pecados! Apre! que se a coisa dura mais um credo, não respondia por mim.

E o contramestre bufava como se acabasse de safar ele só a âncora de uma nau.

Estácio saltando a bordo estendeu a mão ao jesuíta sem dizer palavra. Molina, compreendendo o gesto e a situação, tirou do peito do hábito o embrulho, que não tivera tempo de abrir, e entregou-o resolutamente ao mancebo com estas palavra:

— Fugi sem demora, que o governador vos persegue.

Posto o frade em terra, a chalupa resvalou sobre as ondas.

Capítulo VIII

O bergantim, a pique sobre a amarra, se balança docemente ao fraco ondular das ondas alisadas pela bonança.

Pouco tempo decorreu depois que Estácio partira na chalupa para a cidade de São Sebastião. Reina a bordo o maior silêncio. Os quatro homens, que ficaram de guarda ao navio, estão cada um em seu posto. Esteves na escotilha de popa, velando sobre os prisioneiros; Pedro de vigia no cesto de gávea para explorar os arredores; dois índios, um junto ao leme, outro à proa, com a machadinha ao alcance para cortar a amarra se fosse preciso.

Raquel ainda está no mesmo lugar, em que a deixara Estácio e de onde ela acompanhara com a vista a chalupa até encobrir-se nas saliências do costão de Santa Cruz. A linda judia parece melancólica e pensativa; entretanto nem sempre são tristes os pensamentos que revolve a mente, pois deles escapa alguma vez uma centelha de júbilo, que ilumina o formoso semblante e acende o sorriso nos lábios feiticeiros. Esse raio de alegria, que atravessa as sombras de sua alma, tem o quer que seja de celeste e imaterial; não o desfere o bem-estar comum, que chamamos felicidade.

Quem já sofreu um desses martírios do coração, a que o condena alguma paixão infeliz, conhece a situação estranha da alegria no seio da dor. Quando o objeto de nossa afeição nos repele e nega toda esperança, não podemos deixar de acompanhá-lo com os nossos votos, ainda mesmo que já começássemos a odiá-lo. Se o egoísmo vil se apodera de toda nossa personalidade, lá fica um cantinho isento, onde se abriga a essência pura do sentimento nobre, do amor. É aí o foco de onde rutila a luz divina que sorri através das lágrimas.

Raquel amava Estácio. Já não podia duvidar dessa verdade que enchia toda sua pessoa. Parecia que a alma, recentemente amalrotada por uma primeira afeição, dorida ainda e tão suscetível da cruel decepção que sofrera, não devia tão cedo abrir-se para um novo amor. Mas foi justamente esse estado de exacerbação que rendeu o coração da donzela tão poderosamente, que ela nem tempo teve de se aperceber da revolução.

Vítima de uma ilusão fatal, da qual pôde arrancar-se completamente, sem recordações que a fizessem corar, Raquel sentia a tristeza, que deixa o vácuo de uma afeição, e ao mesmo tempo o despeito de ter-se enganado. Encontrando em seu caminho, poucos instantes depois da crise, o ideal verdadeiro, que pensara achar no indigno alferes, continuou nele o mesmo amor, sem aperceber-se desse acontecimento, senão por uma espécie de bem-estar que se foi derramando por sua alma.

Os sonhos doces e os celestes enlevos do amor iludido, ainda estavam incandescentes, e pois naturalmente e sem esforço soldaram-se às esperanças do novo sentimento. Quando ela sentiu que amava Estácio, pareceu-lhe também que nunca amara senão a ele. O outro fora apenas um desconhecido, que se apresentara um instante disfarçado, como em uma mascarada, e conseguira iludi-la, procurando imitar seu verdadeiro amante; mas conhecido o engano o despedira. Não era pois a este, mas ao seu ideal, a quem ela dera o afeto. Se viesse a conhecer Estácio mais tarde, quando a dor tivesse esfriado no coração, talvez passasse ele sem deixar impressão na crosta gelada de sua alma.

Conhecendo seu estado, não se preocupou Raquel um só instante com o futuro desse amor. Ama; esse presente é bastante para desvanecer todo o passado, e encher todo o futuro, até onde pode o desejo alcançar. Mais tarde sem dúvida viria o desejo natural de ser retribuída em seu afeto; porém a declaração imprevista que fez Estácio de seu amor por Inesita, crestou aquela paixão nascente. Ela conheceu que o mancebo talvez viesse a sentir por ela algum movimento de simpatia ou compaixão quando soubesse do sentimento que lhe havia inspirado; mas nunca a poderia amar, como ela quer e merece ser amada.

Entretanto podia Estácio não ser feliz no seu primeiro amor, e buscar também no segundo a realização do ideal? Sim; ele podia ser desgraçado e traído; mas sua alma tinha-se já saturado completamente daquele amor para que conseguisse arrancar-se isenta e livre, como ela extirpara a sua das cinzas de um passado morto. Seu segundo amor era a floração virgem, que o primeiro ameaçara crestar em botão; o segundo amor de Estácio, se ele o tivesse, seria o murchar da rosa esmaiada de cores e aromas.

Assim a altiva donzela não queria ser amada, e preferia condenar seu coração ardente à eterna viuvez.

Desfolhava ela estas cismas, e como os olhos, o pensamento às vezes submergia-se no oceano para sondar a profundeza de suas mágoas, outras engolfava-se no azul diáfano do firmamento, talvez entrevendo ali os gozos angélicos de um amor infeliz na terra.

Nisto, Esteves passando a cabeça pela escotilha, disse e repetiu em voz alta:

— Dona, seu pai a está chamando!

Raquel, depois de um instante tomado para despedir-se de seus caros pensamentos e entrar na realidade, percorreu com os olhos a vasta superfície dos mares a ver se a chalupa já aparecia, e com passo lento desceu a escada.

Samuel e os dois holandeses estavam encerrados no camarim de estado próximo à sala d'armas. O velho rabino esperava a filha encostado à grade:

— Estamos fundeados, Raquel?

— Sim, pai.

— Em que paragem? A terra fica próxima?

— A terra nos está a pequena distância pela direita, e é da Baía de São Sebastião, à entrada da qual nos achamos.

O velho voltou-se para os flamengos com um sorriso, ao qual Hugo respondeu:

— Bem vos dizia eu!...

Samuel tomou entre as suas uma das mãos da judia, e acenou-lhe para que se encostasse mais à grade:

— Raquel, filha minha, o Deus de Israel pôs em tuas mãos, como outrora nas mãos de Ester, a salvação de teu povo. Tu podes restituir a vida a teu pai e evitar a ruína de todos os teus irmãos da Bahia, bem como a morte destes dois infelizes que se sacrificaram para nosso bem comum.

— Que é preciso que faça tua filha, Samuel, para o conseguir?

— Basta que tu nos passes um ferro de que necessitamos.

— Que pretendes fazer com ele?

— Quebrar o cadeado das algemas de Hugo e Dick; eles livres, arrombaremos a porta da sala d'armas, cairemos sobre a gente descuidada e ficaremos senhores do navio.

— Vós unicamente?... Três pessoas!...

— Três pessoas resolvidas a morrer ou resgatar sua vida... Não sabes o que valem. Demais, tu nos auxiliarás, distraindo alguns deles, enquanto de surpresa e silenciosamente iremos acabando os outros.

— Supondo mesmo que sejais bem sucedidos e vos apodereis do navio, que tereis ganho com isto? Falta batel para vos transportar à terra, onde aliás só achareis inimigos; a chalupa chegará, e podereis resistir a doze homens destemidos e valentes como leões?

— Far-nos-emos de vela, de modo que a chalupa já nos não encontrará! acudiu Hugo.

— Para onde? Para a Europa? Com uma tripulação de dois homens, um velho e uma donzela? disse Raquel escarnecendo.

— Vede se tinha eu razão! disse Dick. Meu plano é melhor! Arrombamos a sala d'armas e tomamos conta do paiol sem que nos percebam. Acendemos a mecha e esperamos que volte a chalupa; quando estiverem todos a bordo, um fica de sentinela com a mecha, e os outros sobem ao convés para intimar ao inimigo que se renda, ou se disponha a saltar pelos ares. Não há quem resista a isto! Entregam-se à discrição; enforcaremos os chefes para exemplo, e nos serviremos da maruja para navegar rumo da Holanda, tendo o cuidado de um de nós conservar sempre a mecha acesa e pronta para o que der e vier.

Raquel abriu o lábio crespo de cólera e desprezo:

— Pensais que o mancebo, que comanda este navio e o tomou à mão armada, se renderá com essa ameaça? Pois então sabei, que duas vezes já estivestes para voar, uma por sua própria mão, e outra por ordem dele! Perdei a esperança, Sr. Dick; vosso plano é pior que o de vosso amigo, pois com ele caminhais a uma morte certa e horrível.

— Raquel avisa bem. O melhor parecer estou que é o primeiro. Falta-nos, é certo, batel para ganhar a terra, mas estes irmãos sabem nadar, e por esse modo se poderão salvar e a vós também, filha. Quanto a mim, sacrifico-me de bom grado; como Moisés, não entrarei na terra santa; porém meu espírito acompanhará o povo de Israel.

— Em caso algum, pai, eu te abandonarei. Nossa sorte há de ser comum na adversidade, como foi na ventura.

— Também nenhum de nós consentiria em deixar-vos no poder do inimigo. Podemos salvar-vos a ambos juntamente.

— E que fareis em terra de inimigos?

— Esqueces que temos irmãos em São Sebastião, Raquel, e que deles devemos esperar todo o auxílio. Podemos aí aguardar ocultos a oportunidade de passar à Europa!

A judia não replicou; com os olhos baixos e a fronte pensativa conservou-se junto à grade.

— Não há tempo a perder! disse Hugo.

— Certo! Vai, Raquel, e traz-nos o ferro necessário.

— Como o posso eu trazer que o não percebam?

— Envolto nas roupas; ninguém suspeita de ti. Enquanto voltas, nós acabaremos de concertar o melhor modo de salvar nossa vida e liberdade.

Raquel ergueu a cabeça e fitou no pai um olhar brilhante.

— Não, pai; tua filha Raquel não pode ajudar-te nesse intento.

— Por que motivo, Raquel? perguntou o judeu surpreso.

— Porque trairia aquele a quem agradece a tua vida, pois a tendo em suas mãos, bem como a desses homens ingratos, generosamente a poupou.

— E queres tu, filha desnaturada, trair aquele que te deu o ser, sacrificar teus irmãos e renegar da religião de teus pais?

— A religião de meus pais, que de ti aprendi, me ordena que respeite como coisa sagrada a fé do juramento. Jurei a Estácio que não praticaria ato algum que lhe pudesse ser nocivo; e cumprirei meu juramento.

— Não hás de cumpri-lo, porque um juramento dado a um cristão é falso e nulo, de nada vale!...

— Quando o dei não me lembrei qual era a sua religião, e somente que o dava a um nobre e leal cavalheiro, em troca da extrema delicadeza com que por ele fui tratada. Se ele depositou bastante confiança em mim para acreditar-me sob a fé e respeito de uma religião que não comunga, não serei eu que lhe dê o exemplo de desprezo ao Deus de Abraão, quebrando a palavra selada com sua invocação. E quando não tivesse jurado... Que ideia farias tu, pai, de uma donzela prisioneira que se aproveitasse da liberdade consentida por quem respeitou seu recato e fragilidade, para promover a morte e ruína do benfeitor?

O velho rabino estava absorto em seu espanto e indignação.

— Sinto não ter aqui um ferro para te imolar.

— Terás tempo para o sacrifício.

— Retira-te de minha presença!

— Eu obedecerei, pai; mas quero levar a promessa de que abandonarás teu intento.

— Mais do que nunca insistirei nele, para vingar em ti a religião de meus pais que traíste, e em teu amante a minha honra que profanaste.

— Insultas tua filha? Eu te perdoo, porque a cólera te cega; senão havias de te lembrar que não podes tu, pai, me pedir contas de tua honra!

O velho vergou a fronte encanecida. Tal é o poder da virtude que aquela fronte respeitável, ornada de uma tríplice coroa, de paternidade, sacerdócio e velhice, se humilhava subjugada ao olhar límpido de uma virgem.

— Espero tua promessa, pai!

— Deixa-me!

— Se ma recusas, serei obrigada a avisar de teus intentos aquele contra quem tramas!

— Completa a tua obra! Denuncia teu pai, fruto perverso de meu sangue!...

— Te denunciarei, sim, pois que é esta a palavra; te denunciarei para ter o direito de aceitar a vida e liberdade tua que me foi por ele concedida.

Acentuando estas palavras enérgicas, a donzela retirou-se com dignidade, pondo termo à cena desagradável.

Chegada que foi à tolda avistou uma vela dobrando a ponta do costão; à medida que se aproximava, as conjeturas de que fosse a chalupa se tornavam mais fortes, até que afinal não houve mais dúvida. Estácio à popa, com o pé regia o leme, e tinha na mão as escotas das velas; os índios se deitavam sobre os remos com furor, excitados por Antão que também remava. O batel, carregado com o pano que o vento enfunava, trazia uma borda a raso da onda e a outra levantada até a quilha.

Apenas chegou à fala do bergantim, ouviu-se o grito do mancebo:

— Suspendei o ferro!...

Esteves e os outros atiraram-se ao cabrestante; como já a amarra estivesse a pique, em pouco a âncora soltou-se da vasa e pendeu aos flancos do navio. Atracou a chalupa, que foi num momento içada aos cachorros. Os índios espalharam-se pelas enxárcias; as velas desfraldadas ao vento, como brancas asas, imprimiram ao navio o suave deslize de um cisne.

Estácio explorou de novo o horizonte a ver se era perseguido, e nada descobrindo de suspeito, retirou a um canto para guardar na cinta de malhas o papel lacrado, que lhe entregara o frade. Bem desejos tinha ele de devorar o manuscrito, única fatal herança, que tantas fadigas, perigos e dissabores lhe tinha já custado, e quem sabe quantas desgraças ainda lhe reservava. Mas antes de tudo a situação crítica e melindrosa em que se achava exigia toda sua atenção; ele contava com certeza que havia de ser perseguido, e admirava-se muito de não ter já à vista os que lhe deviam dar caça.

Singrava o bergantim ligeiramente à bolina, quando Raquel, que assistira de parte a toda a cena anterior, sem tirar os olhos do mancebo, achegou-se dele, pensando que já sua presença não lhe causaria estorvo:

— Careço falar-vos, disse ela.

— Estou sempre pronto a escutar-vos, senhora.

— Devo avisar-vos de que tramam contra vós.

— Quem?... A minha gente?...

— Não: os flamengos.

— Ah!

— Seu plano é quebrar o cadeado das algemas, arrombarem a sala d'armas, e vos ameaçarem com a explosão do navio!

— Mas como podem levar essa empresa ao cabo sem auxílio de alguém! Para quebrar o cadeado das algemas era preciso que vosso pai os ajudasse! Entrava ele na conspiração?...

— Não sei; aprecatai-vos!...

— Bem! Menos vos agradeço, senhora, que me lisonjeio de ter formado tão justa ideia de vosso nobre caráter e ânimo grande. Não me quisestes ficar em dívida de generosidade; em paga da liberdade que vos dei, me salvais a vida e os graves interesses que me estão confiados!...

— Julgais que somente esta razão fosse bastante para dar-me a força de desobedecer a meu pai? perguntou Raquel com ardente vivacidade. Não;

essa força, só vós me inspirastes!

Conhecendo pelo olhar interrogador de Estácio que se havia excedido, continuou mais calma:

— A gratidão pelos vossos benefícios me cativou. Vos devo a salvação de meu pai, e uma coisa que uma donzela não esquece nunca, o respeito à sua virtude e recato.

— Isso não o fiz a vós, senão a mim e aos meus próprios sentimentos.

— Embora!

Estácio distraiu um instante a atenção para examinar um ponto branco que alvejava ao longe pela popa do navio sobre a linha azulada dos mares. O receio logo se desvanece; é a vela isolada de algum pescador, que segue rumo oposto. A judia acompanhara com ansiedade os movimentos do mancebo, enquanto ele examinava a canoa.

— A mesma causa que me impôs o dever imperioso de prevenir-vos contra os meus, a gratidão, creio eu que dá também o direito de me interessar pela fortuna vossa. Não atribuí pois a receio a pergunta que desejo fazer-vos.

— Tantas provas já destes de coragem, que não poderia nunca supor esse motivo.

— Dizei-me: correis ainda algum perigo?

— E grande!... Vou ser perseguido por forças superiores, se já não o sou!

— Mas não são eles vossos irmãos? Não tendes o mesmo Deus e o mesmo rei? Como se tornaram vossos inimigos?...

— Não vos posso contar a minha história. Asseguro-vos porém que sigo o caminho direito, e defendo uma causa justa. Aos outros, o Senhor os julgará.

As previsões de Estácio eram exatas. Àquela hora já ele era perseguido por forças muito superiores.

É de lembrar que o P. Molina ficara em pé na Praia do Boqueirão, quando a chalupa se afastara. Longe de sucumbir, a queda era para o jesuíta, como para Anteu, o recobro do vigor. Naquele instante mesmo, em que seu plano, combinado de há tantos anos, acabava de ser aniquilado, ele formulara rapidamente outro tão audaz e engenhoso como o primeiro.

Quando Estácio surgira de repente na casa de D. Diogo de Mariz, o visitador que o deixara, além de pobre e baldo de recursos, preso no Castelo do Mar, ficou atordoado com a súbita aparição. Como pudera ele tão depressa livrar-se da prisão e fazer a viagem de São Sebastião, naquela época, longa e penosa? Habituado a não deixar que fato algum passasse, sem lhe investigar a causa, estivera desde aquele instante a cogitar sobre o acidente. Aquela vinda repentina, coincidindo com a chegada do governador, só tinha uma explicação: D. Francisco de Sousa passara pela Bahia e trouxera consigo o herdeiro de Robério Dias para facilitar a empresa.

A fuga de Estácio na chalupa, com direção à barra, acabava de derrocar a sua primeira suposição. O mancebo não era instrumento do governador, mas servia aos seus próprios interesses; fora da barra estava naturalmente fundeado algum navio, que o esperava para fazer-se à vela, rumo da Bahia.

Sem demorar-se desta vez em buscar a explicação dos estranhos acontecimentos, compreendeu o P. Molina que o essencial era salvar Estácio, e por conseguinte o roteiro, das garras de D. Francisco de Sousa; depois trataria de conquistá-lo do inimigo mais fraco. O visitador dirigiu-se pois apressado à Rua de São José, onde o povo estava ainda em comoção por causa do arrojo de Estácio. A gente da rua falava da evasão; os guardas, a quem já o governador transmitira os sinais do mancebo, interrogavam os vários grupos.

Molina volteou por entre estes como uma vespa; em pouco não se ouvia senão este ruge-ruge: "Foi para as bandas do Campo dos Ciganos. Viram-no montar a cavalo nos ranchos de Mataporcos! Levava uma bandeira de vinte homens bem armados".

O frade buscava assim derrotar a vigilância do governador, fazendo-o perder o rastro à caça. Com efeito o rumor foi crescendo; com pouco já ninguém duvidava que o fugitivo houvesse tomado o caminho de São Vicente; e neste sentido foram dirigidas todas as pesquisas.

Então o visitador recolheu ao Colégio, e deu suas ordens para que o galeão *Santo Inácio*, da Companhia, se fizesse à vela imediatamente. Quando suspendiam o ferro, o sol marcava no quadrante do Castelo meio-dia em ponto. Molina, devorando com os olhos os horizontes acanhados para a impaciência de seu audaz pensamento, exclamava:

— Ele tem quatro horas de avanço sobre mim nesta viagem; mas eu tenho sobre ele vinte anos de experiência na viagem da vida.

Passando o Forte do Leme, descobriram de bordo do galeão quatro embarcações que viravam de amuras na altura da Rasa e se faziam no bordo do norte. Seria essa conserva mandada à caça de Estácio pelo governador? Foi a primeira suspeita do frade; e bem fundada. Molina ignorava a circunstância do encontro no mar de D. Francisco de Sousa com Estácio, a qual fez abortar seu plano. Perdida a esperança de prender o mancebo na cidade, o governador se lembrara do bergantim, e pensou que devia estar fundeado em algum lugar fora da baía, à espera de seu arrojado comandante. Enquanto pois a guarda perseguia o fugitivo por terra, ordens prontas eram dadas para a partida da esquadra que já sulcava os mares sob as ordens do próprio D. Francisco.

Compunha-se ela de um só vaso de alto bordo para o caso de combate; os mais eram três galés de vinte e quatro ou dezoito bancos. O governador, previdente, escolhera de preferência os navios de remo, como mais próprios para a caça do veleiro bergantim. Quando a armada achou-se completamente alagada, só descobriu na extrema do horizonte o velame de um navio que sumia-se como um branco alcíone, adejando para os confins do mundo.

À tarde, porém, com as sombras, aquele ponto branco desvaneceu-se. Os navios, por ordem do governador, se distanciaram uns dos outros, seguindo rumos paralelos; era uma precaução para o caso de que o bergantim por estratégia mudasse a rota durante a noite, ou amarando-se ou demandando a terra. Ao romper d'alva a vigia do cesto de gávea assinalou ainda a mesma vela sempre à proa direita; mas nenhum avanço tinha a esquadra ganho sobre a caça.

Três dias passaram sem maior alteração; a caça prosseguia com igual afinco; mas o bergantim conservava sempre a mesma distância; a rapidez da singradura zombava dos esforços dos remos. Estácio já se considerava salvo, quando uma circunstância lhe fez perder toda a esperança. Gonçalo desde pela manhã que tinha o nariz ao faro e a mão sobre os olhos, explorando a extrema dos horizontes e as nuvens que se erguiam do oceano; até que afinal murchou e encolheu qual rã em tempo seco.

— O vento vai rondar!... disse ele a Estácio com uma voz triste.

O mancebo compreendeu o alcance da observação; mas desejou saber ao justo o que pensava o Antão.

— Que tem isto?

— Tem que daqui a uma hora estaremos bordejando, enquanto as malditas galés, que pouco se importam com o vento, virão sobre nós direitas como uma bala.

— E quando pensais que nos alcançarão?

— Hum!... Pela noite adiante, ou no mais tardar pela madrugada.

Eram sete horas da manhã. Nesse instante Raquel subia à tolda, e aproximou-se do mancebo para saudá-lo; ela conheceu logo em sua fronte carregada e na atitude do contramestre, que a situação piorava, e inquiriu com empenho do que era passado.

— Não vos assusteis, senhora! É um pequeno acidente que já tinha previsto, respondeu Estácio com um sorriso.

Voltando-se então para mestre Gonçalo, falou-lhe com serena firmeza:

— A minha resolução está tomada, Antão. O combate com forças tão superiores fora uma loucura. Além do mais, toda esta perseguição nada tem convosco e só comigo; eu cometeria um crime sacrificando tantas vidas a meu interesse individual. Portanto desde este momento vos entrego o comando do navio com as seguintes determinações, que haveis de jurar-me cumprir à risca. Esta dama e seu pai são livres, e os confio de vossa honra. Os prisioneiros, entregareis a D. Diogo de Menezes, se vos deixarem ir em liberdade, senão ao próprio D. Francisco de Sousa com esta declaração, que trate de guardar o Brasil contra os flamengos...

— Mas vós?... exclamou Raquel em ânsia.

— Sim, vós, Sr. Estácio, que contais fazer? perguntou Antão.

Fazendo-lhe um gesto de espera, o mancebo respondeu primeiro à interrogação da moça:

— Ficai tranquila. Levo comigo o único documento que podia comprometer vosso pai.

— É a segunda vez que me supondes movida por um receio!... Que me importa tudo isso? exclamou a judia arrebatada pela paixão. É de vós, do que pretendeis fazer, que me aflijo e inquieto. Ouvides, senhor?

Estácio fitou a donzela surpreso; pela primeira vez uma suspeita atravessou-lhe o espírito.

— Também eu, acudiu o contramestre; preciso saber para meu governo quais são vossas intenções.

— Não vos inquieteis ambos comigo. Meu destino vai cumprir-se.

Depois espraiando os olhos pela vastidão dos mares, disse à meia voz:

— O oceano é bastante vasto e profundo para esconder- me à cólera dos homens e dos reis, a quem eles servem!

Raquel pendeu ao seio a fronte abatida, como o cálice de uma flor que verga para verter o orvalho da noite; duas lágrimas brilharam nas pupilas negras, e perlaram as rosas desbotadas de suas faces.

Quanto a Antão, tinha ele empinado a cabeça como um lagarto quando se aquenta ao sol e percebe rumor suspeito:

— Visto isto pretendeis lançar-vos ao mar?

— No momento em que vierem sobre nós. Não tenho outro recurso.

— Heis de estar lembrado do que nos disse João Fogaça, quando nos mandou que vos seguíssemos? Pois então ficai sabendo que daí não nos afastamos eu e minha gente. Hemos de seguir-vos até o inferno.

— Tal não fareis, Antão. Antes disso mandou ele que me obedecêsseis, e o contrário vos ordeno eu.

— Dês que me entregastes o comando deste navio, ninguém mais, senão eu, dá ordens aqui. Sois meu prisioneiro sob palavra, e é escusado vos atirardes pela borda fora, porque atrás irá quem vos traga.

Estácio levantou os ombros. O contramestre, bufando como um boto, ganhou a proa para dar as ordens; imediatamente um índio ganhou uma ponta da mezena, e outro aproximou-se do castelo de popa, prontos a se lançarem à água atrás do mancebo. As velas começaram a arfar batendo os mastros; logo após o vento escasseou, e rondou para lés-nordeste; o receio do mestre se realizava.

Estácio ficara recostado à amurada, olhando entre admirado e triste a linda judia que tinha ainda a fronte pendida e magoada.

— Por que separais agora o vosso de nosso destino?... Mais arriscada empresa cometestes do que a de tentar a sorte do combate com os que vos perseguem.

— Engano vosso! Suas embarcações são de remo; manobram com mais rapidez que não o podemos fazer.

— Em todo o caso, esse meio extremo de que por duas vezes lançastes mão para defender-vos... Por que o não empregais agora?

— De fazer voar o navio?... Mas naquela ocasião eu servia a El-Rei e a pátria; agora serviria apenas meu interesse; e fora um crime infame sacrificar tantas vidas!

— A minha, não; porque eu a dera de bom grado para vosso bem!...

— Obrigado, senhora; conservai-a para a ventura que vos espera.

— Ventura!... a mim?... murmurou a donzela.

— Demais, toda a esperança não é perdida! disse o mancebo com um sorriso falaz.

— Julgais poder escapar ao perigo?...

— Deus ainda não me abandonou!

— Oh! salvai-vos... Em nome dela... de Inês, eu vos suplico!

— Obrigado!... disse o mancebo. Não imaginais que bem me fizestes!... Neste momento supremo de minha vida representastes aos meus olhos a imagem dela. Parece-se convosco na beleza e na bondade.

Estácio travara da mão de Raquel, e ficaram ambos presos daquele mútuo anelo; ele afagando a doce ilusão que despertara em seu espírito; ela contente de ser amada um rápido instante ainda mesmo sob a invocação de sua rival feliz.

Por esse tempo debuxava-se na linha azul do oceano um relevo escuro. Logo um murmúrio confuso percorreu os bordos do bergantim.

— Terra!... Terra!... disseram vozes esparsas.

— Onde? perguntou Estácio voltando-se.

— Pela proa!

— O Antão Gonçalo?

— Ei-lo rente! acudiu o mestre.

— Sabeis qual terra seja aquela?

— São os Abrolhos!

Os olhos de Estácio brilharam, e volveram rápidos para as velas da frota do governador, que avançava com velocidade.

A voz murmurou-lhe nos lábios:

— Se...

Capítulo IX

Ia em meio a noite.

Estava sereno o céu, plácido o mar. A treva, densa bastante, transudava a espaços umas tênues fosforescências, que mais cegavam. Pareciam as ondulações da escuridão.

Navegava o galeão *Santo Inácio* na altura dos Abrolhos, mas um tanto amarado.

A Companhia de Jesus sabia o valor do tempo. Antes que os ingleses inventassem o conhecido anexim industrial, tinham os padres descoberto e aplicado a equação desse precioso capital, que uma vez consumido, não mais se reproduz.

Mas era isso pelo século XVII; então ainda estava recôndita no futuro a famosa doutrina tão apregoada agora sobre a indolência da raça latina. Não andavam esquecidas já as gloriosas conquistas do povo, em número pequeno, que pelo esforço se fizera grande bastante para assim encher o maior império da terra. Ainda o reino português se dilatava tão vasto pela superfície da terra, que não havia noite completa para ele; o sol iluminava sempre alguma de suas extremas.

Esta admirável epopeia do esforço humano, cantada por Camões, foi trabalhada pela raça latina, como devia ser mais tarde a epopeia francesa da liberdade. Estava porém reservada ao século dezenove a triste missão de renegar sua estirpe. Não se lembra este século ingrato que ele veio, como toda a civilização moderna, do latinismo?

A Companhia de Jesus foi no século XVII o foco das forças vivas dessa raça ilustre; era natural que as dirigisse a despir o pensamento das duas grandes materialidades que o oprimem: o tempo e o espaço.

Tinham os jesuítas navios de superior construção e grande velocidade, como não os havia nas armadas reais. Dispunha El-Rei da autoridade, do erário, das recompensas, de grandes estaleiros e matas seculares; os frades possuíam parte, e mais que tudo isso, possuíam o gênio da ciência.

O galeão *Santo Inácio* era um primor de construção naval; partido muitas horas depois da frota do governador, ao cair da tarde estava fronteiro com ela. Ao lado do capitão e junto à bitácula, observava o P. Molina a posição das caravelas de El-Rei.

— Mais ao largo! recomendou ele.

A tenção do jesuíta era burlar a caça de D. Francisco de Sousa atraindo-o ao galeão.

Enquanto isto, o bergantim de Estácio se poria fora do alcance do governador.

Já ficou explicada essa ideia, que longe de ser insensatez do jesuíta, era filha de sua longa experiência. Com El-Rei e o governador a luta, sobre renhida, era de sucesso dúbio, senão contrário. Com Estácio o triunfo não inspirava receio. Graças à velocidade do galeão, talvez, depois de burlada a frota, pudesse o P. Molina alcançar o bergantim; no pior caso chegaria sobre ele à cidade do Salvador, e nesse pleno domínio da Companhia, Estácio não lhe escaparia.

Para realizar seu plano carecia o P. Molina da sombra; e a sombra aí vinha trazida pela noite. Às últimas réstias do crepúsculo, viu o visitador do mar largo a frota do governador já fronteira, o bergantim algumas milhas por davante, e os Abrolhos que destacavam no horizonte.

— Agora, disse para o capitão, podemos fazer-nos na volta da terra.

Enquanto se efetuou a manobra, subiu o jesuíta ao castelo de proa, e ali com os olhos dilatados pelos mares acompanhou a frota e o bergantim até que a escuridão se interpôs. Não podendo mais ver, o espírito impetuoso calculava; inquiria das estrelas o curso da noite, da singradura a velocidade da carreira; e sobre estas bases orçava o caminho feito e o que faltava para vencer a distância.

Meada era a noite.

O P. Molina outra vez perscrutava a treva na esperança de ver assomar o vulto escuro do bergantim a pequena distância. Se não lhe iludira o cálculo mental, devia lhe estar a meia milha apenas, deixando pela popa a pouco menos a frota do governador.

Neste momento ribombou o canhão. Era a armada que intimava o inimigo para render-se. O galeão levava os fogos acesos e fora pressentido de longe. Estava conseguido o intento do P. Molina.

— Ao mar! Ao mar!... ordenou ele.

Imediatamente o canhão retroou avante.

— Imbecil!... murmurou o frade. Foge e se denuncia!

Súbito abriu-se vasto e imenso clarão. O mar nadou em luz. No seio da esplêndida irradiação desenhou-se o bergantim com as brancas velas enfunadas pela viração. Mas foi no ápice de um instante. Apenas impelida essa grande espadana de chama, logo entrou no seio profundo da noite com horrível estampido.

Pela madrugada estavam galeão e flotilha junto ao teatro da catástrofe nos Abrolhos. Os sobejos da chama atestavam que o navio incendiado fora de feito o bergantim.

D. Francisco de Sousa tornou a São Sebastião. O P. Molina seguiu a rota da Bahia.

A morte de Estácio e o extermínio da tripulação eram coisa fora de toda a dúvida. Mas o jesuíta, que fazia da audácia e inteligência do mancebo alto conceito, não admitiu a ideia de seu passamento senão depois de madura reflexão.

Inquiriu se apesar da catástrofe não seria possível que ele escapasse. Para admitir esse ponto era preciso supor que a explosão fosse voluntária e não acidental. Nesse caso, como acreditar que tantas pessoas se sacrificassem pela salvação de um papel?

A conclusão de toda a sua lucubração foi a seguinte:

— Sem dúvida, morto é; mas partamos sempre da suposição de que ainda viva.

Abriu então o visitador seu breviário, e começou a ler a última folha, ocupação a que se dava constantemente desde a partida de São Sebastião. Nessa folha, cumpre não esquecer, tinha ele copiado um trecho da memória do insigne cronista da Companhia, o P. Manuel Soares.

É esta a ocasião de referir a pouca notícia que nos chegou a respeito de tão importante escrito, infelizmente perdido com dano do real erário, das letras pátrias, e da fama de seu autor, que ficou obscuro, podendo tornar-se ilustre com o lume de sua obra.

Do que disse o reverendo cronista na noite do capítulo, era sua memória dividida em duas partes; em uma se tratava de saber qual destino tivera o roteiro de Robério Dias; na outra se procurava determinar aproximadamente o lugar das minas de prata.

Sobre a primeira parte, o P. Molina estava muito mais adiantado do que o P. Manuel Soares, pois a versão deste não chegava senão até Fernão Aires; daí em diante perdia completamente o rastro do roteiro. Mas por isso se ocupara o laborioso investigador em suprir essa lacuna, buscando traçar o itinerário que havia seguido o Moribeca em sua jornada de descoberta.

O visitador, prevendo o caso possível de falhar o seu plano, e ver-se privado do roteiro, tinha, quando voltara furtivamente ao cartório, arrancado do ventre do alfarrábio a folha onde o Padre Manuel Soares resumira com muita clareza e concisão a linha de derrota que sem dúvida seguira o descobridor das minas de prata, e o meio conjeturado pelo qual se efetuara a descoberta.

Tinha de feito esse frade, encerrado em sua célula, muitos anos depois do acontecimento, reconstruído a verdade, dissipada pela sombra dos tempos? Ou seria quanto escrevera ele um tecido de fábulas para bordar essa misteriosa invenção das minas de prata, com que a par de outras, se embalava a imaginação popular?

A obra do P. Soares tinha o cunho da maior exatidão; ele a bebera na fonte da história, onda sonora que desliza mansamente através das idades; na voz dos séculos, que vulgarmente chamam tradição oral, não impura e toldada, como muitas vezes aparece à tona da publicidade, mas límpida e pura, filtrada pela consciência religiosa no confessionário.

O confessionário foi, como o púlpito, outro grande pedestal da influência dos jesuítas; de um moviam eles as massas do povo sob a invocação de Deus; do outro perscrutavam a consciência, o sacrário da família, e dirigiam as forças vivas da sociedade: o povo, a robustez física, o braço possante; a educação, o poder intelectual, a cabeça diretora; que mais lhes faltava para a teocracia, senão a consagração do nome?...

Foi no confessionário que o P. Soares, durante anos de inquérito, apanhou os fragmentos esparsos com que chegou laboriosamente a construir o seu edifício. Quase toda a gente contemporânea de Moribeca veio por sua vez dizer quanto sabia; e assim de elo em elo, por essa cadeia de indivíduos, atingira ele ao ponto a que visava: descobrira um dos acostados que haviam acompanhado Robério Dias na jornada de descoberta.

Era a declaração desse homem o trecho exarado na folha extraída do alfarrábio pelo P. Molina, e por ele reduzida a cinzas, depois de a haver copiado em cifra na capa do seu breviário. Aí a podemos nós ler agora, acompanhando o indicador do jesuíta, que vai designando as palavras à medida que as soletra e medita:

"Gonçalo Inhuma, homem pardo, forro, morador em Petinga, onde vivia de caieiro, de idade sessenta anos. Ouvi-o de confissão aos 20 de outubro do ano da graça de Nosso Senhor Jesus Cristo de 1603. Sobre o assunto proposto, disse ser verdade ter acompanhado Robério Dias, vulgo Moribeca, até além do Rio de Contas em uma serra bastante extensa, que tem em cima uma grande chapada, duas jornadas das cabeceiras do rio, direito para o nascente. Aí pousaram dias, a tiro de arcabuz de uma gruta profundíssima, bem conhecida dos bandeiristas por *cova do feiticeiro,* que o gentio chama *cova do pajé.* Conta que viu Moribeca entrar uma tarde na cova, e pouco depois sair com um índio de grande idade, pois ia arcado a um bordão; e ambos sumiram-se no mato, onde ficaram até a outra noite em que foram de volta. E logo levantaram pouso, e tornaram a esta cidade do Salvador, onde tendo ouvido que o Moribeca descobrira muitas e ricas minas de prata, bateu-lhe a titela que fosse ensinada a paragem dela pelo dito índio, a qual pelos seus cálculos deve ficar ali perto, rumo do poente, em terreno alagado, porque o dito voltou molhado, não tendo chovido."

À margem da folha, que essa declaração continha, lia-se em tinta vermelha uma nota: — *Faleceu em fim de 1605.*
Oito dias depois da explosão do bergantim dava fundo na Bahia de Salvador o galeão *Santo Inácio;* e antes de uma hora o visitador achava-se restituído à sua cela na Casa Provincial do Brasil, acompanhado do P. Domingos Rodrigues, a quem ao entrar fizera sinal para o seguir. Fechando a porta, mandou que chamassem ao Colégio, da parte do provincial, mestre Joaquim Brás, taberneiro na Travessa do Palácio.
O judengo vivia há um mês, desde a fatal noite da evasão dos flamengos, em contínuos sobressaltos; a cada instante julgava ele que lhe surgia pela frente alguma escolta incumbida de prendê-lo; e todas as manhãs admirava-se ingenuamente de achar-se deitado em seu catre, e não suspenso à corda entre três paus. Ao receber do recado que lhe trouxe o leigo do Colégio, sentiu o taberneiro um bate-bate de coração, que não pressagiava bem daquele chamado.
Entretanto praticavam juntos o visitador e o P. Rodrigues:
— Padre, cingi vossos rins, e ponde-vos a caminho para os Ilhéus, dissera o visitador.
— Neste mesmo instante, se Vossa Reverência o ordena.
— Tomai o tempo necessário para os aprestos indispensáveis. Em lá chegando levantai a tribo dos Aimorés, e vinde acampá-la nas imediações da cidade, de onde apenas chegado me enviareis aviso.
O P. Rodrigues curvou a fronte descontente.
— Acha V. Paternidade alguma dificuldade neste assunto?
— Nenhuma, senão que meus esforços de tantos anos vão ser aniquilados. Levantar de seu aldeamento aquele gentio feroz é atirá-lo de novo às brenhas!
— É um mal sem dúvida; mas é necessário, P. Rodrigues. Cumpra com o que lhe ordeno, e nos favoreça o Senhor que lhe darei mil tribos como a dos Aimorés a catequizar, sem receio de que ambiciosos colonos vão cativar os pobres neófitos, como agora sucede. Não vale esse grande benefício, e o maior poder da Companhia nesta e outras províncias, algum sacrifício?
— Sem dúvida, padre visitador; nem eu hesitei um instante na obediência. Só não pude fechar-me à tristeza que me penetrou, pensando que minha obra ia ser destruída; fraqueza minha, que V. Reverência escusará.

— Sentimento louvável, que testemunha do vosso zelo no serviço da religião e da ternura de vosso coração. Qual o pai que se não entristeça com a má sorte dos filhos, e não são vossos filhos espirituais essas míseras almas arrancadas à barbaria?

Arranharam à porta. O P. Rodrigues despediu-se do visitador; e saído ele, entrou o leigo a dar conta do recado que levara a mestre Brás. Ficava o taberneiro com o pé na soleira para obedecer às ordens do Reverendo P. Provincial.

Aproveitou o jesuíta esse instante vago para folhear na letra B o livro negro da irmandade da Companhia, onde encontrou, conforme esperava, o assento concebido nestes termos:

"Brás Joaquim, ilhéu, quarenta e oito anos, jurado aos 10 de setembro de 1593. Mau homem e perigoso; grandíssima astúcia, nenhuma fé. Dizem ter parte com os mercadores judeus, a quem ajuda no contrabando. Pôs agora taberna na Travessa de Palácio, e dá tavolagem nos fundos da casa."

Chegou afinal o cujo; e entrou desfazendo-se em mesuras e rapapés.

— Folgo muito de tornar a ver-vos, mestre Brás. Quando nos separamos em Espanha, nenhum de nós pensava encontrar-se mais neste vale de lágrimas; porém tais voltas dá o mundo!

— Estou como conhecendo V. Paternidade; mas esta minha memória!... Os anos já não são poucos e a carga por demais pesada...

— Então já vos não lembrais de mim? replicou o jesuíta sorrindo.

— Tenho uma ideia longe... Mas em verdade!...

— Ora vou avivar-vos a memória. Quanto se muda em três anos!... Pois tínheis excelente reminiscência.

O taberneiro ouviu o rir zombeteiro do frade, e pareceu-lhe este som com o de uma serrilha que lhe passasse pelas longas orelhas.

— Já vos esqueceu o galeão *Rosário*?

— Sim; estou agora me lembrando!

— Ainda bem! E da ceata que fizestes a bordo com certo Capitão D. Aníbal e mais um rapaz por nome Anselmo, sem falar do mestre gajeiro?

— Disso não, e penso que V. Paternidade está enganado; mas bem me lembro de ter visto o padre-mestre a bordo e de havermos feito juntos um pedaço da jornada de Espanha!

— Justamente; e por sinal que antes da partida fostes aos paços de D. Francisco de Sousa!

— Eu, Brás Joaquim, padre-mestre? É falso testemunho de quem o disse.

— E uma vez lá, cometestes a imprudência de referir ao fidalgo tudo quanto tínheis ouvido a bordo; e o que é ainda mais grave, certas invenções a meu respeito!

— Pois eu era capaz de semelhante coisa, eu, um irmão da Companhia!

— Bom; eis vossa memória que se aviva! Lembrai-vos que sois irmão da

Companhia! Mas é justamente isto que torna mais grave a culpa; pois ocultastes de um irmão tão importante segredo para ir vendê-lo a um fidalgo por ouro.

— Mas tal não há, P. Mestre. Eu vos juro pela cruz benta em como sou inocente.

— Jurai!... disse o frade.

Com gesto majestoso apresentou-lhe a cruz de prata que trazia suspensa ao rosário, e cravou nele os olhos fulminantes.

O taberneiro tremeu até as entranhas; os cabelos eriçaram-se sobre a fronte; ficou hirto e lívido, como galvanizado pelo terror.

— Não... Não posso!...

— Ah! pensaste que tua alma corrompida no vício havia de ficar impenetrável à luz do servo do Senhor?... Imbecil!... Vou confundir-te em tua aleivosia e maldade, repetindo palavra por palavra o que fizeste e disseste em casa do fidalgo.

O P. Molina referiu quanto ele havia tirado de suas lucubrações e dos fatos que haviam chegado ao seu conhecimento. A exatidão da narração era tal, que o taberneiro caiu de joelhos com as mãos nos peitos:

— D. Francisco me traiu!...

— D. Francisco a ninguém revelou o que passou convosco.

— E donde o sabeis vós então?...

O P. Molina ergueu o índex, como a haste da cruz:

— Do céu!...

E realmente era do céu que lhe vinha aquele raio capaz de devassar o arcano da alheia consciência, e a poderosa faculdade que de centelhas esparsas tirava a luz esplêndida da verdade.

O mísero ficou fulminado. O frade acabando de o esmagar com os olhos carregados de severidade, continuou:

— Eu vos tenho fechado em minha mão, e posso com um sopro desfazer-vos no ar, como esta poeira de que sois formado. Nenhum dos feios crimes de vossa vida me é desconhecido; traficais por contrabando, dais tavolagem à noite calada, e conspirais com os judeus contra El-Rei e seu governador.

— Compaixão, padre; misericórdia de um mísero pecador.

— Misericórdia, quero tê-la, em nome do Deus clemente, se arrependido romperdes com o passado ignominioso. Não mais contrabando, nem jogos, nem comércio com hereges; reduzireis vosso tráfego ao ganho lícito e honesto. Para remir as culpas antigas deitareis no tronco dos pobres uma esmola de quinhentos cruzados novos. Quanto à traição que praticastes com a Companhia acerca do segredo das minas de prata, a punição que vos dou é reparar o mal que fizeste.

O Brás soltou um gemido doloroso, e balbuciou compungido:

— Castigai-me, padre. Eu mereci por minha culpa e minha máxima culpa.

— Aquele a quem pretendestes roubar o roteiro entrou na posse dele.

— O filho de Robério Dias?

— O navio em que vinha de São Sebastião voou pelos ares com a pólvora na altura dos Abrolhos.

— Então perdeu-se?...

— O que está perdido pode ser achado. Talvez o corpo venha à costa e alguém encontre sobre ele o papel. Por que não sereis este alguém?

— Mas para isso é mister gente e dinheiro.

— Tendes uma e outra coisa; os contrabandistas, e o ouro judeu enterrado no canto de vossa adega em um ancorote!...

— Senhor Deus! Quem vo-lo disse, se eu a ninguém!...

O frade sorriu:

— Nada me é oculto, espírito incrédulo! Nada! Quando ao Todo-Poderoso apraz iluminar seu servo, ele vê através do tempo, como através da matéria!

Entretanto Molina não fizera mais do que uma suposição natural, que sucedeu coincidir com a verdade. Enterrar o dinheiro era costume daquele tempo; quanto à vasilha, um taberneiro devia escolher uma das com que frequentemente lidava.

O visitador ainda fez algumas recomendações ao Brás, e afinal o despediu com estas palavras:

— Ide na certeza de que à menor hesitação de vossa parte vos entregarei ao braço secular para castigar-vos a carne, porque a alma já não terá remédio neste, nem no outro mundo.

Apesar das contrariedades por que havia passado nos últimos dias, sendo-lhe arrebatado das mãos o roteiro de que já se julgava senhor, e destruída posteriormente com a explosão do bergantim a esperança de reavê-lo, o P. Molina estava essa manhã muito satisfeito. Além da confiança que ele nutria de chegar à descoberta das minas guiado pelas pesquisas do P. Manuel Soares, acrescia a satisfação de ter vingado seu amor-próprio humilhado pela hipocrisia do Brás; por fim o íntimo contentamento de haver podido fazer bem, castigando o vício e beneficiando os pobres.

Logo depois do segundo refeitório, o P. Figueira achegou-se ao visitador:

— Peço a V. Reverência a mercê de me ouvir sobre objeto de suma gravidade.

— Neste instante, P. Mestre!...

Iam os dois afastando-se, quando no corredor encontraram Vaz Caminha.

O bom velho estava acabado. A dor da perda de Estácio, que ele julgava certa, tinha assolado aquele corpo já gasto pelos anos, e mais ainda pelos estos da inteligência, cujo sopro é ardente como o simum do deserto africano. Na fronte rugosa e no rosto encovado trazia ele o luto d'alma por seu filho único.

O P. Molina sentiu o coração confranger-se diante daquelas ruínas deixadas pelo fogo de uma grande paixão. Fazendo ao companheiro um gesto para que o esperasse, foi saudar com bondade compassiva ao advogado, e o levou à biblioteca, onde o agasalhou como a hóspede bem-vindo. Vaz Caminha, embora cortês sempre, não podia contudo eximir-se a um certo desgosto na presença desse homem, a quem um instinto secreto de sua alma culpava indiretamente pelo mal sucedido a Estácio. Se o P. Molina não surgisse na Bahia, dando indícios de vir à busca das minas de prata, o mancebo não se apressaria em partir; e talvez a desgraça, que o perdera, fosse evitada.

Entretanto o advogado não tinha vindo ao convento, senão para ver o P. Molina, cuja chegada logo soubera, e dele colher alguma coisa a respeito de Estácio; aproveitou pois o ensejo que se apresentava tão favorável.

— Pena-me ver-vos neste estado, doutor, tão sucumbido. É a saúde do corpo ou do espírito que sofre?

— Ambas, P. Mestre; mas a maior enfermidade é a do coração. Desde que perdeu a esperança de tornar a ver mais neste mundo seu filho, minha alma vai-se desprendendo para ir vê-lo no céu, e pouco se demorará o instante.

— Foi uma grande catástrofe e uma grande perda para vós!...

— Que diz, padre!... Mas então sabe... viu?...

— De longe apenas, o grande clarão!...

— Clarão!... murmurou o advogado surpreso. Mas de que fala V. Paternidade, que não o entendo?...

— Da explosão do navio que matou vosso afilhado!...

Violenta comoção abalou o corpo emagrecido do advogado, que ergueu-se hirto, para logo cair inerte sobre a poltrona; então aquela face devastada, que parecia seca e estéril para a ternura, como os areais ardentes para a vegetação, orvalhou-se de lágrimas abundantes. Vaz Caminha julgava Estácio morto; mas não tinha a evidência do fato; no fundo de seu coração dormia a centelha de esperança que só tarde se esvai. As palavras do visitador, apagando de repente a centelha, o sepultaram na treva dolorosa.

— Ignorava o doutor?

— Nenhuma notícia tive dele depois da noite em que se foi desta cidade, respondeu o advogado com um soluço.

O jesuíta compungido por aquela grande dor exauriu sua eloquência para a consolar; mas não se quis o velho consolar, porque o filho já não existia: — *et noluit consolari quia non sit.*

Capítulo X

O sacerdote, perito médico d'alma, fez sangrar o golpe, para adoçar as dores e cauterizar a ferida. Contou ao advogado que Estácio estivera em São Sebastião, na casa de D. Diogo, onde ele também era, e apesar de seus esforços conseguira obter do fidalgo o roteiro. Passou a narrar a perseguição do governador até à catástrofe, e rematou com louvores à intrepidez e alto engenho do infeliz mancebo, tão prematuramente roubado à pátria.

Houve nessa narrativa uma lacuna relativa ao rombo da parede e ao sequestro dele P. Molina pelo Antão; o narrador tinha suas razões para não tocar por enquanto nesses pontos.

A narração deixou Vaz Caminha mergulhado em lucubrações profundas; tão ocupado estava em revolver no íntimo as palavras do jesuíta, que não se recordava mais da presença deste, nem se apercebia dos olhos com que ele investigava na sua fisionomia as sombras das imagens interiores. De repente fez-se um lampejo naquele espírito, que luziu fora:

— Então!...

O jesuíta compreendeu a necessidade de soprar a chispa.

— Não vos resta esperança!

— Mas uma voz secreta me diz que ele vive!...

Molina abanou a cabeça:

— Na eternidade!

— Neste mundo, padre! exclamou o advogado inspirado. Pois não vedes que ele não usaria do meio supremo de imolar-se ao fogo com sua fortuna, enquanto lhe restasse um vislumbre de esperança?... Estácio é mancebo de grande força de ânimo, para não precipitar-se estouvadamente. Com uma noite escura, tendo ainda duas horas de avanço, não havia de tentar escapar-se ao abrigo das trevas, antes de chegar ao desespero?

O P. Molina palpitou; mas logo reprimindo essa íntima pulsação, cobriu com um sorriso incrédulo a leve turbação do rosto:

— Grande é o vosso amor por esse jovem, doutor, a julgar pela vossa fé!... Onde quereis que ele tenha escapado, sobre a imensidade dos mares?

O advogado tornara a si do primeiro anelo, e logo conheceu a imprudência que cometera:

— É verdade! murmurou inclinando a fronte.

Quando esses dois homens se olharam de novo, ambos sentiram que já não eram os mesmos, que há poucos instantes comungavam a hóstia de caridade; um sofrendo, outro consolando; um aflito, outro ungido. O pai e o sacerdote haviam desaparecido, deixando em seu lugar dois engenhos superiores, de elevada esfera, dois gladiadores rivais nas lutas da inteligência, os máximos representantes da civilização do século dezoito — o frade e o advogado.

O P. Molina derrubou a fronte, sinal de que se armava com o escudo de Palas para entrar na liça:

— Foi um erro nosso, Doutor Vaz Caminha, não termos há quinze dias sido francos um com o outro; dois espíritos como os nossos não devem nem carecem de lutar à sombra e de emboscada, mas em pleno dia e campo aberto. De quem proveio a culpa? De vós ou de mim, não sei; talvez de ambos, se é que não foi minha só. Eu que vos vi primeiro na arena, antes que me enxergásseis, devia ter mandado soar trombetas, e reptar-vos cortesmente. Não o fiz, somos ambos punidos; o segredo, após o qual ambos corremos, jaz para sempre sepultado no fundo do mar.

— Devo dizer-vos, P. Molina, que vos enganais. Nem corri jamais após algum segredo, nem dele ouvi falar, além do que acabastes de me referir, senão as vozes do povo em outro tempo.

— Estácio não vos confiou a existência do roteiro de seu pai? perguntou o jesuíta.

— Dou-vos minha palavra que Estácio não me confiou semelhante coisa; e quando tal sucedesse, padre-mestre, este homem que vos fala não havia de enchafurdar setenta anos de uma pobreza honrada e laboriosa na lama de uma riqueza sórdida, senão criminosamente adquirida!

— Longe de mim tal pensar, doutor! Quando a vós me referi, foi como tutor e pai espiritual de Estácio.

— Tutor não o sou, mas Álvaro de Carvalho; pai, sim, porém espiritual, que bem sabeis não herda do filho. A respeito pois de bens da fortuna, nunca tomaria a mim o encargo de os gerir.

O P. Molina acreditou que Vaz Caminha se encerrara em uma negativa formal, a menos que realmente Estácio não tivesse calado dele o segredo. Tudo é possível ao egoísmo desconfiado da perversidade humana.

Ido o licenciado, foi a vez do P. Figueira, já cansado de esperar à parte. O negócio grave que o confessor de D. Luísa de Paiva tinha a comunicar, não era outro senão a situação melindrosa a que chegara o negócio daquela deixa pia, em princípio tão habilmente agenciada pelo padre.

As coisas tinham um aspecto desagradável.

Tornemos à fatal alvorada. Elvira, depois da brusca partida de Cristóvão, ficou pasma e gelada. Mas afinal o sangue inflamou-se e incendiou-lhe o cérebro; ela ergueu-se esvairada. Sua mãe entrava nessa ocasião, prevenida pelos fâmulos; vinha decomposta ainda do traje e da fisionomia. Uma pavorosa ira demudara seu semblante em máscara de fúria. Ela precipitou-se no aposento com a ferocidade da loba que penetrasse no redil de uma ovelha.

Mas essa donzela frágil e submissa, que ela pensara ter escravizado à sua vontade, macerando-lhe a carne com o jejum e flagelando-lhe o espírito com o terror, ergueu-se em frente como já o fizera uma vez, na noite em que o punhal erguido ameaçava o peito de seu amante. Cruzando com o olhar feroce da mãe seu olhar ardente, soltou numa golfada de riso sardônico estas palavras pungentes:

— Agora!... Pertenço a ele eternamente neste mundo e no inferno!... Eis vossa obra, mãe!

Pensava a mísera donzela, em sua inocência, que só as virgens podiam ser esposas do Cristo; na sua veemente paixão se condenara de bom grado às penas eternas contanto que estas a encadeassem para todo o sempre àquele a quem amava! Não sabia que sublime é o Deus do cristianismo, o Deus do perdão, para quem o arrependimento afina a boa têmpera da virtude!

O golpe aturdiu a viúva; por algum tempo ela não viu mais que o lado temporal da desgraça que a acometia, a desonra de sua casa, à qual, não obstante seu beatismo, ela era sensível. Foi depois, que as consequências do mal se desdobraram a seus olhos com aspecto assustador. Elvira caiu com uma febre abrasadora; essa enfermidade súbita, transtornando a viagem concertada, demorava a realização de seus projetos. De repente surgiu-lhe no espírito a ideia da maternidade. Se Elvira trouxesse no seio o fruto do louco amor, sua raça não se extinguiria; o sangue judeu que lhe corria nas veias continuaria a reproduzir-se apesar do voto feito de extingui-lo na sua geração, consagrando-o à religião.

O que passou então no espírito dessa fanática mulher, ninguém o sabe. A verdade é que nas crises em que a filha piorava, seu semblante tomava um aspecto de doce resignação, na qual, se não aparecia contentamento, havia consolo; quando ao contrário a enfermidade declinava, seu rosto se anuviava, e os olhos tinham sinistros lampejos.

O estado de Elvira ainda era melindroso; o jesuíta tremendo das consequências de um fanatismo que insuflara, julgou acertado descarregar desse peso a consciência, consultando voto mais autorizado, e colocando-se à sombra do superior.

— Padre Figueira, disse o visitador com severo aspecto, penso que seu zelo excedeu-se. O serviço, que trabalhava em prol da Companhia, era sem dúvida importante. Carecemos dos avultados bens temporais, porque também grande é a cópia de privações que temos a suprir neste mundo. Mas não devia baratear assim a virtude de uma donzela e talvez a salvação dessa alma transviada!

O jesuíta vergou a cabeça:

— Não foi minha a culpa, P. Visitador. Queria que V. Reverência visse meus esforços para conter a impaciência da mãe.

— Sim?... Então a viúva é a mais empenhada?

— Não sei até onde pode chegar um dia o fervor de sua devoção. Às vezes quando está sentada à cabeceira da filha enferma, e vejo os olhos que lhe tem cravados nas feições desbotadas, asseguro-vos, P. Visitador, que essa mulher me faz tremer!...

— Quero vê-la!... disse o P. Molina erguendo-se com autoridade.

Instantes depois os dois jesuítas seguiam caminho da casa da viúva, onde chegaram às seis horas da tarde.

D. Luísa veio abaixo recebê-los, muito honrada com a visita do Padre-Mestre Molina, o insigne pregador, que ela ouvira com tanta beatitude na festa da Epifania. A pedido do P. Figueira, levou-os ambos até à câmera, onde jazia prostrada a mísera Elvira, tão desfeita de seu belo e gentil parecer, que o mesmo Cristóvão talvez a não reconhecera.

O visitador chegou à borda do leito, e debruçando-se sobre a enferma, tomou-lhe a mão transparente de magreza.

— Como vos sentis hoje, minha filha?

O semblante de Elvira, que ao avistar o hábito preto dos jesuítas se velara de ódio e terror, esclareceu-se de repente com um raio de esperança. Aquela voz cheia de unção e doçura, e o sorriso paternal que a orvalhava, insinuaram-se no coração desolado da aflita donzela. Ela sentiu que naquele instante era realmente o ministro do Senhor que lhe falava, e aproximando dos lábios a mão venerável, beijou-a contrita.

D. Luísa que não compreendera, trocou um sorriso de contentamento com o P. Figueira.

— Esperai em Deus que não desampara a sua criatura, filha!

— Só dele espero, padre, o perdão ou o castigo de minha culpa!...

— O perdão!... murmurou o visitador.

Afastou-se então com a viúva e o companheiro para o outro canto da espaçosa câmera, onde tomaram assentos:

— Sei, irmã, pelo P. Figueira das vossas pias intenções e da escolha que fizestes de nossa humilde casa para realizá-las; o que me excitou o desejo de ver-vos.

— Realizadas já estariam elas se dependessem unicamente de mim; mas obstáculos sobrevieram, de que haveis de estar bem informado.

— Sem dúvida; e também é esse um dos motivos da minha vinda aqui. Vosso fervor pela religião é muito louvável, e vos será levado em conta; mas não vos parece que a força de vontade, rara em uma frágil donzela, e em vossa filha levada ao ponto de imolar a honra e talvez a vida, são avisos do céu e mostras de que Deus se opõe ao sacrifício que lhe ofereceis?

— Mostras são, padre, de que o cancro já criou duras e fundas raízes, e não poderá ser extirpado sem cruas dores. Mas sinto-me com ânimo bastante para o martírio!...

O visitador contemplou com severidade a exaltação fanática daquela mulher:

— Estou acreditando que não é o espírito de religião quem fala pelos vossos lábios, senão o mau espírito que para melhor tentar a criatura, se disfarça com ares de devoção. Cuidais vós, insensata mulher, que o Deus dos cristãos, o Deus de clemência e misericórdia, exija o sacrifício de vítimas humanas, como os ídolos pagãos?

— Exige o sacrifício do fogo, pois para isso mandou instituir a Inquisição.

Duas rugas profundas se abriram ao longo das faces pálidas do visitador, como os surcos de duas lágrimas ausentes; ali sumiu ele as amargas ideias que lhe borbotaram aos lábios:

— A Inquisição foi instituída em um tempo em que a palavra de Deus não germinava, ou porque a terra era sáfara, ou porque a semente estivesse eivada; e foi, para castigar os que abandonavam o grêmio da Igreja, não para punir na inocente geração a infelicidade dos pais. Se apesar das gotas de sangue judeu que vos corre nas veias, vos anima o verdadeiro amor de Cristo, a Igreja vos abre o seu regaço, como a qualquer descendente de mouros ou deste gentio da América.

Pôs a viúva os olhos surpresos no P. Figueira; este de cabeça baixa, desde o princípio, parecia querer sumir-se pelo hábito adentro. Não achando apoio no seu confessor, a fanática tirou da sua consciência a réplica:

— Ah! que mal conheceis este sangue judeu, padre! Nem o podeis, vós que não o sentis correr em vossas veias! Uma só gota dele é a faísca acesa, que ao menor sopro levanta a labareda, e requeima a vida. Tendes prova nesta carne rebelde, que apesar dos anos, da abstinência e do cilício, se revoltara, se a não tivesse eu constantemente refreada pela contemplação de Deus. Também a tendes no recente exemplo daquela mísera, que nem meus severos preceitos, nem o natural recato, impediram de se perder tão cedo!... Quem sabe onde a levará ainda a impetuosidade desse sangue danado?

— Vossa filha foi e é uma virtuosa donzela, incapaz de semelhantes desregramentos!

— Não sabeis então? exclamou a viúva.

— V. Reverência a conhecia? perguntou o P. Figueira.

— Sei tudo! respondeu o visitador. Não conhecia esta donzela a quem vejo pela vez primeira; mas o que não for cego há de ver, que é preciso o heroísmo da virtude e a candura da inocência para fazer como ela, ao amante, o sacrifício de seu amor!

A viúva quis replicar; Molina a interrompeu:

— Vossa criminosa insistência já custou a inocência à vossa filha; vai custar-lhe ainda a vida. Que seria de vós, infeliz mulher, mãe desnaturada, se aquela vítima de vossa crueldade, confundindo vosso fanatismo com a verdadeira e santa religião, a renegasse cheia de horror na sua última hora, e expirasse descrente?... Quem responderia ao Senhor por essa alma perdida, senão vós?...

Esmagando a devota com a ameaça tremenda, o visitador deixou-a sob o peso de suas palavras, e outra vez aproximou-se do leito. Elvira, entreabrindo os olhos lânguidos, e pondo-os naquele semblante, como os poria no céu, achou em sua alma, estanque de prazeres e alegrias, um sorriso para trazer aos lábios.

— Restabelecei-vos depressa, para a ventura, minha filha. Sereis esposa daquele a quem amais; e eu mesmo abençoarei vossa feliz união.

Quem dissera que era esse o mesmo frade que na igreja do Colégio durante o sermão fulminara com sua imprecação a infeliz mulher, que outro crime não tinha senão amá-lo?

Capítulo XI

É tarde da noite.

Vaz Caminha prolongou mais a costumada vigília; ainda ele rabisca no seu telônio, à luz mortiça da candeia. Sentia o bom velho que a vida se lhe escapava rapidamente, e esforçava terminar a correção de sua obra para deixá-la concluída por sua morte, legando-a a algum rico patrono, que a fizesse imprimir e a amparasse com seu valimento. Outrora destinava ele essa herança para seu afilhado; mas Deus o tinha chamado primeiro, dando-lhe assim aviso de que se apressasse em reunir-se aos seus que já eram todos idos.

No dia em que fora ao Colégio, três havia, o advogado ao ouvir a narração do P. Molina, tivera realmente um pressentimento de que Estácio ainda era vivo; e mais se fortalecera na esperança observando a tática do jesuíta para tirar dele pormenores acerca do roteiro das minas de prata. Mas aos setenta anos a alma tem perdido o calor, e já não vicejam nela as rosas, senão as pálidas e rápidas anêmonas, que ao menor sopro se desfolham. Assim a esperança murchou no coração do velho com as primeiras sombras da noite.

Continuava o laborioso escritor sua vigília, quando no princípio da escura rua soaram passos ligeiros, acompanhados do tinir da espada ao longo do quadril. A pessoa, que era, tinha elevada estatura, e vinha embuçada em manto de amplas dobras e cores escuras. Dirigiu-se direito à porta do advogado; mas vendo as réstias de luz que filtravam pelos interstícios da janela, bateu de leve nas grades. Vaz Caminha interrompeu o trabalho um tanto surpreso, mas não muito; pois não era a primeira, nem segunda vez que lhe batiam na porta a tais desoras.

— Quem bate? perguntou de dentro da rótula.

— Uma pessoa que vem de parte de D. Fernando de Ataíde sobre negócio urgente! respondeu voz desconhecida, que vibrou uma corda íntima no coração do velho.

Ele correu a abrir. O desconhecido entrou rápido, fechou a porta sobre si, e enlaçou o advogado com os braços, apertando-o ao peito.

— Vitória, mestre!... murmurou ele.

— Estácio!... Filho!... exclamou o velho trêmulo de comoção.

E não pôde dizer mais. Abraçou o mancebo, e calcando a mão ao seio, parecia querer ampará-lo contra a súbita e tamanha alegria que ameaçava despedaçar as arcas do peito.

Ao tempo que isto acontecia no corredor da casa do advogado, a rótula quase fronteira se abria, e dois vultos saíam; um partiu de corrida rua acima, o outro se agachou junto à porta do advogado e depois à janela para escutar.

É ocasião de remontar os acontecimentos até o instante em que ficou Estácio desamparado no meio do oceano, exposto às iras de D. Francisco de Sousa.

As ilhas dos Abrolhos haviam surgido, e uma centelha brilhara nos olhos de Estácio.

— Quando julgais que estaremos fronteiros às ilhas? perguntou o mancebo ao contramestre.

— Com este maldito vento que nos atrasa? Lá pelo quarto da prima!

— Em quanto tempo pensais que possa uma chalupa fazer a travessia das ilhas à terra firme?

— Conforme a maré.

— Com o preamar?

— É negócio para oito ou dez horas.

— Então esperemos ainda.

— Bravo! Destas falas gosto eu!

Raquel levou do rosto do mancebo ao céu os lindos olhos plenos de graça, e

de lá os trouxe embebidos em eflúvios para ungir a quem amava em silêncio.
Estácio afastara-se com o Antão para lhe falar em segredo.

— É pena! disse o contramestre com um suspiro porque já queria bem a este diabo de navio!

Eram dez horas do dia. O tombadilho transformou-se em uma oficina de carpinteiro, onde toda a maruja trabalhava com ardor extraordinário. Entretanto as galés se aproximavam rapidamente impelidas pela força dos remos; a cada instante o vulto dos navios crescia sobre as águas como um fantasma. Ao cair da noite já se descobria a olho nu o casco e o movimento compassado dos remos.

Apenas foi escuro bastante, arreou-se pelo flanco esquerdo do bergantim uma grande balsa ou jangada, em que os marujos haviam trabalhado todo o dia. Imediatamente transportaram para ela viveres, armamento e munições, e todos quantos objetos de valor pôde ela conter. No centro estava colocada a gaiola de ferro de bordo, que reforçada convenientemente, serviu de prisão aos três judeus. Por prudência foram todos amordaçados.

— Quisera poupar a vosso pai, disse Estácio a Raquel, essa medida violenta; mas vós mesma me tirastes a confiança em sua palavra.

A donzela abaixou a cabeça, acabrunhada de tristeza.

— Fazei o mesmo a mim para que não me fique o remorso do que pratiquei!

— Remorso de quê? Se fostes vós que o salvastes! O seu perverso intento fora a sua perdição, e mais tarde há de ele bendizer a coragem com que arrostastes sua ira.

Às onze horas o bergantim estava fronteiro com os três rochedos dos Abrolhos. Foi ordenado o embarque da gente na balsa, que apartou-se do bergantim, presa porém com uma espia. A chalupa, ao portaló com o resto da maruja, esperava o comandante. Raquel durante todo esse dia não tinha saído de perto do mancebo; no momento do embarque lhe travou ela da mão:

— Eu vos suplico uma graça!... Vós ma deveis em paga da sombra de felicidade, que dissestes, vos dei pouco há.

— Que desejais de mim?

— Se eu tive a fortuna de representar ao vosso pensamento, no instante solene do perigo, a imagem daquela que adorais, reclamo nesta qualidade o direito que lhe coubera, se aqui estivesse, de acompanhar-vos em todos os transes desta noite aziaga.

Estácio achava tudo isto estranho; mas a instância do momento não lhe deixava pausa para demorar o espírito neste incidente. A suavidade daquela voz maviosa, repassada por um hálito perfumado, e a tépida pressão da mão acetinada, influíram docemente em sua alma. Eram as primeiras carícias de amor que libava seu coração; e como para ele Inesita simbolizava o amor, fazia-se em seu espírito uma doce alucinação, pensando que vinham da formosa donzela esses bafejos de ventura.

— Seja como quereis! balbuciou o mancebo.

Ficaram eles dois sós a bordo do bergantim. Estácio desceu ao paiol. Raquel viu sem estremecer o mancebo entrar naquele vulcão de pólvora com uma mecha acesa. Supôs que ele mudara sua primeira resolução de atirar-se ao mar, e preferira a explosão do navio, que lhe assegurava a vingança. Nem um músculo de seu rosto contraiu-se; não fez um gesto para conter a mão que ia vibrar o raio; apenas se aproximou do mancebo para que a morte os unisse.

Mas Estácio não nutria esse projeto; colocou a mecha em cima de um barril de pólvora, como uma vela no tocheiro. Outra mecha de estopa fora aplicada ao ouvido do rodízio.

— Daqui a quatro horas!... disse ele.

Sorriu à judia, e tomando-a pela mão, levou-a para a chalupa, que afastou-se rapidamente do navio. Antão, a quem fora confiada a balsa, cortou a espia e mandou remar para os rochedos. Continuou o bergantim, cujo leme fora amarrado para conservar-lhe o rumo, a singrar placidamente no bordo do mar, impelido pelas rajadas da brisa.

A chalupa e a balsa breve se esconderam por detrás dos rochedos. Quando teve lugar a explosão, já iam longe bastante para não serem alcançados pelo grande clarão, e descobertos.

No dia seguinte abicou à costa Estácio com sua gente. Resolveu o prudente mancebo prosseguir a jornada por terra durante alguns dias, dando tempo de afastar-se a frota do governador daquelas paragens. Antão com alguns índios ficaram para conduzir a chalupa e a balsa a fim de continuar a viagem costa a costa.

Na tarde daquele dia chegara Estácio ao Recôncavo da Bahia, no lugar da *Sapucaia,* assim chamado de uma grande árvore dessa família que ensombrava o terreiro de uma palhoça.

Tomou o bando posse da choupana onde morava uma pobre gente, que se achou bem paga do agasalho com alguns trastes do bergantim. As ordens de Estácio eram positivas e terminantes. Ninguém da companhia devia comunicar com a gente da terra, para se não divulgar quem eram e donde vinham os recém-chegados.

Se acaso, na ausência do mancebo, viesse contra o bando gente armada em força maior, de modo a tornar a resistência impossível, nesse caso deviam meter-se pelo mato e evitar assim o reconhecimento e captura até que Estácio voltasse da cidade.

Em suma, o estudante não queria que os prisioneiros holandeses fossem entregues à gente de El-Rei antes de entender-se ele com D. Diogo de Menezes. Era o meio de obter o perdão de Samuel por ele prometido à linda judia.

Bem recomendado tudo ao zelo do Antão, partiu-se Estácio em canoa acompanhado unicamente de Esteves. Horas havia que chegara à ribeira.

— Esteves, adivinho quanto haveis de estar impaciente por abraçar vossa mãe; é preciso porém que esta noite não vos veja ninguém.

— Ninguém me verá, Estácio; se for preciso, passarei a noite embaixo d'água.

— Basta que vos deiteis no fundo da canoa, mas não aqui junto à praia. Amarrai àquela boia que ali vejo, e dormi tranquilo.

Com pouco chegara à casa de Vaz Caminha.

Entretanto o velho advogado passara com o estudante ao cartório e daí à câmera de dormir, aposento interior, servido apenas por uma porta.

— Aqui estaremos melhor para conversar! disse o advogado à puridade. Mas falai, como se nos vissem e escutassem, ao meu ouvido e sem gesto.

— O roteiro está enfim em meu poder!

— Ainda o trazeis sobre vós?

— Tenho-o à cinta.

— Grande imprudência, Estácio! É expordes, além do segredo, vossa existência.

— Trouxe-o mesmo para confiá-lo à vossa guarda.

— Segredos há, filho, que se não confiam, porque eles levam consigo um verme que ataca o coração, a desconfiança.

— Desconfiar eu de vós? É isso jamais possível.

— Ninguém sabe que vozes soarão amanhã em sua consciência. Acredito que nunca viésseis a suspeitar de vosso mestre e padrinho, quaisquer que fossem as coincidências fatais; mas se esse objeto de tanto valor vos fosse roubado estando em minha mão, todo vosso amor e abnegação não bastariam para reprimir este queixume que vossa alma havia de murmurar um dia: "Talvez não me sucedesse essa desgraça se eu mesmo velasse sobre meu tesouro". Eu não quero que entre o vosso e meu coração se interponha nem essa tênue sombra. Acrescentai que em minha mão mais exposto que em parte alguma estaria o roteiro. Neste momento sem dúvida já vossa chegada à cidade é sabida; amanhã talvez não haverá canto de minha casa que não tenha sido corrido.

— É impossível, mestre; acabo de desembarcar só com Esteves, e da ribeira até aqui não fui encontrado por viva alma.

— Deveis conhecer o tino e previdência dos jesuítas, Estácio; pois lutastes já com um dos mais perigosos!

— O P. Molina!... Mas lembrais-me que é tempo de vos contar o muito que passei desde o recebimento de vossa carta até este instante!...

— Sacrifico com mágoa à vossa segurança o prazer imenso de ouvir-vos agora, e fartar-me de vossa conversação, da qual tanto há que estou privado. Antes de tudo, Estácio, cumpre pôr a bom recado o roteiro, de modo que possais zombar da astúcia de vossos perseguidores.

— Esqueci-me dizer-vos que o roteiro já o tenho de cor! Se o tirarem desta cinta, não o tirarão daqui, da memória. Quando o decorava, as ondas rugiam, e eu lembrei-me de Demóstenes ensaiando nas praias de Atenas a sua coragem de orador contra as tempestades populares. Eu preparava o meu espírito contra as emoções da vida!...

— Tivestes uma feliz lembrança, Estácio. O P. Molina acha em vós contendor digno dele!

— Oh! não, mestre. Não sou mais que noviço nos trabalhos da existência em que sois professo.

Vaz Caminha refletia:

— Decorando o roteiro, Estácio, adquiristes grande vantagem sobre vossos adversários; mas não estais de todo seguro contra suas maquinações. Suponde que vos roubam eles o manuscrito, e se desfazem de vós para legitimar a sua propriedade e evitar que os inquieteis?... De que vale o que trazeis na memória? Suponde ainda que apossando-se do roteiro, destroem sobre o terreno certas indicações que assinalam o rumo... Não ficará inutilizado quanto sabeis? É preciso defender vosso segredo, mais que nunca. E na maneira de o fazer não pedi conselho de ninguém...

— Nem de vós, mestre?

— De ninguém, senão de vosso engenho, que não vos há de faltar, porque Deus justo o inspira. Sois portador de um germe, que pode ser o da morte ou da grandeza. Mostrai-vos digno dessa situação em que a Providência vos colocou.

— Cuidais então, mestre, que meu primeiro cuidado seja pôr em segurança o roteiro?

— Quanto antes. Já devíeis ter partido.

— Oh! mestre, lembrai-vos que há apenas instantes que vos abracei depois de cerca de dois meses de ausência!...

— E não me lembro mais do que devera! Pois se ouvisse minha consciência, antes que meu coração, já não estaríeis aqui! Cada átomo daquela areia que vaza, é talvez um ano de vossa felicidade a escoar-se! Quem sabe!

— Parto já; mas antes queria falar-vos de uma coisa, que bem sabeis.

— De vosso amor?

— De meu amor, sim, mestre! Dessa esperança que alimentastes no princípio, e que no momento de apagar-se para sempre, ressurgistes do desespero onde se afundava! Dessa luz que me guiou todo esse tempo através dos mares revoltos e dos mil perigos que me cercavam! Pela declaração que me enviastes de D. Fernando, Inesita é livre!...

— Ainda não é; mas será no instante em que o exigirdes. Assim combinamos para evitar novos compromissos.

— Então rogo-vos seja vosso primeiro cuidado aplainar essa dificuldade, como será o meu, amanhã, decidir do meu destino.

— Parece-me que tendes de vos apresentar ao governador.

— Certamente; devo dar-lhe conta do que obrei em seu nome e no serviço d'El-Rei.

— Não vos parece que deva essa obrigação preceder ao que vos diz respeito individualmente?

— Assim devera ser; mas razões fortes me obrigam a adiar para depois a obrigação. Apesar das coisas importantes que trabalhei em bem do Estado, não sei como pretende dispor de mim D. Diogo de Menezes. Se tenho de ser novamente sepultado em uma masmorra, que ao menos leve o desengano que me há de matar de uma vez sem penar, ou a esperança viva que outra vez me ressuscite.

Estácio travou das mãos do velho, a impô-las sobre o coração:

— Sim, mestre; este coração estua com a sede de felicidade que o devora. Como a desgraça, o amor foi nele precoce; veio com a infância. Há tanto que ama longe das vistas dela, não tendo para alimento mais que um olhar de ano em ano! Viveu até agora da própria seiva, e sente-se exaurido de tanto afeto dado, e nenhum recebido em volta. Se novas esperanças o não encherem, há de estalar! Sim, pois me sinto como o viajante extenuado pela longa e árdua jornada: quando lhe arrancam dos lábios o licor generoso que lhe deve restituir as forças, desmaia e sucumbe!... Só ela pode dar têmpera a esta alma!

Estácio dizia a verdade; ele sentia essa ardente sede de amor, e o que ainda mais a excitara foram as palavras e os gestos da linda judia. A beleza amante e sedutora tinha despertado em sua alma o sabor das carícias, como o perfume da manga prure o paladar.

— Tendes o direito a essa felicidade por que almejais. Ide pois em busca dela, Estácio. Amanhã espero que D. Fernando de Ataíde tenha desligado de sua palavra a D. Francisco; logo que isso suceda, podeis apresentar-vos em casa do fidalgo.

— Abreviai o mais possível.

— Até lá ocultai-vos, que não saiba o governador de vossa chegada. Não torneis aqui.

— Onde vos verei?

— Procurai na Rua de Santa Luzia uma casa que ali há de terraço e cercada de um bananal. É a única. Entrai afoitamente e procurai D. Marina de Peña, de minha parte. Lá me esperareis!

— Até lá, mestre!

— Deus vos acompanhe!

Estácio encaminhou-se à porta; mas o advogado o reteve um instante enquanto com o olhar sondava a rua. Nada aparecia de suspeito; o mancebo pois subiu a rua com passo seguro e ligeiro. Mal tinha ele andado uma toesa, descobriu um vulto que se movia diante na sombra; tirou a espada da bainha, sobraçou-a por cima da capa, e continuou tranquilo seu caminho. Ao sair no Largo da Sé, ouviu assobios e logo depois o som de muitas pisadas; desviou à direita, porém receosa de que escapasse, a quadrilha correu-lhe sus.

Voltou-se então denodadamente para seus agressores, e encostando-se à parede da igreja, pôs-se em guarda. Os assaltantes, em número de dez, foram-se aproximando; um indivíduo ficara de parte, simples espectador, e Estácio ouvira que fazia em voz baixa uma recomendação aos companheiros.

— Não o matem: firam só quanto baste para segurá-lo!

Esse cabo noturno não era outro senão mestre Brás, avisado em tempo por seus espias da chegada de um vulto suspeito à casa do advogado. Fiel às ordens do visitador, o taberneiro enviara o Anselmo com a gente em busca do corpo de Estácio. Depois de inúteis pesquisas pela costa, voltara a expedição à cidade. Não se fatigou a pertinácia do P. Molina; incumbiu ao Brás de vigiar dia e noite a casa do advogado.

Como diante da bizarra e audaz atitude do mancebo, os assaltantes sofrendo o ascendente que a verdadeira coragem exerce sobre o atrevimento de mercenários ignóbeis, hesitassem no ataque, Estácio, disfarçando a voz, lhes enviou esta intimativa:

— Vamos a isso! Estou com pressa!...

— Avancem! Que vergonha!... soprou o Brás.

Os bandidos avançaram, e ouviu-se o rangir das espadas. Estácio sempre coberto com uma parada vigilante e impenetrável, só abria-se quanto tinha o golpe infalível. Então caía um corpo. Contudo o número dos assaltantes acabaria por fatigá-lo.

Por esse tempo desembocou no Largo da Sé um vulto, que logo reconhecia, quem uma vez o tivesse visto, pelo passo desgarrado e pelas guinadas do corpo. O tinir do ferro feriu-lhe imediatamente o ouvido; lançou os olhos para o lugar do ruído, e percebeu o grupo de pessoas que se movia desordenadamente na sombra.

— Han! han!... Briga-se por aqui!...

João Fogaça saía àquelas horas de casa de Cristóvão, onde estava agasalhado. Depois da ceia os dois amigos tinham estendido a prática pela noite adiante. Vários e interessantes foram os assuntos. Primeiramente conversaram de Estácio, sobre quem não cessavam de fazer conjeturas. Cristóvão já tinha como Vaz Caminha chorado perdido o irmão d'alma: o capitão de mato conservava a fé inabalável de seus caboclos, e julgava-se obrigado a esperar até que aparecesse uma testemunha de vista.

Esgotado este tema, Fogaça puxou a palestra para Elvira, de quem notava que seu amante evitava de falar. A tristeza de Cristóvão, que a recordação de Estácio aumentara, chegou à maior intensidade; seu rosto carregou-se de sombras sinistras. Depois de ter respondido vagamente, mudou por sua vez o assunto, distraindo a atenção do forasteiro com a lembrança da Mariquinhas dos Cachos, cuja história exigiu lhe contasse. Já no tempo de sua convalescença, quando a viúva do tendeiro o velava à cabeceira com tanta solicitude, Cristóvão, interrogando-a, adivinhara a mútua afeição dessas duas almas, que sua própria timidez separava, e jurou que breve as havia de reunir.

João Fogaça contou balbuciando e enrubescendo, como um namorado de quinze anos, os seus afetos pela formosa Mariquinhas. E tinha razão de corar; porque neste corpo rompido aos trabalhos, neste organismo robusto e válido, quando todos os órgãos se tinham desenvolvido, o coração ficara enganado. Seu amor era núbil apenas.

Ao terminar, disse-lhe Cristóvão:

— Sois um cobarde, João!

O capitão de mato olhou-o pasmo.

— Não percebo!

— Pois vós morreis de amores por uma donzela que vos retribui com extremo igual; e quando ela corre a vós para que a arranqueis a uma união forçada, fugis abandonando-a ao marido, a quem a vendem?

— Que dizeis, Cristóvão?...

— A verdade. E ainda mais, a Providência vos envia de novo essa mesma mulher livre dos primeiros laços e sempre amante e boa, e vós, que ainda lhe quereis como outrora, a deixais consumir na tristeza e solidão os melhores anos da vida?

— Por que não me disse ela que tal era seu gosto?

— Se não tivestes a coragem de perguntar-lhe!

João Fogaça começou a assobiar entre dentes. Essa alma pachorrenta e preguiçosa tinha raras e surdas, mas terríveis tormentas; as paixões que acordavam nela eram tempestades impetuosas e medonhas como as que vêm no fim do inverno, depois do frio. As palavras de Cristóvão e o tom severo, com que as proferiu, foram condensando a procela. As chagas deixadas pelo casamento de Mariquinhas e agora magoadas; o remorso e a vergonha de ter causado a infelicidade da moça e a sua própria; o ridículo desse silêncio de quatro anos de um amor partilhado; tudo isto revolveu na vasa daquele coração. Cristóvão o percebeu.

— Muito há que estou para dizer-vos isto, João; chegou o momento. Bem vejo que vos aflijo; mas cedei à razão.

— Eu dera o resto de minha vida para que outro que não vós, Cristóvão, me tivesse dito o que proferistes.

O capitão de mato ergueu-se e ganhou a rua. Ele sentia a necessidade de brigar, ou pelo menos de andar dez léguas naquela noite; lamentava não achar-se no sertão em frente de alguma das mais ferozes tribos selvagens. Foi nestas disposições guerreiras que apareceu no Largo da Sé. Apenas percebeu o que passava do outro lado, caminhou direito ao grupo e foi espadeirando de alto a baixo ao som deste singular estribilho:

Larari-tari-tatá
Tororu-loru-
totu.

O compasso era marcado pela espada na pele dos sicários. Mestre Brás, satisfeito com a pranchada que lhe administrara o longo braço do capitão de mato, disparou a corrida e evaporou-se; atrás dele seguiu a gente do Anselmo, que já conhecia o homem desde a noite de Ano-Bom.

— Corja de poltrões!... gritou João Fogaça vendo-os fugir.

Voltou-se então para Estácio que se embuçava cuidadosamente com receio de ser por ele reconhecido.

— Quereis vós brigar comigo, já que os poltrões nos deixaram a ambos com água na boca?

— Outra vez! Agora vou apressado! respondeu uma voz de entre as dobras do manto que lhe vendavam o rosto.

Bem desejos tinha Estácio de lançar-se aos braços do homem a quem devia em grande parte os sucessos de sua empresa e agora por cima o serviço de livrá-lo da matilha de salteadores; mas a prudência exigia que moderasse os ardentes impulsos de sua gratidão. Continuou pois seu caminho e desceu à praia.

Defronte uma canoa amarrada à boia embalava-se brandamente à arfagem da onda.

— Naturalmente Esteves dorme! pensou o estudante.

Tirou a roupa da qual fez uma trouxa que amarrou na nuca e deitou-se a nado para a canoa. O pescador estava de feito adormecido; saltou dentro o nadador tão sutilmente que não o despertou, e ali, sentado à proa, com os olhos derramados pela superfície do mar, afundou-se nas cogitações de seu espírito.

Onde ocultaria seu tesouro que o pusesse a abrigo da ambição dos jesuítas e da cobiça dos governadores?

— Se o oceano mo restituísse!...

Desatou a corda que prendia a canoa e deixou-a vogar mansamente à flor dos mares. Então seus olhos correndo a alva fita de areias que se desdobrava até o sítio do Bonfim, divisou o negro contorno de um bosque espesso, que demorava a alguma distância da praia, na direção do monte Calvário.

— A cruz da Expiação! balbuciou dentro d'alma.

Deixando a canoa boiar à discrição da maré que a impelia docemente para a ribeira, Estácio nadou para a praia. Aí chegando, buscou um lugar onde havia pedras, para tomar terra e ganhar o gramado, sem que ficasse impresso na areia o vestígio de seus passos. Encaminhou-se direito ao arvoredo sombrio e nele penetrou sem hesitação.

Uma vereda cortava esse bosque ao longo, e servia aos que transitavam do Forte do Rosário para a cidade. Um claro havia a meio dele, onde se erguia sobre um tosco pedestal de alvenaria uma cruz preta de pau-santo, à qual dava o popular o expressivo nome de Cruz da Expiação.

Rezava uma antiga tradição que poucos anos depois da fundação da cidade, ali aparecera certa manhã o corpo de um homem empalado na pele de uma mulher. Muitas versões correram então a respeito desse horrível acontecimento, que indicava uma vingança bárbara; mas não se soube nunca nem o nome do autor nem os das vítimas. Os corpos foram enterrados no mesmo lugar, onde tempos depois apareceu levantada aquela cruz sobre o pedestal de alvenaria.

Como todos os lugares que foram teatro de um acontecimento terrível e misterioso, era aquele cercado do pavor e respeito popular. Durante a noite os mais corajosos evitavam por aí passar, preferindo fazer uma grande volta pela praia. Mesmo com o sol alto o que ali se arriscasse, transpunha o sítio com passo rápido, levando os olhos no chão e o Credo na boca.

Em sua infância muitas vezes Estácio levara até lá suas correrias. Já naquele tempo, impelido pelo seu caráter a afrontar o perigo, ele passava por aí frequentemente, tomado de certo respeito e tristeza pela recordação fúnebre, porém sem vislumbre de temor; ao contrário com alguma curiosidade de sondar o mistério dessas abusões populares.

O mancebo conhecia pois perfeitamente o sítio para onde caminhava.

O pedestal da cruz estava carcomido pelo tempo; as escaras do reboco deixavam a descoberto alguns tijolos já vacilantes pela queda do cimento; com a ponta do punhal Estácio conseguiu arrancar dois deles; cavando no fundo um pequeno vão, introduziu o cossolete onde estavam guardados os papéis, e restituiu os tijolos à sua antiga posição. É escusado dizer para quem lhe conhece a prudência, que antes de efetuar esse trabalho, percorreu os arredores sondando a treva da noite; e durante ele tinha o ouvido alerta e o olho vigilante.

Terminado o trabalho retirou-se; mas o espaço arenoso que mediava da cruz à beira do bosque, atravessou-o retrocedendo de joelhos, e apagando com as mãos os traços que ali deixara na ida e agora na volta. Tornou pelo mesmo caminho à praia, que foi beirando por dentro d'água até frontear a canoa. Em poucos instantes a alcançou a nado; acordou Esteves e remaram para o lado da Vitória. Ali desembarcara ele para ir amanhecer em casa de D. Dulce, enquanto o pescador ganhava a ribeira.

Estácio ficou então perfeitamente tranquilo em relação a seu tesouro.

Vinha rompendo a madrugada. Ele aproveitou as últimas trevas para ganhar a casa de D. Dulce.

Prevenida pela criada, a dama se compôs para vir receber a matutina visita que lhe enviava seu advogado; dando com os olhos em Estácio, estremeceu de surpresa e contentamento; uma onda de púrpura derramou-se pelo seu belo semblante, roseando até à nascença do colo, enquanto os olhos afogavam em uma lânguida meiguice.

— O Doutor Vaz Caminha enviou-me à vossa casa, senhora, com recomendação de aqui esperá-lo.

— Eu tinha pedido ao meu velho amigo que vos trouxesse a esta vossa casa, logo que fôsseis de volta. Felizmente eis-vos são e salvo. Vossa ausência já nos causava bem cruéis receios!...

— Também a vós, senhora? Pensava não vos ser conhecido.

— A primeira vez que deparou-me o acaso ver-vos, as feições lembraram-me a pessoa a quem mais amei neste mundo... Um filho, que se fosse vivo, teria a vossa idade e vossa gentil presença. Depois soube pelo Dr. Vaz Caminha vosso nome e muitas particularidades da vossa vida; meu interesse aumentou, porque ao primeiro motivo juntou-se outro, o da gratidão.

— Como é isso possível, se agora vos vejo pela primeira vez!

— Vosso pai Robério Dias prestou ao meu relevantes serviços; e como sejam ambos falecidos, nós herdamos seus títulos, vós a minha gratidão, eu a vossa benevolência.

— Quais serviços foram esses, se vos praz, senhora? É justo que não ignore eu uma nobre ação de meu pai.

— Heis de sabê-lo mais tarde, vos prometo; agora dispensai-me desse dever.

Estácio inclinou-se.

— Sois órfão de pai e mãe; o Doutor Vaz Caminha, sei eu que pelo seu amor substituiu o primeiro; mas vossa tia é bastante idosa, e seu pensamento, já todo voltado para o céu, pouco tempo tem para dar-vos. Uma amizade verdadeira me liga hoje a vosso mestre; esse título, junto aos outros de que vos falei, não pensais que me autorizem a pedir-vos a graça de substituir a mãe que perdestes?

— Oh! senhora!...

— Não me julgais digna desse encargo?

— A mim é que faltam títulos para merecer a vossa solicitude!

— Então aceitais?... E eu entro já no exercício de minhas doces atribuições. Sei Estácio que amais uma donzela, de quem sois retribuído, mas de quem vos trazem afastado. Não posso eu fazer nada para vossa felicidade?

— Podeis fazer muito com os vossos votos, que Deus não deixará de exalçar!

— Esses vos acompanharão sempre. Se vosso amor vos der algum desgosto ou mágoa, prometei vir desabafar em meu seio. Dizem que o coração da mulher é insondável; mas no meu, que tanto já sofreu e vos está aberto, aprendereis a conhecer esse abismo. Prometeis-me isso?

— De bom grado, senhora; doces devem ser as mágoas tratadas por vossas mãos.

— Outra pergunta ainda tenho o direito de fazer-vos. Não vos escandalizeis com ela. A desgraça de vosso pai deixou-vos na miséria; haveis de carecer de meios para manter-vos como deveis à vossa pessoa?

Estácio empalideceu; sua resposta foi glacial.

— De muito careço, senhora; mas nada preciso.

— Atendei, antes de dar-vos por ofendido. Meu pai deixou-me rica, imensamente rica; mas houve tempo em que estivemos na miséria, e quem dela salvou-nos foi Robério. Por que não pagarei agora, que mudaram as sortes, esta dívida sagrada!

— Não herdei nenhum crédito ou escrito de tal dívida, senhora; e pois não me julgo com direito de cobrá-la.

— Mas o título, que me deixastes tomar, dá-me a autoridade...

— Supus que o tomava uma pessoa, como eu, privada de bens da fortuna, e só a respeito da afeição. A uma dama rica não o posso consentir!

— Pois serei pobre para vós, pobre como Jó, ouvistes? exclamou Dulce inquieta. Prometo nunca mais falar de semelhante coisa.

— Eu vos renderei graças.

— Mas se não posso repartir convosco do meu, posso informar-me de vossas esperanças de futuro. Que contais fazer?... O segredo de vosso pai ficou realmente perdido? Nunca tivestes notícia dele?

Estas perguntas despertaram a desconfiança no ânimo do mancebo e o tornaram reservado.

— Não sei a tal respeito mais do que diz o vulgo; e peço-vos, senhora, desviemos a conversa deste triste assunto, que me penaliza sempre pelas recordações amargas que desperta.

— Desculpai-me se magoei vossa alma, Estácio. É preciso que a mãe saiba onde se dói o filho para dar-lhe alívio.

Chegou Vaz Caminha. Acompanhava-o Gil carregando uma pequena maça com roupa de gala para Estácio; no quintal estava um cavalo ajaezado. O pajem atirou-se aos braços do seu cavalheiro chorando de alegria; e jurou que nunca mais se separaria dele.

O advogado pediu vênia à dama pela liberdade de que usava em sua casa. Enquanto em uma câmera próxima Estácio se trajava com apuro para a visita que tinha de fazer, o advogado ficara conversando com sua formosa cliente, e lhe dizia o ato importante que o mancebo ia praticar naquela manhã. Dulce sentiu uma tênue sombra de melancolia toldar-lhe o espírito, e emudeceu pensativa.

O mancebo apareceu galhardo e gentil sob as vestes pretas que trazia no dia de Ano-Bom. Vaz Caminha saiu fora no quintal para fazer chegar o cavalo. Dulce, aproveitando esse momento, arredondou os formosos braços em torno da cabeça do mancebo, e pousou-lhe um beijo na fronte. Ao olhar surpreso e interrogador respondeu um sorriso meigo:

— Vossa mãe vos beijaria neste instante. Ide, e sede feliz, Estácio, como vos eu desejo!...

Ele beijou as mãos da gentil senhora, e partiu a galope para Nazaré. Levava por cima das roupas a capa escura e com ela rebuçava-se para não ser conhecido.

Minutos depois apeava à porta do fidalgo. Atravessando os corredores para chegar à sala onde o pajem o conduzia, passou diante de uma porta lateral entreaberta. Inesita, sentada no aposento, ao rumor dos passos ergueu os olhos, e encontrou os do mancebo fitos nela. A alma de ambos no primeiro movimento precipitou-se, uma para a outra, com tal força de atração magnética, e tão grande ímpeto que abandonou o invólucro, deixando os corpos imóveis como estátuas de mármore em atitude de surpresa. Foi depois que essas duas almas se abraçaram longa e estreitamente, que tornando a animar o corpo ermo, lhe imprimiram a ação da vontade.

Os dois amantes deram o primeiro e tímido passo um para outro, retidos pelo pudor e por um vago receio; suas mãos estendidas iam reunir-se, quando a porta da sala abriu-se no fundo do corredor, e D. Fernando de

Ataíde apareceu no limiar acompanhado pelo castelhano.

D. Fernando acabava de renunciar à mão de Inesita, apresentando, como justa e digna escusa, não ser amado pela donzela; e apesar de todas as razões produzidas pelo fidalgo, manteve-se firme e inabalável em sua resolução. O terrível segredo de sua família bradava-lhe na consciência.

Os dois rivais cruzaram um olhar diverso: o de Estácio foi doce e de gratidão, o de Fernando amargo e de rancor.

Inesita, ouvindo a voz de seu pai, deixara-se cair sobre a poltrona, e quentes lágrimas orvalharam o pungente sorriso com que ela se despedia do amante. Estácio, desprendendo-se do seu êxtase, caminhou à presença de D. Francisco, que ficara no limiar da porta, ouvindo o aviso do pajem:

— Que buscais nesta casa?

— Precisando falar-vos, senhor, pareceu-me que nela vos devia procurar.

— Para que, se não tenho negócios convosco?

— Tenho-os eu com o Senhor D. Francisco de Aguilar.

— Dir-me-eis quais sejam?

— Ides saber, Senhor D. Francisco. Uma fatalidade pesou sobre minha casa, que não só roubou a vida de seu chefe, como os haveres abastados e as honras adquiridas por seus ascendentes. Uma sentença de El-Rei manchou a memória de meu infeliz pai como traidor. Deus porém me inspirou a força de reparar a injustiça dos homens. A minha casa vai ser restaurada, e terá outro esplendor maior do que nunca teve. Suas riquezas serão incalculáveis; nenhuma fruirá no Brasil tão grandes honras como as que eu saberei conquistar. A memória de meu pai solenemente reabilitada vestirá novo lustre. Isto ainda não está feito, senhor, mas breve se fará, eu vos juro. Suponde pois que não é o mísero deserdado por uma injusta sentença quem agora vos fala; mas um cavalheiro rico de haveres e nobreza.

— Costumam embalar com esses contos de fada as crianças. Muito estranho, pois, que tenhais vindo para tal fim a uma casa respeitável.

— Não duvidareis do que vos digo, senhor, quando souberdes que o segredo das minas de prata, que tão fatal foi a meu pai, e que se julgava perdido, acha-se em meu poder!...

— Ah!

— Um miserável o tinha roubado, mas não conseguiu lográ-lo. Depois de mil vicissitudes foi-me restituído. Brevemente o depositarei nas mãos de El-Rei, e o prêmio desse serviço, junto a um nome honrado e a uma mão leal, peço-vos permissão, senhor, para depor aos pés de vossa filha, a mui nobre Senhora D. Inês de Aguilar.

O fidalgo sorriu de compaixão.

— Minha filha está prometida!

— Não acaba D. Fernando de Ataíde de vos desligar de vossa promessa?

D. Francisco rugou o sobrolho:

— Já o sabíeis?... Há porém engano de vossa parte. D. Fernando de Ataíde solicitou de mim que o desligasse da sua palavra e eu consenti, porque à minha filha não faltarão os melhores partidos. Há tempo que foi sua mão pedida por um fidalgo do mais ilustre sangue, o Comendador D. Lopo de Velasco; e como se previsse o que tinha de acontecer, obteve de mim uma promessa condicional, que acaba de se tornar positiva.

— Mas D. Inês não o ama, senhor!

— Minha filha não carece de um estranho para intermediário de seus sentimentos entre mim e ela.

Estácio conheceu que pelo coração o fidalgo era inabalável.

— É possível, senhor, que a segunda promessa fique sem efeito como a primeira! Poderei eu esperar...

— Evitei até agora de responder-vos diretamente. A vossa insistência força-me à franqueza. E melhor é para ambos que nos entendamos de uma vez; para vós, porque, desassombrado desta vertigem, podereis caminhar direito e seguro na vida; para mim, porque, apelando para a vossa lealdade, talvez consiga restabelecer a tranquilidade de minha casa.

O fidalgo pôs os olhos firmes no mancebo.

— Sr. Estácio Dias, digo-vos que em tempo e caso algum obtereis a mão de minha filha!

Estácio ficou um instante fulminado sob essa recusa formal e terminante; mas logo recobrando a calma:

— Poderei saber a causa de uma tão dura condenação?

— Melhor fora calar; mas por ela julgareis de minha sinceridade. D. Inês de Aguilar pertence à melhor nobreza das Espanhas para se aliar com a descendência bastarda de um simples cavalheiro português, em cujas veias corre uma mistura de sangue gentio. Quanto às honras que possam vir em troca das minas, serão, caso se realizem, nobreza de mercador, e não verdadeira fidalguia de linhagem.

A altivez de Estácio revoltou-se:

— Essa mistura de sangue gentio que corre em minhas veias, Sr. D. Francisco, é a dos senhores primeiros desta terra, onde viestes enriquecer. Quem tanto despreza a nobreza dos mercadores, também devera desprezar o seu ouro.

— E a prova de que o desprezo é que recuso vossa aliança apesar das imensas riquezas que vos esperam. Demais El-Rei pode restituir à vossa casa aquilo de que a privou; mas não pode a sua autoridade destruir o passado e a lembrança da vergonha que algum tempo pesou sobre ela.

— Pois, Sr. D. Francisco de Aguilar, disse Estácio lento e grave, se a infâmia de um crime de traição é tal, que ainda mesmo reconhecida a inocência do acusado, uma nódoa pesa sobre a sua memória e o nome de sua família, devo dizer-vos que sou Estácio Dias Correia, inquinado de bastardia e descendente de gentio, quem derrogo de minha nobreza oferecendo-vos aliança a vós, D. Francisco de Aguilar, neto de reis godos!

— Que loucas palavras são estas, mancebo?

— Lede este papel!

E apresentou ao fidalgo a obrigação passada por D. José de Aguilar ao judeu Samuel. O orgulhoso castelhano rugiu de cólera sabendo da infâmia do filho; suas mãos robustas tremiam segurando o papel, que desaparecia ante a névoa de seus olhos inflamados.

— Apresentado ao governador este papel, a condenação de vosso filho não se fará esperar. Vós, altivo fidalgo, não sereis pai do mancebo órfão e honrado, mas sereis pai do traidor que vendeu a pátria e seu rei ao estrangeiro.

O fidalgo ficou imóvel na sua angústia. Estácio o contemplava sobranceiro.

— Julgais ainda, senhor, que a minha aliança vos seja desonrosa?

A resposta do fidalgo foi romana e digna de Fabrício:

— Não me deslumbrou há pouco a vossa riqueza; não me abala agora a vossa ameaça. Fazei desse papel o uso que vos aprouver; eu saberei evitar a desonra de uma condenação, punindo eu próprio meu sangue degenerado. As nossas posições permanecem as mesmas.

— As mesmas, tendes razão. Apesar de vosso ódio e desprezo sereis sempre para mim o pai da mulher a quem amo, e saberei respeitar vossa honra, como se minha fora.

O mancebo despedaçou o papel e lançou ao chão os fragmentos.

— Eis destruída a única prova do erro deplorável; asseguro-vos sobre ele silêncio eterno. Puni vosso filho, se o julgais necessário, mas poupai-lhe a vida.

A voz de Estácio tremeu.

— Poupai-lhe, sim, a vida; senão vítimas ambos de vosso inflexível rigor, nenhum restará para consolo e companhia de vossa velhice.

O fidalgo castelhano, comovido até ao coração, fez com a palavra e com o gesto pressuroso voltar da porta o mancebo que se retirava. Estácio aproximou-se palpitando de esperança, e precipitou-se com efusão sobre a mão que lhe era estendida. Mas essa mão, em vez de atraí-lo ao peito, parecia ao contrário, pela tensão firme do braço, mantê-lo em distância.

— Acreditai-me, senhor! disse o castelhano comovido. Neste momento sinto no fundo d'alma não poder aceitar vossa aliança. Ofereço-vos porém minha amizade.

— Eu a recuso, senhor. Não vos quero dever nada, já que me recusais tudo. O que fiz e o que farei ponho-o sob a santa invocação do meu amor; não o profanarei com estranho motivo.

Estácio retirou-se dessa casa, deixando a admiração no ânimo soberbo do inflexível fidalgo. Ao chegar à porta de São Bento, caiu em uma emboscada que lhe estava ali armada. Uma esquadra de cavalaria, ao mando do Alferes D. José de Aguilar, o desarmou e conduziu preso.

Duas pessoas assistiram à prisão: Tiburcino e Gil.

Capítulo XII

Em mais lôbrega e medonha masmorra que a primeira jazia Estácio.

O alferes aí o encerrara por ordem do governador, e dele se despedira com palavras duras e ásperas:

— Aqui ficareis até a hora de serdes fuzilado como espião. Preparai-vos para morrer!

Estácio encarou-o com um sorriso de asco:

— Vireis assistir a este espetáculo, Sr. D. José de Aguilar?

— Sem dúvida.

— Estimo bem, replicou-lhe em voz surda, que só o ouvisse o alferes; porque na volta podereis dizer a D. Francisco de Aguilar que vos perdoe, pois foi em mim punido vosso crime infame.

D. José ficou lívido, e saiu do cárcere titubeando.

— É possível, exclamou o prisioneiro com as faces incendidas de rubor, que este miserável seja irmão de minha Inês!

Passado este assomo de indignação, veio a preocupação de sua posição:

— Antepus um instante o coração à pátria. Deus puniu-me. Se eu tivesse ido direito a D. Diogo de Menezes, estaria livre!

As palavras do alferes a princípio pareceram ao mancebo uma vã ameaça; mas refletindo agora que está só, reconhece que todas as aparências lhe são contrárias. De feito sua fuga da prisão ao mesmo tempo que a dos prisioneiros flamengos; a ignorância absoluta em que se achava o governador do que passara aquela noite e posteriormente; sua ausência durante tanto tempo; deviam gerar graves suspeitas a seu respeito. Felizmente ele tinha provas irrefragáveis não só de sua inocência, como dos importantes serviços prestados ao Estado; e pois aguardou com serenidade de espírito o momento de ser interrogado.

A posição do infeliz mancebo era porém mais crítica do que ele supunha.

Os contrabandistas, que tinham ficado na praia sob a guarda de Japi e foram pela manhã recolhidos ao Presídio de Santa Luzia, julgavam-se completamente perdidos; mas apenas levados à presença do governador, que os interrogou como quem ignorava completamente o acontecido e lhes pediu a explicação do estranho caso de serem achados estendidos sobre a areia, atados de pés e mãos, o instinto da conservação inspirou-lhes a defesa. Deram-se como inocentes pescadores chegados à noite, que estavam a dormir em um barco a pequena distância da praia, esperando o dia para fazerem suas avenças, quando foram assaltados por uns vultos, que os puseram naquele estado e se apoderaram da chalupa. Entre estes tinham eles reconhecido gente flamenga.

O conto era verossímil, e coincidia perfeitamente com a parte que chegava do Castelo de Santo Alberto. D. Diogo de Menezes não duvidou pois que Estácio, de concerto com os holandeses, tivesse perpetrado aquele feio crime de traição. Mandou contudo reter prisioneiros os pescadores até colher maior informação e tirar completamente a limpo a verdade do fato. Enquanto se procedia a indagações, D. José, que temia-se de ver descoberta sua infâmia, foi arrastado à mentira para desviar de si qualquer suspeita. Não duvidou assegurar ao governador que o plano da evasão dos flamengos fora concertado pelo judeu Samuel, a rogo e instâncias da filha Raquel, para salvar Estácio a quem amava. O desaparecimento do rabino dava a essa versão, já autorizada pela pessoa de quem vinha, cunho de verdade. O depoimento do Brás, arrancado pelo alferes, encheu a prova, tornando-a plena.

Tanto bastava para naquele tempo condenar-se um homem; sendo o crime, como o imputado a Estácio, dos chamados crimes de guerra, e o mais infame deles, a espionagem complicada de traição, as fórmulas já sumárias do julgamento eram dispensadas, e o réu fuzilado sem forma de processo nem detença, não se lhe deixando mais que o tempo de confessar-se.

D. Diogo de Menezes, investido na qualidade de capitão-general da autoridade suprema dos cabos de guerra em campanha, se preparava a exercer o triste e penoso dever que lhe impunha a confiança de El-Rei e o bem do Estado. Ordenara que se deixasse ao condenado vinte e quatro horas para preparar sua alma a comparecer perante o Criador; e recusando ver o mísero mancebo a quem de coração lamentava, desviou o espírito desse pungente assunto para empregá-lo em outros tão árduos.

De nada serviriam pois as provas em que Estácio confiava, tanto mais quando ele não as podia produzir imediatamente.

A sua gente estava àquela hora arranchada no mato sob as ordens do Antão, com as recomendações sabidas. Era portanto impossível fazê-la vir à cidade testemunhar sua inocência.

Por outro lado, quando escondera o roteiro das minas, ocorrera a Estácio um receio; que sendo preso antes de obter do Governador D. Diogo de Menezes o perdão do judeu, lhe apreenderiam a carta dirigida a Usselincx, e nesse caso perdida seria a esperança de cumprir a palavra dada a Raquel de salvar seu pai.

Para evitar a surpresa possível, senão provável, resolveu o mancebo ocultar com o roteiro a missiva lacrada dos rabinos.

Por este encadeamento de circunstâncias, as duas provas únicas, mas irrefragáveis de seu nobre proceder, estavam não só longe, como complicadas, de modo que só ele em pessoa as podia deslindar e trazê-las à sua defesa. Revelar o lugar onde estava a missiva dos judeus, era entregar o roteiro das minas; enviar alguém ao acampamento do Antão, seria afastá-lo da Bahia pelo sertão adentro.

Entretanto o mancebo dormia tranquilo à sombra da morte que já o bafejava.

Eram cinco horas da manhã. A chave do cárcere rangeu surdamente na fechadura. O carcereiro entrou de ponta de pé, e espreitou de longe o vulto adormecido do prisioneiro; refreando a respiração, achegou-se do canto onde ele jazia deitado, e com a mão sutil, começou de apalpar as roupas, sondando as algibeiras, bem como o peito do gibão. Não achando o que procurava, insistia na busca, quando Estácio ergueu-se de chofre e o pilhou em flagrante com a mão na ratoeira.

— Mestre carcereiro, é a segunda vez que me apalpais as algibeiras, estando eu a dormir. Dizei o que buscais, pois talvez vos forre ao trabalho e vergonha do mister a que vos entregastes.

— Não é a culpa, senhor cavalheiro, de quem obedece, senão de quem manda. Cumpro minha obrigação de revistar os presos, para entregar ao comandante quanto trazem consigo.

— Pois deveis fazê-lo às claras, e não com ares de espião. Vamos, acabai com isso para que doutra feita não me perturbeis o sono!

O carcereiro arrancou um suspiro do peito cavernoso e esgravatou alguma coisa no canto do olho, que talvez fosse lágrima:

— Não tenhais esse cuidado, senhor cavalheiro, não vos perturbarei eu mais o sono, porque acabastes de dormir o último sobre a terra!

O mancebo sentiu um ligeiro calafrio, como se a temperatura houvesse baixado repentinamente, e à primavera da vida sucedesse o inverno glacial. Foi tudo que essa rápida transição da esperança ao luto produziu em sua alma, já embotada ao sopro mortífero.

— Quando começarei então a dormir embaixo da terra? perguntou Estácio a sorrir.

— A hora está próxima; é para as nove. O oficial, que vem intimar-vos a sentença, não tarda aí.

— Quem é ele?

— O mesmo que vos trouxe, creio eu.

— D. José de Aguilar?... Melhor!... Morrerei em família!

E o mancebo erguendo-se em pé, agitou o corpo para expelir os últimos torpores do sono:

— Que horas são, mestre chaveiro?

— Cinco já passadas.

— Bem, restam-me quatro!... Quatro horas são duzentos e quarenta minutos, nos quais podem ter lugar mais de mil acontecimentos!... Uma hora me bastou para sair do Castelo de Santo Alberto!... Em duas ao mais tardar, mestre cérbero, eu vos convido a beber na taberna do Brás uma botela à minha liberdade e boa saúde.

O carcereiro pensou que a fatal notícia tivesse transtornado o juízo ao mancebo:

"Pobre rapaz!..." murmurou consigo.

— Ide-vos e deixai-me tranquilo. Vossa cara afugenta-me as ideias!

— Senhor cavalheiro, replicou o chaveiro ressabiado, não cuidais já em vos pôr bem com Deus? Olhai que pouco tempo vos resta!... O padre confessor só espera que o chameis...

— O confessor?... É justamente de que eu preciso. Trazei-o aqui.

116

O carcereiro foi à porta, que abriu, e logo entrou um religioso, coberto com o grande sombreiro carregado sobre a fronte, de modo a deixar o rosto na penumbra.

— Nada, P. Mestre, segredou o carcereiro; não tem embrulho algum sobre o corpo; disto podeis estar certo.

— Bem: deixai-nos sós; e não esquecei o recomendado.

A porta do cárcere rolou pesadamente sobre os couces; o religioso avançou lentamente para o prisioneiro abatendo o sombreiro que rojou pelas lajes, e mostrou a fronte alta e inteligente do P. Molina.

— Eis-me, filho!...

Estácio não pôde reter a exclamação de sua surpresa:

— Ah!...

Que vinha fazer ali naquele cárcere, revestido do caráter sagrado de confessor, o incansável jesuíta?

Esta interrogação, que logo articulou-se no espírito de Estácio, se reflete naturalmente no pensamento de quem acompanhou o mancebo através das vicissitudes de sua vida agitada até àquele momento supremo.

Molina soubera da chegada de Estácio à Bahia, na mesma noite, mas infelizmente meia hora depois do combate do Largo da Sé, pelo Brás, que dele escapara-se a estirão das curtas pernas. O taberneiro julgara inútil prevenir antes o jesuíta, preferindo comunicar-lhe logo o feliz sucesso, com o qual contava. Desesperado com essa contrariedade, o visitador despachou em todas as direções esculcas que aventassem o rumo do mancebo; mas não foi possível achá-lo; o traço estava perdido, e só mais tarde devia ser achado.

— Ele há de reaparecer algures! pensou o frade.

Ao Brás assinou a casa do licenciado; ao Anselmo a de D. Mência; e a Tiburcino enviou em busca de Estácio. Ele próprio saiu depois a sondar os ânimos; foi à casa de Vaz Caminha, porém não o encontrou; D. Mência nada sabia; Cristóvão igualmente. Na sua visita ao amante de Elvira, não esqueceu o P. Molina a promessa que fizera à mísera enferma, e que lhe serviu de pretexto para apresentar-se em casa de Cristóvão. O mancebo fechou-se às primeiras palavras do frade; mas sabendo da gravidade da moléstia que assaltara a mísera donzela, saiu arrebatadamente e correu à casa de D. Luísa.

Recolhido ao Colégio, o visitador foi à cela do reitor:

— Padre-mestre, em que pé está o negócio que lhe deixei incumbido, quando há um mês me fui a São Sebastião?

— O negócio da filha de D. Francisco de Aguilar?... não vai mal encaminhado não, P. Visitador.

— O que há de feito e de esperar?...

— Logo depois que V. Reverência partiu, consegui eu pôr-me em comunicação com D. Ismênia, o que não deixava de ser difícil, pela enfermidade que a retém em casa, como pelas pessoas que a cercam.

— Como chegastes a esse resultado?...

— Pela escrava do quarto, que me mandava os recados por um pajem. A dama trabalha com todo o afinco para desmanchar o casamento, ao qual é extremamente avessa a filha. O pai e o filho sustentam D. Fernando um pouco por si e muito pelo beneditino confessor da casa, um tal Fr. Carlos da Luz; porém a fidalga tem esperança de vencer afinal a causa em favor do nosso protegido D. Lopo de Velasco.

— Bem; persevere na sua obra.

Nisto arranharam à porta. Era o leigo que acompanhava um pajem; este trazia ao padre reitor da parte de D. Ismênia a notícia que acabava de desfazer-se o casamento de Inesita com D. Fernando de Ataíde.

— Corra à quinta de D. Lopo, e obrigue-o sem detença a partir para a casa de D. Francisco a exigir a confirmação da promessa que lhe fez.

Acabava o visitador de fazer essa recomendação, quando soou no corredor o passo pesado de Tiburcino, que o buscava; o carniceiro farejara Joaninha; esta como mariposa esvoaçava em torno de Gil, que naquela mesma manhã levara à Rua de Santa Luzia o cavalo para Estácio. Seguindo de longe a mulatinha que vira Gil muito contente, e estava curiosa de saber o motivo da súbita alegria, o magarefe chegou a tempo de ver passar a galope o cavaleiro em direção a fora de portas.

Seguiu o rasto; chegou a Nazaré, onde pouco depois assistiu à prisão.

— Foi preso em Nazaré!... disse alegre.

— Preso! exclamou o frade. Outra vez preso! À ordem de quem? Não sabeis?...

— Do senhor governador.

— Para onde o conduziram?

— Para o Presídio de Santa Luzia.

O visitador não descansou enquanto não soube o motivo da prisão, e a sorte que aguardava a Estácio. O capelão da fortaleza era um padre secular, irmão dos jesuítas; por seu intermédio, e com seu disfarce introduziu-se o padre na fortaleza onde teve uma longa prática com o carcereiro. Foi em virtude dela, que o digno cérbero passou a apalpar os bolsos de Estácio, à busca do roteiro das minas de prata, e que levou ao comandante o suposto recado do prisioneiro, que pedia para seu confessor o P. Molina.

Na mesma manhã Vaz Caminha, chamado à pressa para negócio de sua profissão, foi levado a um lugar deserto e aí revistado por vultos desconhecidos e mascarados; ao mesmo tempo sua casa sofria igual devassa; todas as gavetas foram abertas com chaves falsas, explorados os escaninhos, sondado o quintal e as paredes, enfim interrogada a velha Euquéria.

— Sem dúvida sumiu ele o papel, quando saiu da casa do advogado e por conselho dele!... O tempo que o perdi de vista, ele o empregou bem. Ah! imbecil taberneiro!... Só teve engenho uma vez por milagre e essa contra mim. Deita a fugir e nem se lembra, como o cão, de seguir o faro da presa que lhe escapa!

O visitador proferiu estas palavras medindo a passos largos o soalho de sua cela:

— Mas a campanha não está perdida, não. A vida, a liberdade e o amor pugnam por mim naquele coração de mancebo!

Mandara o jesuíta chamar João Fogaça, carta maior que guardara para a última vasa. O capitão de mato, alguma coisa surpreso desse chamado, acudiu não obstante. Molina o recebeu com a cortesia devida a uma pessoa de tantos predicados:

— Tomei a liberdade de incomodar-vos, Senhor João Fogaça, para saber de vós se estais disposto a prestar um esforço em prol da Companhia, de que sois irmão?

— Irmão... eu?... Estou que vos enganais, P. Mestre!...

— Como é possível, se aqui tenho à mão o assento que vos diz respeito!... Jurado em 5 de abril de 1607.

— Ah! já sei!... Um dia no sertão encontrei um bom padre, que costumava viajar por aqueles desertos só com seu corpo, e um bordão por companheiro e uma sacola por comitiva; assim atravessava pelas tribos do gentio que não lhe fazia mal algum, antes o festejava com muitas alegrias. Quando o encontrei, o santo homem levava nos braços uma criancinha tapuia que achara abandonada, e tratava dela melhor que muitas mães o sabem.

— Como se chamava?

— P. Inácio do Louriçal. Então disse eu ao santo homem: padre, heis de fazer-me duas graças. A primeira é vossa bênção, que me há de trazer felicidade; a segunda é dizer-me em que convento ou lugar vos posso eu encontrar para quando precise da palavra de Deus. Ensinou-me ele esta casa onde o procurei algumas vezes; e de uma delas não o achando, um de vossos companheiros engrolou não sei que ladainha, e fez-me jurar sobre um livro.

— Foi a cerimônia de vossa profissão; por ela ficastes nosso irmão.

— Mas em suma que quereis de mim?

— Nada que não seja em serviço da religião; estais de ânimo a cumprir o vosso juramento?

— Sou bom cristão, padre-mestre; isto basta para que vos não recuse meu esforço.

O P. Molina expôs então em segredo o objeto, e João Fogaça retirou-se, tendo prometido toda a sua coadjuvação.

Estes incidentes acontecidos entre a prisão de Estácio e a entrada do P. Molina no cárcere, explicarão talvez o que ali ia buscar o jesuíta.

— Sois vós o confessor que me enviam? perguntou Estácio.

— Desagrada-vos a presença do mais humilde dos servos de Deus?

— Oh! não; a escolha não podia ser melhor. Vindes então preparar-me para morrer?...

O frade fitou nele olhos penetrantes:

— Venho arrancar-vos ao suplício, e trazer-vos a vida, a liberdade e a ventura, mancebo.

Ao brilho daquele olhar, e à entonação firme da voz magnética do jesuíta, Estácio estremeceu; um raio de esperança filtrara e aquecera seu coração.

— Que dizeis?...

Mas logo após a dúvida, que se derramou no seu espírito à lembrança do homem à quem falava, afogou a esperança:

— Não acredito em vossas palavras, padre! disse com asco.

— Me reputais capaz de vir escarnecer das últimas horas que vos restam de vida, desventurado mancebo?

— Profanastes o hábito sagrado que me habituei a respeitar desde a infância, cobrindo com ele um coração devorado pela cobiça infame; a mão que partiu a hóstia no altar, não vos pejastes de a estender para arrebatar o alheio com fraude e violência. Posso eu acreditar-vos?

— Isto significa, filho, que roubei o bem que vos pertencia, apoderando-me do roteiro das minas de prata! Não é assim?

— Evitei de dar o nome à vossa feia ação, pelo respeito ao caráter de que ainda estais revestido; mas vossa palavra o fez, vossa consciência que responda.

O jesuíta desdobrou sobre o mancebo um olhar sereno e majestoso, que vinha do fundo d'alma.

— Imaginais vós, filho, que este humilde sacerdote que não custa ao mundo mais que uma pouca de sombra, alguns côvados de lila e o magro jejum, precise de outra propriedade a não ser a de alguns palmos de terra, quantos bastem para reduzir a pó a argila de que é feito? Oh! como vos enganais!... Toda a minha cobiça cabe neste hábito. É em nome de Deus e para seus pobres que nós vamos mendigando e colhendo pela terra as sobras dos ricos e as esmolas dos desinteressados que servem ao esplendor da religião e às obras de caridade!

— Deu-vos a Igreja, padre, autoridade para extorquir à força as esmolas que não vos querem fazer de vontade?

— Ponhamos claramente a questão. Tinha eu autoridade e direito para me apoderar do roteiro que existia em poder de D. Diogo de Mariz, sem vosso consentimento? Vou responder-vos perante a lei e perante a religião. Sim, filho, eu tinha essa autoridade.

— É o que vos faltava, padre; a apologia do crime.

— Ouvi antes de condenar, Estácio Correia; sois noviço da Companhia de Jesus; quando entrastes para as aulas do Colégio, pôs vosso mestre e padrinho a condição de serdes admitido como simples estudante, sem compromisso religioso; simularam aceitar essa condição, e tanto vosso tutor como vós assinaram depois um assento, julgando-o sem importância; era o do vosso noviciado. Ora, desde esse instante ficastes sob a tutela da Companhia, que tinha direito de obrar em vosso nome. Esse ponto é incontestável; o Doutor Vaz Caminha, se aqui estivera, me daria razão.

— Mas desde que me despedi do Colégio, que ligação tinha eu mais com a Companhia?

— Oh! os laços que prendem uma vez alguém ao Instituto são difíceis de romper. Deixamos que saísseis por uma condescendência; mas podemos reclamar-vos no instante em que nos aprouver.

— Desafio-vos a que o tenteis!... Mais fácil é aluir-se aquela casa sobre vós, do que entrar eu nela.

— Tal não é nossa intenção; restituímos vossa liberdade, não vos privaremos dela. Mas tomei a peito provar-vos não só a justiça, como a generosidade com que procedi a respeito do roteiro, pois desejo acima de tudo a volta da vossa estima e confiança.

O frade recolheu-se.

— Sois moço, Estácio, e não conheceis mais que um canto do mundo e uma nesga de tempo. Embalai-vos em esperanças falazes. O segredo das minas de prata, que trazeis convosco, não é a fonte de venturas que imaginais, mas um veneno mortal, um raio, que de um instante para outro vos há de fulminar. Antes de chegardes a El-Rei, encontrareis, como vosso pai, o roubo, talvez o homicídio; nos pés do trono achareis, em vez de prêmio, decepções. Apenas no começo de vossa empresa, podeis já avaliar do que vos espera, quando fermentarem as paixões que ides semeando em vosso caminho. Apossando pois a Companhia desse precioso segredo, eu vos garantia os benefícios sem trabalho, ao passo que prestava à religião importante serviço. A Companhia tomava sobre si a pesada tarefa da exploração das minas, mas vos assegurava um futuro grande, enchendo-vos de riquezas imensas, de honras principais; e completando a vossa ventura com a aliança que sonhais!

— Vós o sabeis, padre?...

— Sei tudo: que amais D. Inês de Aguilar, que ela vos retribui com igual extremo; mas que entre vós ambos se levanta um obstáculo insuperável. D. Francisco de Aguilar jamais consentirá em vosso casamento!

Estácio abaixou a cabeça:

— Salvo, continuou o jesuíta, se eu o quiser.

— O que é necessário para o quererdes?

— Que me entregueis o roteiro, e me deixeis trabalhar em vossa felicidade.

O P. Molina, soltando as asas à sua eloquência, desenhou o quadro fascinador do futuro que esperava o mancebo; esboçou a traços largos e magistrais a carreira brilhante que ele tinha a percorrer; apreciou na devida altura os benefícios que prestava à religião, armando a Ordem de Jesus daquela arma poderosa, e habilitando-a engrandecer a pátria, de que seria benfeitor; ergueu o pedestal onde a posteridade reconhecida havia de colocar a sua estátua ilustre.

Depois de fascinar a ambição do mancebo com estes fogos que se propagam em toda a imaginação moça e ardente, como a chama no algodão, o visitador abriu aquele coração imensamente dilatado por um amor sedento, e vazou nele quanto néctar e quanta delícia podem transudar das ternas esperanças e das suaves reminiscências. A cena das justas e torneios foi de repente armada na memória de Estácio, qual ele a tinha visto na tarde de Ano-Bom, como uma brilhante decoração à beleza esplêndida de Inesita. Ele viu, como se a tivesse presente, irradiar aos seus olhos a imagem encantadora da donzela a sorrir-lhe.

Durante todo esse sonho o mancebo só tivera uma leve hesitação:

— E a honra de meu pai? perguntou ele. Se vos entrego o roteiro, continuarão a crer que ele traiu El-Rei.

— As grandezas, que vos esperam, apagarão esse triste passado.

— Sim! Cobrirei a chaga com a púrpura! exclamou o mancebo indignado. Serei ilustre, mas deixarei desonrado aquele de quem descendo!

— O que desonra é o crime, não a pena. Tendes a certeza de que vosso pai não cometeu traição; a sentença que o condenou será revogada. Que mais pode exigir a vossa nímia severidade?

Então o mancebo entregou-se sem reserva ao embevecimento daquela palavra sedutora. Seus lábios já descerrados pelo sorriso moviam-se para revelar o lugar onde se achava o roteiro, quando soou fora um grande rumor de armas, tambores e atabales.

Eram os pelotões, destinados à execução militar, que começavam de formar-se no grande pátio do forte. Este som de morte, caindo de repente sobre o enxame de sonhos dourados que esvoaçavam na mente do mancebo, confrangeu-lhe o coração que passava assim de repente do almo calor ao gelo.

A desconfiança adormecida espertou:

"O astuto frade, depois de arrancar-me o segredo, mais depressa me deixaria morrer! Não há de ser assim!... Não!..."

O frade percebeu o que passava no espírito do mancebo, embora parecesse completamente absorvido a escutar os rumores de fora.

— Sabeis que movimento é este? perguntou ao mancebo.

— Preparam-se a fazer as honras que me prometestes, padre!... disse Estácio com um sorriso de escárnio.

— Só vos restam horas. Resolvei, filho; aceitais a vida que vos trouxe, e com ela a liberdade e a ventura?

— Não! Não! Não!...

O mancebo escandiu estes três monossílabos com uma lentidão calculada, para indicar o peso de vontade que carregava cada uma de suas negativas.

— Retirai-vos, para que eu morra em paz.

Molina envolveu-se no hábito, carregou o sombreiro, e chegando à porta, bateu para chamar o carcereiro.

Capítulo XIII

Em pé, na porta do presídio, apoiado sobre a bengala, para não cair, estava o Doutor Vaz Caminha. Seu lívido e macerado semblante tinha já a descor baça da lápide sepulcral; e de feito a vida ali estava morta e sepultada no túmulo daquele corpo gasto, mas galvanizado por uma vontade poderosa. Com os olhos pregados no chão, ninguém sabia que abismos de dor sondava esta vista profunda e cadavérica.

Ao lado dele o pobre Gil, agarrado à sua mão, chorava silenciosamente, afogando os soluços e enxugando as lágrimas com a garnacha do velho advogado, a qual lhe encobria quase todo o rosto. O menino tinha os olhos upados de tanto chorar; e de vez em quando murmurava com um acento inexprimível:

— Senhor Vaz!... Senhor Vaz!...

Ao menor rumor que vinha da prisão esse grupo singelo de um grande martírio estremecia, e volvia pávidos esgares para o lôbrego edifício.

Eram seis horas.

A dúbia claridade do rápido crepúsculo matutino desenhava já no azul desbotado do céu o negro perfil da fortaleza. O pátio estava cheio de soldados dos pelotões que formavam; e notava-se o bulício que anuncia um acontecimento extraordinário.

Nisso abriu-se o portão exterior, e um frade assomou no limiar. Vaz Caminha na esperança de obter alguma notícia achegou-se dele quando atravessava:

— P. Mestre!... foi o que teve tempo de dizer.

O jesuíta ao passar conchegara-se ainda mais no hábito, cuja aba levantou sobre o rosto, carregando o sombreiro; mas deixou cair no ouvido do licenciado rápidas e soturnas palavras:

— Silêncio, irmão! À Rua de Santa Luzia, se quereis salvá-lo!

Seguiu apressado rua abaixo, quebrou a esquina, saltou a cerca de um quintal e apresentou-se na varanda de D. Dulce aos olhos espantados da velha Brásia que varria a casa.

Coisas importantes tinham passado dentro da prisão.

O carcereiro acudira a abrir a porta ao sinal do frade. Do limiar o P. Molina volveu de novo o rosto para o prisioneiro:

— Ainda é tempo, filho!

— Não!...

— Morrei pois, vítima de uma pertinácia insensata; mas lembrai-vos na última hora que Deus pode punir-vos mais cruelmente ainda, arrancando-vos o amor e a estima daquela que amastes na terra!

Estácio avançou com um salto de tigre; ele havia compreendido todo o alcance daquela terrível ameaça. Ao mesmo tempo uma ideia luzira em seu espírito:

— Escutai, padre!...

Molina recomendou ao carcereiro que esperasse a alguma distância, e voltou ao prisioneiro.

— Que segurança me dais do cumprimento de vossa promessa? Se vos eu entregar o meu segredo, que meios tendes para livrar-me do suplício que me espera, e arrancar-me já desta masmorra?

O jesuíta sorriu:

— Era essa a causa de vossa recusa?... Me julgastes capaz de trair-vos, apossando-me do vosso bem para depois abandonar-vos à sorte fatal?... Vejo que ainda não reconquistei vossa estima!

— Respondei; o tempo urge.

— Tinha tudo preparado. Se aceitásseis o que propus, sois da minha estatura, e coberto com este sombreiro, envolto neste hábito, à mercê do lusco-fusco da alvorada, passaríeis entre os guardas como o P. Molina.

— E ficaríeis em meu lugar, encarcerado nesta masmorra?...

— O tempo preciso para vos pordes em segurança.

— Acaso me julgais uma criança para acreditar ingenuamente quanto vos aprouver?... Só vós não havíeis de pensar no perigo a que vos expondes tramando a evasão de um réu de alta traição!...

— Oh! pensei em tudo!... Saindo daqui, me deixaríeis justificado. Vedes estes objetos?

O jesuíta sacara de baixo do hábito uma corda de linho e um punhal. Nos olhos de Estácio cintilou rápido um lampejo; mas ele o apagou sob a expressão da mofa que empanou seu belo semblante.

— Entendo! Vossa Paternidade me estenderia os braços que eu lhe ataria às costas para simular que tinha havido surpresa e violência.

— E então! Poderiam acusar-me porventura?

— Decerto que não; mas coisa pior poderia suceder.

— Qual, filho?

— Quando eu bem disfarçado no hábito de V. Paternidade, e depois de lhe ter dito ao ouvido o meu segredo, transpusesse o limiar daquela porta e ganhasse o corredor, V. Paternidade que tem uma voz de cantochão, excelente, entoaria o *Aqui d'El-Rei*, e eu seria apanhado como o coelho ao sair da toca.

— Também ocorreu- me isto! disse o jesuíta sorrindo. Conheceis este pequeno instrumento?

— Nunca o vi. Para que serve? disse o mancebo fingindo habilmente ignorância.

— Pera de angústia, é o nome que lhe davam nos cárceres da inquisição. Serve para fazer muda a boca que se obstina a falar. Ora, se ao mesmo tempo que me ligásseis os braços, me introduzísseis este objeto entre a maxila e o palato, ficaria eu privado do movimento e da palavra.

Estácio abanou a cabeça:

— Não acreditais?...

— Vendo, pode ser.

O P. Molina com uma expressão de simplicidade, que devia tornar Estácio desconfiado, tomou delicadamente a pera e a introduziu na boca. Era o que o mancebo esperava; travando com força dos braços do frade, murmurou-lhe ao ouvido:

— Melhor é, padre, que não me obrigueis a usar de violência! Rendei-vos de boa vontade. Lembrai-vos que eu tenho a morte atrás de mim a perseguir-me, e a ventura avante a sorrir-me!

O frade acobardou-se, e submisso deixou que o mancebo ligasse-lhe os pulsos às costas e o despisse do hábito. O disfarce operou-se em um instante; Molina deitado sobre a enxerga seguia de través com um olhar manhoso os movimentos do mancebo.

— Quando eu estiver em liberdade, trataremos de nosso ajuste, P. Molina!

O carcereiro veio abrir a porta ao sinal convencionado; e o falso jesuíta ganhou facilmente e sem excitar a mínima suspeita o portão do pátio, onde encontrara o advogado e Gil; daí conseguiu penetrar em casa da formosa andaluza.

Advertida a dama, de que a procurava um padre da Companhia, correu agitada e comovida. Dando com aquele vulto negro, em pé no meio do aposento, ainda coberto com o sombreiro derrubado sobre a fronte, a formosa senhora pensou estar em face de seu marido. Tinha o mesmo talhe e o mesmo porte. O contorno alvo e enérgico da parte inferior do rosto, que se desenhava sobre a gola preta, era do religioso de Palos.

Impelida pela explosão da veemente paixão tantos anos concentrada, ela precipitou para o vulto:

— Senhor!

Estácio que só esperara o momento de ficar só com ela, descobriu-se então. A formosa dama, no ímpeto de arrojar-se aos pés daquele que supunha seu marido, caiu nos braços do mancebo.

Nesse instante chegaram o advogado e o pajem. Vaz Caminha apesar do estranho abalo que lhe causara a voz do frade e da importância do aviso, hesitara um instante; porém o menino, movido por um secreto pressentimento, o puxara pela mão e o obrigou a seguir para a casa de Dulce, onde ele teve a felicidade de abraçar o filho querido de sua alma.

Duas horas depois apresentava-se na portada do palácio do governador um cavalheiro armado em guerra com a viseira caída, o que em tempo de paz, naquele lugar e dia claro, pareceu estranho. Apeou o guerreiro presto e entrou no corpo da guarda onde reinava ainda a agitação produzida pelo acontecimento da manhã.

Quando entrava na prisão para conduzir o condenado, achou o oficial incumbido da execução o P. Molina com os pulsos e artelhos ligados, mordaça na boca e estendido de bruço sobre a enxerga. Lavrado o auto da evasão, e tomados os depoimentos do confessor e carcereiro, despachou imediatamente o comandante ao governador um oficial com a comunicação do acontecido.

D. Diogo ficou indignado; era a segunda vez que pela negligência ou desídia dos subordinados aquele mancebo zombava e escarnecia da sua autoridade. Enviou ordens umas sobre outras e para todas as partes; contestou a comunicação do comandante, declarando-lhe que ele responderia em três dias pelo preso evadido, se o não restituísse à justiça.

Entretanto o desconhecido dirigiu-se a um porteiro de maça que ali achava-se:

— Levai-me ao Sr. Governador.

— Que lhe quereis, e quem sois? perguntou o homem com a insolência da gente baixa que serve aos grandes.

— Dizei-lhe que o busca um desconhecido, o qual só a ele se descobrirá; que lhe traz aviso certo do lugar onde se acoitou o preso que esta manhã se evadiu da fortaleza.

— Segui-me!

O guerreiro subiu as escadas após seu guia, e atravessou os corredores cheios de gente curiosa. Ao chegar ao gabinete, o porteiro fez-lhe sinal que esperasse atrás do reposteiro, e entrou para dar aviso ao governador. Ouviu-se a voz sonora de D. Diogo que dizia:

— Trazei-o já à minha presença.

Afastado o reposteiro, franqueou-se a entrada ao guerreiro. Este, penetrando no gabinete, despediu com um gesto o porteiro, e fechando a porta, correu-lhe os ferrolhos.

D. Diogo de Menezes, que o esperava no fim da sala sentado à mesa de trabalho, erguendo os olhos, dera com aquele vulto armado no instante em que ele praticava a singular ação de trancar a porta. Desenhou-se no seu varonil e majestoso semblante uma ligeira surpresa motivada pela estranheza do caso; abaixando rápido, e imperceptível olhar para as guardas da espada, que descansava ao lado sobre a cadeira, esperou com a placidez e serenidade de quem sente-se em uma esfera superior, onde não ousam penetrar as paixões más.

Entretanto o cavalheiro parava no meio do aposento, com mostras de respeito, na sua nobre atitude.

— Aproximai-vos, cavalheiro; e se é exato o aviso que me trazeis, a recompensa há de ser pronta e igual ao serviço.

— Fiz saber-vos, senhor governador, que indicaria a vossa senhoria o lugar certo onde se acha o preso evadido esta manhã. Vou além da minha promessa, pois vo-lo entregarei eu próprio em pessoa.

— Onde está ele então?

Com um gesto cheio de nobreza e graça, o cavalheiro ergueu a viseira do elmo e descobriu a bela e altiva fisionomia de Estácio.

Desta vez a surpresa foi tal que D. Diogo de Menezes duvidou de seus olhos e acreditou em uma alucinação dos sentidos.

— Ah! A Providência vos entrega de novo à justiça de El-Rei. Desta vez não escapareis, exclamou o governador dirigindo-se à porta.

Estácio se lhe antepôs em face:

— Haveis de ouvir-me primeiro, senhor governador; não se condena um homem indefeso!

— Sois um espião e traidor. Estais condenado a menor suplício que merecestes. Não há para vós compaixão. Eu vos lamento e abandono a vosso desgraçado destino.

Estácio sorriu:

— Há duas horas que estou livre. Nesse tempo, montado no excelente animal de que me apeei à vossa porta, tendo sob minha mão a três léguas daqui uma companhia de homens destemidos, podia estar longe e fora do alcance de vosso braço. Quando pois venho eu próprio à vossa presença, correndo novo risco de vida para chegar a ela através de vossa guarda, e isto para dizer-vos que me haveis de ouvir... Pensais, senhor governador, que eu venha pedir-vos graças e compaixão?

— A que vindes então? perguntou o governador com sobranceria.

— Venho exigir justiça e reparação do agravo que me fizestes, suspeitando de minha honra e maculando meu nome!

— Ousais ameaçar-me?... E agora vejo que estais armado! disse D. Diogo com desprezo.

O mancebo com um movimento rápido arrojou de si as armas:

— Estas eram armas para vossos guardas, se me impedissem chegar até aqui; para Vossa Senhoria trago-as de melhor têmpera. As provas cabais de minha inocência e do que acabo de prestar a El-Rei.

D. Diogo de Menezes sabia conhecer os homens; seu olhar profundo devassava os íntimos refolhos d'alma. Desde que Estácio lhe aparecera de um modo tão estranho, ele sentia um generoso impulso de seu coração a atraí-lo para aquela altiva e briosa juventude. Mas a robusta convicção que tinha da culpa do mancebo, o encerrava dentro da rígida severidade do juiz. Abanou pois a cabeça, ao passo que seu olhar benévolo pousava nas feições gentis do mancebo.

— Infeliz mancebo! murmurou.

— De que sou eu acusado perante Vossa Senhoria?...

— De haverdes traído a vossa pátria em favor do inimigo.

— Tirando do Castelo de Santo Alberto três presos... Um aqui está em vossa mão, e estaria desde ontem, se não caísse em uma emboscada quando para aqui vinha.

— Os dois flamengos?

— Vão ser restituídos a Vossa Senhoria dentro de poucas horas.

— Onde estão eles?...

— No sítio da Sapucaia em boa guarda.

— Se dizeis a verdade, estais perdoado.

— Estas são as provas de minha inocência, sr. governador. Agora, a captura destes presos que se evadiam, a destruição dos dois navios de contrabando que os esperavam em Itapoã para levá-los à Holanda; a descoberta do plano que concertaram os judeus desta cidade para entregarem a Bahia aos holandeses; estas são as provas da vossa injustiça.

— Farei igual reparação, Estácio, dou-vos minha palavra. Referi como as coisas se passaram.

Estácio contou os vários acontecimentos de que fora protagonista desde a noite da escapula do castelo até aquele instante; omitindo unicamente aquela parte que se referia ao segredo das minas de prata, e sobre a qual pedia vênia ao governador para guardar reserva, declarando apenas que um motivo de honra o chamava ao Rio de Janeiro.

— Chegai perto, Estácio; que eu vos abrace. Sois um herói!... exclamou D. Diogo comovido.

— Se o que fiz merece alguma recompensa, peço a Vossa Senhoria, como a única que desejo, a graça de confirmar a promessa que dei a uma filha em favor de seu velho pai.

— Qual promessa?...

— Que lhe perdoareis a parte que tomou na trama urdida para a entrega da cidade.

— É grave; mas a mereceis, Estácio. Contanto que o velho Samuel deixe para sempre o Brasil.

— É justo. Esta noite vos entregarei a missiva do judeu.

— E por que não agora?

— Careço de tempo para buscá-la onde a ocultei. Quanto aos flamengos, partirei já para trazê-los à vossa presença; podeis fazer-me seguir por uma escolta.

— Sereis vós quem me seguireis, meu alferes de cavalos, disse D. Diogo erguendo-se.

— Não compreendo a Vossa Senhoria.

— É o começo da reparação, Estácio. D. Francisco de Aguilar, que teve não sei quais queixas do filho, veio solicitar-me ontem sua baixa, como um castigo que lhe queria infligir.

— Ah!...

— O posto vago achou em vós quem dignamente o servisse; partiremos ambos, sem guarda nem séquito, para Sapucaia.

— Às ordens de Vossa Senhoria!...

Estácio saiu do gabinete a esperar que D. Diogo se preparasse. Na antecâmara viu seu velho amigo e padrinho que esperava tranquilo o fim da prática. O advogado sabia agora o que o mancebo tinha obrado; e confiava na austera justiça do governador, tão inflexível no perdão, como generoso na recompensa.

O mancebo e o velho abraçaram-se estreitamente; um, nada perguntara, o outro, nada dissera; ambos tinham-se entendido pela expressão mútua do semblante. O de Estácio trazia o contentamento que logo refletiu no de Vaz Caminha.

— Livre, mestre, livre e premiado!

Instantes depois apareceu o governador e saudou afetuosamente o advogado.

— Nós os velhos, Doutor Vaz Caminha, já de pouco prestamos. Ei-lo aqui, este imberbe mancebo de dezenove anos, que é melhor advogado do que vós, e melhor juiz do que eu! Vistes o instante em que ganhou seu feito, que vós tivestes por perdido, e eu por julgado afinal?...

— Não foi ele, sr. governador, mas a sua inocência sob a guarda da Providência.

Os dois cavaleiros partiram afinal do palácio. O governador adiante meio corpo do cavalo, como era uso quando andava com seus íntimos, em privança. O alferes lhe guardava a esquerda.

Os dois flamengos foram restituídos ao Castelo de Santo Alberto nessa mesma tarde; Samuel posto em liberdade, mas intimado da ordem do governador que lhe dava seis meses para liquidar seus haveres e deixar as terras do Brasil para não mais voltar. Enquanto o velho rabino ouvia a palavra severa do governador, Raquel à parte se despedia de Estácio que de propósito a arredara daquela cena, para lhe poupar a humilhação do pai.

— Se algum dia, Estácio, disse-lhe a formosa judia, carecerdes do coração de uma irmã para repartir com ele as alegrias ou tristezas do vosso, sabeis já onde esse amigo vos espera!

— Eu vos prometo, Raquel! Praza a Deus que nesse momento eu o ache pleno das felicidades que vos desejo.

— Oh! no instante em que dele vos aproximardes, asseguro-vos que o achareis feliz.

Estácio cortou este diálogo, que o pungia; e chegou-se a Samuel para murmurar-lhe ao ouvido:

— Trabalhai melhor a ventura de vossa filha, Samuel. Lembrai-vos que lhe deveis a vida, e o ouro de que sois tão avaro.

O governador, compreendendo a necessidade que Estácio devia ter de repouso e expansão no seio da amizade, depois da vida agitada e tormentosa, que vivera durante cerca de dois meses, o despediu, recomendando-lhe que no dia seguinte fosse em busca da missiva dos judeus, e lha trouxesse o mais breve possível.

— Às sete horas da manhã aqui serei às ordens de Vossa Senhoria.

Estácio correu à porta do palácio onde o esperava Antão com a gente, que vinha de levar ao Castelo de Santo Alberto os dois flamengos. Juntos encaminharam-se à casa de Cristóvão. No meio da alegria dos dois amigos entrou João Fogaça, que, do primeiro olhar reconhecendo quem ali estava, soltou esta estrondosa exclamação:

— Então!... Que vos dizia eu, Cristovinho?

O capitão de mato abriu um braço e apertou Estácio ao peito; estendendo ao Antão dois dedos que encheram a mão ao marujo, embora a tivesse bem espalmada. Depois disto escancarou a boca em uma formidável gargalhada, que o aliviou de algumas arrobas da alegria, que acabava de sentir.

O resto do dia foi consagrado a festejar a boa volta. Cristóvão deu suas ordens para que no pavimento térreo se banqueteassem com profusão todos os companheiros da famosa empresa; enquanto sua mesa de jantar, coberta já da fina copa de prataria, só esperava para encher-se das abundantes e saborosas iguarias, que chegasse o quinto conviva, o Dr. Vaz

Caminha. Voltou o portador do recado trazendo a resposta do advogado:

"Desculpai-me com vosso amigo, Estácio. Em vossa feliz idade, depois da longa ausência e dos riscos passados, compreendo quanto carecem vossos jovens corações de expandir-se mutuamente. O contato de um velho coração gelaria, crede-me, a doce efervescência de vosso festim. Ride, folgai, enchei-vos de alegria e venturas; e quando vos sentirdes a transbordar, vinde então vazá-las no seio de vosso velho amigo e mestre."

Os convivas sentaram-se à mesa. Cristóvão nesse dia vencera a tristeza que de tempos o acabrunhava, e se entregou aos júbilos de uma amizade que lhe parecia agora ainda mais cara e íntima pelas provanças por que passara, e talvez que também pela revolução que se operara em sua alma. Os dois amigos consumiram o tempo em conversar; mas coisa singular, nenhum deles tocara ainda naquilo que mais os interessava. Nem Estácio falara de Inesita, nem Cristóvão de Elvira.

Entretanto João Fogaça comia, e Antão bebia; cada um deles tinha sua especialidade. O capitão de mato desafiava a indigestão com o mesmo denodo com que o seu ajudante desafiava a embriaguez.

Era tarde da noite quando Estácio recolheu-se. O incansável mancebo não foi porém direito à casa; só por volta da madrugada bateu ele à porta onde o esperava Gil, dormindo a sono solto. Então pôde repousar algumas horas; quando despertou com a primeira claridade do dia, a velhinha D. Mência, advertida de sua chegada, correu a deitar-lhe a bênção.

À hora emprazada apresentou-se o novo alferes em palácio e entregou a D. Diogo de Menezes a missiva dos judeus. O governador apressou-se em tomar conhecimento desse papel cuja importância avaliava:

— Ide, Estácio, careceis de trajar-vos conforme vosso posto; e também deveis ter necessidade de algum repouso. Dou-vos três dias de folga.

O jovem alferes não tinha necessidade de repouso; possuía uma organização poderosa que descansava variando a sua imensa atividade. As emoções, as subjugava ele com sua vontade de ferro. Do que tinha necessidade e muita era de amor, que lhe matasse a sede abrasadora d'alma.

Logo depois da recusa formal que sofrera de D. Francisco de Aguilar, os acontecimentos o tinham arrebatado, de modo que não lhe deixaram tempo, nem mesmo para sentir, quanto mais para meditar a influência daquele fato sobre sua existência. No meio porém dessa voragem que ameaçara tragá-lo, quando recordava as palavras duras do fidalgo, havia em sua alma alguma coisa de áspero e rígido. Era uma fibra distendida, uma crispação interior, o quer que fosse enfim, que anunciava o assomo enérgico da vontade tenaz.

Agora esse movimento interior definia-se; tornava-se revolta contra a severidade de D. Francisco. A alma do mancebo, feita para a luta, eletrizada pelos obstáculos, se erguia para correr à conquista da mulher amada, e disputá-la ao mundo inteiro!

— Inês deve ser minha!... murmurava uma voz dentro de sua alma. Outra replicou:

— E será, querendo ela!

Cogitou um instante.

— É preciso que eu a veja hoje mesmo.

O mancebo voltou a almoçar com a tia; foi depois estar uma hora com seu velho mestre e padrinho; visitou Álvaro de Carvalho que já sabia das suas cavalarias altas, e deu-lhe tantos ralhos quantos abraços.

— Enfim estais um homem!... Já não precisais de mim, rapaz!... Deveis agradecer-me ter-vos tirado dos miolos as carolices de vosso padrinho e mestre, o doutor fuinhas!

Tendo cumprido com os deveres da amizade, Estácio tratou de realizar seu projeto.

Acompanhado de Gil, dirigiu-se para Nazaré.

Caía a hora da sesta.

A calçada do edifício estava cheia de pajens e lacaios, ricamente trajados, que tinham pelas rédeas os cavalos de uma lustrosa comitiva, a rir e galhofar, como costuma a gente dessa laia quando se encontra.

Em uma recâmera, do lado direito do edifício, D. José de Aguilar cruzava o aposento em todos os sentidos com um passo curto e impaciente, que semelhava o trote miúdo e rápido da fera em torno da jaula. Ali encerrado desde a véspera por seu pai, o moço estremecia de cólera; seu rosto pálido e contraído esboçava bem os sentimentos pungentes que lhe dilaceravam a alma.

A porta do aposento abriu-se; D. Francisco de Aguilar apareceu carrancudo e terrível; a um gesto seu entrara um pajem e depondo sobre a cadeira um pacote com vários objetos, retirou-se; o fidalgo fechou a porta e dirigiu-se ao filho:

— Já não pertenceis à milícia. O sr. governador vos expulsou esta manhã da sua guarda para que a não desonreis!

Os dentes do moço rangeram.

— Restituí-me pois esta espada, que eu a despedace como o vil instrumento da traição e da cobardia!

— Serei tudo quanto quiserdes, senhor, cobarde não!...

— Cobarde sois, porque vosso coração apodreceu.

O fidalgo desfez o pacote, e tirou dele uma tesoura:

— Tomai! Talvez manejeis melhor este ferro que o outro. Abatei esta barba, distintivo nobre do cavalheiro. Não sois digno já de trazê-la.

— Nunca!...

— Fazei-o com as vossas próprias mãos, se não quereis que o façam meus escravos!

O moço submeteu-se.

— Agora trocai por estas vestes de mesteiral as vossas de fidalgo, que manchais ao vosso contato.

— Esbofeteai-me as faces, senhor! É mais generoso, do que entornar-me assim aos poucos a vergonha e a humilhação!...

— Calai-vos e lembrai que generoso sou quando vos poupo o baraço!...

— Também a vós o poupais!... disse D. José irônico.

— Esta noite mesmo embarcareis em um navio que vos espera a fim de levar-vos à África, para onde vos desterro.

Direito, inflexível como entrara, o fidalgo retirou-se, deixando o filho esmagado sob o peso da sentença; recolheu então ao seu gabinete, onde o esperava seu mordomo, com quem tinha de concertar nos aprestos necessários para a partida do navio, que havia de conduzir a Angola o filho desterrado.

Enquanto isto passava, na asa oposta do edifício a cena era mais calma e amena.

Estamos na peça onde habitualmente passava a família do fidalgo as quentes sestas do verão. Era uma varanda corrida ao longo da horta sobre a qual havia uma linha contínua de ogivas.

D. Ismênia sentada em sua alta poltrona, perto da arcada, gozava da vista campestre que se desdobrava a seus olhos, escutando a palavra animada de D. Lopo de Velasco. O comendador, inspirado por aquele quadro alpestre, contava à fidalga uma das suas memoráveis caçadas. Ele tinha vindo render a D. Inês suas homenagens, como noivo escolhido e aceito pela família; mas apenas chegado, esquecera o motivo de sua visita, e deixava a imaginação correr por montes e vales.

A fila de escravas, sentada sobre o estrado e ocupada em várias obras de agulha e tear, arrancava amiúdo da sua tarefa olhares curiosos, que iam extasiar-se na galharda compostura de D. Lopo e nas luzidas galas de sua roupa de primor. Lá para si pensava o terceiro estado do solar castelhano, que sua doninha devia ser muito feliz com tão guapo marido.

Entretanto Inesita, isolada no extremo da varanda, sentia naquele instante amarguras cruéis. O rompimento da projetada aliança com D. Fernando não lhe fora sequer uma pausa ao martírio de seu coração; ao mesmo tempo que D. Francisco lhe anunciara a feliz nova, dissipava o primeiro assomo de sua alegria participando-lhe a outra mais ilustre união, tratada com o comendador. O suplício persistia pois; apenas houvera mudança de algoz.

A donzela amava Estácio na pureza e sinceridade de seu virgem coração. Quando Lopo de Velasco se apresentou em sua casa, ela não procurou saber que homem lhe destinavam; desde que esse não era o seu escolhido, para ela tornava-se ninguém. Até aquele instante seus olhos não tinham nem sequer perpassado uma rápida vista pelo vulto do comendador. Magoada e opressa somente com sua presença, evocava do coração as doces recordações de Estácio, para abrigar-se no seio delas. Aí nesse ninho de seu amor, ela achava delícias e bem-aventuranças que a repousavam das tristezas reais.

Havia um quarto de hora, que D. Francisco saíra da varanda, pedindo vênia ao comendador para terminar um negócio de suma importância, e não tornara ainda pela razão que sabemos.

Ouviu-se rumor do lado da entrada, vozes altanadas, estrupido de pés, e o esgrimir de espadas. Logo após soaram passos firmes e rápidos no corredor; pararam um instante, tiniu o ferro, depois continuaram; dir-se-ia um homem que perseguiam, e de espaço a espaço se voltava para afugentar o inimigo. D. Ismênia sobressaltou-se, avisada pelo sussurro que percorreu o estrado. O comendador ergueu-se e ia encaminhar-se para a porta.

Mas acabava de arrojar-se ali a estátua elegante de um cavalheiro, que da ponta da espada aterrava a ralé dos lacaios e escudeiros, e a paralisava a grande distância. Tendo feito um gesto de ameaça, o cavalheiro avançou até o meio do aposento; a criadagem armada de piques murou a porta.

— Venho de paz, já vos disse. Guardai-vos daí pois, se não quereis pagar caro a ousadia.

E dizendo estas palavras, o cavalheiro imprimia uma terrível vibração à lâmina da espada.

Inesita, que até ali se conservara indiferente e estranha a tudo, com a comoção interior, que os ecos daquela voz produziram em sua alma, estremeceu, volvendo para dentro olhos espantados, que se encheram pasmos da vista de Estácio.

O comendador fizera um gesto imperativo aos criados.

— Aquietai-vos lá, que saibamos o que pretende este cavalheiro.

Estácio, depois de saudar com a espada o comendador, agradecendo essa cortesia, embainhou-a. Avançou então para Inesita que estava imersa no êxtase de o ver, e em distância conveniente pôs o joelho em terra. Sua voz sonora, levemente trêmula, soou clara e distinta no meio do profundo silêncio que a estranheza da aparição impunha aos circunstantes:

— Senhora, que eu venero ainda mais que adoro! Forçoso era que vos falasse, antes de finar-se de todo a derradeira esperança! Não havia outro meio mais digno de vós, nem mais próprio de mim que este, embora ousado e estranho. Se meu arrojo vos desagrada e ofende, aqui me tendes já, senhora, a vossos pés para me punirdes. Ordenai a estes fâmulos vossos que me castiguem e expulsem da vossa presença; o que não pôde seu número e insolência, poderá uma só palavra vossa.

Com um gesto enérgico de negativa, respondeu Inesita. Estácio compreendendo-a, ergueu-se:

— Mas espero que em vossa bondade já me foi a culpa perdoada, como em meu respeito grande deve estar segura e confiada vossa modéstia e virtude. Diante de vossa mãe, e de tantas testemunhas que me ouvem, falar-vos-ei como se estivesse só em vossa presença; porque não tereis que enrubescer deles, senão de vossa inocência e pudor. Mas se esse véu de vossa virtude pode mais que tudo em mim, bem vedes que não ousarei dizer-vos o que desejo, sem ordem vossa. Mandai, pois, se devo falar, se tornar-me como vim, pago embora de vossa vista, mas desamparado da derradeira esperança, que só me podeis dar.

Inesita escutava lívida; todo o sangue refluíra ao coração, que palpitava aos saltos. A vertigem apoderou-se dela; as pessoas e os objetos, que ali estavam em torno, desapareceram de seus olhos: dentro daquele fluido que a envolveu, só aparecia a figura nobre de Estácio.

— Falai, senhor cavaleiro; falai que vos escuto.

— D. Francisco de Aguilar, vosso pai, senhora, recusou-me há três dias vossa mão, declarando-me que jamais consentiria em nossa união. Vim a saber se confirmais esta sentença cruel; ou se achais em vós a força para resistir-lhe.

— Tendes a minha fé, e que nenhum outro a terá jamais, eu vo-lo juro, aqui, à face do céu. Mas, sem o aprazimento de quem me deu o ser, nunca, senhor, nunca serei vossa... esposa.

O rosto de Estácio cobriu-se de mortal lividez:

— Eu sabia, senhora, que outra não podia ser vossa palavra; mas queria que ela passasse pelos vossos lábios, para acabar-me docemente. Adeus pois, senhora, até o céu, que o martírio de perder-vos me deve ganhar em recompensa.

O alúvio de lágrimas, que soçobrava à palavra do seio da donzela, brotou enfim dos olhos magoados. Inês abaixou a fronte como um nenúfar cheio de orvalho, e deixou que o pranto lhe rociasse as faces.

Estácio ouviu um murmúrio entre os soluços e aproximou-se mais; ela dizia:

— Sou mulher e filha; e pois sem forças, nem vontade. Mas com essas armas que Deus nos deu à nossa fragilidade, com minhas lágrimas e minhas preces lutarei até morrer; e no último instante ainda a esperança de ser vossa não me há de desamparar, como meu pensamento não há de arredar-se de vós, meu senhor. Vós que tudo podeis, me abandonais!

— Tendes razão, senhora. Cumprirei meu dever; disputarei ao mundo e a todos a minha ventura. Acompanhado pelo vosso pensamento, hei de vencer, eu vos juro. Adeus pois, senhora, até o altar!...

Inesita sorriu entre as lágrimas.

Estácio encaminhou-se à porta, quando o comendador embargou-lhe o passo:

— Senhor cavaleiro, conquistastes minha estima e admiração. Se algum dia eu for capaz de amar alguma dama, hei de aproveitar vossa lição. Assim amam os cavaleiros; o mais é próprio dos bonifrates que só servem para fazer salas!

Nesse instante os criados afastaram-se, e a figura nobre do fidalgo castelhano destacou-se na porta. D. Francisco correu os olhos pela sala, e adivinhou por longe o que era passado.

— Que audácia é a vossa de penetrar assim à mão armada em minha casa?

— Preferíeis que entrasse com ciladas, ou corrompendo vossos fâmulos?

Não convinha ao fidalgo prolongar esta cena em presença do comendador.

— Retirai-vos, senhor, e não me obrigueis a esquecer o que vos devo, disse com olhar sinistro.

— Nada me deveis, Sr. D. Francisco; já vo-lo disse uma vez. O que fiz não foi a vós, nem por vós, mas somente a ela.

Estácio volveu um último olhar a Inês, saudou as damas e os cavalheiros para retirar-se.

— Antes de retirar-vos, cavalheiro, estendo-vos a mão. Chamo-me D. Lopo de Velasco.

— Ah!... Pois recolhei vossa mão. Quanto a meu nome, sabê-lo-eis em ocasião e lugar mais propício. Somos inimigos, D. Lopo.

— Excelente!... Os inimigos acabam por amigos. Fico às vossas ordens, cavalheiro.

Estácio foi-se afinal.

Trazia uma ideia fixa, que lhe ocorrera durante a fala de Inesita. Entregar o roteiro ao Padre Molina, exigindo em volta o cumprimento da promessa feita na prisão.

"Esta mesma noite!" repetia dentro em si.

Capítulo XIV

O P. Gusmão de Molina, depois de ter em vão buscado o roteiro das minas em casa de Caminha, convencera-se de que o manuscrito ou estava sobre o corpo do próprio Estácio, ou em algum esconderijo impenetrável.

Desta base partiu ele para as novas investigações. Preso o mancebo, viu-se já, como o fez revistar pelo carcereiro. Não se verificara pois a primeira suposição: restava unicamente a última, que desde princípio lhe parecera a mais provável. Nela pois concentrou-se o espírito do jesuíta.

Formulou então seu plano, admirável pela sagacidade e profundeza.

Era este salvar o mancebo da morte iminente e restituí-lo à liberdade. Realizada essa obra, ou o mancebo reconhecido ao benefício cedia à Companhia o roteiro mediante os aumentos que lhe prometera e a felicidade de obter a mão de Inesita; ou incrédulo e soberbo recusava, e apenas escapo, trataria logo de arredar-se da Bahia e pôr-se fora do alcance do governador.

Ora o mancebo, deixando a terra sem esperança de tornar a ela breve, devia levar consigo o roteiro, e portanto retirá-lo do esconderijo onde o ocultara. Essa era a ocasião de apanhá-lo com a boca na botija, como diz o anexim popular.

Foi em virtude desta combinação que o P. Molina mandou chamar João Fogaça, com quem teve uma prática secreta:

— O serviço que de vós exige a Companhia é o seguinte. Trata-se de descobrir um segredo importante para ela, do qual está de posse uma pessoa, que pode fazer muito mal a si e à religião.

— Conte V. Paternidade comigo, pois se estou sempre disposto e é ofício meu destruir as ruindades dos maus contra seus semelhantes, muito mais contra Deus.

— Tendes sem dúvida em vossa tropa alguns índios mansos, bons caçadores do gentio, e capazes de seguirem uma pessoa dia e noite sem nunca lhe perderem a pista?

— Tenho justamente o de que V. Paternidade fala, mas tal como não imagina.

O capitão de mato ofereceu ao padre os seus três sentidos suplementares, de quem fez os maiores prólogos de louvor.

— Bem, disse Molina, servem-me perfeitamente; mas é preciso que não busqueis saber deles qual a incumbência que lhes vou dar, e nem mesmo lhes faleis durante que permanecerem às minhas ordens!...

João Fogaça rugou o sobrolho:

— V. Paternidade desconfia de mim?... E pede meu auxílio?

O P. Molina esperava pelo assomo:

— Desconfio tanto que tudo fio de vossa lealdade e palavra de homem de bem.

— Mas por que devo eu ignorar aquilo em prol de que trabalho com os meus índios?

— Porque se trata de negócio de honra, no qual sabeis que a divulgação do segredo traz infâmia.

— Bem; dou-vos minha palavra.

— Por que não vosso juramento?

— Vale o mesmo; jurarei, se quereis.

— Não; nem da vossa palavra careço já. Basta vossa lealdade.

Postos os três índios à disposição do P. Molina, ele os industriou convenientemente; disse-lhes que no dia seguinte, às 6 horas da manhã, um moço disfarçado em jesuíta sairia da Fortaleza de Santa Luzia; o qual havia de ir em busca de um papel escondido algures, e depois tratar de se evadir da terra. A esse homem deviam os índios seguir até que tivesse em si o papel, que lhe tomariam por força ou cilada para lho trazer logo a ele Molina.

— Como é o papel? disse Olho.

— Que cheiro tem? perguntou Faro.

— Que som dá? interrogou Ouvido.

O P. Molina começou a explicar a forma do roteiro a Olho; mas a cada palavra o índio abanava a cabeça respondendo:

— Eu não vejo!...

Afinal o visitador compreendeu que o único meio de penetrar naquela inteligência era fazer-lhe entender pelos olhos; arranjou um folheto idêntico ao do roteiro que já tivera em suas mãos, e mostrou-o ao índio. Este o tomou, examinando em todos os sentidos, de face, de lado, de quina, até que pareceu ter gravado aquela forma em sua memória. Então Ouvido tomou-o por sua vez e amarrotando-o, escutou o som produzido pelo caderno com uma atenção profunda; depois deixou o papel cair no chão para ouvir a pancada e mostrou-se satisfeito.

— Tem o mesmo cheiro? perguntou Faro.

O P. Molina hesitou na resposta:

— Deve ter cheiro de paroba, porque estava guardado em uma arca dessa madeira! disse ele inspirado por uma repentina recordação.

Os índios ao sair travaram do folheto em branco para o levar; inquiriu do motivo o frade. Podia acontecer que fosse necessário para obter o roteiro fazer uma substituição rápida e sutil desse corpo por outro semelhante.

O jesuíta sorriu da astúcia dos selvagens, e tomando a pena escreveu no frontispício do caderno: *Hodie mihi, cras tibi.*

Na manhã seguinte, à hora aprazada, estavam os selvagens em seu posto, junto do presídio.

O moço disfarçado em frade era Estácio, cuja fuga fora, além de prevista, concertada pelo visitador. O estudante cuidara ter embaçado o jesuíta, ligando-lhe os pulsos no instante em que ele se amordaçara com sua própria mão; e bem longe estava de supor que todos esses incidentes entravam na trama urdida por Molina.

Quando pois ele transpôs o limiar do portão da fortaleza, os três índios postados em conveniente posição, separados em distância, puseram-se no seu encalço, e chegaram após ao quintal de Dulce, de onde examinaram o que passava dentro da casa, até que o mancebo partiu a cavalo e armado para palácio. Apesar do incógnito, nenhum deles duvidou da identidade da pessoa. Assim de ponto em ponto acompanharam Estácio até a casa de Cristóvão, em frente da qual e durante o jantar dos amigos, tiveram a primeira conferência. Resultou dela que o mancebo ainda não tinha consigo o papel. Olho não tinha visto o esgar cuidadoso e gesto disfarçado que denunciam o oculto portador de um objeto precioso. Ouvido não percebera ainda o ranger do papel durante que o sujeito andava. Faro enfim não sentira o aroma da paroba, de que estava o roteiro impregnado.

Esperaram portanto.

Por volta de nove horas da noite saíra Estácio de casa de Cristóvão, e tomara em direção à ribeira pela descida dos Padres. Os três índios resvalaram após como a sombra tríplice do mesmo corpo, projetada por vários raios luminosos. Todos eles iam convencidos de que chegara o momento esperado. Olho descobrira na atitude do mancebo os indícios da sutil vigilância do caçador. Ouvido notou que o passo do homem produzia sobre o chão da rua som mais leve e rápido; Faro aspirou certas emanações que lhe anunciaram o abalo de uma emoção no organismo do indivíduo.

Não se enganaram.

de João Fogaça conheceram que a caça lhes escapara, entreolharam-se com uma cara de abóbora, chata de espanto. Ouvido estendeu-se logo na rua e colou o ouvido ao chão; assim permaneceu muito tempo, até que se ergueu de chofre e deitou a correr; os outros o acompanharam. Adiante repetiu a auscultação, mas sem resultado algum. Paravam de novo.

— Estou sentindo! disse Faro.

E com as ventas insufladas, aspirando o ar como um cão de caça, foi trotando até a ribeira junto à palhoça de Esteves.

— Entrou aí!...

— Não, disse Olho mostrando o rasto: parou.

Faro cheirou a porta e a parede da cabana até o teto.

— Parou para bulir aqui no teto.

— E tirou o remo! disse Ouvido estirado no chão. Estou ouvindo a canoa.

Olho circulou a baía com um olhar de águia.

— Lá! murmurou apontando o quer que era de invisível que só ele descobria.

Os três índios caíram n'água, e nadaram para a canoa; ao chegar viram que estava deserta boiando à discrição; mas Faro confirmou, pe las emanações que aí achou, a recente estada do mancebo.

O que distinguia os três índios era unicamente o instinto físico; havia neles, como no animal, completa ausência de raciocínio. Chegados àquele ponto, onde acharam o último vestígio de quem procuravam, não se deitaram a conjeturar sobre a direção que tomara; isso era uma função da inteligência, que não exercitavam. À semelhança do cão que perdeu o rastro à caça, começaram a nadar em roda da canoa descrevendo uma elipse e sondando os circuitos.

Essa evolução levou-os à praia que distava da canoa cerca de cinquenta braças. Aí percorrendo a orla de areia em busca de pegadas, viu Olho uma pedra solta junto do pequeno arrecife que entrava no mar; e examinando o álveo, conheceu que a sua jazida era muito recente, pois apenas alisara a flor da areia.

— Hem!... murmurou ele... Foi por aqui!...

— Foi! repetiu Faro que cheirava as pedras.

No fim das pedras pararam ainda.

— Adiante! disse Ouvido. Estou ouvindo as gotas d'água que ele deixou nas folhas.

Assim chegaram à Cruz da Expiação, onde viram na areia os sinais deixados pelas mãos de Estácio quando apagara as suas pegadas. Ouvido, auscultando o chão, ouviu ainda o passo do mancebo que se afastava, não mais pelo lado do mar, mas pelo Monte Calvário.

— Lá! disse ele erguendo-se.

Olho disparou após ele; mas Faro não se mexeu.

Com o nariz ao vento, desde que entrara na clareira, corria ele em todos os sentidos aquele pequeno espaço procurando a fonte de uma leve exalação que lhe pruria o olfato. Afinal escasseando a brisa, pôde ele conhecer a direção da veia odorífera e remontá-la ainda que lenta e incertamente; os companheiros vendo aquilo estacaram: eles formavam um corpo de três cabeças.

— Está cheirando a paroba!...

— Huh!... fizeram os outros.

Já Faro metia o nariz entre os interstícios da pilastra; Olho chegando-se viu que o cimento estava despregado; Ouvido calcou o tijolo solto:

— O papel está falando dentro.

O cossolete de malhas d'aço foi tirado do esconderijo; dentro dele acharam os índios o roteiro e o substituíram pelo rolo que dera o P. Molina.

Estácio não podia adivinhar as particulari des do fato; mas repassando na memória as circunstâncias da noite anterior, ele atinou imediatamente com o ponto onde sua prudência e vigilância foram mal avisadas:

— Não devia ter entrado na canoa!

Nisto abicaram à praia; Estácio correu à casa de Vaz Caminha e narrou-lhe o acontecido. O velho advogado o escutou impassível: nessa alma encarquilhada pela desgraça já não havia espaço para mais uma ruga.

— Que contais fazer agora? perguntou ele.

— Lembrai-vos que tenho de cor o roteiro. Acabo de o repetir em vindo aqui.

— O P. Molina a esta hora já fez o mesmo.

— Sem dúvida. Mas se eu puder ganhar-lhe a dianteira, ele não achará as indicações e balizas do roteiro, pois eu as terei destruído.

— E depois como voltareis ao lugar?

— Deus proverá e a minha memória fará o resto.

— Não é melhor, em apagando os rumos e sinais, substituí-los por outros só de vós conhecidos, de modo que perdido o roteiro de vosso pai, tenhais o vosso?

— Vosso alvitre é sempre o melhor, mestre; partirei nesta hora.

— De pouco vos servirá partir assim escoteiro. Careceis de gente e decidida, que deveis ir desse passo assoldadar. Para a paga contai comigo.

— Então amanhã por cedo.

— Amanhã, sim; mas uma coisa já vos recomendo. O novo roteiro escrevei-o em cifra só de vós sabida; evitareis assim o erro de vosso pai, causa inocente de tantas tropelias.

— E o governador?... Bem sabeis que estou alferes!

— Não vos deu três dias de folga? alcançaremos maior prazo.

Estácio, deixando o advogado, correu à casa de Cristóvão.

Seriam oito horas da noite, se tanto.

Cristóvão, sentado em frente a uma janela, com os olhos engolfados no azul, cismava. Ali naquela posição, imóvel e abatido, passava agora o alegre e prazenteiro mancebo de outrora as noites silencioso e pensativo.

Elvira!

Este era o nome que lhe adejava constantemente nos lábios entreabertos, esta a imagem que desenhava sua imaginação febricitante; mas quanto mudada daquela que antes sorria nos seus devaneios de namorado.

Desde a manhã em que saíra estouvadamente da casa de D. Luísa, Cristóvão ficara alheio de si e surpreso da realidade, como um homem que de repente

139

e no meio do sono fosse transportado do seu a estranho país; ele podia comparar-se a um dos sete dormentes da lenda oriental. Se lembrava-se daquela noite cruel, lhe parecia ter sofrido um pesadelo, que deixara em seu espírito vaga, mas terrível impressão.

Sentia-se cheio ainda do amor mais puro e casto; porém esquecera já por qual mulher sentira na véspera ainda semelhante amor. Seria por Elvira?... Não! exclamava sua alma indignada e velando-se ao aspecto dessa imagem evocada. Sim! murmurava seu coração triste e pesaroso, desfazendo-se em lágrimas ao recordar-se da mísera desconsolada.

Assim decorreram muitos dias, durante os quais não fez Cristóvão maiores esforços para tornar a ver a infeliz donzela. De resto a sua imprudência de sair da casa estouvadamente, e a confissão desesperada de Elvira, tinham redobrado o furor da viúva, e por conseguinte aumentado ainda mais, se era possível, a guarda da casa. Por esse tempo notou João Fogaça a tristeza de seu colaço, mas a atribuiu à impossibilidade de ver a amante.

Conseguiu Cristóvão saber, graças à perspicácia dos selvagens do capitão de mato, que Elvira estava enferma; e isso, avivando o amor no seu coração, o atraía de novo com veemência para a donzela.

Então aparecera em sua casa o P. Molina, que desejoso de sondá-lo a respeito de Estácio, aproveitou a ocasião para cumprir a promessa feita a Elvira, aproximando-a de quem tanto a estremecia. O mancebo correu à casa de D. Luísa de Paiva, que o recebeu com um olhar repassado de ódio, e cheio de ameaças. Mas a recomendação do P. Molina era terminante; e a viúva, tomando uns ares de vítima resignada, tolerou que o cavalheiro visse a enferma.

Cristóvão ajoelhara à borda do leito, e tomando a mão emagrecida da donzela, que pendia inanimada, beijou-a longa e tristemente. Despertando da modorra, a donzela abriu os olhos, soltou um grito, e tornou a cerrar as pálpebras com as mãos, como se fora vítima de uma alucinação.

— Cristóvão!... murmuraram seus lábios em tênue sopro.

— Elvira minha! Olhai-me por quem sois!... Não me quereis olhar?... Causovos eu horror porventura?...

— Horror, meu Deus!... Alegria que me sufoca e me mata!... exclamou ela esforçando por erguer-se no leito onde caiu desmaiada.

Quando a donzela voltou a si, engolfando os olhos nos de Cristóvão, empalideceu horrivelmente, e perguntou-lhe com a voz trêmula:

— É verdade, Cristóvão, o que me prometeu ontem esse bom padre? Que ainda seremos felizes?...

— Muito felizes, Elvira! Vossa mãe deu seu consentimento à nossa união; que nos falta para a felicidade, se não for gozá-la?...

Elvira fez-se horrivelmente pálida e murmurou que ninguém a ouvisse:

— O perdão!

Desde então, afora os instantes que passava junto de sua amada, cuja convalescença era longa e vagarosa, Cristóvão buscava os lugares ermos e solitários, fugindo à companhia dos amigos e sócios de seus antigos prazeres. As noites, até desoras, passava-as ali, defronte daquela janela; o aposento permanecia na escuridão; a luz viva magoava as melancolias de sua alma; ele preferia o trêmulo rutilo das estrelas, que bruxuleavam a afogar-se no azul profundo da atmosfera. Havia também em sua alma lampejos fugazes e crebros que se imergiam em um céu de sombrias recordações.

Naquele momento acabava ele de chegar de casa de D. Luísa de Paiva.

Inesita, sabedora da enfermidade de sua amiga, fora nessa tarde visitá-la acompanhada de D. Francisco. Enquanto o fidalgo praticava na sala com a viúva, a donzela correu à câmera da enferma pensando encontrá-la só. Ao entrar não teve olhos senão para ver sua querida Elvira, magra e abatida, mas sempre formosa.

Correu a abraçá-la; sentindo em sua face ardente os frescos e macios lábios da gentil menina, Elvira exclamou com um tom pungente:

— Inesita!

— Que foi? Magoei-te?

— Não me toques!

— Perdão!

— Foge de mim!

Esta palavra caíra n'alma de Cristóvão como uma gota corrosiva; e estava desde então a gastar-lhe a alma.

A cisma do mancebo fora perturbada pelo passo rápido e forte que soou à porta; o vulto, que ali apareceu, pronunciou seu nome, mas com a voz tão agitada que não pôde ele no primeiro instante reconhecê-la:

— Cristóvão? Estais aí, amigo?

— Quem me chama?

A pessoa, que era, avançou pronto. Cristóvão então a reconheceu perfeitamente.

— Ah! sois vós, Estácio?

— Careço de falar-vos sem detença, Cristóvão. Uma desgraça acabo de sofrer, que me rouba toda a esperança. Sim, amigo, a justa reparação à memória de meu pai e à felicidade de meu amor, as duas coisas que juntas à vossa amizade faziam a vida para mim, perdi-as. O objeto de que ambas dependiam foi-me roubado por gente infame!...

— Que objeto era esse, Estácio?...

— A ocasião de revelar-vos esse segredo de minha família não se tinha ainda apresentado, Cristóvão; o roteiro das minas de prata, que meu avô descobriu, não era uma fábula como se pensou.

— Que dizeis?

— Não, pois o tive até ontem em meu poder.

— E vo-lo roubaram, dizeis?... Mas, Estácio, sem dúvida que não ides ficar sucumbido com o golpe?... Deveis castigar o infame e reaver o vosso bem!

— A isso parto amanhã, Cristóvão!

— Muito bem; e me tereis ao lado.

— Não, amigo! Para mor empenho fostes reservado. Eu me vou longe em busca de um tesouro; mas é preciso que também aqui fiques como guarda do outro e mais precioso. Irei na minha pessoa ao sertão, ficarei na vossa junto de Inesita.

Estácio contou a Cristóvão o que era passado entre ele e D. Francisco, ocultando porém a infâmia de D. José; referiu a cena da véspera com as palavras da donzela; e acabou rogando ao amigo que até a sua volta empregasse todos os esforços para obstar o casamento de Inesita.

— Ide tranquilo, irmão. Eu vos juro neste meu coração, que vivo eu, Inesita não se desposará com outro, se não fordes vós o escolhido de sua alma.

— Não aceito esse vosso juramento, nem careço de algum outro. Tudo fio de vossa amizade. Quanto à vossa vida não tendes direito de dispor dela assim, pois que pertence a Elvira.

Cristóvão disfarçou um triste sorriso.

— Ela não o levaria a mal! disse com alguma frieza.

— Cristóvão, exclamou Estácio, tendes uma corda frouxa n'alma, que desafina daquela doce harmonia de vossas palavras de outrora?... Que sopro mau a relaxou? Dizei-me, amigo, enquanto me tendes ao lado.

— Nada é nada, Estácio. Coisas que passam, e não valem a pena de com elas nos ocuparmos. Falemos de vós, e de vossas doces e risonhas esperanças!... Queira Deus que algum verme se não insinue no seio das rosas que viçam em vossa alma.

Nisto o pavimento do sobrado estremeceu com a vibração que lhe imprimia um passo robusto e pesado. Logo ouviu-se a voz de João Fogaça que chamava pelo colaço.

O capitão de mato vinha a negócio seu mui particular e de suma importância.

Eis o caso.

Desde a noite em que o azoara Cristóvão, falando a respeito da Mariquinhas dos Cachos, que o forasteiro não estava em seus eixos. Três dias passara ruminando aquela dificuldade grande de sua vida; e em todo esse tempo fugira da casa da viúva. Quando lhe acontecia passar na vizinhança, tremiam-lhe as pernas.

Afinal tomara uma resolução atrevida, e foi de pôr-se nas mãos de Cristóvão, a fim de arranjar o negócio com a Mariquinhas, a quem não tinha mais ânimo de encarar. Firme nessa resolução, foi à casa do colaço a primeira vez, mas faltou-lhe o ânimo de falar; na segunda havia ânimo, mas não soube como começar; enfim na véspera era dia de banquete e não lhe pareceu próprio. Naquela noite porém vinha decidido.

— Sois bem aparecido, João; pois careço de vossos serviços, disse Cristóvão.

— Melhor; gosto mais de ver-vos ocupado em maquinar alguma coisa, que estatalado diante de duas ou três estrelas delambidas, que passam a noite à rótula, como raparigas namoradeiras.

— Não se trata de mim; careço de vossos serviços para Estácio!

— É o mesmo! Vós e ele, ele e vós; no fim de contas sois um. Vamos ao caso.

— Estácio acaba de ser vítima de um roubo! Desapareceu-lhe um papel precioso que tinha oculto em lugar escuso; e há certeza de que isso fosse obra de um jesuíta!

— Um jesuíta?... Será um tal Molina?...

— O mesmo! acudiu Estácio.

— Pois então fui eu o culpado, sem o ser! Mas não lhe há de sair a coisa como espera! Vou atrás de vosso roteiro, Sr. Estácio; não descansarei enquanto não o restituir a seu dono.

O capitão de mato partiu-se em um daqueles raros, mas formidáveis arrancos, que ninguém fora capaz de conter.

Com pouco foi-se também Estácio assoldadar uns dez acostados para sua entrada no sertão. Naquele tempo era essa uma das profissões mais preferidas da classe necessitada; e pois fácil correu ao mancebo a tarefa.

Na seguinte manhã, depois de abraçar seu velho mestre, partiu Estácio para o sertão.

Capítulo XV

Poucos dias eram decorridos depois que Estácio partira para o sertão.

Dulce estava só e pensativa na sala. O Doutor Vaz Caminha a tinha deixado naquele instante, imersa em graves preocupações.

Não deve estar esquecido aquele tesouro enterrado pelo velho Ramon sob uma laje do oratório nem a empresa que o advogado cometera de salvá-lo das garras dos malfeitores, que a ele se atiravam com furor, minando o chão da casa. Pois naquela noite o velho levara a cabo a sua obra; prosseguindo na escavação, obtivera retirar uma pequena caixa de cedro com lavores de prata embutida. Quer pelo volume, que não excederia de um palmo quadrado, quer pelo diminuto peso, julgou o licenciado que não podia estar ali encerrada a imensa riqueza de que lhe falara a dona.

— Não é esta a caixa: deve estar mais no fundo!

— É esta sim; nem outra há!...

— Então os haveres consideráveis que vos deixou vosso pai estão todos contidos aqui?

— É verdade, nesta pequena caixa, respondeu a dona sorrindo.

— Onde a ocultaremos agora?

— Onde melhor vos parecer, que mais segura esteja!...

— Embaixo da peanha da cruz!... Ficará sob a guarda de Cristo!...

— Bem lembrado! Assim caiba ela!

O advogado ergueu o crucifixo, e ajustou a caixa no vão que deixava o oco pedestal de madeira.

— Bem; agora tratemos de repor as coisas no seu antigo estado, disse Vaz Caminha. Qu'é da nossa botija?

A dona procurou no canto um largo vaso de boca estreita, que de antemão mandara o licenciado conduzir para a sua casa, bem envolto, de modo que se não aventasse o que realmente era. Estava esse vaso cheio de carvão até a boca.

A ideia de Vaz Caminha era aproveitar-se de um prejuízo, muito enraizado na plebe, para desvanecer nos salteadores a convicção em que estavam dos ricos possuídos de Dulce. Ainda hoje há pelo interior quem acredite que o dinheiro enterrado por pessoa finada se transforma em carvão, à vontade de quem o possuiu, e sobretudo quando o acha outro, que não o escolhido herdeiro da alma penada.

Encontrando a botija, os salteadores sem dúvida acreditariam que o ouro de que estava cheia se trocara em carvão; e deixariam em paz a casa de D. Dulce. Então quando se retirassem já aterrorizados com a superstição, esbarrariam nos quadrilheiros postados ali perto, e iriam chorar os seus pecados na cadeia até o dia do castigo.

O plano não podia ser mais bem concebido e realizado. Entretanto é mister confessar que Vaz Caminha naquele momento lamentava o trabalho que tomara; pois lhe parecia que o objeto não valia a pena de tanta fadiga e cuidado. Contudo sem fazer a este respeito a menor reflexão que pudesse magoar a dama, ele executou até o fim a empresa em que se empenhara, e não deu mostras do mínimo desgosto.

Logo que a laje ficou de novo assente e apagados os vestígios da recente obra, o advogado dispôs-se a partir.

— Antes de ir-vos, doutor, far-me-eis a graça de responder a uma pergunta.

— Ordenando vós, o farei pronto.

— A primeira noite que a esta vossa casa viestes, inquirindo eu de como chegastes ao conhecimento da trama urdida contra mim, recusastes satisfazer minha curiosidade. Entendi o motivo desse vosso proceder; receastes da fragilidade própria do meu sexo, que não me comprometesse ainda mais: eu própria vos dei razão contra mim.

— É exato quanto dizeis!

— Agora porém já está o cofre em segurança, e não há mais causa a receios; podeis afinal sem inconveniente satisfazer minha curiosidade.

— Era minha intenção; mesmo porque esta revelação vos servirá de aviso. A pessoa de quem ouvi a trama, a mesma que deu o primeiro fio para urdi-la, é de vossa casa e confiança.

— De minha casa!... Seria a velha Brásia?...

— Foi Lucas.

Vaz Caminha contou o acontecido no dia de Ano-Bom, e acrescentou:

— Preveni-vos contra ele e tratai de afastá-lo; mas não vos deis por achada!

A senhora ficou pasma; e já o doutor se havia retirado, que ainda a encontramos sob o domínio das preocupações despertadas por tão estranha revelação.

Fora mister conhecer o negro Lucas para bem avaliar da surpresa de Dulce.

Pouco tempo depois de chegado ao Brasil, na volta de sua primeira entrada ao sertão, encontrou Ramon, já perto da cidade, oculto no mato, um negro ainda boçal. Estava espojado ao chão, e quase moribundo. Averiguado o caso, fugira ele apenas desembarcado, e se escondera no mato resolvido a morrer a fome. Quando lhe apresentaram alimentos, no primeiro movimento, levado pela fome, precipitou-se para devorá-los; mas logo sobrepujou à vontade o instinto, cerrou os dentes e recusou obstinadamente qualquer nutrição. Ramon fez abrir-lhe a boca à força, e obrigou-o a engolir alguns tragos de vinho que o reanimasse; feito o que, mandou carregá-lo até sua casa.

A tenacidade do negro excitara o amor-próprio do branco a domá-lo.

Indagando, soube a qual mercador pertencia o africano e o comprou. Três dias lutou debalde contra aquela obstinação de jumento; o escravo com os queixos cerrados sofria impassível o suplício da fome diante das saborosas iguarias que lhe eram postas diante, e lhe entravam pelos olhos ou pelo olfato. Se não fossem as colheres de caldo e vinho que lhe faziam engolir à força, sem dúvida já teria sucumbido de inanição. Sua magreza era extrema; de extenuado e débil já nem sentado se podia ter.

Dulce teve curiosidade de ver essa vítima ou esse algoz de si mesmo; talvez pressentiu ela nesse suicídio lento e atroz uma dor imensa; e admirou-se de haver no mundo dores mais terríveis do que as tão bárbaras, que lhe tinham assolado o coração. Foi, inspirada desse misto de surpresa e compaixão, até a enxerga onde agonizava o moribundo.

Ao seu aspecto, desenhou-se no rosto da senhora a mais pungente aflição; as lágrimas borbotaram dos olhos e desfiaram ao longo das faces. O quadro era realmente de comover. Imagine-se a criatura expirando nas ânsias cruéis da morte pior, a morte esfaimada; e sobre isso a lembrança da condenação voluntária! A mitologia grega memora como um dos suplícios mais cruéis o de Tântalo. Se Tântalo, em vez de ser um condenado, fosse um suicida, o horror subiria de ponto!

Como um anjo da caridade, a formosa dona ajoelhou junto à enxerga, arrastada pelo sublime amor do próximo. Sua mão alva e mimosa suspendeu a cabeça imunda e encarapinhada do enfermo. Um instante só não hesitou. Ali, onde estavam, nos umbrais da eternidade, não havia senhora e escravo, mas unicamente o sofrimento e a consolação.

Quantas vezes depois não assistiram os lares brasileiros à reprodução daquela cena tocante e evangélica! E entretanto a um país como este, onde no seio de cada família se encontram as nobres filhas de Santa Isabel, insultam seus próprios cidadãos, indo mendigar a caridade estrangeira! Tristes tempos são estes em que precisa o nosso povo importar com as mercadorias as virtudes!

O escravo, ao movimento que fizera Dulce, entreabriu as pálpebras e estremeceu. Não compreendia o que viam os olhos; não sabia como surgira aquela aparição. Mas também os espíritos não trabalhavam; os sentidos sim, esses cediam a uma doce e inefável influência. O ódio entranhado que votara à raça cruel, por tê-lo arrancado às suas plagas africanas, reduzindo-o de príncipe que era lá, a escravo; esse rancor profundo se desvanecia como por encanto.

Quando pois a dona lhe apresentou uma taça cheia de cordial, pôs nas bordas os beiços, e vazou-a sem hesitar. A obstinação tenaz transformara-se agora em docilidade de cordeiro. Breve recobrou o escravo as forças com a saúde; e pôde entrar no serviço da casa, depois de batizado.

A dedicação que o escravo tinha pela senhora, estendeu-se a Ramon, de quem chegou a merecer a maior confiança, já pela amizade que mostrava, já pela invencível estupidez de que o supunha dotado. Algumas vezes pode ser essa no escravo uma qualidade preciosa, como é para os orientais a mudez. O espanhol assim acreditava; quando tratou de enterrar o cofre, não tomou contra a curiosidade do escravo as devidas precauções. Lucas não viu, mas suspeitou do que se fizera no oratório, quando o mandaram varrer as lajes. Essa suspeita porém não entrou em seu espírito; perpassou apenas.

Morto o senhor, e passando ao domínio de Dulce, achou-se Lucas em uma inércia contínua. Cessaram as viagens e o tráfego a que se habituara; a dama, com a vida retirada e tranquila que levava, não tinha que lhe dar a fazer, e com exceção de uma ou outra incumbência fora de casa, passava o negro todo o seu tempo desocupado.

Se já possuístes algum cão amigo vosso, haveis de ter notado a persistência com que o animal senta-se a alguma distância, com os olhos fixos em vossa pessoa, esperando o menor aceno, que o chame a vossos pés, e o ponha em movimento. Afinal porém fatigado dessa imobilidade, aflito porque não vos ocupais dele, o animal inquieta-se, rosna, aproxima-se, a princípio indeciso, depois vos salta aos peitos, enrola-se aos joelhos; apesar da vossa resistência, vos enche de carícias. Castigai-o embora, esse mesmo castigo o contenta; é uma relação entre vós e ele, é um sinal, embora doloroso, de vossa superioridade e sua obediência; é a constância do laço que prende o homem e o animal.

A afeição que tinha Lucas a Dulce era a afeição humilde e sincera do cão. À semelhança do rafeiro, ele também quedava-se dias e dias à espera de uma ordem da senhora, de uma ocupação em que se empregasse para bem dela.

Uma ocasião chegou-se a Dulce para falar-lhe:

— Senhora, dai trabalho a Lucas.

— Que trabalho?

— Mandai Lucas para o sertão, como ia com o defunto, buscar ouro para a senhora!

Dulce sorriu:

— Para que preciso eu de mais riquezas, do que me trouxe meu pai?... Talvez sem elas fosse eu mais feliz!

Dois átomos de ideia ficaram no cérebro obtuso do negro, como duas sementes que caem da árvore sobre a lomba de uma rocha. O vento para ali carrega ligeira camada de pó, que insinua-se pelos interstícios; envoltas nelas as sementes germinam, mas lentamente; o grelo, que desponta, só muito tarde consegue romper a fenda estreita do granito, e expandir-se afinal à luz e ao ar. Assim desenvolveram-se vagarosamente no espírito embotado do escravo os átomos que ali deixaram as palavras de Dulce.

Ao cabo talvez de um ano chegou Lucas a estas reflexões: Dulce não precisava do seu trabalho, porque já era por demais rica; essa riqueza não fazia a senhora contente. Nova e longa ruminação foi precisa para tirar dessas reflexões alguma coisa; afinal porém conseguiu e tal qual se devera esperar desse crânio de pedra. A lembrança do oratório lhe acudiu ao bestunto; e foi seu ponto de partida.

O negro conhecia o Brás de ir frequentemente à taberna mercar azeite, vinho e outros produtos do Reino e das Índias. O judengo, sempre incansável nos seus aumentos, não deixava de fazer falar o escravo, dando-lhe um pichel de aguardente para molhar a palavra. Lucas chupava o trago, mas não dizia coisa que prestasse. Nem um enredo de casa, nem algum objeto surripiado à senhora; nada enfim que deixasse lucro, ou esperança dele ao menos obtinha do ruim negro. Lucas era de uma fidelidade a toda prova, que só podia ser excedida pela sua discrição.

Desde porém que o africano se convenceu da funesta influência que tinha sobre a senhora e ele o tesouro enterrado no oratório, à primeira apalpadela do Brás vazou o segredo. O taberneiro rosnou de contente, como o rafeiro faminto que descobriu um bom osso a roer; o prazer entanto foi aguado pela recusa de Lucas em declarar o lugar certo onde estava o dinheiro escondido. De feito, o bruto humano receava que o Brás e sua gente penetrando na casa, ofendessem sua senhora; e recuara do seu propósito.

Por muito tempo batalhou o Brás com ele para lhe arrancar o resto do segredo; mas o negro era impenetrável. Ele ruminava o meio de levar ao cabo o seu intento, sem o menor susto para Dulce e sem a menor suspeita de cumplicidade, quando um inocente rato o inspirou. Estava Lucas banzando no terreiro, junto ao oitão de casa; acertou o rato de atravessar por diante dele, e ganhar o buraco aberto no alicerce da parede.

Lucas tinha achado a solução do seu problema. Foi isso no dia de Ano-Bom. Enviando-o Dulce com o recado à casa de Vaz Caminha, o negro aproveitou o ensejo, para de passagem, advertir o taberneiro da descoberta. Estavam os dois na adega, concluindo a trama, quando felizmente aparecera o advogado, a quem o negro não conhecia, mas ouviu nomear pelo Brás. Assim foi que o seguiu a distância ao sair da taberna e entregou-lhe a missiva da senhora.

Do mais que seguiu já se deu notícia. Lucas aguardava o resultado com a calma de sua bruta consciência; desaparecido o ouro, esperava ele que a senhora, pobre, viria a ser feliz, e o faria a ele contente, empregando-o em seu serviço. Se alguma leve inquietação o assaltava por vezes, era somente a respeito da tranquilidade e sossego da dona durante a empresa; e por isso estava ele sempre alerta fiscalizando o trabalho subterrâneo dos malfeitores.

Tinha, pois, razão de sobra D. Dulce para se admirar da revelação de Vaz Caminha. Não sabia a senhora do que mais duvidar: se da possibilidade de penetrar uma trama tão bem urdida naquele cérebro rijo; se da contradição de tão perverso intento com a fidelidade provada e a extrema afeição que sempre reconhecera no escravo.

Mandara a senhora que Brásia chamasse o negro. Este, apresentando-se à porta, evocou o pensamento de Dulce a seu projeto de interrogá-lo. Não era talvez muito prudente que uma frágil senhora se expusesse assim à brutalidade do escravo, receoso de severo castigo; mas ela estava tão habituada a subjugar, sob a sua palavra maviosa e gesto meigo, essa animalidade, que nem um instante hesitou:

— Lucas, tu és um mau escravo!

— Por que senhora diz isto?

— Fui sempre boa para ti; enquanto que tu, ingrato, te ajustaste com gente má, como tua raça, para roubar tua senhora.

— É mentira de quem disse!

— Negas? Não foste tu que convidaste os ladrões para minarem o chão de minha casa?... Que rumor é este? Talvez vieste agora mesmo de ajudá-los!...

O negro achatou-se fulminado.

— Senhora, Lucas disse onde estava o dinheiro para que eles tirassem tudo e levassem! Lucas não queria nada!...

— E por que razão me fizeste tu esse mal? Assim pagas os benefícios recebidos?...

Lucas arrancou do peito um arquejo e desapareceu da sala.

Pensou Dulce que ele fugia com receio do castigo, e estimou esse acontecimento que lhe poupava a dura necessidade de ser um instante severa; logo porém lhe ocorreu que a sua imprudência podia ter comprometido o plano tão bem combinado pelo doutor. Mas o mal estava feito.

Lucas não fugira; outro era o seu pensamento. Ganhando o terreiro, aproximou-se do oitão onde estava a boca da mina; um vulto agachado se aproximava do lado oposto, que o negro logo conheceu. Era o Anselmo.

— Estão trabalhando? perguntou ele.

— Estão!

— Ainda falta muito?

— Vai ver!

A surda voz de Lucas, que se espedaçava de encontro aos dentes rangidos, devia arripiar as carnes ao filho da Eufrásia; mas o bandido estava tão seguro da cumplicidade do negro, que nem sombra de receio lhe toldou o ânimo. E como podia ele suspeitar o que era passado?

A boca da mina formava um buraco suficiente para o corpo de um homem; oculto pelo matagal, durante o dia o tapavam os ladrões com uma grande pedra, que ali próximo jazia. Mal o Anselmo afundou pela cava, o negro com um salto de pantera arremeteu sobre, e esmagou o bandido, que rolou pela mina abaixo; então quanto encontrou ao alcance da mão, pedras, ramos secos, terra às braçadas, foi atirando pela boca da mina, de modo a sepultar nela como em uma cova os que aí se achavam. Houve dentro um grande rumor de gritos abafados; algumas cabeças surgiram à superfície que logo se abateram esmigalhadas com pedras. Ao cabo de uma hora quedou-se tudo; a mina estava completamente aterrada, e a laje selava, como lousa tumular, aquela sepultura onde jaziam o Anselmo e seus cúmplices.

Então o negro tornou a casa. Sua senhora se erguera espantada com o rumor subterrâneo que ouvira embaixo do leito.

— Senhora pode agora castigar Lucas!

— Que foste tu fazer?

— Entupir o buraco.

— E eles?... exclamou a senhora tomada de horrível suspeita.

— Eles não cavarão mais! respondeu o negro sereno.

— Foram-se?

— Para não tornar.

Mais tranquila à vista da resposta calma do escravo, a senhora interrogou-o de novo, e com seu tato de mulher arrancou-lhe a revelação do motivo por que tinha Lucas praticado aquela ação. Ela compreendeu perfeitamente essa anomalia do coração humano; e culpou-se a si mesma por não ter melhor domesticado esse urso amigo.

Por uma singular coincidência, a essa mesma hora era cercada a taberna do Brás, e a casa vizinha ocupada pela tia Eufrásia. O taberneiro e a adela foram conduzidos à cadeia; e os jogadores pilhados na tavolagem levados a palácio, onde o governador os repreendeu e fintou. D. Diogo, ao fato das maquinações do taberneiro e da parte que ele tinha no contrabando reiterado da costa, resolvera dar um exemplo de severidade; e mandara naquela noite executar a diligência anteriormente planejada.

Chegara entretanto a casa o Doutor Vaz Caminha e se acomodara, quando por volta da madrugada foi despertado em sobressalto. Chamavam-no a toda a pressa à casa de D. Mência que se finara durante a noite. A boa velhinha não andava boa desde a partida de Estácio; a conta de seus longos dias estava a esgotar-se. Recolheu à câmera e adormeceu mesmo vestida; a aia depois de muito cochilo, admirada que não a chamasse para tirar-lhe as roupas, entrou na câmera. D. Mência adormecera para sempre.

O advogado deu as providências que o caso exigia; e tornou com o coração cortado. D. Mência era dessas criaturas modestas que tomam bem pouco lugar na vida, a ponto de quase não se sentir o vácuo que elas deixam. Mas para Vaz Caminha ela representava a única família de Estácio. Parecia-lhe pois que seu afilhado ainda ia ficar mais só e mais órfão no mundo.

Em casa encontrou o advogado um vulto embuçado que o esperava na porta. Às primeiras palavras o reconheceu logo, e levou ao cartório. Era D. Fernando de Ataíde, que trocara as roupas de cavalheiro, pelo traje negro e severo dos eclesiásticos. O advogado estranhou essa mudança e ainda mais os surcos profundos que a dor cavava nas feições do mancebo.

Segunda vez lamentou Vaz Caminha a dura necessidade que o obrigara a assolar aquela existência.

— Vossa conjetura foi bem acertada, doutor. Minha... A menina de que fala o testamento do Sr. D. João de Ataíde é com efeito a alfeloeira... a Joaninha.

— Como o soubestes?

— Não foi sem custo. A princípio procurei tirar dela mesma o segredo ou ao menos alguma particularidade do seu nascimento; mas ela nada sabe, senão que a enjeitaram na rua, onde a parteira, sua madrinha, a achou. Voltei-me então para a velha, e embora se mostrasse ela sabedora de alguma coisa, ocultava por tal modo que era impossível nada colher.

— Creio bem; pois há tempos o tentei debalde.

— Afinal, vendo que nada obtinha, recorri ao meio extremo. Disse quem era, e acrescentei que buscava minha irmã para beneficiá-la, como me encomendara à sua hora derradeira minha mãe. Se, pois, me ela negasse, se oporia à felicidade da moça.

— Rendeu-se ela a estas razões?

— Tudo confessou. Chamada alta noite para assistir a uma dama, recebera aquela menina com uma soma, jurando à sua mãe que não revelaria jamais o que vira e ouvira. Então a velha espalhara a fábula, que corre entre o povo, de a ter achado na rua envolta em uma toalha.

— Sabia ela, porém, quem fosse a mãe da Joaninha?

— Ignorava; mas a toalha que ainda guarda trazia a marca das duas letras
— V. A.

— Violante de Ataíde!

— Mísera mãe.

E o mancebo enxugou os olhos rasos de pranto.

— Que intenções foram as vossas procedendo a essas pesquisas?

— Ides saber, doutor, pois esse é o motivo que me traz.

Ele tirou do peito do gibão um maço de papéis.

— Aqui estão os títulos de quanto me coube em herança, e bem assim a cessão que faço de tudo a quem de direito pertence. Assim cumprido fica o testamento do Sr. D. João de Ataíde!

— Mas, Sr. D. Fernando, considerai...

— D. Fernando já não existe; este que aqui vedes, se o foi algum dia, não o é mais; e breve receberá o nome que melhor lhe quadra. Chamar-se-á João da Dor.

— Acaso pretendeis?

— É uma resolução inabalável e já em execução; portanto qualquer insistência vossa é inútil. Saído da casa de Deus para cumprir este dever, volvo ao abrigo onde me escondi da desgraça do mundo.

Vaz Caminha ergueu-se comovido.

— Dizei-me... Quando vos afundais na vossa legítima dor, não achais um pensamento de aversão por aquele que foi causa involuntária dela?

— Seguro-vos que não!... Em princípio senti por vós ódio entranhado; parecia-me que todo o mal, e não só o conhecimento dele, me vinha de vós! Depois não; agradeci o ter-me arrancado à falsa posição em que me achava, e na qual podia a fatalidade surpreender-me ainda mais cruelmente.

— Então na sinceridade de vossa alma me perdoastes?

— Se a ele perdoei!...

— Sois um santo, senhor! Deus vós abençoará em vosso sacrifício.

Retirou-se D. Fernando embuçado como viera. Vaz Caminha mandou logo sem mais detença chamar à casa a alfeloeira. Era aquele um encargo que lhe pesava demasiado e carecia de desempenhá-lo imediatamente.

Joaninha chegou sempre esperta e feiticeira, apesar das saudades que curtia com a ausência de Gil. Ouvindo de Vaz Caminha que estava rica de repente e possuidora de avultada fazenda, ela ergueu os ombros com desdém:

— E de que me serve isto agora? perguntou ao advogado, surpreso de seu desinteresse.

No fundo d'alma murmurou:

— Se com esses haveres pudesse eu comprar mais três anos por cima da idade de Gil, para que soubesse ele o que é amor!...

— Rapariga, disse-lhe Vaz Caminha, a vossa pergunta é de ânimo desinteressado, mas ignorante. Quando Deus confia de nós uma porção de fazenda, não é para que a usemos só em nosso proveito, mas para a distribuirmos com os necessitados.

— Sou uma cabeça tonta! Muita razão tendes, sr. licenciado. Ora pois, do que me chega assim de repente, ponde uma parte para aquela que me serviu de mãe; outra para uma pessoinha que eu cá sei; e terceira para distribuir em caldo na portaria dos conventos!

— Já achastes um préstimo, e louvável, à riqueza. Cuidareis disso com mais vagar; haveis de buscar uma pessoa segura que se encarregue de vossos negócios!

— Quem melhor do que vós?...

— Não o poderei, filha; sois menor e careceis um tutor. O que posso é requerer para que vos deem um capaz e inteiro. Conheceis mestre Bartolomeu Pires?

— O mestre de capela? Quem o não conhece!

— Vos serve ele?

— Qualquer, dês que o indicardes.

Joaninha foi-se afinal muito satisfeita, pensando no prazer que sentia a gente em fazer bem, e lembrando-se da alegria que Gil havia de ter, quando se visse dono de um bonito ginete, e alindado com finas roupas.

Ao lusco-fusco desse mesmo dia um féretro saía da modesta casa de Estácio, e levava ao seu último jazigo a finada D. Mência. Seguiam-no duas pessoas somente, Vaz Caminha e mestre Bartolomeu Pires.

Capítulo XVI

Majestoso assoma o astro rei.

O deserto enche-se de luz e vida.

Desdobram-se a perder de vista as vastas planícies que formam o dorso da gigantesca serrania, e a cobrem, como pelos de hirsuta fera, as densas e sombrias florestas virgens.

O velho pajé lá está acocorado na crista do rochedo. A seus pés corre aos saltos o caudaloso rio, que de repente tolhido no arrojo por uma mole de granito, empina e boleia-se como um indômito corcel, precipitado do alcantil, montanha abaixo.

Imóvel e estreitamente ligado ao negro rochedo como uma continuação dele, o selvagem ancião parece algum ídolo americano, que o rude labor dos aborígines houvesse lavrado no píncaro da rocha, deixando-o assente em seu pedestal nativo. As longas e alvas cãs espargem-se pelas espáduas, como os frocos de espuma que desfiam na lomba do penedo.

Do rosto seu, lhe ficou a fronte nua e proeminente, onde os raios do sol nascente batem de chapa; o resto das feições somem as rugas profundas que os anos cavaram naquela tez negra e requeimada.

Não é mais fisionomia humana; as revoluções da vida a desfiguraram inteiramente, como os cataclismos transformam o risonho vale em um brejo cheio de tremedais e corcovas. As fosforescências, que à noite luzem dessas profundas charnecas, são os fulgores dos olhos fugidos pelas órbitas.

Esses olhos, tão fortes ainda, que se afrontam com os esplendores do sol, o velho pajé ora os põe no chão, onde a terra forma como um álveo abandonado pelo rio, ora os estende pelo horizonte além, como se devassassem a incomensurável distância.

Que viam eles nesses pontos extremos?

Ali naquela areia, que outrora umedeciam as águas do caudaloso rio, cintilam frouxamente aos raios do sol nascente miríadas de pequenas pedras brancas da feição de pingos de cristal. Deus semeara o diamante em abundância aí, bem longe da ambição humana, que mais tarde devia ir arrancá-lo de seu leito ignorado. O velho, que nesse momento as contempla desdenhosamente de cima do rochedo, sabe acaso que tem a seus pés riquezas maiores que nunca possuíram reis da terra?

Longe, no horizonte sem limites, não há mais que o espaço infinito; mas os olhos do pajé veem um vulto de mancebo armado que avança pelo sertão em busca da serrania; o caminho é árduo, o passo tardio. A alma do velho anseia para atrair mais rápido o esperado guerreiro; porque sente que a vida se escoa lentamente do corpo decrépito.

Quem sabe se o pajé não viu nascer o seu último sol?

Eis o que os olhos do velho contemplavam, ali no sopé do rochedo, e além, nos confins do horizonte. Mas a misteriosa ligação entre os tesouros e o desconhecido guerreiro, só a poderá saber quem penetrar em sua alma.

A história é verdadeira, porém estranha.

Havia mais de meio século.

Abaré, o grande pajé dos Tupis, vendo seu povo expulso das formosas ribeiras de Paraguaçu e Maragogipe pelo feroz emboaba, suas tribos dispersas e foragidas, seus filhos cativos do estrangeiro, cobriu-se de luto. Mas Tupã lhe falara à noite, na hora dos sonhos, e ele fora de taba em taba, rugindo o maracá por todo o vale ou montanha, onde ressoava a doce língua da valente raça.

— Guerreiro de Tupã, dizia ele; não vistes as águas do grande rio em sua nascença? São pequenas correntes, que uma sede de tapir estanca; um formigueiro basta para lhes fazer voltar o rosto. Mas quando se reúnem, nada resiste à torrente impetuosa que vai escalando os rochedos, e traspassa o seio do mar como a seta vossa traspassa o peito do guerreiro inimigo. Eis o que Tupã mandou que vos dissesse!

— Pajé, ensina o sentido das palavras de Tupã! exclamavam os guerreiros.

— Uni-vos como as águas do grande rio, e então precipitai-vos sobre as tabas dos brancos, porque sereis invencíveis como a torrente veloz!

Assim caminhou Abaré de povo em povo, concitando a grande raça à guerra sagrada; mas suas palavras caíram no chão, como a semente na terra sáfara, e não deram fruto; apenas uma flor fanada, que logo mirrou.

As tribos continuaram a viver dispersas pelo sertão, e a formidável nação tupinambá, a que pertencia o pajé, emigrou através das florestas para o imenso vale do Amazonas, berço de sua raça. Abaré a acompanhou até aos píncaros da cordilheira que cingia a terra de seus pais; ali parou.

Viu seu povo descer as vertentes orientais da serrania; mas do lado oposto se dilatavam os campos de sua infância, as florestas a cuja sombra descansavam as cinzas dos seus maiores, a pátria do velho, ao qual já não restam flores para semear em terra estranha. Sentiu que seus pés tinham raízes profundas naquele chão, e que seu corpo dormiria melhor à vista daqueles horizontes venerados.

Deixou pois que o último dos Tupinambás desaparecesse longe entre as árvores; e quando já não se ouvia o canto das mulheres cadenciado com o passo dos guerreiros, ergueu-se ele em busca de um abrigo para a noite. Beirando o rio chegou a uma profunda garganta da montanha, onde o chão fugia de repente, deixando apenas para conter as águas em seu leito uma estreita muralha de rocha.

Os olhos de Abaré, como os do animal noturno, deleitavam-se com o aspecto desse abismo cheio de sombra e silêncio. Ele desceu pelas escarpas do rochedo até onde abria-se uma fenda coberta de limo e parasitas. O burburinho surdo, que exalava dali, como de um caramujo, fazia supor a entrada elíptica de alguma gruta profunda. O velho pajé penetrou sem hesitar.

Depois de estreita e sinuosa galeria, abria-se de repente aos olhos deslumbrados uma magnificência da natureza. O aspecto era de uma esplêndida cidade subterrânea, toda vazada em prata. Templos soberbos, palácios suntuosos, torres elegantes, ali se sucediam uns aos outros. Quanto tem de mais sublime e gracioso a arquitetura gótica, oriental ou grega, as ogivas rendadas, os arabescos delicados, as colunas elegantes, fora ali excedido pela mão da natureza. O divino artista criara todas essas maravilhas com a simples gota d'água que transudava dentre o interstício do rochedo.

O rio passava por cima da imensa gruta. As filtrações de suas águas tinham produzido aquelas formosas estalactites, de tão bizarros desenhos. O rumor da torrente ressoava harmoniosamente pelas vastas abóbadas. Entre as fendas do rochedo via-se a límpida veia, e através coava a luz que cintilava aljofrando as brilhantes cristalizações.

Vampiros e animais carniceiros povoavam o domínio subterrâneo. O velho pajé assentou entre eles sua jazida; talvez careceu de recorrer alguma noite à força do braço possante para firmar o seu direito de ocupante; mas afinal conquistou a paz. Seus vizinhos aprenderam a respeitá-lo, e alguns pagavam o tributo à suserania do homem, que muitas vezes nutriu-se da caça que eles preavam.

Abaré era venerado de todas as nações de sua raça.

Quando alguma tribo, que a perseguição dos colonizadores embrenhava pelos sertões, afagava projetos de vingança e liberdade, antes de levar as armas aos povoados portugueses, não deixava de subir à montanha para consultar o grande pajé de seus ritos e saber dele se a sorte da guerra lhe seria propícia.

O velho do cimo de seu rochedo ab-rupto os avistava ao longe; e sua alma confrangia-se em uma dor grande. Quando chegavam, descia até a borda do rio; ali enchia a mão da areia alva e fina, que orlava a margem vestida de relvas. E falava aos guerreiros de sua raça com uma voz surda e triste:

— Estão aqui nesta mão mais grãos de areia do que nações restam da grande raça dos Tupis; e o hálito de Abaré os faz voar a todos uns após outros.

Soprando na mão esparzia a areia nos ares; feito o que, apanhava outro punhado, mas da que estava embebida da água do rio, e amassando-a apresentava uma bola:

— A mesma areia assim unida, qual guerreiro forte é capaz de movê-la com seu hálito?

Então cravando o olhar feroz no povo admirado exclamava:

— Ide, filhos degenerados. Tupã vos abandona. Sereis dispersos, como a areia seca do rio, pelo sopro do trovão inimigo!

Lançada essa imprecação, o velho pajé sumia-se nas entranhas da terra, e penetrava em seu antro.

A tribo afastava-se triste e remordida por aquela ameaça; após ela vinha outra, e outras; mas a união da grande raça era impossível, para que ela sofresse a pena de culpa originária, segundo rezavam as antigas tradições.

154

Correram as luas.

Um dia viu Abaré aproximar-se do rochedo um guerreiro, coberto com as vestes e as armas da raça, a que votava ódio entranhado; sua alma sedenta expandiu-se, porque a dor, que nela vivia, ia ser aplacada com sangue inimigo. Correu-lhe pelos beiços um sorriso que afiou os colmilhos rangendo-os. Seus olhos cravaram sobre o estrangeiro o olhar magnético da cascavel.

O guerreiro branco encaminhava-se para o velho pajé, calmo e decidido, apesar das ameaças que ele via se condensarem sobre aquela fronte escalvada. Tinha a coragem do forte, e a audácia do ambicioso; a sede de riquezas que nesse tempo arrancava tantos aos seus lares para expô-los aos mil perigos do deserto, também o trazia a ele por esses sertões.

Enchia então o mundo a notícia das inesgotáveis minas do Potosi; e a imaginação humana, que jamais se deixa vencer da realidade, esparzira imediatamente sobre toda esta região americana, situada entre o Amazonas e o Paraná, serras de ouro e prata, cidades de esmeralda e pórfido, sítios encantados.

Aquele guerreiro era um valente roteador dos sertões; o gentio o chamava Moribeca — o caçador de gente. Embalado por tais contos de fadas e guiado por informações do gentio, o guerreiro se partira do seio da família, na esperança de descobrir outras minas de prata mais abundantes que as do Peru; e ao depois de cerca de um ano de longas excursões pelas cabeceiras do Rio de São Francisco chegara afinal à Serra do Sincorá.

Quando ele achou-se em face do velho pajé, todas as nuvens condensadas na fronte deste se desfizeram como as brumas da manhã aos raios do sol. Abaré vira sobre as faces brancas do guerreiro a cor de sua raça e nos olhos a centelha do sol americano.

— Foste tu gerado do sangue ou da carne de Tupi?

— Minha mãe era filha de Paraguaçu!

— Tu és de minha carne, e filho do meu flanco. Abaré e Paraguaçu saíram do mesmo ventre!

— Quantas luas contas? exclamou admirado o aventureiro.

— Tantas quantas eram precisas para ser pai do pai de teus pais!

O guerreiro interrogou o velho pajé sobre os tesouros que buscava; mas este apesar de sua boa vontade de ser útil ao neto de sua irmã, não deu notícia alguma importante. Nisto observou o aventureiro umas pedras miúdas e mui alvas, que o selvagem tinha engastadas nas faces; e chegando perto começou de examiná-las com olhos ávidos:

— Que pedras são essas que Abaré tem cravadas no rosto?

— São as lágrimas de Araci; brilham como ele, e não há força que as possa quebrar, porque toda a força vem do sol.

— Dá-me uma que a veja de mais perto!

Depois de a examinar:

— Pajé, onde achastes estas pedras? Há grande cópia delas?

— Por que perguntas isto?...

— Porque estas pedras são mais preciosas do que o ouro e a prata de que te falei há pouco.

— Para que servem entre os brancos estas coisas, que vens de tão longe e correndo tantos perigos à busca delas?

— Quem as tem em grande quantidade na taba dos brancos é o primeiro e o mais poderoso.

— Primeiro que o pajé, e mais poderoso que o chefe dos guerreiros?

— Sim; porque o pajé e o guerreiro o servirão.

Abaré derrubou a cabeça ao peito e caiu em profunda meditação. O aventureiro lhe falava, instando pela resposta, mas ele permaneceu inabalável e mudo como o rochedo. Afinal despertou:

— Então se tivesses disto mais que nenhum outro, serias poderoso dentre os teus irmãos brancos?

— Viria a ser decerto!

— Pois eu vou dar-te esse poder, se tu prometes fazer o que Tupã ordena.

— Dize, Abaré! replicou o aventureiro ansioso.

— Tu empregarás toda a força que eu te der em vingar a raça de teus pais! Promete que hás de fazê-lo!

O aventureiro hesitou; apesar da ambição que lhe intumescia os seios d'alma, e da nenhuma autoridade do selvagem sobre a fé de um homem civilizado, ele julgou menos nobre obter o benefício por um embuste. Mas acudiu-lhe ao espírito uma ideia. Civilizar a raça de sua mãe, restituir-lhe a proeminência que lhe competia como senhora daquela terra, não era vingá-la contra a sua opressora; vingá-la pela religião e pela inteligência?

— Prometo-te, que o poder que me deres, empregarei em vingar a raça de minha mãe contra a raça que a oprime e cativa.

— Vem, filho.

Abaré conduziu o neto de Paraguaçu à gruta. O efeito desse espetáculo deslumbrante sobre o aventureiro foi mágico; ficou por muito tempo sem palavra nem reflexão, paralisado pela poderosa impressão. O sonho brilhante das minas de prata, que por tanto tempo sorria à sua ardente imaginação, ali estava realizado com um esplendor fantástico.

Tal era a ideia que se apoderara do espírito do aventureiro, e o absorveu por muito tempo. A ilusão, para quem não fosse sabido em mineralogia, era infalível; realmente aquelas bizarras cristalizações, à cega luz que esclarecia as profundas crastas, tinham o brilho embaciado da prata sem polimento.

O velho pajé mostrou-lhe através das fendas do rochedo a veia límpida do rio.

— É daí que as pedras caem de tempo em tempo; mas Araci as semeou no fundo do rio tantas quantas são as flores do murici.

O aventureiro suspirou.

— O rio é bem profundo!

— Tupã o arrancará do seu caminho!

— Dá-me as pedras que tens, pajé, para que eu volte ao lado de minha esposa e de meu filho, de quem ando ausente há onze luas. Depois virei a ti, melhor preparado, para tirarmos o rio de seu caminho.

O pajé deu ao guerreiro seu maracá.

— O maracá do pajé está cheio das lágrimas de Araci, leva-o contigo, e parte. Abaré fica te esperando.

O aventureiro despediu-se do velho e saiu da gruta; por onde passava com sua faca de mato acutilava profundamente o tronco das árvores, mas de modo que o prolongamento do entalhe acompanhasse a direção da sua marcha. Depois de algumas horas de caminho encontrou a bandeira arrancada à sombra das aroeiras, onde pela manhã a deixara, para explorar os arredores; já seus homens estavam inquietos pela demora, mas sem prejuízo do apetite com que devoravam uma grande peça de caça preparada de moquém.

O chefe fez honra à ceia; e dormiu abraçado com o maracá, sonhando palácios encantados e tesouros fabulosos. Ao raiar da alvorada levantaram o rancho, e partiram em direitura à cidade do Salvador. Deixou-se porém ficar atrás o neto de Paraguaçu acompanhado de um índio manso, e plantou ali uma cruz mui alta, no cimo da qual via-se entalhada a letra M.

Durante a jornada, Moribeca afastava-se de espaço a espaço, para deixar ou no tronco das árvores, ou na aposição de grandes pedras, um marco da sua rota, que indicava do melhor modo em grosseiro mapa. Era este um pedaço de pano embebido na goma da icica, sobre o qual traçava com tinta de urucu a direção da cordilheira e dos rios principais em relação à Bahia.

Chegado enfim à cidade, foi seu primeiro cuidado procurar o velho judeu Samuel, que apesar de usurário, lhe comprou as pedras do maracá por boa soma; eram todas diamantes de boa água e de vários quilates. O segredo foi prometido e guardado, pois estava no interesse de ambos; a um importava não despertar a menor suspeita sobre a descoberta; ao outro não assoalhar os seus teres, nem comprometer as futuras avenças.

O preço dos diamantes recebeu-o Moribeca em rica baixela de prata, e custosas alfaias de que adornou sua capela, construída em terras do engenho, para as bandas da Jacobina.

Depois de algum tempo passado no seio de sua família a consolar a longa ausência, dispôs-se a partir de novo para o Sincorá, mas desta vez munido dos instrumentos precisos e acompanhado de gente bastante para fazer uma vasta exploração, e tornar carregado de tanta riqueza, que fartasse a maior ambição.

No meio dos preparativos dessa jornada, a morte o surpreendeu. Quando viu próximo seu fim, chamou à beira do leito o filho, já homem feito, e por muito tempo lhe falou à puridade; transmitia-lhe as notícias precisas para que Robério descobrisse a rota anteriormente por ele marcada sobre o terreno e indicada na planta. Estas explicações prolongavam-se por demais e o enfermo se enfraquecia; não obstante falou ele ao filho da gruta do pajé, onde havia de encontrar tesouros fabulosos por ele descobertos.

Enquanto falava, via o enfermo despenharem-se aos seus olhos cascatas de diamantes, que irradiavam chispas e centelhas de todas as cores do prisma; em torno dele rutilava um céu recamado daquelas estrelas, que o pajé na sua linguagem poética chamava as lágrimas do sol; a cada instante relanceava em sua imaginação um esplendor semelhante à viva fosforescência dos mares tropicais. Entretanto uma só vez o nome dessa maravilha da natureza, que só nasce e só perece pela combustão, não veio aos seus lábios.

O assunto o enchia demais e subjugava seu espírito, já perturbado pelas vascas da morte.

Também seu filho não se lembrou de inquirir a natureza dos fabulosos tesouros que seu pai lhe anunciava.

A profusão de prata, que depois da entrada no sertão, havia em todo o serviço não só de casa e capela como de jaezes e armaduras, não escapara a Robério, que suspeitava seu pai de haver trazido de suas explorações boa cópia desse metal. Ouvindo-lhe pois na hora extrema as maravilhas da descoberta, acreditou desde a primeira palavra, que eram as minas de prata o famoso tesouro.

Precipitou Robério a partida para o Sincorá receando que o tempo apagasse alguns dos vestígios deixados pelo pai; muniu-se de instrumentos precisos para aventar os rumos e quase escoteiro fez-se na volta do sertão.

Entretanto esperava Abaré pela volta do guerreiro.

Desde o dia primeiro e último em que o vira, revolvia o pajé em sua mente feroz ideias de sangue e vingança. Aquelas pedras alvas e límpidas lhe pareciam agora gotas de um veneno mais violento que o uirari; cada uma delas levaria a morte ao seio de um inimigo de sua raça.

Remontando o curso do rio, chegou ele a uma paragem, onde a onda, espraiando-se em formosa bacia, escoava por angustiada garganta fendida na rocha viva. Sobranceiro levantava-se o penedo ab-rupto, ponta de um serrote pedregoso, que estendia-se como um espinhaço da cordilheira. Galgou o velho os alcantis e longamente quedou-se a olhar o penedo e o rio; depois sopesando nos ombros formidáveis uma enorme lasca de rocha, arrojou-a no estreito canal; a pedra sumiu-se na profundeza das águas, e o rio majestoso continuou sua marcha rápida para o oceano, como o brioso corcel que a mão do menino fustigou brincando.

Mas Abaré voltou no outro sol, e no outro, em todos que seguiram. As grandes massas graníticas semeadas na lomba do penhasco foram a uma e uma precipitadas das alturas do alcantil nas profundezas do abismo. O rio, que em princípio zombava delas, já erriçava o dorso e rugia de cólera.

Quando Robério chegou ao alto da serra, no lugar que seu pai assinalara com uma cruz, o pajé repousava da tarefa do dia. Caíra a tarde; a lua nascendo iluminava de lívidos toques aquela sinistra figura pendida à borda do abismo; Abaré olhava o rio medindo o que lhe faltava para concluir o árduo labor; e de vez em quando brandia o grande maracá, escutando com prazer o rumor que dentro faziam as alvas pedras, cobiçadas pelos brancos.

— Se meu filho vier antes que Tupã tenha arrancado o rio de seu caminho, achará bastantes pedras colhidas por Abaré!

A essa mesma hora do crepúsculo, guiado pelos sinais, aproximou-se Robério do rio e penetrou na gruta; os raios da lua, coando pelas fendas do rochedo, iluminavam o maravilhoso espetáculo. Foi presa da mesma ilusão que o pai; desdobrava- se ante seus olhos uma cidade mourisca vazada em fina prata resplandente. Estava paralisado pela violenta comoção, quando ouviu sobre a cabeça o murmúrio das vozes de seus companheiros; estremecendo à ideia que eles pudessem acertar com a entrada da gruta, e devassarem o imenso tesouro que seus olhos devoravam, arrancou-se a esse êxtase da riqueza, e correu ao encontro dos aventureiros para afastá-los quanto antes do lugar, e fazê-los voltar à Bahia.

Certo agora da descoberta do pai, ia preparar-se para a exploração das minas. Tinha escrito a rota de sua jornada até o lugar da cruz. Daí à entrada da gruta estava ainda por escrever, mas a impressão, que nele produziu o deslumbrante painel, acendeu por tal forma a cobiça da riqueza e com ela o ciúme e o terror de perdê-la, que engendrou modos de acautelar o seu precioso segredo contra um acidente possível, o da perda do manuscrito.

Entrando à noite fechada na gruta, percebeu o pajé que ali tinha penetrado alguém; seu olhar felino sondou as trevas debalde; no dia seguinte conheceu pelas pegadas impressas o pé de um guerreiro branco. Cuidando que fosse seu filho, esperou-o três dias imóvel na crista do rochedo, de onde primeiro o vira; no quarto, como não chegasse, desvaneceu-se a esperança e voltou ao trabalho.

Muitas luas decorreram, sem que nenhum filho da raça branca perturbasse a solidão do pajé. O velho selvagem começava a temer que o guerreiro da sua carne não dormisse já o último sono no seio da terra; mas o ardor da vingança não arrefecia nele, antes acendia-se com a idade; a sua fé era robusta e valente.

Um dia viu avançar através da floresta um guerreiro branco, já idoso, que se encaminhou direito a ele.

— Pajé, conduz-me à tua gruta.

— É o filho de Abaré quem te mandou ao pajé?

— Sim; ele manda-me a ti buscar as riquezas que lhe prometeste!

— Tupã ainda não mudou o rio do seu caminho, mas Abaré guardou para seu filho mais pedras que ele tem de cabelos na cabeça.

O pajé conduziu à gruta o guerreiro branco, e mostrou-lhe um grande vaso de barro cheio de diamantes brutos:

— Toma quantos quiseres!...

O desconhecido ficou lívido; súbito tremor percorreu-lhe o corpo.

— Por que tremes?

— Por quê?... Se meus companheiros vissem o que tenho diante dos olhos, nos matariam a ti e a mim, e derramariam até a última gota de sangue para disputar este tesouro.

O pajé vergou a cabeça e afundou-se na meditação.

O aventureiro vencendo a comoção que dele se apoderara, avançou a mão para o vaso; ao límpido tinir da pedraria agitada, sentiu uma descarga elétrica pela rede nervosa do seu organismo. Então apoderou-se dele um frenesi, quase um delírio; precipitou sobre o vaso, mergulhou os braços até os cotovelos; fez se despenharem do alto jorros de diamantes: embriagou-se enfim dessa vista deslumbrante.

— E derramariam até a última gota de seu sangue!... murmurou a voz cava do velho pajé.

Esse eco de seus primeiros terrores evocou o aventureiro de sua ebriedade. Ergueu-se estremecendo; com rápido movimento encheu de pedras preciosas seu chumbeiro, e arrancou-se à fascinação que o subjugava. Correu à entrada da gruta, e fugiu com as últimas réstias de luz da tarde que se morria. Ao volver uma última vez o rosto para o vaso cheio de diamantes, vira ele um lampejo fulvo, que desferiam as profundas pupilas do velho pajé, e brilhava mais que os fogos da pedraria.

Vendo fugir assim o guerreiro branco, como o espírito da vingança terrível de Tupã, Abaré sorria com delícias de tigre saciado.

E o aventureiro fugia sempre; aquelas riquezas fabulosas lhe incutiam mesmo de longe misterioso horror; a só lembrança delas gelava o sangue em suas veias.

Infeliz velho!... Não era ambicioso, não. Vivera a melhor parte de sua vida pobre, honrado e feliz; nunca pelo seu espírito calmo perpassara um sonho de cobiça. Mas a desgraça roçara seu casalinho com a asa negra. Ramon Sales perdera a esposa; e ficou na terra viúvo e mutilado do coração, para assistir ao martírio da única filha, com que Deus abençoara sua união.

Foi então que se lembrou do poder do ouro; se o tivesse em quantidade, talvez pudesse comprar ao mundo para sua filha uma porção da felicidade que o mundo lhe negava por ser pobre. Esse pensamento o trouxe ao Brasil, e o embrenhou pelos sertões como tantos outros aventureiros à cata de riquezas. Deixando a filha na cidade do Salvador, unira-se a uma banda que haviam formado vários sócios, e com ela empreendera a entrada no sertão.

Tinha Ramon notícia das *minas de prata* descobertas por Moribeca; e encontrando por acaso em seu caminho um caboclo de nome Gonçalo Inhuma, que acompanhara Robério Dias em sua viagem, ouvira dele pouco mais ou menos o que declarara muito depois ao P. Manuel Soares e constava de sua memória. Guiado pelas indicações do selvagem chegara ao rochedo onde vira sentado o pajé; o qual o tomara por um enviado de Moribeca. De sua parte Ramon conjeturou que fosse o velho quem descobrisse a Robério as minas de prata, e aproveitando-se de sua ilusão, exigira as riquezas prometidas.

Ao romper d'alva tornou Abaré a seus trabalhos até o dia em que o rio, atalhado na sua carreira por uma muralha de granito, corcoveou espraiando-se pela encosta do rochedo. O primitivo leito do rio ficou a descoberto; o pajé viu com satisfação que a fina vasa era tapeçada de diamantes sem conta.

— Meu filho pode chegar.

Desde esse dia, sentado na crista do rochedo, esperava o guerreiro de sua carne, que lhe prometera voltar; mas cada sol que se deitava por detrás da serrania levava-lhe mais uma esperança, e mais um calor da vida, que abandonava o seu corpo decrépito. Às vezes quando o desânimo o entrava, ele revolvia as profundezas de sua alma, e de lá arrancava aquele eco lúgubre:

— E derramariam até a última gota de seu sangue!...

Sabe-se agora por que o velho pajé, acocorado na crista do rochedo, olhava o leito abandonado do rio e o horizonte ermo.

Nessa manhã sentiu que seu fim se aproximava; e ao sair da gruta carregou para o píncaro elevado o camuci que havia fabricado com suas próprias mãos, segundo os ritos de Tupã. Ali estava ao seu lado, esperando-o, a urna funerária que devia guardar seus ossos, e servir-lhe de leito derradeiro.

Entorpecido pelos vapores acres do tabaco, o pajé devaneava. Descobriu longe, longe, aquele vulto de guerreiro branco que avançava através do sertão. Não era o neto de Paraguaçu, mas procedera do sangue dele. O guerreiro esforça; o velho anseia; e nessa esperança tantas vezes renascida, quantas finada, vão-se os últimos e tênues espíritos da vida.

Mas eis que um som grato ao coração de Abaré o revoca à existência.

Ressoa perto a inúbia dos Tupinambás; a alma do velho pajé se dilata no prazer de abraçar com o extremo olhar a multidão de seus filhos. Volve o rosto para a floresta de onde rompe a tribo guerreira, de terrível aspecto.

Oh! dor! seus filhos, os valentes, os fortes, a quem ele transmitia outrora as palavras de Tupã, renegaram das crenças de seus pais, e são agora conduzidos, como um bando de capivaras, pelo homem negro, abaruna, que serve ao Deus dos brancos! Só faltava essa amargura à vida já tão atribulada do velho pajé.

Os selvagens pararam a um aceno do sacerdote cristão, que se dirigiu só e com tardo e vacilante passo para o rochedo.

O P. Inácio do Louriçal, da Companhia de Jesus, voltava de sua digressão pelas cabeceiras do São Francisco de onde trouxera aquela tribo para aldeá-la nas proximidades da Bahia. Avistando o pajé, o apóstolo de Cristo cingiu os rins, caminhou avante, onde ele via uma luta a sustentar com o inimigo da religião, e uma alma a remir.

Abaré, sepultado em sua dor, viu-o que se aproximava; e quanto lhe restava de vida refluiu aos lábios em um assomo de cólera feroz:

— Venceste, abaruna! Tupã deixou que seus filhos degenerados se esquecessem dele e de seus pais para te seguirem como cativos. Mas o dia da vingança chegará!... Tupã já arrancou o rio do seu caminho!...

O velho debruçou-se sobre o alcantil, e com um gesto feroz apontou o álveo do rio:

— Vês?... A gente branca correrá para aqui em busca das pedras que tanto cobiça; com a fome delas os guerreiros se devorarão, como os abutres pela carniça. Minha raça será vingada e esta terra de meus pais beberá até a última gota do sangue inimigo!

O selvagem sorriu:

— E de dentro de seu camuci a alma de Abaré voará aos campos alegres para regozijar-se com Tupã!

Proferidas essas palavras, o velho arrastou-se até o grande vaso de barro vidrado, que encravara antes numa fenda do rochedo, e nele entrou, sentando-se como os ídolos dos pagodes índios; depois deixando cair a tampa, cujos bordos cobrira de uma resina fortíssima, selou pela eternidade seu último jazigo.

O sacerdote cristão estremecera diante de tão estranhas palavras. Desceu ao álveo do rio; e sentiu, calcando as riquezas imensas, arderem-lhe as plantas, como se caminhasse sobre brasas acesas. Sua alma angélica entristeceu pensando nas desgraças que estavam ali semeadas para a pobre humanidade; o lábio apostólico murmurava as palavras do *Eclesiastes:*

— Ubi multoe sunt opes, multi et qui comedunt eas.

O P. Inácio tornou aos Tupinambás, que já tinham armado as redes à sombra de grandes jatobás:

— O Senhor do céu, filhos, ordenou às águas, como a todas as coisas, seu lugar na terra; se o homem põe obstáculo à sua vontade, o castigo descerá sobre ele. Este rio foi tirado de seu caminho, deve hoje mesmo a ele voltar.

Ao transmontar do sol a tribo dos Tupinambás, alinhada à margem, tinha os olhos fitos na garganta obstruída pelos esforços gigantescos de Abaré. Um grosso tronco seco fora pelos selvagens embutido com violência no lisim da rocha que servira como de pilastra à construção do pajé; embebendo a água, o madeiro excessivamente poroso inchava.

Afinal ouviu-se um ribombo medonho: as entranhas do rochedo se tinham dilacerado; aluído o esteio, desabou com estridor a muralha pelágica; e o rio, um instante surpreso, atirou-se no primitivo leito, e seguiu a marcha que a natureza lhe tinha marcado.

Sobre a penha culminante, onde pela manhã o selvagem profeta lançava sua imprecação de vingança, a noite achou o sacerdote cristão que elevava ao Senhor de misericórdia a prece da caridade!

Capítulo XVII

Reboa pela mata o canto dos Tupinambás.

Está o sol a pino; porém na floresta reina pálido crepúsculo.

Um jovem cavalheiro e seu pajem infante avançam silenciosos através da folhagem densa; parecem buscar alguma coisa, pois examinam com atenção extrema, ora os troncos das árvores, ora o capim lustroso que recama o chão. Afinal o mancebo solta uma viva exclamação que indica ter achado o objeto de suas laboriosas pesquisas:

— Ei-lo, Gil!...

— Onde, Sr. Estácio?

— Aqui, não vês?... Coberto todo de limo e cipós.

— É verdade! Quem o descobrira!...

— Já decorreram mais de vinte anos dês que meu pai aqui esteve, e depois disso quantos acontecimentos passaram, quantos vivos se finaram! O tronco ao menos, embora decepado, aí está como ele o deixou!...

A árvore era um grosso jacarandá; o tronco fora cerrado na altura de doze pés; a meio dele, na face voltada para o oriente, descobriu Estácio encravada profundamente no córtex a letra R, desenhada com linhas de pregos. Depois de um instante dado à emoção de rever um objeto que ainda guardava o traço das mãos paternais, o mancebo abateu a golpes de machado o velho tronco.

Quinze dias eram já passados depois que deixara Estácio a Bahia; o filho viera rastreando o caminho que fizera vinte e três anos antes o pai, e destruindo sua obra para que outros não lograssem o fruto de seu trabalho. Chegando perto do lugar onde conforme o roteiro devia estar aposto um marco, ele acampava sua gente, e afastava-se só com Gil. Tratava de descobrir o padrão que Robério deixara, ora nas árvores seculares, ora enterrado em alguma pedra ou botija; destruía os vestígios e removia o marco para bem longe. Assim vinha a pouco e pouco substituindo ao antigo um novo roteiro só dele sabido, e conforme o conselho de Vaz Caminha, escrito em caracteres indecifráveis.

Tomava Estácio suas notas, enquanto Gil tratava de destruir pelo fogo as raízes da árvore, quando lhes chegou aos ouvidos o canto dos Tupinambás. Seu primeiro movimento foi de prudência; mas sucedeu logo um sentimento de admiração, repassado de doçura; entre o alarido selvagem que estrugia nos ares, se elevava serena e plácida, como a garça remonta ao céu através da borrasca, uma voz sonora que entoava as antífonas do salmo cristão:

Benedicam Dominum in omne tempore; semper laus ejus in ore meo. In Domino laudatur anima mea!...

Esse cântico sagrado, ali no seio do deserto, tinha o quer que fosse de celeste e augusto.

Estácio fez um gesto ao menino e meteu-se pela ramagem na direção das vozes. Em pouco chegaram perto de uma campina verde, que a floresta cingia, como um regaço. Aí tinha acampado uma tribo selvagem; viam-se já erguidos a circular estacadas e os esteios das cabanas; as mulheres ligavam as palmas que deviam cobri-las, ou preparavam mantimentos.

No centro estava atado a um poste, nu, com os pés e as mãos jungidas, o apóstolo cristão que entoava o hino sagrado. Em torno dele esvoaçava um enxame de abelhas bravas, que ferroavam-lhe o corpo seco e mirrado, aos berros das crianças ferozes. Os guerreiros selvagens desfilavam ao som cadente da música ruidosa, por diante dele, vociferando insultos e ameaças.

O mancebo reconheceu imediatamente, no venerável apóstolo do deserto, seu antigo mestre do Colégio da Bahia, o Padre Inácio do Louriçal. O santo homem, votado ao martírio, conservava a mesma placidez e mansa humildade, que ornavam seu modesto semblante, oficiando no altar, ou lendo nas aulas. A alma posta em Deus, que ele via no arroubo de sua fé, não se apercebia do que passava na terra, nem sentia as torturas que o pungiam; seu espírito abreviara as tribulações da vida, e já despregava-se de uma carne seca e definhada para voar ao seio do Criador.

Estácio sem refletir na temeridade do arrojo, impelido por uma força invencível, saiu da floresta e avançou intrépido.

Avistando-o de repente, os selvagens o contemplaram um instante surpresos da aparição; mas logo um rugido imenso manifestou o prazer feroz dos canibais. O mártir, sentindo o furor do gentio desviar-se dele, abaixou dos olhos à terra, e conheceu a causa do acidente. Sua venerável fisionomia contraiu-se com expressão de angústia; porque nessa alma insensível à própria dor, as cordas da caridade tinham uma sensibilidade extrema. Também ele reconhecera seu antigo discípulo, e lamentando a sua desgraça, exclamara:

— Piedade, Senhor, para ele que entra agora na vida! Multiplicai-me embora ao infinito as dores da agonia, mas à conta delas salvai-o.

Não é coisa para admirar o que então sucedia ao Padre Inácio. Atado a um poste e destinado ao suplício por aquela mesma horda de bárbaros que dias antes ele conduzia após si do deserto onde a fora encontrar e governava com um gesto apenas! Que brusca e violenta transição! Mais que natural e conforme com a índole do povo selvagem, sempre dominado por paixões súbitas, sem o corretivo da lei ou da razão culta!

O canto evangélico do sacerdote cristão impressionara profundamente os Tupinambás, apaixonados como todos os selvagens americanos pela música. A voz suave que lhes entrava no coração devia governar-lhes a vontade; o cristianismo falando-lhes pela linguagem harmoniosa, reprimiu os excessos da embriaguez e da sensualidade. Mas afinal os vícios de que já estava a sua natureza eivada, um instante reprimidos, tomaram o de cima. O maioral da tribo, contrariado em seu apetite libidinoso pelas admoestações do sacerdote, o acusou da morte do velho pajé; a acusação repercutiu em toda a tribo; as paixões más rebentaram de novo e com fúria maior pelo longo repouso em que estiveram.

O sacerdote percebeu o que passava, e continuou a orar a Deus. Os selvagens o ataram ao poste; para não ouvirem a harmonia melancólica do treno mavioso, se aturdiam levantando medonho alarido. Ao mesmo tempo viravam cuias sobre cuias de cauim e outras bebidas fermentadas, de que tinham sido parcos a conselho do padre; e o insultavam jogando-lhe às faces a borra que ficava no fundo do vaso.

Conforme o seu rito era a vítima destinada ao bródio da vingança; mas como o corpo do velho sacerdote era magro, e a carne dura e coriácea, por lembrança de uma velha, perita nessa cerimônia, tinham resolvido matar o Padre Inácio com mordeduras de uma abelha venenosa, a arapuá. A violenta inflamação tornaria tenra a carne rija e áspera da vítima. Partira pois o bando de colomis com uma grande cabaça, incumbido de trazê-la cheia do virulento inseto.

Estácio, à mercê da surpresa dos selvagens, achegara-se em um salto do poste, cortara os laços que atavam o sacerdote, e lançando sobre ele o manto, voltou-se para fazer frente aos guerreiros tupinambás que sobre ele se arrojavam em fúria.

— Filho, que imprudência é a vossa?... Eles vos trucidarão!...

— Buscai salvar-vos, padre meu. Minha gente está daqui próxima; ganhai a floresta e caminhai sempre contra o sol.

— Se a Deus aprouver conservar para maiores trabalhos o seu humilde servo, aqui mesmo lhe virá a ajuda, sem que haja mister fugir dele que está em toda parte; senão, seja feita a sua vontade.

Tomando de novo a frente ao sacerdote, Estácio batia-se já como um tigre contra os selvagens, mas era impossível resistir por muito tempo à torrente de inimigos que, um instante recalcada pela ponta de sua valente espada, borbotava afinal sobre ele, ameaçando submergi-lo. Duas vezes já a morte roçara por sua cabeça: da primeira o salvara o Padre Inácio abraçando-se com um guerreiro que brandia o tacape pronto a espedaçar-lhe o crânio; da outra Gil. O menino, invadido pelo terror diante do terrível espetáculo que se desenhava a seus olhos, ficara estático no lugar onde o mancebo o deixara; mas vendo a alguns passos dele um índio que envergava o arco para ferir no coração a seu querido cavalheiro, tirou do amor coragem e correndo sus ao selvagem, cravou-lhe o punhal na ilharga. As mulheres o cercaram e fizeram sua presa.

Estácio considerava-se perdido; a onda de inimigos enovelou-se sobre ele.

Ressoa nesse momento pela mata o canto da saracura; um troço de homens rebenta da floresta e cai em cheio sobre os selvagens, como um bando de abutres sobre a carniça. Estácio, atordoado com o ímpeto dos inimigos, ficou mudo de espanto vendo a seu lado o curto mas destemido Antão Gonçalo que brandia uma catana maior que ele.

— Era mais que tempo, comandante; senão metiam a pique a capitânia!... Diabo! Dez contra oitenta flamengos, vá!... Mas um e meio contra cem, não é do ajuste!...

E o Gonçalo tanto falava, como talhava, porque os selvagens, mais enfurecidos com o novo ataque, se tinham arremessado contra ele e sua gente, a qual não passava de uns vinte combatentes. Mas a senha da banda, o grito da saracura, soltado por ele, tinha ecoado longe.

Pouco tardou que João Fogaça com o resto da companhia não aparecesse na beirada da mata.

Perfilando a descomunal estatura, para ver melhor o que sucedia, o capitão de mato soltou o seu habitual e pachorrento:

— Oh! oh!...

Os Tupinambás voltaram-se ao ouvir a exclamação, e reconheceram a figura gigantesca do terrível bandeirista cuja fama enchia os sertões:

— Morubixaba! murmuraram com respeito.

Imediatamente abaixaram as armas e retraíram sobre si, prontos sempre à defesa, mas desistindo do ataque.

João Fogaça passou tranquilamente em face deles; apertou a mão a Estácio e beijou-a ao Rev. Padre Inácio. Instruído do que acontecera, o capitão de mato deu logo suas providências para o curativo do pobre sacerdote, cujo corpo apresentava já com a inflamação um aspecto disforme; as fricções de fumo e aguardente aliviaram o enfermo que afinal consentiu repousar algumas horas, depois de obtida a promessa formal de perdão para os selvagens.

João Fogaça prometeu que não se derramaria sangue, nem infligiria castigo corporal; mas usando de um direito que ele se outorgara de sua própria autoridade sobre todas as tribos selvagens, o direito de feudo, escolheu dentre os guerreiros tupinambás dez dos mais robustos e bem parecidos para incorporá-los como recrutas à sua companhia. Feita a escolha foram os novos saracuras entregues ao Antão para educá-los, e aos três *sentidos* para estudá-los. No dia seguinte podia qualquer deles escapar-se que os três índios lhes iriam no encalço.

Como se achava ali tão a ponto capitão de mato?

Saindo bruscamente da casa de Cristóvão duas semanas antes, João Fogaça interrogou os índios e confirmou sua primeira suspeita. Imediatamente se pusera na pista do Padre Molina que supunha achar-se ainda em sua cela.

No dia seguinte por volta da noite os seus três *sentidos*, que ele deixara nas vizinhanças do Colégio, vieram adverti-lo da partida do jesuíta. Segundo as explorações dos selvagens o homem negro devia ter embarcado na tercena dos Padres. A galeota, que o conduzira, acabava de chegar sem ele. Fácil foi a João Fogaça empalmar um dos escravos remeiros que se deixara ficar na praia; e dele arrancou à força a notícia do lugar onde ficara o jesuíta.

O capitão de mato mandou a Antão Gonçalo que estivesse pronto com a gente a partir naquela madrugada para Maragogipe; e de seu lado aproveitou a hora que lhe sobrava para arranjar de uma feita o malfadado embeleco que o trazia bambo, tanto havia. Seguiu ele rua abaixo com jeitos de quem procurava alguma coisa; e de feito assim era. João Fogaça buscava uma batina, traje tão fácil de encontrar naquele tempo, como há anos uma casaca e hoje um rodaque.

A poucos passos achou-se o forasteiro com uma rapada, mas sisuda batina, que lhe caiu no goto; pelo que foi logo sem mais partes travando da espádua que a envergava:

— Vamos, reverendo, depressa que o caso é apertado.

Ou fosse o padre de fácil acomodar, ou cuidasse que se tratava de alguma confissão, o caso é que lá foi seguindo as guinadas do capitão de mato; e ao cabo de uns minutos chegou esbaforido à casa da Mariquinhas dos Cachos.

— É ali que mora ela! disse João Fogaça parando em frente.

— Então está a decidir? perguntou o sacerdote. Levai-me junto dela, irmão. Não quereis vir?

— Largai-me, reverendo. Não é caso de confissão, nem de moléstia, mas doutra coisa.

— De que então? perguntou o padre desconfiado.

O capitão de mato arfou como uma montanha que vai desabar.

— De matrimônio, padre! Ide, procurai pela Mariquinhas, viúva do Zé Tendeiro; em vos ela aparecendo, dizei-lhe: — "Mulher, venho para vos casar com o João Fogaça que ali está no canto esperando". Se ela quiser, chamar-me-eis; senão dai-me aviso de longe que me suma por este mato afora. Ide que vos darei pelo casamento ouro e não prata.

Uma hora depois, a Mariquinhas dos Cachos era esposa do seu amado João. Mas não obstante pela madrugada partia este para o sertão em seguimento do Padre Molina. Quinze dias já tinha de jornada, quando felizmente para Estácio e o Padre Inácio, surgiu tão a propósito.

Mal se desvencilharam dos Tupinambás, o capitão de mato chamou Estácio à puridade:

— Não há tempo a perder; em marcha, senão é difícil alcançá-lo.

— Quem?

— O jesuíta. Quem mais?

— Se o deixei a meio dia de viagem!... respondeu Estácio sorrindo.

— Ontem; mas hoje já vos ele ganhou a dianteira e vai a bate-bate. O espertalhão do frade está bem montado e traz comitiva de cavalos.

— Então a caminho.

Nesse instante o Padre Inácio aproximou-se dos dois.

— Padre meu! disse João Fogaça. Mal sabeis que sois a causa inocente de estar eu agora por este sertão bem arrenegado de minha vida!...

— Dizei-o como, filho!

— Não o direi, não, para vos não afligir o coração. Mas eis um caso em que se vê como Deus escreve direito por linhas tortas.

— Sábios são sempre os desígnios da Providência! murmurou Estácio.

— Amém, filho!

— Se não vos tivesse eu encontrado uma vez nestes sertões com uma criancinha nos braços, acalentando-a com um carinho de mãe, não me teriam feito irmão ou não sei o que da Companhia, e não me houveram obrigado em respeito à vossa virtude a prestar meus serviços para uma ação má!

O sacerdote pôs os olhos no céu.

— Mas também, se isso não fora, o cavalheiro que primeiro vos defendeu e eu que cheguei a tempo de ajudá-lo, não estaríamos aqui a ponto de salvar-vos. E eis o caso! Pior que fosse me daria por bem pago com o resultado; não vos parece, Sr. Estácio?

— Sem dúvida!

— Perdoai, filho, a este pobre pecador o mal de que foi causa involuntária!

— Bom! Águas passadas!

Voltando-se para o lado, gritou:

— Olá, Antão, ordenai já uma rede às costas dos recrutas para conduzir o padre-mestre! E a caminho sem detença!...

— Não pode ser como dizeis, filhos! Agora mesmo vinha eu deitar-vos a minha bênção por despedida.

— Onde contais ir então?

— Onde Deus me envia! Vou com o meu povo!

— Para que vos ele pague o amor com ingratidão igual? exclamou Estácio.

— Esta é a minha missão, Estácio, enquanto não chegar a minha hora. Até lá Deus virá em meu auxílio, como hoje, como tantas outras vezes. Aqui serviu-se ele dos vossos braços valentes, meus filhos; lá da voz débil de seu servo; amanhã ninguém sabe de quê. Tudo serve aos poderosos desígnios da Providência.

O apóstolo abençoou os dois amigos, e partiu-se com a tribo para o deserto de onde não devia tornar.

Estácio e João Fogaça prosseguiram a sua jornada depois da breve alta. Caminharam sem cessar o resto do dia e parte da noite; começava o quarto da modorra, quando lhes surgiram por diante na sombra três vultos. O capitão reconheceu imediatamente os seus sentidos. Os índios tinham os braços direitos estendidos, apontando na direção de uma pequena colina coberta de mato.

— Estamos com ele! disse o forasteiro ao alferes.

Estácio desde a separação do Padre Inácio, que ficara pensativo; aquela nobre abnegação e sublime caridade deviam de impressionar uma alma feita como a sua para os grandes e generosos impulsos. Ele envergonhou-se de seu valor e intrepidez comparando-os àquele sereno heroísmo do mártir, que sem outro estímulo mais que a fé robusta, se afrontava com o suplício horrível e bárbaro, e buscava a morte obscura e ignorada com o mesmo entusiasmo do soldado que marcha à conquista da glória no campo da batalha.

Estava ainda sob a influência destas reflexões quando lhe falou o capitão de mato; sua resposta ressentiu-se da preocupação:

— Qual é agora vosso intento, capitão?

— A pergunta não parece de quem é, cavalheiro! Pois não sabeis o que viemos fazer aqui, vós, por quem só viemos?

— Sei o fim, nem era crível que o ignorasse, mas não sei os meios.

— Os meios!... Os meios são todos os que aparecerem. Dizei-me cá, se alguma vez em criança caístes n'água bastante funda para afogar-vos... Quando vos vistes nessa dobadoura, estivestes pensando no meio de safar-vos dela? Qual! Fostes mexendo com pés e mãos, agarrando-vos no mais perto que achastes para ganhar a terra. Pois assim estamos nós! A terra está acolá...

— Quereis escutar-me um instante, Sr. João Fogaça?

— Não é coisa que se possa adiar para ao depois?

— Não; urge!

— Então falai!

— Bem deveis de compreender quanto me é precioso o papel que me roubaram, e quanto necessária a sua restituição. Mas se para o conseguir é preciso derramar sangue de inocentes, eu renuncio à empresa!

— Estou-vos desconhecendo, Senhor Estácio!... Não me pareceis o mesmo homem dos flamengos!

— Lá era outra coisa, eu servia à pátria; aqui sirvo o meu interesse. De sobra, talvez não tivesse o espírito tocado como hoje de certas ideias.

— Pois então sinto dizer-vos que nada obtereis. O frade maldito não havia de empregar as traças de que se serviu, e acompanhar-se de duzentos Aimorés bem armados, para vir ao sertão entregar-vos de mão beijada o que tanto lhe custou a pilhar.

— Nem contei eu com isso! Julgais que nada se possa fazer por surpresa e estratégia?

— Muito se pode, mas tudo não! Lembrai-vos que são selvagens também: os meus saracuras lhes são superiores, é certo! Por exemplo, daqui já os vimos, e eles ainda nem nos perceberam; porém se dermos mais vinte passos, seremos logo pressentidos.

— Neste caso o que melhor me parece é o seguinte. Assegurai-me doze horas de avanço sobre essa gente; é quanto me basta. Tenho um meio de inutilizar o papel na mão do frade.

O forasteiro riu-se abanando a cabeça.

— Sabeis qual seja?

— Cuidais então que vos sigo debalde há mais de oitenta léguas?... Guardai lá vosso segredo; nem eu procuro descobri-lo; mas aquilo que está escrito no chão, isso por certo que hei de soletrar!

— Que soletrastes vós até agora?

— Desde as terras que foram de vosso pai, onde tinha engenho, vindes destruindo marcos que outrora por aqui deixou ele passando; cuidastes que assim o frade perderia o rumo; mas tanto não perdeu, que aí está conosco!

— Seguiu o meu rasto!... Terei cuidado em apagá-lo melhor daqui em diante!

— E depois desta madrugada que vos ele deixou na retaguarda?...

— Serviu-lhe então o roteiro.

— Tudo pode ser! Creio antes que ele tem outro guia qualquer; mas enfim, com isso não me embaraço; é negócio vosso, deslindai-o como melhor vos parecer. O que me toca a mim é o papel, que o frade há de esburnir vivo ou morto! Fiz protesto disso, e não volto atrás!... Portanto, Sr. Estácio, resolvei.

— Já resolvi; parto nesta hora para ganhar-lhe a dianteira!

— Boa viagem então! Podeis contar com vinte e quatro horas de avanço, se não forem mais.

Estácio deu ordens à sua gente e despediu-se de João Fogaça.

A esta hora estava o Padre Molina recostado na rede, armada nos ramos do arvoredo. A alguma distância ardia o fogo que lançava fugaces clarões sobre o vulto negro do frade estendido horizontalmente como o alto relevo de uma campa. Em volta do espaço iluminado, dormiam sobre outras redes e couros os fâmulos da comitiva. Este centro do acampamento era guardado por uma primeira linha circular de Aimorés, à qual outras se iam sucedendo até uma distância de cinquenta braças.

O Padre Molina cogitava, e o objeto de suas cogitações era o mesmo que desde dois anos ocupava quase exclusivamente aquela grande inteligência; era o segredo das *minas de prata*, esse pedestal que ele pretendia assentar à sua glória, e sobre o qual baseava a esperança ao generalato da Ordem, e talvez mais tarde ao pontificado.

Senhor do roteiro, que já uma vez lhe escapara das mãos, o Padre Molina, mal o recebera dos índios, encerrou-se com ele na sala do cartório e de lá não saiu enquanto não teve de cor as vinte páginas de que se compunha o manuscrito. Depois, receando que lhe pudesse falhar a memória, não obstante a plena confiança que tinha nela, transportou em cifra para o seu canhenho o conteúdo do folheto.

Nessa mesma tarde partiu para Maragogipe. Em caminho sabe-se como encontrou Estácio; e o mais que então aconteceu. Apenas reuniu-se ao Padre Rodrigues, o visitador o despediu fazendo-o voltar à cidade. No seguinte dia fez-se na volta do sertão.

Logo no terceiro dia de viagem conheceu o Padre Molina que Estácio lhe tomara a dianteira e inutilizara os marcos ali postos por seu pai Robério Dias. O jesuíta fora prevenido; a mesma ideia lhe acudira, pensando com razão que Estácio não tivera tanto tempo o roteiro em seu poder sem o copiar ou pelo menos reter de memória.

Se não fosse o importante subsídio ministrado pela obra do Rev. Manuel Soares, o Padre Molina se achara bem embaraçado. Guiado pela declaração, que sabemos, conseguiu ele não perder a direção do roteiro; mas urgia deixar atrás o mancebo, e seguir avante sem que ele o pressentisse. Na véspera conseguira o visitador o seu intento, marchando dia e noite sem descanso; se não fosse João Fogaça, estava ganha a partida.

Agora acampado ali naquele outeiro, ele esperava para prosseguir que sua gente tomasse algumas horas de repouso necessário depois da batida em que viera. Sabia que Estácio lhe vinha sobre os passos, e só com esforço grande conseguiria escapar à atividade imensa e pronta resolução do corajoso mancebo.

Ouvindo rumor das folhas, ergueu o visitador os olhos e discriminou entre os troncos das árvores um vulto humano que avançava cautelosamente.

— Que há?

O vulto fez gesto de silêncio. Era um Aimoré que foi ajoelhar junto à rede e falou ao ouvido do visitador:

— Os Tupinambás!...

— Aonde?

— Pela frente!

— Vêm contra nós?

— Pergunta ao prisioneiro.

Três outros Aimorés saíam do mato pelo mesmo caminho que o primeiro, trazendo um selvagem amarrado como um porco que se leva ao talho. Descerrados os queixos da corda, quanto bastassem para falar, mas não para gritar, eles acocoraram o prisioneiro diante do jesuíta.

— Tu és Tupinambá?

— Sim!

— Onde estão teus irmãos?

— Tão longe daqui como a perdiz voaria duas vezes!

— Quantos são eles?

— Meus pés e minhas mãos, e os teus e os destes maus homens não chegam à metade da conta deles.

— Que vieste tu fazer aqui?

— Pensei que eram meus irmãos que tinham acendido o fogo da hospitalidade!...

Do resto do interrogatório concluiu o Padre Molina que tinha pela frente uma poderosa tribo de Tupinambás, a qual, se os pressentisse, podia atacá-los de emboscada e fazer grande mal; resolveu pois, apesar da pressa em que ia, esperar ali tranquilo que os selvagens se afastassem. Talvez que estes não os pressentissem; e no caso contrário estaria em excelente posição de defesa. O que o afligia era a ideia de perder o terreno ganho sobre Estácio; mas bem podia ser isso a desgraça do mancebo, que atacado pelos selvagens, pereceria vítima deles.

O visitador deu pois suas ordens para que fizessem boa guarda e evitassem o menor rumor para não atrair a atenção dos selvagens. O resto da noite e o dia seguinte passou em contínuo sobressalto. Alguns Aimorés foram mandados como exploradores, mas nada puderam descobrir, porque voltavam com receio de serem surpreendidos pelo inimigo que andava à caça.

Finalmente escureceu, e João Fogaça, que se tinha servido do ardil dos Tupinambás para segurar a Estácio as vinte e quatro horas prometidas, sacudiu o corpo entorpecido pelo longo repouso, e chamou o Antão a quem deu suas ordens.

Pouco depois a companhia do capitão de mato, dividida em dois pelotões, caía sobre o campo dos Aimorés que estavam preparados para recebê-los. O combate foi renhido; o Padre Molina com a palavra e o exemplo animava sua gente; contudo em face da intrepidez e disciplina com que avançavam os saracuras, os Aimorés começaram de recuar, mas com ordem e calma. Graças a essa retirada, o visitador pôde montar a cavalo com a sua comitiva e escapar à rédea solta.

Capítulo XVIII

Recostada às almofadas de cetim, em lânguida e melancólica atitude, a formosa Raquel, no encerro de seu mimoso camarim, lia àquela hora, oito da manhã, o livro sagrado de sua religião.

O custoso volume, embutido de ouro e pedrarias, estava aberto nos cânticos místicos, à página onde se encontram estes versetes suaves:

"Meu querido é para mim como um feixe de mirra; ele dormirá em meu seio.
"Meu querido é para mim como um cacho das uvas de Chipre, colhidas nos jardins de Engaddi.
"Tu és belo, meu querido, tu és cheio de graça; nosso leito está semeado de flores."

Alguma vez a linda judia deixava a mão frouxa e fatigada com o peso do livro pender sobre o colo; seus olhos, fugindo pelas lisonjas da janela, iam-se ao azul etéreo em busca de uma querida imagem ausente. Ela recordava Estácio; os dias rápidos que passara junto dele, em doce contato; as palavras que trocado haviam durante os belos crepúsculos da tarde à tolda do bergantim. E nesse curto prazo de algumas semanas resumia uma existência inteira, o passado, o presente e o futuro.

A baunilha, a linda e fragrante parasita de nossas matas, que sobe em ziguezague pelos troncos, às vezes é mutilada pela foice do lenheiro; da formosa haste apenas resta um fragmento, que adere ainda à árvore. Dotada de uma grande força de vegetação, imediatamente novas raízes despontam, que penetram o córtice do tronco: e a planta não morre, apesar de lhe terem mutilado a haste e o renovo, o coração e a cabeça.

Assim foi Raquel. Tenra baunilha, que elevara-se à juventude florescente, a decepção cruel de um amor indigno lhe mutilou os dias já vividos, o passado; o desengano de outro amor não retribuído arrancou-lhe o futuro.

De toda a existência só ficou aquele fragmento, que a ventura iluminara um instante de seus esplendores; nele pois concentrou-se toda sua vitalidade; criou raízes nessas doces reminiscências; vegetou e floriu nelas como a baunilha no tronco amigo.

A porta do camarim entreabriu-se, e pela estreita fenda passou o raio vivo de um olhar cintilante, que percorreu o aposento. Então a porta foi a pouco e pouco silenciosamente afastando-se até dar passagem a uma original e sinistra figura de nosso conhecimento, a bruxa. Com a mesma sutileza, que empregara para entrar no aposento, resvalou pelo tapete e aproximou-se da linda judia, que tinha os olhos baixos e fitos no livro.

Raquel percebeu-a, sentindo o sopro da ardente respiração, que refrangido pelas folhas da Bíblia, crestou-lhe as faces mimosas. Erguendo de repente as vistas, deu com os olhos negros e ardentes da cigana cravados em sua fisionomia, como os dardos de duas lanças.

— Ah! és tu, Zana! exclamou a judia.

— Sou eu, sim, Zana, a bruxa!... respondeu a mulher dando à sua voz um tom surdo.

— Quais novas me trazes?

— Deitei as sortes, e elas vos são propícias!

— Como assim, Zana!... Acaso permitirá Deus que Estácio me queira?... Donde o soubeste?

— Do destino!... respondeu a bruxa com ênfase.

Raquel caiu em si do seu primeiro assomo de esperança.

— Está bem, Zana!... Deixemos as tuas sortes por ora; dize quanto soubeste do que te mandei indagar!

— Criatura!... Que desatino é esse?... Credes mais nos dizeres da gente à toa do que nas falas da feiticeira, que adivinha o futuro e o passado, e lê no livro do destino, como na mente dos homens?...

Raquel fez um gesto de impaciência ao tom enfático e ao gesto dramático da feiticeira:

— Ouve, rapariga. Comigo são perdidos teus disfarces e representações; guarda para quem te não conheça como eu. Podes ser feiticeira para todo o mundo, que te julga velha; para mim serás sempre Zana, a moça que foi de nossa casa.

Ergueu a moça os ombros descontente, e trocou o seu papel de bruxa pelo de simples mensageira:

— Seja como quereis, pois para isso me pagais. Por onde começarei eu?

— Por ele, disse Raquel enrubescendo.

— É partido há mais de duas semanas para o sertão!

— Para o sertão, dizes?

— Sim, para o sertão, talvez que à caça do gentio para o cativar!

Raquel abanou a cabeça; e uma voz melancólica murmurou dentro de sua alma:

— Em busca de riquezas que deponha aos pés de Inês. É pobre, e ela rica de haveres!

— Agora dela? perguntou a rapariga.

— De D. Inês, sim! Conseguiste o que te recomendei?

— Ora! já me apalavrei com a gente da casa; no dia em que vos aprouver levar-me-ão à recâmara dela!

— E te receberá?

— Não tenhais susto. O mais importante porém ainda não sabeis.

— O que é?

— O casamento com o tal Fernando gorou com certeza!

— Ah!...

— Mas no mesmo dia parece que o pai ajustou outro!...

— Acaba!... Com quem?...

— Estais já aflita, pensando que seja com o outro!... Qual! Esse que perca as esperanças; por lá nada arranja! O noivo é um tal de Velasco, gente grande, comendador, e não sei que mais! Bonito cavalheiro e bem apessoado!... Eu o vi essoutro dia sair de lá. Mas como vos disse, parece que o ajuste vem de detrás, pois já ontem se conversou na hora do jantar de marcar o dia!...

Um assomo de júbilo, que a donzela se esforçava por conter nos seios d'alma, rompeu afinal e transbordou em risos pela fronte límpida e as faces brilhantes. O seio de suave contorno arfou com a inspiração de uma grata esperança. Mas Raquel, do grêmio de sua efêmera e sonhada ventura, percebeu o modo zombeteiro com que a mirava a cigana, e toda a expressão prazenteira de sua fisionomia, colhida de repente como a auréola de uma cruz que se extingue, recolheu dentro d'alma.

A judia tornou à melancolia, confusa e contrariada por aquela súbita e irresistível manifestação:

— E D. Inês?... Como recebeu ela estes sucessos?... Desagrada-lhe menos o segundo noivo do que o primeiro?...

— A ela bem sabeis, todos lhe desagradam, desde que não for o desejado! Mas desse está ela bem livre, vos seguro eu!...

— Vive ela triste?... Mais que eu? perguntou a donzela.

— Não sei se mais; porém triste e pesarosa, dizem todos, e só não vê quem não quer.

"Mais! Deve de ser mais!... murmurou consigo Raquel. Por isso mesmo que é amada e pressente já o suplício de ser entregue a outrem que não o escolhido de seu coração. Terrível provança há de ser essa para quem não tiver a coragem de libertar-se da vida assim profanada... Mísera Inês!... Muito o amo eu, pois torno-me boa para vós que mo roubastes!..."

Raquel deixou-se arrastar pelo tropel de pensamentos que afluíram. Depois de algum tempo ergueu a fronte calma e resoluta:

— Disseste, Zana, que te levarão à câmera de D. Inês no dia em que eu deseje!

— Se bem o disse, melhor o farei.

— Pois o dia será o de hoje, e sem mais tardar que esta manhã; agora mesmo?

— Lá me vou! A fazer o que, dizei!

— Não irás, não, Zana!

— Ninguém vos entende.

— Irei eu em vossa pessoa e com vosso traje e parecença!

— Estais bem em vosso juízo são, menina?

— Não me recusarás isso, Zana; aqui tens nesta bolsa quanto ouro possuo;

toma-o todo para ti; dar-te-ei mais depois. É preciso que eu fale a Inês e hoje mesmo. Ninguém me reconhecerá; tomar-me-ão por ti.

— Não vos falta o ânimo de vos trajardes assim, de velha bruxa?... E então correr as ruas sozinha!...

— Tu me acompanharás até lá! e quanto ao traje, pouco me importa; não vou disputar com ela em beleza!...

— Que ides fazer vós? É preciso que eu saiba!

— Vou para vê-la e... Meu coração me há de inspirar no momento.

Depois de alguma, mas já débil resistência, a cigana deixou-se vencer um pouco pelos rogos de Raquel e muito pelo ouro da bolsa.

Procederam logo à permuta dos trajes e ao disfarce da bruxa. A velha cheia de rugas, que entrara no camarim, desapareceu como por encanto, deixando em seu lugar uma rapariga cigana, de olhos negros e vivos, tez morena e embaciada, que teria cerca de trinta anos.

Essa rapariga fora moça caseira do velho Samuel, em companhia de quem esteve desde muito criança e sempre bem procedida e recatada. Um dia porém, havia dez anos, o Anselmo, ou o demo na figura dele, como diziam as velhas, lhe transtornou o juízo. Com ele fugiu da casa do amo, e por algum tempo não souberam partes dela. Mas entre a gente baixa muito se falou então de uma moçoila que escandalizava as locandas e tabernas com sua desenvoltura e desregramentos. Contavam-se coisas de arripiar carne e cabelo.

Parece que o remorso ou a vergonha do estado a que chegara a emendou; pois de repente não se falou mais da rapariga. Buscou voltar à casa do amo, que a enjeitou. Balda então de recursos, e muito desprezada em sua verdadeira pessoa, adotou aquela profissão de bruxa, donde tirava algum meio de vida; era uma mendicagem disfarçada. Todos em geral a tomavam por velha e feiticeira; mas Raquel, de quem ela sempre se valeu, sabia do segredo.

Reduzida à sua verdadeira personalidade, e vestida com roupas de Raquel, a cigana ocupou-se com diligência e arte do disfarce da judia, que breve ficou perfeito. A gentil e formosa virgem desaparecera sob a máscara hedionda e sinistra da velha bruxa; ela mesma, ao ver-se no espelho, horrorizou-se de sua metamorfose.

— Agora dai-me vosso baú, a ver se me ajeito bem com ele!

Zana entregou a Raquel o móvel pedido, depois de ter imitado a posição em que de costume o trazia. Deu a judia com ele alguns passos no aposento, esforçando por deprimir a nativa elegância e donaire de suas formas que apesar do traje velho e maltrapilho transparecia, como a lindeza da borralheira ao través da cinza.

O baú estava dentro cheio de mil objetos diversos; perfumes de todas as qualidades, drogas várias com rótulos de nomes estranhos; figurinhas mágicas de marfim e ébano, vidrinhos com elixires e filtros; todo um arsenal enfim de bruxarias. A respeito da propriedade de cada um destes objetos e seus nomes, recebeu a improvisada feiticeira uma lição minuciosa. Calou porém a cigana um que estava quase oculto nos repartimentos inferiores: era uma espécie de redoma, a última de uma série de seis, todas iguais. Estas continham narcóticos diversos, de vária força soporífera.

— E esta? perguntou Raquel.

— Esta!... murmurou a cigana com certo tremor na voz, também faz dormir; mas para sempre!...

Raquel rejeitou-a com horror.

— Pois também vendes isso, Zana! disse ela com exprobração.

— Não é para vender esse, dona!

— Para que o destinas então?

— Para nada!... Talvez sirva para encurtar uma existência desgraçada! Dai-ma!

— Não; deixa-a onde está! respondeu Raquel com vivacidade.

Que pensamento lhe trespassou o espírito como um relâmpago?...

Marcava o quadrante da Sé onze horas. O sol era ardente, como costuma no mês de março: raro passante transitava àquela hora pelo caminho de Nazaré. Duas mulheres, bem rebuçadas, uma em sua capa, outra num manto vermelho esburacado, chegaram perto do solar de D. Francisco de Aguilar. Parando a distância, trocaram algumas palavras, depois do que a mais moça escondeu-se no mato, e a velha bruxa avançou para a porta do solar.

Recebida pelos remoques dos pajens, Raquel sentiu vacilar sua coragem. Foi necessária a lembrança de Estácio, e o poder que o mancebo tinha em sua alma, para reanimá-la. Por felicidade, o rumor que faziam os rapazes atraiu as escravas, das quais a bruxa tinha decidida proteção. A judia reconheceu facilmente a mulata indicada por Zana; e no primeiro ensejo atirou-lhe ao ouvido estas palavras:

— É agora ocasião de falar à doninha!

— Esperai então.

Momentos depois era a feiticeira introduzida na recâmera, onde passava a donzela toda a manhã, entretida com seus lavores e prendas. Raquel, entrando, devorou com os olhos a suave lindeza da nobre donzela; e depois de alguns instantes de muda contemplação, suspirou dentro de sua alma:

"Estácio devia amá-la! Como é formosa, Deus de Israel!..."

— Achegai-vos, boa mulher! Qual nome trazeis!...

— Chamam-me a bruxa. Se tive outro, faz disso já tanto tempo, tanto, que nem mais me recordo.

— Que idade então é a vossa?

— Perdi a conta dos anos, em tal número são eles. Quando vossa mãe nasceu, já estes cabelos estavam o algodão que vedes! Grande tem sido a minha peregrinação na terra, e pesado o fardo desta existência!...

Proferidas estas palavras com inflexão grave e surda entonação, a feiticeira fincou a fronte no punho e ficou nessa atitude melancólica. Inesita a observava, partida entre a incredulidade que em sorriso lhe frisava os lábios, e um certo pavor que lhe penetrava mau grado seu a alma impressionada pela tristeza e miséria da vil criatura.

— É certo que sois adivinha?

— Experimentai e sabereis!

— Em que pensava eu quando chegastes?

A feiticeira volveu rápido olhar em torno, a ver se a escutavam as escravas, e respondeu abaixando a voz:

— Pensáveis naquele que está longe, e ausente no sertão, onde se foi em busca de riquezas para vos merecer!

Enrubesceu Inesita, e vexou-se, mas não teve ânimo de ordenar silêncio à feiticeira; esta continuou:

— Viste-o pela última vez, fazem hoje quarenta dias, nesta mesma casa! Quereis que pronuncie o seu nome?

— Não!... Não há mister!...

— Já vedes que adivinha sou, pois vejo em vossa alma como no espelho daquele trumó.

— Estais bem longe disso, mulher; o que dissestes não passa de meras suposições vossas. Mas se sois adivinha, deveis também predizer futuros!

— Por certo! Estes olhos têm o poder de ver através dos tempos, no passado como no futuro.

— Então dizei qual será minha sina? Dizei-o abertamente sem receio de assustar-me!

— Di-lo-ei, tal como a estou vendo no livro aberto do destino. Mas para que não duvideis de minhas palavras, começarei por contar-vos o passado; e então conhecereis que nada me é oculto na terra.

— Consinto; mas falai baixo que vos não ouçam! murmurou a menina designando com os olhos as escravas.

— Arredai-vos, filhas, e cerrai os ouvidos, para que os espíritos que me assistem vos não castiguem, disse a feiticeira para as negras.

Aproximando mais da donzela, repetiu Raquel quanto lhe confessara Estácio em suas longas práticas nas solidões dos mares, durante as largas e silenciosas noites da travessia perigosa. O arroubo daquelas recordações do mancebo, travado do ciúme aceso em sua alma, davam à palavra e ao gesto da judia um fogo que, ao través da feia máscara, cintilava como os fulgores satânicos de maligno espírito.

Inesita palpitava sob as vibrações daquela palavra rápida e animada que desdobrava a seus olhos com vivos traços e cores ardentes a história de seu puro amor, história dela desconhecida, pois nunca tinha ouvido de Estácio a revelação do que sentia. Agora, escutando a narração da feiticeira, parecia-lhe que essas palavras ardentes e apaixonadas, embora passadas por voz estranha, vinham do mancebo, e ela as aceitava como dele.

Afinal quando Raquel emudeceu, e o encanto se desfez, a donzela, caindo em si, exclamou ainda trêmula de emoção:

— Foi dele que soubestes toda esta história, confessai. Outra pessoa não poderia conhecê-la!...

— Foi dele, sim; porque o seu coração como o vosso me estão abertos.

Raquel fitou os olhos na donzela:

— Ele vos quer estremecidamente!... Um amor imenso, que faria a riqueza de muitas mulheres, ele o tem por vós unicamente!... E contudo, mísera senhora, vós sois mais desgraçada do que outras que amam sem esperanças no segredo de sua alma!...

— Por que motivo?... disse Inesita estremecendo.

— Por quê?... Essa que ama sem esperança é livre, e pois tem na sua desventura o supremo consolo de pertencer-lhe eternamente. Vós, amada, sereis unida a outrem, e haveis de sofrer o maior suplício que é possível infligir à mulher!... Quem sabe mesmo se o afeto dele não se tornará em desprezo!...

— Não vos compreendo! disse Inesita calma e tranquila.

— Pois não estais prometida a D. Lopo de Velasco?

— Estou.

— E as bodas não terão lugar?

— Quem sabe quando?

— Um dia... Nesse pois vos conduzirão ao altar?

— Em meu pai o ordenando.

— E sereis esposa de outrem!...

— Não o serei jamais senão daquele que amo e venero como já desposado por esta minh'alma! disse Inesita com serena firmeza.

— Sou eu agora que vos não entendo!

— Obedecerei a meu pai como devo; mas esperarei no meu coração até o último instante. Aos pés do altar, enquanto não chegue o momento fatal de proferir a palavra santa, conservarei a fé no meu amor e na graça de Deus. Se então o Senhor abandonar-me na terra, eu irei a ele no céu para lá reunir-me àquele de quem somente sou!

— Morrereis?... perguntou Raquel com ansiedade.

A voz de Inesita respondeu como um eco sereno e mavioso, que repercute na sonora espessura da floresta.

— Morrerei!

— Ali mesmo no altar?...

— E onde seria?

— Mas como?

A donzela olhou-a admirada.

— Qual gênero de morte escolhestes, que vos não obstem o intento aqueles que mais perto vos cercarem?

— Não me entendestes, creio. Quando a esperança desse amor abandonar-me de todo, ela levará após si meus espíritos, que só vivem dele e por ele. Cairei pois ali morta, nesse mesmo instante!

— Mísera senhora!... Cuidais que basta uma vontade firme de morrer para extinguir a vida em nós?... Como vos enganais!... Esta que aqui vedes já teve outrora um tempo de angústia cruel, em que a existência se lhe tornou execrável. Pensou como ora pensais. Recolheu seus espíritos e arremessou-se à eternidade com toda a força de seu querer. A morte a repudiou; enfim cobrou os sentidos, e achou-se viva. Conheceu que para partir-se deste mundo, é necessário extirpar a alma do corpo. Armou a mão de um punhal e sua mão tremeu, porque era fraca; tentou espedaçar-se caindo de uma altura sobre as pedras, e sua carne arrepiou-se com o pressentimento das dores cruas que ia padecer!...

— Na vossa ideia então eu não morrerei em querendo? exclamou Inesita trêmula.

— Caireis desmaiada sobre a laje; eles aproveitar-se-ão do vosso desmaio para abreviar a cerimônia, e quando tornardes em vós, sereis esposa de outrem!

Inesita sentiu gélido horror percorrer-lhe o corpo:

— Mas então que é preciso para morrer? exclamou ela com ansiedade.

Raquel estava em luta cruel que há instantes começara; apertava a cabeça entre as mãos para comprimir as violentas pulsações das têmporas, e ficou assim algum tempo com o queixo enterrado no peito e os olhos cravados no chão. Afinal ergueu súbito a fronte; estranho fulgor desferia sua alma, que rutilou na centelha dos olhos e no sorriso dos lábios.

— O que é preciso para morrer, dizeis vós?...

— Sim! deveis saber; ensinai-me!

— Basta este pó que vedes aqui!

A feiticeira abrira o baú e tirara uma redoma.

— Que é isso?

— Sorve-se o que tem dentro. Vem o sono e dorme-se para acordar com Deus na eternidade!...

— Veneno!...

— Assim o chamam os droguistas; os desgraçados acham nele o maná da felicidade que Jeová chove nos desertos desta vida!

Inesita colou os lábios ao ouvido da feiticeira:

— Quereis vender-me este pó, mulher? Eu vos pagarei com esta joia!...

— Guardai vosso rico bracelete de pedrarias, que tão gentilmente orna vosso braço formoso. Se fazeis apreço deste vidro, eu vo-lo darei, mas com uma condição!

— Qual?... Falai!...

— Que me deixeis beijar-vos na face!...

Inês fez um gesto repulsivo.

— Horroriza-vos a minha fealdade; também fui moça formosa, não tanto como vós!... disse a feiticeira com uma voz dolente.

Apresentou-lhe Inês as faces e deixou-se abraçar pela velha, que lhe escondeu no seio o frasquinho.

Raquel tratou de retirar-se:

— Não irei sem vos ler a buena-dicha.

— Lede!... disse Inês com um triste sorriso.

— O túmulo vos reunirá àquele a quem amais!...

— Bem sei que já não há esperança para mim; mas espero, porque lhe prometi!...

— Esperai, sim, até o último instante; pois tendes agora em vossa mão a morte, que separa os que estão unidos, e une os separados.

Raquel parou um instante em face da menina.

— D. Inês, nobre donzela, desposada de Estácio Correia, adeus. Esta infeliz vos saúda até o dia da vossa ventura.

E desapareceu deixando a donzela perplexa entre a esperança e o desengano, a dúvida e o terror.

Raquel encontrou no portão Cristóvão de Ávila, que entrava.

Desde a partida de Estácio, que o mancebo fiel à promessa feita ao amigo, tratou de velar sobre o futuro daquele nobre e profundo amor. A primeira e natural ideia, que lhe ocorreu, foi de estreitar mais as relações em que estava com D. Francisco para assim andar mais ao fato de que passava, e mesmo reanimar a donzela, pois frágil de seu sexo e tímida de sua natureza, ela sucumbiria na luta, sentindo-se longe de Estácio e sem o apoio de um coração amigo.

Era fácil a Cristóvão, pertencente à melhor fidalguia e muito reputado pela sua pessoa como pela sua linhagem, achar bom agasalho na casa de D. Francisco de Aguilar; contudo para que suas contínuas visitas não dessem causa a reparo, usou do pretexto de uma cessão de terras fronteiras com o seu engenho e pertencentes ao castelhano.

Naquela hora ia ele pois aparentemente para discutir com o fidalgo as condições do contrato, e realmente para trocar com Inesita algumas palavras.

A donzela apenas soube da chegada do cavalheiro, dirigiu-se à varanda onde habitualmente assistia sua mãe, e ficou como fulminada ao ouvir o que D. Ismênia dizia naquele instante:

— Como a um amigo de casa, me apresso em comunicar-vos a nova importante, Sr. Garcia de Ávila.

— Qual nova, dona e senhora?

— Das bodas próximas de nossa filha D. Inês com D. Lopo de Velasco!...

— Ah! e para quando estão marcadas?

— Para daqui a duas semanas, no domingo da Pascoela. Aproximai-vos, Inês; vinde saudar o cavalheiro!

Cristóvão por cortesia ergueu-se pronto para ir ao encontro da donzela, aproveitando o ensejo para encobrir sua perturbação. Quando ele se inclinava em face da moça, essa murmurou com um olhar de exprobração:

— Era para isso que me mandastes ter esperança, Sr. D. Cristóvão?...

— A nova surpreendeu-me como a vós, mas não está ainda tudo perdido.

— Que resta?

— Em nome de Estácio, senhora, vos digo e mando que espereis até o último instante, até que eu ou ele próprio remeta à sorte a missão de salvar-vos!

— Eu lhe prometi! Esperarei, mas sem confiança!...

— Talvez não mais tarde que amanhã ela renasça em vosso coração.

Cristóvão abreviou sua visita e partiu logo sem esperar por D. Francisco.

— É chegado o momento! disse ele.

De volta à casa, fez selar o seu melhor cavalo, e saltando ligeiro na sela, partiu a galope na direção do Brejo, cujo caminho atravessou com a rapidez de uma seta. Uma hora decorrida, apeava na porta da quinta de D. Lopo de Velasco.

O comendador o recebeu com a cordialidade usada entre fidalgos.

— A que feliz acaso devo eu a fortuna de vossa visita?

— Acertastes, comendador; feliz acaso! Soube neste instante que correis iminente perigo, e apressei-me a dar-vos aviso.

— Já vos rendo graças pela fineza, mesmo antes de saber a casta do perigo.

— Contaram-me, pouco há, na cidade, que iam correr os banhos de vosso consórcio com D. Inês de Aguilar, com quem estais justo e contratado para daqui a duas semanas.

— É exato, cavalheiro! Mas que tem isso com...

— É este justamente o perigo!

— Ah! é este!... exclamou Lopo surpreso.

— Se quereis meu conselho, retardai esse consórcio dois meses, dois anos... E melhor seria renunciar a ele!

— Por que motivo, não me direis, Sr. Cristóvão de Ávila?...

— Um homem há que se opõe a ele...

— Deveras!... Com que autoridade?...

— Reserva ele a razão de seu proceder para Deus e sua consciência.

— Entendo! Ressalva a reputação da nobre donzela!... E esse homem naturalmente é o Sr. Cristóvão de Garcia de Ávila?

— Ele próprio, e decidido, pesa-me de o dizer, a não deixar-vos entrar a porta da igreja, senão passando pelo fio de sua espada!...

O comendador cortejou:

— Já que assim vos apraz, abrirei caminho à minha ventura através do peito leal de um tão valente cavalheiro; mas crede-me, a dita que me espera ao lado de tão prendada esposa, não apagará a dolorosa lembrança do sacrifício que me ela vai custar.

— Na cortesia sois invencível, comendador; espero que não o sereis tanto em outra justa! Quando desejais que averiguemos isso?

— Estou às vossas ordens para quando determinardes!

— Penso que o mais depressa será o melhor! A honra de bater-me com tão bravo campeão, compreendeis, que me deve tornar impaciente.

— Tanto mais, quanto é impaciência, que eu partilho!...

— Pelo que respeita ao motivo da contenda, suponho escusado que o saibam.

— Sem dúvida; dois cavalheiros têm o direito de se trespassarem mui honradamente sem necessidade de dar contas ao vulgo.

— Bem ponderado! Contudo sabeis que gente há bisbilhoteira que se ocupa em esmerilhar as coisas, e é tão fina, que as inventa quando as não descobre! Dessa tenho eu muito receio; e para derrotar-lhe a curiosidade, não fora mau cobrir com algum pretexto notório a nossa querela real!... Se porém isso vos desagrada!...

— Ao contrário; ninguém mais deve velar a reputação de D. Inês do que seu futuro esposo; estava sim pensando no pretexto de que falais, e creio que o achei!...

— Melhor!... Poupais-me o trabalho de inventar.

— É hoje quarta-feira. Domingo darei uma grande caçada em minhas terras. Sois meu convidado e a ela assistireis. Na volta censurai a minha pontaria ou tachai o meu melhor veadeiro de podão; e vos prometo que tereis ali mesmo a resposta. Então pé em terra, espada ao ar, e à sorte das armas. Vos serve este meio?...

— Às maravilhas! Contanto que entre o dia de hoje e domingo não celebreis clandestinamente o consórcio.

— Cavalheiro!... Agora me ofendeis e gravemente. Desde que aceito vosso repto por uma causa, escapar a ele, por subterfúgio, seria indigno!...

— Assim o acreditava de vossa parte, mas para minha tranquilidade queria ouvi-lo.

— Estou pronto, se exigis, a desembainhar já neste momento!...

— Comendador, vossa mão! Até domingo!

— Até domingo! Asseguro-vos que teremos uma bela caçada, a qual muito me penalizaria perder, mais do que...

O comendador ia dizer, seu casamento; porém reteve-se a tempo.

— Mais do que dez mil cruzados; porém menos do que a vossa estima!

Cristóvão despediu-se e partiu. No caminho cruzou com um jesuíta que trotava modestamente em mula. Era o P. Figueira, que informado por seus agentes do próximo casamento de D. Lopo de Velasco com Inesita, e obedecendo às recomendações do P. Molina, vinha insinuar-lhe que adiasse a realização para mais tarde, até a volta do visitador.

Sabedor da resistência que fizera o fidalgo a esse consórcio, não esperava o jesuíta achar nele o menor obstáculo, antes favor e facilidade ao adiamento proposto. Qual não foi pois seu espanto ouvindo em resposta estas palavras terminantes:

— Nunca me passou pela ideia casar-me; foram lá vossos superiores que me encasquetaram isso na cabeça. Agora queiram eles ou não, a coisa se há de fazer no dia marcado e por minha conta própria!...

O frade quis replicar:

— Assim o tenho decidido, padre-mestre; é escusado insistirdes. Mudemos de assunto!... Ao jantar heis de provar de um certo prato à brasileira de minha invenção, sobre o qual desejo o vosso voto de entendido.

O Reverendo P. Figueira não teve remédio senão consolar-se da sua derrota diplomática nas delícias gastronômicas da opípara mesa do comendador.

Capítulo XIX

Quando a brisa mais fresca desfolha antes de tempo a flor ainda viçosa, a haste onde antes se embalançava docemente a fragrante e mimosa criatura, fica descoroada de sua beleza. Uma corola esborcinada, despida de suas brilhantes galas, e estanque de aromas, é quanto resta da flor: seu cadáver. Talvez ainda com a seiva da árvore vingue desse pólen um fruto fanado e mesquinho; porém não mais estilará aí um perfume, nem espontará uma pétala. A flor morreu.

Como essa flor era agora o amor de Cristóvão. A bonina do seu coração, mau sopro a desfolhara, deixando o cálix nu e triste. Sem dúvida ainda queria ele a Elvira, como à esposa sua que não tardaria de ser; porém os sonhos azuis, os devaneios suaves, as esperanças douradas, pétalas e perfumes das rosas de sua alma, essas se tinham esvanecido. Passara rápida e melancólica a primavera dessa flor de sentimento; já estava no seu outono, na queda das folhas, quando assomam no horizonte as primeiras brumas.

É certo que a história do amor é sempre essa; folha, flor, fruto, doce ou amargo: esperança, gozo, saudade ou remorso. Mas quando o coração passa gradualmente pelas suas diversas fases, ao chegar à estação calma e serena, já está saciado de delícias; não lhe faltam então as gratas reminiscências para semear sobre a monotonia do presente. Vêm os arrebóis que douram as sombras da tarde; vem o recordo, essa evocação do passado embelecida pela imaginação.

Cristóvão saltara bruscamente da folha ao fruto: seu coração quase não tivera flor; o tempo das cores e dos aromas fora uma hora só e essa angustiada. Amante apenas, ainda não desposado, parecia-lhe que Elvira era sua esposa desde muitos anos.

Não lhe inspirando já seu próprio amor as ilusões douradas que na sua idade são uma expansão essencial à imaginação, as buscava no amor de Estácio e de Inesita. Esse puro afeto, sobre cujos destinos fora pelo amigo incumbido de velar, era como um poema para ele; toda a poesia, que outrora esparzia em seus devaneios, concentrara naquele assunto. Afora as emoções do amigo, sentira ele, acompanhando os acidentes daquele afeto, o desvanecimento do autor inventando a fábula de gracioso conto.

Desde que Estácio partira, seu tempo era assim dividido.

Por manhã fechava-se na sala d'armas, e aí esgrimia muitas horas com escudeiros peritos no manejo da espada. A razão desse novo hábito introduzido em sua vida e seguido com a maior pontualidade, ele próprio talvez não a soubesse. Essa razão era um misto de várias causas. Por ocasião da luta que sustentara no terreiro de D. Luísa, refletira o mancebo que se mais forte e ágil fosse no jogo das armas, não correria tão grande risco. A prudência e seu amor-próprio lhe aconselhavam pois aquele exercício, que ao mesmo tempo fornecia algumas horas de distração à sua alma desconsolada. Afinal resolvido a defender o amor de Estácio a todo transe, ele acreditava que morrer pelo amigo não seria bastante; era preciso vencer por ele e conquistar-lhe a ventura. A espada pois, que cingia, e agora se tornara de guarda de sua honra e vida, a esperança da felicidade do amigo, era necessário que ele a manejasse de modo a ter nela plena e absoluta confiança.

A prática foi sempre a grande mestra da arte. Cristóvão, que era já uma das primeiras espadas da Bahia, tornou-se sem contestação a primeira, depois daquele contínuo exercício. O próprio Estácio, que pudera ser seu mestre, talvez não fosse já senão seu superior.

Ao deixar a sala d'armas, saía Cristóvão. O resto da manhã era dedicado ainda a Inesita e Estácio. Ou apresentava-se em casa de D. Francisco, para ver a donzela e reanimar-lhe a esperança; ou indagava dos amigos e conhecidos as novas do dia, receando que lhe anunciassem a próxima realização do casamento do comendador.

A tarde e a noite pertenciam a Elvira. A tarde, à Elvira de agora, à mísera convalescente, que lentamente tornava à existência da grave enfermidade; passava essas horas junto à donzela; ele vexado, ela pensativa; mudos ambos, quando não arrastavam um frouxo diálogo sobre coisas indiferentes. A noite, à Elvira de outrora, ao anjo dos puros e castos amores, que se escondera nos seios de sua alma; eram as horas da cisma e da meditação, que ele passava em seu aposento, à luz das estrelas, desde que voltava de casa de D. Luísa até vencê-lo o sono da fadiga.

Partira Garcia d'Ávila da quinta do comendador, e chegou à cidade, tendo em caminho encontrado o P. Figueira.

Encaminhou-se para a casa de mestre Cabral, licenciado em física, o mais reputado dos discípulos de Esculápio que havia então na cidade do Salvador, e do qual já se fez menção nesta história.

— Sr. licenciado, venho consultar-vos um caso!

— Estou sempre à obediência do sr. cavalheiro.

— Preciso que me informeis qual golpe ou ferida pode acamar um homem por dois meses?

O físico arregalou os olhinhos.

— De que vos espantais?

— Meu ofício é pensar e não dar golpes, sr. cavalheiro!...

— Também os dais quando é preciso para sarar o corpo! Esse é o caso. É verdade que tais golpes pagam-se melhor que as receitas; e por vossa segurança guardai esta bolsa.

O licenciado recolheu a bolsa, e objetou depois:

— A questão não é de paga, sr. cavalheiro; mas de consciência. Os golpes que eu dou são de bisturi; e vós me falais, se me não engano, em golpes de espada.

— Sem dúvida; são os de meu ofício.

— Bem vedes que vos não posso ajudar a fazer mal ao próximo.

— E se vos eu disser que é bem!

— Ah! se o sr. cavalheiro me promete não fazer mau uso do meu conselho...

— Oh! aplacai vossos escrúpulos, mestre Cabral. O caso é de consciência!... Tenho em minha mão os dias todos que restam a certo indivíduo; mas como não careço de tanto, e só de sessenta, recorro à vossa perícia, pois sem ela corro o risco de exceder a conta. Entendeis o negócio?...

— A falar verdade, ainda não. Se o cavalheiro quisesse aclarar melhor o caso...

— Pois não. Deixai-me ver a bolsa que vos dei.

O físico fez uma careta, e como se vomitara sangue do pulmão, escarrou a bolsa do peito do gibão.

— Aí estão não sei quantas moedas, vinte pelo menos. Posso guardá-las todas comigo, pois não as ganhastes, recusando-me o conselho pedido; mas suponde que desejo apenas tirar duas, e vos peço que me ajudeis a separá-las... Entendeis agora?

— Perfeitamente! Então são dois meses?

— Nunca menos!

— Para determinar com certeza é preciso conhecer a pessoa.

— Um homem de trinta anos, robusto, antes bilioso que sanguíneo, como dizeis em vossa algaravia.

— E o ferro que há de servir à operação?

— Aqui o tendes!

Cristóvão desembainhou a espada e pô-la sobre a mesa, aos olhos de mestre Cabral.

Este resmungou.

Afinal concluiu:

— Duas polegadas de profundeza na clavícula, rasgando para cima; são dois meses de cama, sendo o golpe convenientemente pensado por pessoa do ofício.

— Sereis vós quem terá esse encargo!

— Mas, sr. cavalheiro...

— Aqui tendes as duas moedas que saíram da bolsa. Quanto à cura, além do que receberdes do enfermo que é rico e generoso, pagar-vos-ei em dobro. Domingo próximo pela madrugada estai pronto, de mula selada à porta, que mandarei por vós.

Cristóvão saindo acrescentou:

— Escuso recomendar-vos segredo, pois é dever do ofício. Afiai a lanceta, mas embotai a língua.

— Não haja cuidado.

Dali foi o mancebo ver Elvira, com quem passou as horas merencórias da tarde.

No dia seguinte, logo pela manhã, encerrou-se ele na sala d'armas com

Afonso. O escudeiro envergava um desses corpos de algodão, muito usados naquele tempo no Brasil, de preferência às couraças de metal fabricadas no Reino; porque estas, além de mais pesadas e incômodas, tinham o inconveniente de repelir com força os arremessos das setas e dardos, que resvalando pelas faces polidas, iam ferir os próximos combatentes; enquanto que as outras embotavam o golpe.

Sobre o ombro direito estava cosida uma chapa de pita ou cortiça, que devia servir de alvo à ponta da espada. O combate começou; o escudeiro defendia-se com toda a vigilância e destreza; não obstante foi tocado primeira, segunda, terceira vez. Cada volteio que fazia a lâmina do cavalheiro embebia-se no alvo; mas a dificuldade não era essa, e sim medir com certeza a profundidade do golpe.

Chegou afinal o domingo emprazado para a caçada.

Cristóvão, trajando luzidas roupas, apropriadas à festa, montou seu fogoso e brilhante cavalo tordilho, e partiu para São Gonçalo acompanhado de dois pajens trajados com as cores de sua casa. Na altura do Carmo encontrou ele o licenciado Cabral, que chotava na clássica mula, em companhia do escudeiro Afonso que o fora buscar.

A manhã estava linda; a alvorada apenas vinha rompendo. Ao longo do caminho que serpejava por entre o viçoso arvoredo, os saís e os coleiros voando dos ninhos, preludiavam o raiar da alvorada; e as flores silvestres da manga e do cajá abriam a caçoula de seus perfumes. O mancebo atravessava por essa galeria verdejante, como pela nave cheia de harmonia e incenso de um templo cristão; a serenidade voltara à sua alma; ele sentia-se quase alegre; e uma vez a ilusão que o possuía desenhou-lhe a cena da celebração do casamento de Inesita com Estácio.

Cristóvão revivia nos amores daquele par gentil os santos entusiasmos que lhe não inspiravam mais seus próprios afetos.

Na quinta do comendador já estavam reunidos muitos convivas; outros iam chegando quando Ávila com sua comitiva entrou a larga porta do pátio. O mancebo foi recebido com efusão de cordialidade por quantos ali estavam, que todos o prezavam pelos seus dotes de cavalheiro, e muitos se honravam da sua amizade. Uns o felicitavam pela sua ressurreição, outros gracejavam cortesmente sobre as melancolias dos namorados e o gosto repentino que tomam pela soledade; todos se alegravam com sua companhia.

Passado o primeiro instante de confusão trazida pelas recíprocas saudações dos que chegavam, e pela aglomeração das comitivas, foi logo notada a presença agoureira do licenciado, cujas vestes negras e rosto de pergaminho destacavam como um borrão no meio dos trajes garridos e vistosos, e dos semblantes alegres e prazenteiros.

Os convivas se entreolhavam, buscando na fisionomia de cada um a explicação daquela singularidade. Garcia se apercebeu:

— Senhores, requeiro uma parte do bom agasalho, que me fazeis, para o senhor licenciado, e conto que a não recusareis, apesar da repugnância que vos causam os seus récipes e emplastros.

— Teremos este cuidado, independente de vosso pedido, para que não nos carregue a mão quando lhe cairmos debaixo dela.

Um murmurou ao ouvido:

— Que ideia foi a vossa de trazer este mata-são a uma caçada?

Cristóvão sorriu:

— Trouxe o senhor licenciado comigo para decidir uma aposta que fizemos sobre a caçada.

— Ah!

— Qual aposta?

— Apostei cem moedas com o comendador, que hei de varar o veado, metendo-lhe o estoque na gorja sem lhe ferir veia ou nervo.

— E eu parei cem moedas em contrário! exclamou uma voz sonora.

O comendador assomara no patamar, galhardo de sua pessoa varonil, resplandecente das sedas e veludos que o vestiam. Descendo os poucos degraus de pedra veio apertar a mão de Cristóvão e dos mais convivas:

— A cavalo, senhores!... O sol desponta; é a hora em que o cervo deixa a malhada!

Os cavaleiros saltaram lestos sobre a sela; e a luzida e formosa cavalhada desfilou pelo vale, à doce luz da manhã. O trem de caça, matilhas, pajens, monteiros, guardas, havia partido ainda noite para o couto.

Uma ocasião Garcia emparelhando seu cavalo com o do comendador, encetou a conversa:

— Que tempo loução, D. Lopo!

— Soberbo, D. Cristóvão! Melhor monção de caça não podíamos ter! Ventos escassos, dia claro, mas fresco!

— Quereis que vos diga! Esta gentil manhã está me afogando o coração em ternuras!

— Não cuidei que fôsseis tão dado ao sentimento.

— Pois não, D. Lopo. Quando penso que a natureza se enfeitou hoje destes céus tão azuis, destes prados tão verdes, destes ares tão límpidos, para despedir-se da gente e fazer-nos saudades!

O comendador se voltou surpreso a ver se o cavalheiro falava sério; mas topou com um gesto prazenteiro e um sorriso farsola que não enganava.

— Desenfeitiçai-vos, D. Cristóvão! É uma casquilha, a vossa natureza, que a todos se requebra. Bem faço eu que não a cortejo.

— Folgai embora! Eu não sei que ideias negras me assaltaram!... Esta noite, antes de deitar-me, escrevi meu codicilo!

— Decididamente caís na elegia, cavalheiro. Disseram-me já que tínheis queda para a poética. Cultivastes o madrigal! Agora mudais de gênero!

— Gracejo à parte, comendador; escrevi meu codicilo, e como nele me lembrei de vossa pessoa, quero dar-vos comunicação do seu contexto.

— Bem!... Me instituístes vosso herdeiro universal.

— Minha mãe havia de querelar do testamento. Mas a terça, de que posso dispor, leguei-a em vossa tenção!

— Para que com ela vos mande dizer missas?

— Pouco mais ou menos. Ides ver; a minha terça anda em uns vinte mil cruzados; instituí herdeiro dela qualquer que seja nobre, e queira vingar a minha morte, já se sabe, em combate leal. Caso ele sucumba, como eu, passará o legado por substituição a outro e outro, e assim sucessivamente até que vos enviem a fazer-me companhia no outro mundo, ou que renuncieis à mão de D. Inês de Aguilar!

— A lembrança é engenhosa! retorquiu o comendador mordendo o bigode e parando o cavalo para fitar seu interlocutor.

— Não vos parece?... Vinte mil cruzados já é uma soma boa, e cavalheiros pobres e destros no manejo de espada não faltam na terra! Todos os dias estão chegando do Reino!...

— Cavalheiro, disse D. Lopo com ar severo, entraria em vosso pensamento a ideia de assustar-me?... Me supondes alguma criança que tem medo de almas de outro mundo!

— Longe de mim tal ideia!... Sei que em negócio de honra não recuareis, nem mesmo diante de um canhão aceso! Se vos fiz esta comunicação é para que depois do nosso encontro façais as vossas reflexões sobre o número das vítimas humanas que têm de ser sacrificadas em holocausto ao vosso himeneu. Talvez essa consideração vos mova mais que o meu conselho.

— Então o negócio é para vós de vida e morte?

— Dizei de vidas e mortes!

— Bravo, D. Cristóvão. Bater-nos-emos até à décima geração!...

Chegada a cavalgata ao couto, foi a caça levantada; a corrida começou, dirigida, conforme todas as regras da nobre arte da monteria, pelo comendador. O herói da festa era um veado-galheiro, cuja fronte altiva coroava a alta e rija armação. Por muitas horas esse velho rei da mata zombou da velocidade dos fogosos ginetes e do faro dos cães; afinal, depois de uma batida contínua, exausto de sede e fadiga, arrimou-se a um tronco seco e voltou-se para fazer face à matilha; suas pontas agudas rasgaram o ventre a dois ou três cães; depois desfalecendo vergou a cabeça ao peso dos galhos e arquejou.

Garcia e Lopo chegavam a galope e com eles a chusma de caçadores. O mancebo, a quem fora designada a honra de dar o golpe de misericórdia, como aquele em tenção de quem era a caçada, recebendo do monteiro-mor o estoque, embebeu-o no pescoço do veado.

— Perdeste a aposta! exclamaram logo muitos cavalheiros.

— Nem é preciso que o físico decida!

— Nada, disse Cristóvão; sem o voto dele não me dou por vencido.

— Assim deve ser.

Foram em busca do licenciado que estava dormindo na sela sobre a paciente mula, e o trouxeram ao campo da contenda. Bem quis o discípulo de Esculápio, nas suas funções de árbitro, pender em favor de quem o pagava; mas a coisa seria calva demais; decidiu pois que a artéria do veado fora traspassada pelo estoque.

— Desde princípio que tive o páreo perdido por vós, D. Cristóvão.

— Sem dúvida; era quase impossível!

— Não percamos o tempo, que é precioso!

Isto disse Cristóvão rindo, e olhando o comendador de um modo significativo:

— D. Lopo, sou vosso devedor por cem moedas!

— Nunca foi minha intenção recebê-las, pois tinha a certeza de ganhá-las, D. Cristóvão. Blasonastes de vossa habilidade, e eu tomei-vos sobre a palavra para melhor convencer-vos de vossa sem-razão.

— Senhor D. Lopo, não estou acostumado a receber lições, e muito menos esmolas!

— Parece que estais despeitado com a perda da aposta.

— Recebereis as cem moedas ou me dareis satisfação da afronta.

— Estamos no terreno; temos padrinhos à escolha.

Debalde se interpuseram os convivas, com especialidade D. Francisco, para conciliar os dois cavalheiros. Foram ambos inflexíveis; forçoso pois foi darem campo aos combatentes, servindo de mantenedores o castelhano e o alcaide.

D. Lopo não era uma espada de primeira força, conquanto tivesse um jogo regular. Garcia reconheceu logo sua imensa superioridade sobre o adversário; e demorou-se em saborear a vitória.

— Decididamente não quereis receber as cem moedas, D. Lopo?

— Se vos pesam, atirai-as aos lacaios, cavalheiro!

— Bem sei, rico senhor, que não fazeis caso dos pobres! Mas todo vosso grosso cabedal não vale o meu pouco, porque com ele não recuperareis o que vão custar-vos as minhas dobras.

— Que é então que elas vão custar-me, gracioso senhor?

— Nada menos que um olho!

— Sois jocoso!

— Ficareis como o nosso Camões! Ai!...

— Que há?

— Quase vos espetastes na minha espada!

— Não tenhais cuidado!

— Mas pensando melhor, desisto. As damas não me perdoariam jamais o ter desfigurado tão guapo e gentil cavalheiro!

D. Lopo ocupado com o jogo, o qual reclamava todos os seus sentidos, não pôde mais dar a réplica aos gracejos de Cristóvão, que já começavam a irá-lo.

— Ficareis sem este senão, D. Lopo; mas em troca haveis de estar acamado dois meses, isto é, sessenta dias, para refletir nas consequências de vossa pertinácia!

Mestre Cabral, que ali estava perto, de amarelo tornou-se verde.

— No primeiro dia depois do vosso restabelecimento, me fareis a honra de assistir a uma caçada em minhas terras de Matoim, onde vos prometo que atravessarei um veado sem lhe ferir nervo nem veia. Não será festa tão luzida como as que costumais dar; mas escusareis a singeleza. Estais convidados, senhores, para esse dia, e conto convosco!...

— Com a breca! Acabemos com isto de uma feita, senão acharemos o jantar recozido!

— Pois seja como dizeis. Aí vai, ao ombro esquerdo, no jogo do braço... Sentistes?

A espada de D. Lopo saltou-lhe da mão, e o braço caiu inerte ao longo da ilharga, ao passo que a dor o obrigava a arrimar-se ao ombro dos pajens para não tombar.

— Mestre Cabral! gritou Cristóvão enxugando a espada.

— Que achais? perguntou D. Francisco.

— Duas polegadas de profundeza, rasgando sobre a clavícula sem ofensa de nervo ou artéria.

— Mas é perigoso?

— Nada! Demanda apenas um curativo de dois meses.

— À casa, senhores! exclamou o comendador. O jantar nos espera. D. Cristóvão, aceito o vosso convite! Daqui a dois meses! Está dito, senhores.

— Por Santiago, que o caso é galante. Daqui a dois meses.

Arranjaram ali umas andas com ramos verdes para transportarem o comendador, o qual apesar da febre que sobreveio, ainda fez durante alguns momentos as honras de sua casa, estendido em um leito de campanha, até que por conselho do físico o recolheram à sua câmera.

À noite, D. Francisco chegando à casa comunicou à mulher o ocorrido, observando que as bodas sofriam com esse acidente uma demora de dois meses. Inesita, que o ouvia de parte, agradeceu a Cristóvão o alívio que lhe dera; mas lamentou o triste acontecimento de que fora vítima uma criatura, a quem ela não odiava senão porque a isso a forçavam.

Os dias correram então mais calmos para a donzela; embora a ameaçasse ainda a desgraça, ela esperava sempre em Deus e na volta de Estácio. Mas foi-se o tempo escoando; a convalescença do comendador prosseguia; os dois meses estavam a findar.

João Fogaça chegou de volta de sua expedição. O P. Molina conseguira escapar-lhe, graças à boa cavalgadura, e recolhera à Bahia; o capitão de mato vinha-lhe no encalço, e entrou na cidade na tarde do seguinte dia.

Cristóvão levou a Inesita as notícias que seu colaço lhe trouxera de Estácio. Sentiu a donzela apertar-se-lhe o coração, sabendo que seu amante estava tão longe dela quando a hora, em que seu mútuo destino devia decidir-se, aproximava; mas havia em sua alma uma esperança que surgia sempre nos instantes da desesperação, para lhe restituir a calma.

Enfim chegou o dia do restabelecimento de D. Lopo de Velasco.

O comendador e todos os seus convivas, inclusive D. Francisco, compareceram à casa de Garcia em Matoim. A festa foi esplêndida, e excedeu na riqueza e concerto às melhores que se davam na Bahia por aquele tempo. D. Lopo foi agasalhado como aquele em tenção de quem era o banquete.

Quando se retiravam todos, tomou Garcia ao comendador pelo braço, guiando-o até sua comitiva:

— Então, comendador, não renunciais à mão de D. Inês?

— Mas isso é negócio já resolvido, D. Cristóvão.

— Neste caso recomeçaremos!

— Se exigis!

— Sem dúvida!...

— Estou sempre ao vosso dispor.

No dia seguinte batiam-se de novo os dois fidalgos; e o comendador era novamente ferido no quadril e condenado a mais dois meses de cama. D. Lopo se atirara com fúria sobre o antagonista resolvido a feri-lo ou sucumbir de uma vez. Ele preferia a morte ao suplício de um curativo lento, insuportável a naturezas ativas e vigorosas como a sua. Mas Cristóvão, que desde o primeiro desafio continuara a exercitar-se e adquirira maior perícia ainda, burlou todos os esforços do antagonista.

Conduzido a casa o ferido, Ávila enviou-lhe imediatamente mestre Cabral, cujos salutares avisos é natural servissem para a perfeição do golpe, como da primeira vez sucedera.

De volta à cidade, o mancebo ao passar no Largo da Sé viu um palanquim fechado que entrava na igreja; e reconheceu, nos portadores, escravos de D. Francisco de Aguilar, embora não trouxessem eles a libré da casa. Curioso de saber se Inesita ali estaria com a mãe, foi até a porta da Sé; e daí avistou o palanquim arreado ao pé do confessionário. Um jesuíta, meio inclinado junto à portinhola, falava com vivacidade.

— Veio à desobriga! murmurou Cristóvão afastando-se.

Era costume naquele tempo irem as damas assim ocultas à igreja para se desobrigarem do sacramento da penitência, e pois não lhe causou aquele incidente grande reparo. Se porém se lembrasse do costume de terem as casas principais seu confessor privado, e a de D. Francisco o tinha em muito apreço na pessoa de Fr. Carlos da Luz; se lhe ocorresse a indisposição que existia entre os senhores de engenho e os padres da Companhia, não lhe passara tão desapercebido o incidente.

Depois de longa prática, o palanquim, onde ia D. Ismênia com sua escrava de confiança, tomou para Nazaré; o P. Molina, pois era ele o confessor, voltando ao Colégio, montou a possante mula, e encaminhou-se para o sítio de São Gonçalo a visitar D. Lopo de Velasco.

Na tarde deste mesmo dia foi Cristóvão à casa de D. Francisco. O fidalgo o agasalhou com a costumada cordialidade; até àquela hora ignorava o ferimento de D. Lopo; e pois gozava de satisfação do completo restabelecimento, que prometia a pronta celebração do consórcio. Irritado pelos sucessivos obstáculos que surgiam à realização de um acontecimento tão desejado, o castelhano, com o gênio ardente e insôfrego de que era dotado, resolvera apressar a cerimônia.

Comunicava naquele instante suas intenções, as quais se refletiam no semblante de sua mulher em desusada preocupação e na fronte da filha em uma sombra mais espessa de melancolia.

Cristóvão entrando adivinhara o que passava; e aguardou o ensejo de serenar Inesita, dando-lhe parte do acontecido.

Abriu-se a porta; um pajem entrou com uma carta.

Mandava-a o comendador:

Parece que a Divina Providência se opõe à realização do nosso mais caro voto, pois me lançou de novo, e quem sabe por quanto tempo, no leito da dor, donde esta vos dirijo. É urgente que vos fale hoje mesmo; armai-vos, como eu, de indulgência e resignação aos decretos do Altíssimo.

D. Francisco amarrotou o papel, irado ao último ponto; depois abrindo-o, colocou-o diante dos olhos da mulher que a muito custo soletrou as poucas linhas da carta:

— Vede, D. Ismênia, se não é para fazer perder a paciência a um santo!

— Penso eu que D. Lopo diz verdade!... A vontade do céu não é que estas bodas se façam!... Não tentemos a Deus, D. Francisco, que nos pode ele castigar e bem duramente!...

O castelhano olhou surpreso para a mulher, enquanto Ávila, aproveitando a ocasião, falava à puridade com Inesita.

— Que razões são estas que vos ouço, senhora? Pois não fostes vós sempre a mais interessada neste casamento e a primeira que se dele lembrou?...

— É certo, enquanto cuidei que fosse conforme com a vontade de Deus e a ventura de nossa filha. Mas vejo agora o contrário, e para tudo vos dizer, senhor, Inesita pôs seu cuidado em outro, que bem a merece!

— E esse outro não direis quem seja, já que tão bem informada estais?

— Se já o sabeis!... É aquele valente mancebo que aqui entrou há tempos e o disse em presença de todos nós.

— Estácio Correia! exclamou D. Francisco com soberbo alto de voz.

A este nome, Inesita e Cristóvão estremeceram e ficaram suspensos dos lábios dos dois esposos:

— O mesmo! respondeu D. Ismênia. Inesita e ele se querem. Os sinais da proteção, que Deus lhes dispensa, são visíveis; devemos pois nos submeter à vontade celeste, abençoando a ventura de ambos.

Inesita, assunta da violenta emoção, permaneceu um instante naquele rapto de sua alma, librando-se entre o céu de delícias para onde estava a desferir o voo, e o abismo de amargura e desespero em que ameaçava de novo sepultar-se. Quanto a Cristóvão, sua esperança fora rápida e fugaz; porque durante que falava D. Ismênia, ele vira a cólera funda e terrível que se condensava no afogueado semblante do fidalgo, e lhe embargara a voz um instante:

— Senhora, não proferi estas loucas palavras que são praga contra a nossa filha. Pois eu vos juro que se tal acontecesse, a maldição paterna a perseguiria pela eternidade!...

— Ah!...

Grito pungente rompeu do seio de Inesita, agora desfalecida nos braços de uma escrava. Cristóvão ficou ali, mudo espectador da cena, a olhar triste e merencório o pálido semblante da donzela. D. Francisco saiu arrebatado.

Quando Inesita voltou a si, ouviu-lhe Cristóvão um mavioso queixume:

— Só me resta morrer!...

— Ânimo e esperança! acudiu Cristóvão.

— Jamais, jamais serei de Estácio na terra! murmurou ela estremecendo ainda à voz da maldição paterna.

Capítulo XX

Vamos caminho do Colégio.

Entrada a larga portaria, saudemos o nédio e pachorrento Irmão Bernardo; depois subindo a escadaria de pedra e enfiando o longo corredor, chegaremos à cela do P. Molina.

Ali está o visitador, com os cotovelos fincados na banca de jacarandá, as mãos espalmadas na larga fronte pensativa e o olhar vivo coando pela fresta dos negros cílios abatidos.

Medita o grande pensador.

Como a fênix, seu espírito renasce das próprias cinzas. Derrocada sua obra pela súbita intervenção de João Fogaça, o visitador obrigado a ceder à força, buscara asilo na cidade da Bahia. Salvara o roteiro, é certo; mas este agora estava reduzido a uma simples curiosidade.

De feito não só possuía Estácio a cópia dele, bastante para o guiar à jazida oculta das minas de prata; mas com a ideia que tivera o mancebo de apagar os vestígios e destruir os marcos deixados pelo pai, ficara sem nenhuma serventia o antigo manuscrito.

Era já impossível evitar que Estácio fizesse a descoberta das minas; e pois ainda que o jesuíta, ajudado da informação do P. Manuel Soares e de alguma indicação do roteiro, viesse ao cabo da empresa, não lograria o desejado efeito. O mancebo com certeza se havia de apresentar ao governador, ou mesmo a El-Rei com sua descoberta; e então mal iriam os negócios da Companhia.

Estácio era pois no momento atual, como fora em princípio, antes da posse do roteiro, o eixo da empresa; era necessário amoldá-lo; se de todo não coubesse isso no possível, então forçoso seria suprimi-lo, como um obstáculo. Ainda não tinha o espírito do visitador encarado esta segunda face do plano; por enquanto só trabalhava no primeiro desígnio.

Conhecia bem o jesuíta ao mancebo; já por diversas vezes, e sobre todas no

Presídio de Santa Luzia, tomara o pulso àquele ânimo vigoroso. A luta engrandecia essa personalidade já de si opulenta, e lhe imprimia uma espécie de eletricidade moral. Não era que tal campeão atemorizasse o visitador; sentia-se ele com forças para o abater; mas destruir é uma coisa e outra mui diversa o vergar.

O coração de Estácio, como o cerne do robusto madeiro, só era flexível ao calor de um fogo doce que o embrandecesse. Grande chama podia abrasá-lo; não o inclinava. Resolveu pois o visitador tocar aquela alma pela generosidade e simpatia.

Trabalhar pela felicidade do mancebo, realizar as radiantes esperanças de seu amor, obter-lhe o impossível, a mão da nobre e formosa D. Inês, e esquivar-se na sombra, porém de modo que o mancebo lobrigasse o vulto de seu generoso protetor; essa foi a engenhosa traça combinada pelo jesuíta.

Consequência do plano assentado, era já a confissão de D. Ismênia, à qual sua palavra poderosa havia inspirado a força de pleitear em face do marido a causa de Estácio. Era também a carta de Lopo de Velasco a D. Francisco, notada e escrita do próprio punho do visitador.

É na seguinte manhã que achamos o P. Molina em atitude pensativa junto à banca. A maior porção de seu espírito se engolfa na meditação, novamente passando e repassando as probabilidades e circunstâncias de seus desígnios. Um raio porém de exuberante inteligência destaca, e filtrando no olhar, discorre em torno alerta e vivo. Admirável duplicidade do espírito, que é dom raro das organizações escolhidas.

Não era fácil de perceber o que assim distraía fora uma fração da mente recolhida do jesuíta. O aposento estava deserto, como a rua, para onde abria a janela do cubículo; nem um rumor, nem um vulto cruzava no espaço cheio de silêncio e claridade. Aos olhos do P. Molina porém não escapou, longe, na penumbra das folhas de um alto coqueiro de vizinho horto, certa mancha mais escura.

Desde sua chegada à Bahia percebera o frade que João Fogaça lhe tecia uma rede em torno. A cada instante ele sentia a vigilância do capitão de mato, que o envolvia como um ambiente. Foi necessário que o jesuíta se tivesse constantemente sobre as guardas para frustrar os esforços do adversário.

O capitão de mato tomara em ponto de honra o restituir a Estácio o roteiro, e desforrar-se do logro que lhe pregara Molina.

Chegado à Bahia, foi-se à casa de Mariquinhas, sua mulher, a quem abraçou:

— Afinal, eis-vos de volta, João! exclamou a moça.

— Para vós, não, Mariquinhas, ainda não voltei!

— Que dizeis com isto, que vos não entendo?

— Enquanto me não desempenhar cá de um negócio de honra, que me traz zonzo, não poderei entregar-me a vós, como tanto anseio.

— E por que então?

— Porque não prestarei para nada mais, se não for querer-vos com todas as forças de minha alma. Já sois minha mulher, que era ponto da minha quizília; o mais não tarda, fiai de mim.

E pôs-se a campo o forasteiro, com seus três *sentidos*. Quanta finura e astúcia cabiam no possível, foram empregadas, mas sem êxito. A sagacidade provada do jesuíta burlava os melhores planos. Afinal Fogaça, que não primava pela paciência, fatigou-se da luta demorada, e assentou de desfechar o golpe. Dias antes enviou ao visitador um recado escrito, notável pelo laconismo e vigor do estilo.

Dizia ele:

Se em uma semana, contada de hoje, segunda-feira, o papel que sabeis não estiver em minha mão, ou porque o haja eu tomado, ou porque mo tenhais restituído, juro-vos à fé de João Fogaça que vos arrependereis das manhas novas e velhas.

Tende-vos por advertido.

Sabia Molina que o capitão de mato era homem capaz de maiores façanhas, e pois não deixou de sentir certo temor lendo a missiva. Contudo fora vã para ele a ameaça, se ao mesmo tempo não considerasse na inutilidade do roteiro. Convinha- lhe acabar com uma luta que desviava a sua atenção de outro ponto; mas por timbre assentou de não o fazer senão no último dia, que era esse em que estamos.

É quase supérfluo advertir, para quem já conhece Molina, que não se resolvera a abrir mão do velho manuscrito, sem a plena certeza de não ocultar ele algum segredo recôndito. Repassou-o dos mais poderosos agentes químicos, para o caso de haver entre a escritura aparente alguma simpática e invisível; estudou a forma, o tamanho e até as dobras do pergaminho. Quando se convenceu que toda a alma desse espojo a tinha ele influído em sua inteligência, então decidiu-se a restituí-lo.

Saíra entanto o visitador da longa meditação, e tomando a pena, escreveu em um quarto de papel estas palavras: — *"O Senhor Fogaça pode vir"*. — Embrulhado o escrito em uma moeda, achegou-se da janela e o arremessou na rua. O coqueiro ao longe estremeceu de leve, e uma sombra rápida cortara os ares ao longo da haste, como se um coco do cacho houvera caído. Molina voltou o rosto para o mar, simulando contemplar a barra; quando retrocedeu a vista o papel havia desaparecido, sem que ele soubesse por qual maneira isso fora.

Nesse instante arranharam à porta; pela fresta, que abriu o visitador, apareceu o rosto prazenteiro e insinuante do nosso amigo Fernão Cardim:

— Como V. Reverendíssima recomendou que, em vindo o Doutor Vaz, o avisassem...

— É ele chegado, padre provincial?

— Ainda não; mas vi-o atravessar, e se me não engano, já o ouço que sobe.

— Faça-me a graça, padre provincial, de o dirigir para cá.

195

Com pouco entrou Vaz Caminha, cada vez mais vergado pelos anos e acabrunhado ao peso de sua alma. Depois da usual urbanidade, começou o jesuíta:

— Estava ansioso por ver-vos, doutor, e mais por dar-vos certa nova que não esperais.

— As boas já as não espero, padre-mestre; às más porém estou por demais acostumado.

— Ótima é, e senão julgareis. Roto é o consórcio projetado do comendador de São Ivo com a Sr.a D. Inês.

— Ah! é o segundo!

— Com o terceiro parece que assim não acontecerá!

— Pois já há outro ajustado?

— Ainda não, mas breve; tudo caminha para aí.

— E com quem, se vos praz?

— A ser verdade o que sei, e o sei de boa fonte, será com vosso afilhado.

— Estácio?

— Estácio Correia, sim, a quem a Sr.a D. Ismênia tem no melhor conceito, pois o quer para esposo de sua filha.

— É possível, P. Molina?

— Sabei mais então que isto mesmo já o anunciou a seu marido em tom decidido; e bem diz o rifão que "a mulher quando teima é pior que a reima".

— Outro anexim agora me lembra, padre-mestre: "Quando a esmola é grande, o pobre desconfia". Por qual bom padroeiro alcançaria Estácio, desvalido e só, tanto favor?

O advogado pusera no rosto do frade olhos que lhe traspassavam o íntimo.

— Pela graça do Senhor, que é o melhor patrono dos infelizes.

Molina fez uma pausa:

— Doutor Vaz Caminha, já não tenho que esconder à vossa perspicácia. A luta em que andei empenhado cessou. Estácio a esta hora está senhor das minas de prata e possuidor de um novo roteiro escrito por indicação vossa.

— Me emprestais muita argúcia, padre-mestre!

— Ainda estais em guarda?... Esperai pelo resto. Minha incumbência, vindo ao Brasil, foi descobrir o roteiro de Robério Dias; outra não tive; levei-a ao cabo. A Providência transtornou os desígnios do vigário-geral da Companhia, inutilizando o manuscrito: vou pois restituí-lo a seu dono, pondo-o nas mãos de seu procurador.

— Tal não sou eu, já vo-lo disse de outra feita; amigo somente e mestre; nada tenho com os negócios de Estácio.

O advogado era levado a recusar, por uma repugnância espontânea, semelhante à do paladar que rejeita uma substância amarga. Essa restituição ocultava decerto uma insídia que ele não podia logo perscrutar, mas sentia insinuar-se.

— Nada se vos pode ocultar, doutor. Desconfiais ainda da restituição que vou fazer-vos? Pois então sabei que não a faço de boa vontade, mas forçado.

Lede isto.

Era o bilhete do Fogaça. Em comentário a ele contou o P. Molina como lhe servira o capitão de mato de instrumento para subtrair o roteiro.

— Não quero chamar sobre a cabeça de inocentes os males de feito só meu; por isso estou decidido a abrir mão do papel. Pelo interesse de Estácio pensava eu que não convinha pôr em mão de terceiro um segredo de tanta importância, pois sem dúvida não esquecestes que o roteiro de Robério, se agora nada vale como guia, vale muito como prova da existência das minas. E caso tal boato chegue a El-Rei, ou mesmo aos governadores por ele postos nos Estados do Brasil...

— Há de chegar, sem dúvida, P. Molina; porque esse é o caminho direito, a estrada real; e Estácio, se me ouviu, nunca em sua vida trilhará outra.

— Bem vos conheço, Senhor Vaz Caminha; sois o homem da justiça, *vir probus*. Mas, entre nós, podeis afirmar que a justiça esteja sempre na seda do trono? Creio eu que as mais das vezes anda a rojo no estrado, onde a calcam os reis com as alparcatas de veludo. Lembrai vosso amigo Robério Dias, condenado como traidor...

— É sempre falível o juízo dos homens; mas há o remédio da reparação.

— Tardio, quando não é vão.

— Embora; o mundo não foi talhado à nossa vontade. Julguem os ministros da lei; os ministros da razão, como eu, pleiteiam; os da religião, como vós, P. Mestre, consolam.

— Não quero insistir, porque iria longe e fora de nosso sujeito a controvérsia. Siga Estácio a estrada real que vai a Aranjuez; mas vede que é essa a que mais infestam os salteadores. Por atalhos escapa-se à recova; no caminho trilhado há sempre emboscadas. Ofereci a Estácio em troca do segredo das minas de prata o mesmo que desejais para ele, e mais do que nunca há de obter; a reabilitação da memória de seu pai, largos haveres, fidalguia, e por cima a felicidade de possuir a mulher amada. Não aceitou; é negócio findo; restituo o que lhe pertence e desejo alcance quanto quis eu dar, ou ainda mais.

Bem compreendeu Vaz Caminha a força do argumento. De feito Estácio, apresentando-se com o roteiro, não obteria de El-Rei as vantagens, que um jogador da força da Companhia podia tirar da partida.

— Vejo uma dificuldade só, mas grande, no vosso plano. Se a Companhia pretende o segredo das minas é para as explorar às ocultas; e nesse caso como se reabilitaria a memória de Robério?

— E não pudera a Companhia alcançar da Coroa o reconhecimento de seu domínio?... Mal a conheceis, doutor.

O visitador ergueu-se e foi à porta espiar pelo corredor.

— Estácio breve estará de volta. Falai-lhe, P. Mestre. Quanto a mim, não entendo de tais coisas.

— Já desisti da empresa, Sr. Vaz Caminha. Em poucos dias conto regressar ao Reino.

Dizendo estas palavras, o jesuíta espreitava o corredor, como à espera de alguém. Ao cabo de instantes ouviram-se passos, e Fogaça apareceu introduzido pelo leigo cubiculário.

— Abancai-vos, sr. capitão; estávamos unicamente à vossa espera para concluir o negócio que sabeis. Resolvi fazer a restituição do papel pertencente a Estácio Correia. Este papel, vós o exigis de mim; mas tendes para isto poderes de seu dono?

— Não tenho poderes alguns, padre-mestre. Mas jurei ao Sr. Estácio, e a mim por estas barbas, entregar-lhe o que, por minha simplicidade e astúcia vossa, ele perdeu.

— Ah! se não tendes poderes, então permitireis que ponha o manuscrito em mão do Sr. Vaz Caminha aqui presente, como pessoa conjunta de Estácio, seu padrinho e mestre, de mim conhecido. Com ele vos havereis.

— Está direito, disse João Fogaça; somente como há morrer e viver, o sr. doutor me passará uma clareza disto para que eu me quite com o Sr. Estácio.

— Como vos parecer! respondeu o advogado.

O visitador então levantou uma ponta da pesada banca e tirou um chumaço de papel sujo e pulvurento que estava calçando a sapata do pé torneado; aberto o invólucro machucado, apareceu o roteiro.

Fogaça atirou ao ar em direção ao coqueiro um murro formidável:

— Bruto! Tão à mostra e não o vias!...

Molina riu-se; o advogado observou:

— Nada mais escondido, capitão, do que o argueiro que nos entra pelos olhos.

— Aqui tendes o roteiro, doutor!

— Certo que o não receberei assim: lacrai-o e aponde-lhe os selos para que o guarde eu.

— Primeiro certificai-vos da identidade. Reconheceis a letra de Robério?

— Vejo que é a própria.

Logo após se apartaram dali, o advogado levando o volume lacrado, e o capitão de mato com a devida clareza.

Só na cela, Molina agitou o corpo, como um homem que arremessa de si o torpor; de feito acabava de pôr o remate ao seu plano; podia libertar o espírito dele, e esperar tranquilo o desenlace. Mas não era o jesuíta homem que estivesse unicamente a uma só amarra. Estácio podia burlar sua esperança, e em vez de aceitar o pacto oferecido, insistir em revelar o segredo a El-Rei.

Debruçado agora à banca escreve o frade em um maço de pergaminho. Copia a suma do roteiro de Robério Dias, dando-lhe melhor estilo e imitando a letra de um antigo padre, filial do Colégio do Salvador, e ainda companheiro de Anchieta. Entre os alfarrábios da casa deixara ele autógrafos, dos quais aprendeu o visitador a copiar-lhe o caráter da letra.

O tal padre havia apostolado nos sertões de Jacobina, muito antes que o Moribeca por lá andasse. Com um roteiro de sua letra, envelhecido convenientemente por meios que fornecia a ciência, a Companhia disputaria o direito às minas, fundada na prioridade da descoberta. A prova que Estácio podia opor a isto, os marcos de Robério, ele a acabava de destruir.

O trabalho do visitador foi interrompido pelo leigo: trazia-lhe recado de uma dama que o esperava no confessionário. Vendo no corredor a cara embiocada da Brásia, adivinhou Molina quem a mandava:

— Dulce!

Esse nome murmurou-lhe no fundo d'alma. Seu primeiro pensamento foi subtrair-se ao pedido sob qualquer pretexto; mas viu no passo da dama uma luta que surgia, e teve por melhor desfechar logo o golpe decisivo. Seu tempo era precioso.

— Dizei à dona que desço já.

Dulce ao receber a resposta sobressaltou-se, como quem a não esperava; logo despediu para casa a aia. Aproximando-se do confessionário, que ficava mais na sombra, esperou trêmula e palpitante.

Veio Molina. Avançou lento e severo; a um aceno seu Dulce ajoelhou:

— Aqui estou a vossos pés, senhor; mas não para me confessar!...

— A que vindes então, pecadora, e por qual razão me dais um mundano tratamento, que não é aceito na casa de Deus por seus ministros?

— Vim para vos suplicar!

— Suplicai ao Onipotente!

— E a vós!... Por piedade restituí-me aquele que perdi e era o meu único bem e felicidade!...

— Sois então muito desgraçada? murmurou o frade com um ligeiro estremecimento na voz.

— Ah! exclamou Dulce travando-lhe da mão. Tendes compaixão de mim!... Obrigada!

— Deus ensinou a caridade! respondeu o frade esquivando a mão. Mas que posso eu em vosso bem?

A dama, através das grades do confessionário, pôs nele uns olhos cheios de exprobrações:

— Ainda pretendeis negar-vos à minha lembrança, que vos reconhece, Vilar, e vos está vendo como no dia em que o bom cura de Palos nos uniu para sempre? Oh! não useis de tamanha crueldade, como já uma vez fizestes. Desprezai-me embora, expulsai-me de vossa presença, mas dizei que sois o mesmo, o mesmo que eu amei, e ainda amo como no primeiro dia.

— Estais presa de uma alucinação, mulher! Por quem me tomais vós, que vos não compreendo? replicou o frade friamente.

— Sois meu marido!... Embalde tentareis fugir-me!

— Enlouqueceu a mísera! disse o P. Molina erguendo olhos ao céu.

— Não enlouqueci, não, apesar dos tormentos que por vós padeci durante quinze anos!... Meu amor, que me trouxe o martírio, salvou-me!

— Em suma que quereis de mim?

— É preciso que vo-lo repita?... Venho requerer-vos como meu marido que sois e me deveis amparo e proteção!

— Vejo que persistis em vossa loucura. Já não tenho que fazer aqui.

Dulce ergueu-se de um ímpeto e esbarrou a saída do frade:

— Esperai, que ainda não acabei!... Se não atenderdes ao justo pedido da mulher que abandonastes... Sabei que sou rica, e tenho os meios de coagir-vos.

— Ah! e quais são esses meios? disse o visitador sorrindo.

— Escarneceis?... Foi o melhor letrado desta terra, o Dr. Vaz Caminha, quem me aconselhou. Irei a Roma lançar-me aos pés do Santo Padre e ele me fará justiça!

— Que obtereis com isso?

— Ignorais?

— Pois vos pergunto!

— Oh! bem o sabeis!... Obterei que sejam anulados os votos, que fizestes, contra o sacramento...

— Como provareis que o frade que acusais seja realmente vosso marido?

— Não tenho eu a prova? disse Dulce tirando do seio a certidão.

— Tendes a prova de vosso casamento com um tal Vilar. Mas decerto não podereis provar que esse Vilar seja o P. Gusmão de Molina!

— Eu correrei toda a Espanha, e derramarei rios de dinheiro para o conseguir.

— Duvido muito!... Mas dado que chegueis a esse resultado, pensais ter ganho alguma coisa?...

— Oh! decerto!

— Não tereis ganho coisa alguma. O Santo Padre nada poderá em vosso favor.

— Vós me enganais!... O doutor me assegurou!

— Vosso pudor escondeu naturalmente do advogado uma circunstância delicada. Se lhe houvésseis dito que vosso noivo se apartara alguns minutos depois da cerimônia, deixando-vos donzela e casta...

— Que tem essa circunstância?

— O Dr. Vaz Caminha vos dissera que o matrimônio estava roto pelo voto posterior; e que já não tínheis marido.

Dulce ficou fulminada. O frade não se aproveitou de seu pasmo para retirar-se; ao contrário cruzou os braços, e a envolveu em seu olhar sombrio e pesado. A dama afinal arrastou-se outra vez de joelhos aos pés do sacerdote:

— Perdão!... Não quis ameaçar-vos! Não tenho a força, nem o direito de fazê-lo! Ainda que o tivesse, não recorreria a nenhuma justiça, nem da terra, nem do céu! Quero tudo dever à vossa generosidade e compaixão! Tende piedade desta mísera! Uma esmola de esperança, que vos ela suplica, não lhe recuseis!... Já não sois meu! A Igreja me roubou para si o esposo que me deu!... Eu me resignarei à desventura; porém ao menos o consolo de ver-vos, de vir alguma vez depositar a vossos pés neste confessionário, não meus pecados, pois outro não tenho senão o de amar-vos; mas as minhas tristezas e aflições. Que vos custa isto? Podeis ser fiel à vossa nova esposa, sem condenar a primeira ao martírio e ao desespero!...

Não foram estas as únicas lamentações que exalou a alma da desventurada, cheia a transbordar dos sofrimentos de tantos anos. Quando a palavra estancou no lábio seco e árido da formosa dama, as lágrimas rebentaram dos olhos. Opressa, ofegante, ela apoiou a fronte ao confessionário para não cair no pavimento.

O padre, que a ouvira todo o tempo taciturno e recolto, acurvou então o elevado talhe, e deixando cair na alma da mísera algumas palavras surdas, desapareceu:

— Vosso esposo, mísera!... Só no céu!...

Em princípio esmagada por esta cruel palavra, a dama ergueu-se com esforço sobre os joelhos, e pôs no altar uns olhos ardentes:

— Deus meu!... Ele assim o quer.

Capítulo XXI

Na tarde em que D. Francisco de Aguilar ameaçou a filha com sua eterna maldição, Ávila, ao partir daí, se encaminhou para a casa de D. Luísa de Paiva.

Ia visitar Elvira, a quem não vira depois de quatro dias, atrapalhado como andava com a sua festa e o desafio que se lhe seguiu.

A tarde estava a findar; restavam apenas alguns instantes de crepúsculo.

Elvira, recostada em um coxim defronte do balcão, contemplava o pôr do sol. Nos arrebóis que cambiavam cores às nuvens até que de todo se desvaneciam na sombra lívida, figurava ela os vários afetos de sua alma; também os sonhos vivaces e as esperanças douradas se apagavam na palidez de uma acerba recordação.

A donzela chegara ao termo de sua convalescença, e contudo nem a rosa voltara à face, nem o sorriso ao lábio; estava branca e melancólica, como um lírio partido.

Vendo Ávila, que chegava, seu belo semblante cobriu-se de uma expressão dolorosa.

— Escusai-me, Elvira, por não ter vindo estes últimos dias; razão maior...

— Não careceis de justificar-vos, Cristóvão. Não pudestes vir... Não me queixo, menos vos acuso.

— Tamanha indulgência, senhora, bem se parece com indiferença.

A donzela dirigiu ao céu os olhos e um sorriso sublime de resignação.

Houve uma pausa. Estes corações, cheios como estavam a transbordar, se refrangiam ao toque um do outro.

— Estais de todo convalescida, Elvira. Não credes que já seria tempo de fixarmos o prazo?

— Qual prazo, Cristóvão?

— Para o nosso recebimento.

— Ah!

— Não me respondeis?

Elvira tirou os olhos do chão e levou-os ao semblante do cavalheiro, que estremeceu até o fundo d'alma, recebendo o choque daqueles dois raios límpidos e cintilantes:

— Respondei-me vós primeiro. Ainda me quereis, Cristóvão?

— Duvidais de meus sentimentos, Elvira! Eles não mudaram.

— Estais bem certo disto?

— Que singular ideia é a vossa!

— Pois, Cristóvão, respondei-me pelas mesmas, não por outras palavras. Pergunto-vos eu se ainda me quereis?

— Quero-vos, Elvira!

A donzela sorriu amargamente.

— Por que este coração, que ao de longe conhece o rumor de vossos passos, e vos pressente antes que vos vejam os olhos, por que ficou ele agora frio e mudo ouvindo-vos?... Esta não é a voz com que outrora me dizíeis as mesmas palavras!... Oh! não vos iludis, Cristóvão, já não sois o mesmo!

— Não estou aqui a vossos pés, senhora?

— O que vos tem junto de mim, não é mais o amor, não; é a honra. O coração ardente e extremoso que outrora por mim se estremecia, morreu; mas o coração grande e generoso, que eu admirei, este é o que me resta. Sois e sereis sempre o mesmo cavalheiro nobre e leal, Cristóvão; em vossa consciência vos julgais apesar de tudo obrigado pelos vossos juramentos, porém eu vos absolvo deles. Rejeito o sacrifício que me quereis fazer de vossa felicidade. Se alguém deve sofrer de um erro, que foi meu e só meu, não há de ser o inocente!

— O que nas minhas ações pode ter feito nascer em vosso espírito semelhantes suspeitas? balbuciou Ávila.

Elvira travou-lhe da mão e cerrou-a com força:

— Em vossa consciência, Cristóvão, dizei-me: sois feliz hoje como fostes nos tempos de nosso malfadado amor?...

Cristóvão emudeceu; sua alma soluçou no peito, mas não veio aos lábios.

— Vedes?... Não sabe mentir vossa boca!... Felicidade, vos não posso dar mais neste mundo!

O cavalheiro curvou a fronte; as lágrimas rebentavam de seus olhos e banhavam-lhe as faces. Como a linfa que borbulha do bambu quando o rompem, era esse o pranto de uma alma dilacerada.

Elvira não chorava; já seus olhos estavam estanques de lágrimas e seu coração mirrado e seco da dor. Ela olhava tristemente o mancebo; e o pranto que desfiava de suas pálpebras, cada gota que tombava, era um resquício do extinto amor a transudar do nobre coração que a adorara outrora!

Passado um longo e silencioso momento, Cristóvão despediu-se de Elvira. Não se disse nessa despedida mais palavra do que costumavam nos dias passados; entretanto quando as duas mãos cerradas um instante soltaram-se uma da outra, ambas estas criaturas sentiram partir-se o último fio que ainda ligava suas almas.

Ávila, chegado a casa, ordenou que não tirassem os jaezes ao cavalo, e subiu ao gabinete para escrever. A carta era para Elvira, e continha estas poucas palavras:

Tendes razão, Elvira; a mentida felicidade deste mundo já não existe para nós; porém outra melhor e eterna nos aguarda na mansão celeste. Essa fé me anima e inspira. Vou lá esperar-vos, esposa minha!

Tendo cerrado a carta que recomendou a seu escudeiro levasse a quem era dirigida, ajustou as armas e desceu ao pátio para montar de novo a cavalo e partir.

Onde ia ele àquela hora da noite, desacompanhado e sombrio?... Ia em busca da morte; ia arremessar a existência no primeiro abismo que o acaso lhe deparasse em caminho. Punha já o pé no estribo quando um cavalo a galope estacou à porta e apeou-se um cavaleiro.

Era D. Francisco. O fidalgo apertou a mão ao mancebo e levou-o até acima:

— Sei tudo, cavalheiro!

— A que aludis, D. Francisco?

— Venho de casa de D. Lopo. Compreendeis agora?

— Não; de todo não compreendo.

— O comendador referiu-me a causa do primeiro e do segundo desafio vosso. Estais enamorado louco da minha Inesita, D. Cristóvão!...

— Asseguro-vos, D. Francisco, que vos enganaram!

— Não tendes já necessidade de esconder os vossos sentimentos, amigo!... Sabeis se vos estimo; o único obstáculo que se opunha à vossa ventura, neste momento, está removido. Conseguiu vosso valor o fim a que se propôs; D. Lopo obteve de mim permissão para retirar seu pedido, e eu corri à vossa casa para ser o portador de tão boa nova e o núncio de vossa felicidade. Abraçai-me, D. Cristóvão.

O mancebo ouvira espavorido as palavras do fidalgo; mas no meio desse espasmo percebia-se a explosão do júbilo que lhe causava a nova da renúncia de D. Lopo. A mão de Inês estava outra vez livre! Esse pensamento atravessara a atonia de seu espírito, como um raio brilhante do sol filtra entre as nuvens.

O castelhano cerrou em seus braços o mancebo e prosseguiu:

— Quando ao ler a carta de D. Lopo, e depois às suas primeiras palavras, conheci que, como o primeiro, o segundo ajuste de casamento para minha filha tinha de ser desfeito, não imaginais, D. Cristóvão, qual desespero foi o meu! Tive ímpetos de esbofetear aquele homem, apesar de prostrado no leito!... Estava decidido a abandonar de uma vez esta terra, que tão fértil há sido para mim em dissabores; por estes dias deve partir a frota do Reino; ela me levaria e todos os meus a melhor porto!

— Pudestes pensar nisto, D. Francisco? Uma tão rápida viagem!... disse Cristóvão estremecendo.

— Para mim não fora rápida, senão bem demorada. De suplício cruel seria cada um dia mais que ficasse nesta terra, alvo dos remoques de toda a gente!... Felizmente tudo acabou pelo melhor e com bastante satisfação minha, pois com sinceridade vos digo, que não escolhera outro esposo para Inês, se de princípio conhecesse vossos sentimentos; e dou-me por bem pago do mal passado pelo bem que trouxe!

Cristóvão emudecera de novo; estava agora a debater-se em uma luta terrível travada entre dois opostos sentimentos.

— Abalou-vos tanto a alegre nova, que de todo vos tomou a voz? insistiu D. Francisco. Estais aí tão calado!...

— Tão inesperado foi o que me anunciastes! balbuciou Cristóvão.

— Pois deixo-vos só para que melhor vos habitueis à ventura. Amanhã vos espero cedo para que apresenteis vossa homenagem a Inês!

— Amanhã?

— Depois do que há passado deveis compreender minha impaciência! Em quinze dias estas bodas hão de estar feitas e concluídas.

Cristóvão ergueu-se resoluto:

— Uma coisa exijo eu porém.

— Qual?

— Segredo inviolável. Ninguém mais, além de nós ambos, deve saber deste consórcio até o dia em que se ele celebrar. Haveis também de sentir a necessidade dessa medida, para evitar os dizeres e murmurações da gente.

— Neste ponto ainda são conformes nossos pareceres. O sigilo será inviolável.

D. Francisco cumpriu sua promessa. O enxoval da noiva, que podia denunciar as próximas bodas, já de há muito estava preparado e só esperava pelo dia. Sedas, finas batistas e outras lençarias abertas de renda e crivo ou recamadas de mimoso lavor, enchiam os baús de cedro aromático, cobertos de charão e vindos da Índia. Os ricos adereços de diamantes, rubis e pérolas estavam encerrados nos cofres de sândalo, embutidos de ouro. Nada faltava, senão o feliz cavalheiro, para a gentil senhora de todas estas lindas galanterias.

No seguinte dia, indo a Nazaré, teve Cristóvão com Inesita este curto diálogo:

— Dizei-me, D. Inês!... Tendes alguma esperança de que D. Francisco consinta um dia em vosso casamento?...

Inesita sorriu:

— A esperança é o fôlego d'alma; quando ela se apaga, não há mais vida aí!... Mas bem sei eu que só um milagre pode obter isso de meu pai.

— E sem esse consentimento não sereis esposa do homem a quem amais?

— Na terra, não.

— Oh! se lhe quisésseis como vos ele quer!

— Tudo quanto era meu lhe dei, pois só vivo dele!... Minha pessoa não me pertence, mas a meu senhor e pai. Subtraí-la a seu poder só o pode Deus, meu criador!...

Cristóvão ficou algum tempo com os olhos fitos nela, e cheios de ardente fulgor. Depois partiu brusco e rápido.

Correram os dias.

Em Nazaré faziam-se aprestos para uma grande festa. Artesãos e mecânicos fabricavam várias obras, como arcos e pavilhões, ou renovavam as tapeçarias da casa; em frente ao edifício se dispunham as colunas que deviam servir aos vários fogos de artifício. Este desusado movimento excitou muito a curiosidade de todos; mas D. Francisco teve logo o cuidado de aplacá-la, declarando que pretendia comemorar naquele ano o seu natalício com uma festa, qual nunca se vira na Bahia.

Na véspera Cristóvão aproximou-se de Inesita. A donzela andava contente desde que se desfizera seu casamento com o comendador; essa liberdade era ao menos uma sombra de ventura para ela, que não podia ter a realidade. Não estar destinada a nenhum outro, era pertencer, embora de longe e por pensamento a Estácio. Reparou pois ela na tristeza profunda de Ávila e no tom grave com que lhe falou.

— Pondes vossa confiança em mim? perguntou-lhe o mancebo.

— Em quem a pusera, se a retirasse de vós? Não sois o irmão de Estácio, e meu portanto? Não me arrancastes já por duas vezes ao meu fatal destino?...

— Pois se depositais vossa fé neste amigo e irmão vosso, ouvi e guardai bem minhas palavras.

Ávila refletiu no que ia dizer:

— Qualquer coisa que aconteça, por mais espantosa que pareça, não vos abandone a esperança. Sereis feliz, eu o juro sob minha vida e honra.

— Mas então!... Nova desgraça me ameaça?

— Nada mais vos posso dizer!... Esperança e fé.

Chegou o dia da festa. Era já por tarde, e ainda Inesita não recebera as ordens de seu pai, que a mandara aguardar em companhia de D. Ismênia. Foi quase ao anoitecer, quando começaram de acender as luzes, que o castelhano veio buscar a donzela e levou-a pela mão até sua recâmera.

Entrando, Inesita sentiu-se gelada, como se penetrara em um túmulo. Ali estavam sobre os coxins as suas roupas de noivado, as cândidas vestes da inocência, o véu do pudor, a coroa da virgem, o ramalhete da castidade.

— Esta noite sereis conduzida ao altar, Inês! disse o fidalgo.

A donzela curvou a fronte, cruzando as mãos ao seio em atitude de mártir.

— Sabereis em tempo qual o esposo que vos escolhi!...

Que importava a Inesita quem ele fosse? Abandonou às suas aias, para que amortalhassem de galas e riquezas, um corpo morto. Quando terminaram esse triste ofício de ornar a vítima do himeneu, Inesita ergueu-se e foi direito ao trumó; sua mão buscou alguma coisa na gaveta.

— Ainda não! murmurou. Ele me disse que esperasse apesar de tudo.

Escondeu o objeto no seio. Chegou então D. Francisco, e guiou a filha pela mão às salas, cheias já de damas e cavalheiros. Para a sala do dossel arrastavam naquele instante a cadeira onde D. Ismênia, também coberta de alfaias e sedas, assistia surpresa àquela festa incompreensível. Inesita foi levada a uma cadeira ao lado de sua mãe e aí ficou estática e alheia ao que passava em torno.

De repente viu Cristóvão, trajando com aprimorada elegância, chegar-se a ela trazido por D. Francisco, e saudá-la. A presença do mancebo a reanimou; lembrara-se de suas palavras da véspera, e sentiu o calor da esperança aquecer de novo seu coração gelado. Entanto D. Francisco oferecia-lhe a mão, e seguidos pelas damas e cavalheiros desceram as escadarias e tomaram na direção da capela.

Era noite.

As estrelas recamavam o azul do céu; e as brisas do mar derramavam pelo espaço os perfumes das jaqueiras de Itaparica.

A casa de D. Francisco nadava em luz. Desde o chão até o cimo, cingiam-na coroas de fogos entrelaçadas com os festões de rosas e grinaldas de várias flores.

As árvores mostravam por entre a verde folhagem os globos multicolores das luminárias, que pareciam frutos de rubis e safiras pendentes dos ramos.

Ao longe ressoavam os arpejos da música de envolta com o alegre vozear dos convivas, cuja multidão ondeava pela calçada.

Em sinal de seu regozijo e para dar maior esplendor e animação à festa, mandara o fidalgo que se franqueassem as portas, e mais tarde se distribuíssem comezainas e vinhos ao povo; grande cópia dele, excitada pelo banquete tanto como pela curiosidade, apinhava já os arredores.

Nesse momento um cavalheiro embuçado em negro manto penetrou na pinha de gente que, derivando do edifício principal, se condensava para a asa direita, onde se via armada uma galeria formada com arcos de flores e rases das mais lindas ramagens.

Essa arcada servia de passagem entre o edifício principal e outro de menores proporções, cuja fachada gótica alvejava entre o verde-escuro dos cinamomos à luz das tochas.

O embuçado estremeceu. Esse pequeno edifício era a capela; lá estava a cruz negra a apontar para o céu, e a fumaça do incenso, que enroscava-se em espirais e subia às nuvens.

A seus ouvidos ressoavam como dobres de finado as vozes e chacotas do popular, que parlava das bodas e da formosa noiva.

— Bem me dizia o coração! murmurou o embuçado. Amanhã seria tarde.

Afagando o punho da espada, redobrou de esforços; porém a multidão era de tal modo compacta, que ainda desta vez a sua tentativa foi baldada.

Ligeira ondulação percorreu a turba de uma à outra extremidade. Era o cortejo que atravessava para a capela, e o povo que se conchegava para vê-lo passar.

A donzela movia-se automaticamente; seus olhos feridos pelas luzes das tochas, que iluminavam o altar, deslumbraram-se. Parecia-lhe que não era ela quem andava, mas a capela, aberta como uma cratera de chamas que avançava mais e mais até devorá-la. Assim achou-se aos pés do sacerdote que oficiava, e à direita de um cavalheiro, de quem apenas sentia o vulto.

Ergueu os olhos ao Cristo que dominava o altar; daí abaixou-os ao sacerdote e depois ao homem a quem iam sacrificá-la. Seus olhos cegaram-se de horror; pasma ficou e morta a pupila. O seu desposado era Cristóvão, o homem que na véspera a encorajava em seu amor, o amigo dedicado de Estácio!...

A nobre alma de Inesita condensou-se toda em um assomo de soberba indignação. Alçou o talhe para afrontar bem em face o desleal e traidor; seu lábio olímpio o fustigou com uma sílaba só:

— Vós!...

Torrente de indignação, gemidos de leoa, ondas de sarcasmo, grito de ameaça, tudo ali estava naquela voz breve e ríspida.

— Perdão! murmurou Cristóvão curvando a fronte.

Tomado de um surdo desespero, por não poder atravessar de chofre aquele muro de carne que se opunha à sua passagem, o embuçado, concentrando as forças, metera ombros à multidão, como se fora uma alavanca e foi levando-a por diante.

Entrava já o cortejo na capela, quando afinal conseguiu o desconhecido chegar à porta; nova barreira, e mais formidável pela estreiteza do lugar, se ergueu à sua passagem; porém a grande massa de povo, que vinha após, levou por diante a mó de gente que tomava a entrada; o embuçado achou-se de repente em meio da capela.

Tinha-se enchido de coragem e contudo sucumbiu diante do espetáculo que viram seus olhos alucinados.

Aos pés do deão, revestido dos hábitos episcopais, uma dama e um cavalheiro estavam ajoelhados, esperando o instante de receberem a bênção nupcial.

Na posição em que se achava não podia o desconhecido ver-lhes o rosto que tinham voltado para o altar; mas a dama, não carecia de a verem seus olhos, pois já seu coração a adivinhara.

O mancebo sorriu; seu olhar terrível correu o cortejo de brilhantes cavalheiros, à frente dos quais aparecia
no match
D. Francisco de Aguilar; a mão, que desde o princípio tinha ao peito, comprimindo as pulsações precípites do coração, abateu-a sobre o punho da espada. Já o ferro lampejava, e o pé promovera o passo ardido... Novo e mais forte abalo prostrou o valente mancebo.

Inesita volvera o semblante para fitar seu desposado. Que deslumbrante beleza!... Sua pupila negra cintilava, e desferia sobre o cavalheiro raios esplêndidos; tinha na fronte uma auréola de rainha; dos lábios fluía um sorriso fulgurante, que exaltava toda sua pessoa. O desposado parecia ao contrário esmagado pela emoção; tinha a cabeça baixa, e nem ousava erguer as vistas para a formosa noiva.

A alma do embuçado gemeu em sua aflição:

— Senhor Deus! Ela o ama.

E abandonou o punho da espada leal! Que podia ela contra tamanha desventura! Inesita o traía; tinha deixado de pertencer-lhe; já não precisava do seu amparo; nem ele tinha já o direito de perturbar a cerimônia religiosa. Seu direito agora era só um, o da vingança; não contra ela, mísera mulher, mas contra quem lha roubara. Bateu de leve na espada como se a acalentara, ou lhe recomendasse paciência; e aguardou o fim da cerimônia.

Viu impassível a bênção nupcial; era um homem morto, já sem sensibilidade para a dor; a desgraça batia nele, como o sopro da tempestade no flanco de uma rocha. Mas a mesma rocha dura e impenetrável, um dia a abala e dilacera o raio.

Assim foi ele. Ao terminar a cerimônia ergueram-se os noivos. Ele não viu, nem ouviu mais nada; quando recobrou os espíritos, estava na capela erma e apenas iluminada por algumas tochas; uma vaga lembrança do que o desacordara, tinha ficado impressa em seu espírito, como o sinal de uma queimadura recente na epiderma.

— Cristóvão!... soluçavam os ecos de sua alma! Cristóvão, meu amigo, meu irmão!

Era realmente Garcia de Ávila que se erguera dos pés do sacerdote e oferecera a mão a Inesita para voltar às salas do festim. Tinham ambos passado por diante daquele vulto estático sem nele reparar. As danças os esperavam; à sua chegada começara o baile, cujo ruído alegre derramava-se pela serenidade daquela noite de maio.

Quando o cortejo saíra da capela e após ele o popular, outro embuçado chegou à porta e examinou com atenção a figura do desconhecido; havia alguns instantes que ele o entrevira na multidão, e se pusera à busca. Encontrando-o agora, e confirmando suas suspeitas, aproximou-se lentamente.

Era João Fogaça.

O forasteiro tomou, sem proferir palavra, a mão do embuçado e apertou-a ao coração. Esse coração rude, mas leal, compreendia a dor que assolava aquela nobre alma traída. Passados alguns instantes de respeitoso silêncio, falou com voz submissa e fraca, como se receasse ofender essa dor recente e viva.

— Depois do que acabam de ver meus olhos, só esperava que chegásseis, para cumprir a palavra que vos dei, e partir-me!... O papel, que vos foi roubado, está em mãos do doutor: aqui tendes o recibo.

O embuçado tomou maquinalmente o objeto que João Fogaça lhe apresentava:

— Careceis de mim, Sr. Estácio?... Dizei-o sem medo! Tendes aqui um amigo!

— Não proferi tal nome!... De nada careço senão que me abraceis!... O contato de um coração leal como o vosso há de fazer bem a esse meu transido e morto pela mais negra perfídia.

João Fogaça apertou o embuçado em seus braços, e sentiu os olhos úmidos de lágrimas:

— Parto esta alvorada. Vou-me ao sertão com minha mulher, para não mais tornar. O que presenciei agora me enjoou do mundo. Antes quero a companhia das feras!

— Feliz quem pode, como vós, salvar dele sua felicidade, para abrigá-la longe da vista dos homens!...

Abraçaram-se de novo por despedida. João Fogaça saiu da capela e afastou-se rápido; ele tinha medo do que ia suceder, ali, naquela noite.

Entretanto corria o tempo alegre e festivo nas salas ricamente adereçadas. As danças figuradas trançavam coreias de damas e cavalheiros, que ondulavam garbosamente ao som cadente da música.

Fora, em torno ao edifício iluminado, agitava-se a chusma do popular, soltando ledos descantes e levantando brindes aos noivos; os pajens corriam de um a outro lado com tabuleiros de viandas e outras provisões, ou com canjirões e botelhas, distribuindo a eito comezainas e bebidas.

Duas pessoas unicamente, e eram os heróis da festa, não tomavam parte no geral regozijo.

Inesita estava ansiada; dir-se-ia que esperava com impaciência uma nova que tardava. Contemplando-a, percebia-se a violência que ela empregava para reter dentro de si uma alma que esforçava por irromper e vazar-se; mas não obstante a sua resistência de vez em quando desprendiam-se chispas ardentes, que incendiavam o olhar e fulgiam no sorriso. Nunca maior paixão e mais possante cólera vulcanizou um coração de mulher.

Cristóvão estremecia de momento a momento. Volvia então os olhos em torno, como se receasse ver surgir-lhe em face um espectro medonho. Parecia que um remorso pungente o acicalava. Mas logo após a dor desse remordimento, ele conseguia dominar-se: a inquietação cedia à costumada tristeza; e sobre esta derramava-se uma doce serenidade.

Ninguém em tudo isso reparara. A impaciência da donzela e o sobressalto do cavalheiro perdiam-se nos rumores festivos do sarau.

Mas de repente um calafrio arrepiou toda aquela multidão contente e jubilosa. A voz da morte, estridente, lúgubre, atravessou o burburinho harmonioso da festa. A respiração estacou no seio da multidão; todos quedaram-se opressos, inquirindo com os olhos sobre o estranho sucesso, e sem ânimo de soltar dos lábios a palavra que o terror ali gelara.

Havia causa para a terrível comoção.

O sino da capela tocava a finados; esses dobres lentos e fúnebres traspassavam o coração como os gemidos de uma longa e cruel agonia. Ao mesmo tempo, sem que se soubesse donde, nem como viera, derramava-se pela turba uma voz sinistra: que aparecera na capela uma cova aberta, sobre a qual haviam semeado flores de laranja.

D. Francisco, sabedor do sucesso, tratou de conhecer a verdade. Eis o que se pôde saber de positivo.

Depois da celebração das núpcias a capela ficara deserta, mas iluminada ainda por algumas tochas. Sem que ninguém visse como, apareceu de repente fechada; mas isto não deu causa a reparo, senão quando a gente, que girava cerca, começou de ouvir umas pancadas, como se estivessem cavando a terra. Houve então quem se benzesse e mal agourasse daquele rumor em dia de bodas; mas o vozear da turba abafou os ecos subterrâneos; e o prazer breve esvaneceu o susto.

Decorrido algum tempo um pajem, que andava com um pichel a distribuir vinho entre os grupos, avistou junto à capela um embuçado cosido com a parede.

— Já brindastes a senhora D. Inês e seu nobre desposado, homem?

— Ainda não! respondeu-lhe uma voz surda.

— Tomai então de beber!

— Que trazeis aí?

— Ora esta! Vinho e do bom!

— Pois eu quero sangue!

O pajem recuou espavorido; porém mão de ferro travou-lhe do punho e o arrastou. Viu-se ele súbito transportado à capela; no centro estava aberta uma cova com quatro tocheiros nos cantos. O vulto embuçado mostrou-a e desapareceu; instantes depois o sino começara de tocar a finados. De terror perdeu o pajem conhecimento; recobrando os sentidos, andou esvairado a correr de um a outro lado em busca da porta, antes que acertasse com ela e pudesse escapar-se à visão horrível.

D. Francisco e Cristóvão encaminharam-se para a capela a fim de averiguar do conto, e a maior parte dos convivas os acompanhou. Não fora alucinação do pajem: a cova lá estava aberta, com os tocheiros nos cantos, e as flores de laranja em torno.

— Não passa de um mau gracejo! disse D. Francisco rindo para dissipar a terrível impressão.

Mas todos viram a lividez que lhe jaspeava o semblante, e o tremor convulsivo que dele se apoderara. A música, um instante interrompida, derramou novas torrentes de harmonia; as danças foram outra vez trançadas; fogos de artifício e invenções se queimaram para divertir os convivas; porém não foi mais possível reanimar a festa.

O gelo do túmulo pesava agora sobre a turba há pouco prazenteira e folgazã.

Contavam algumas damas uma circunstância notável. Inesita, ao saber do acontecido, não mostrara o menor susto. Estava ela ouvindo os dobres do sino com um sorriso doce, como se escutara a mais suave melodia, quando lhe vieram contar da cova aberta de fresco na capela. Voltou-se para as amigas e disse-lhes mansamente, com uma voz meiga:

— É a minha!... Fizeram bem de abri-la.

Cristóvão entrou na sala; tinha percorrido toda a capela e a quinta em busca do embuçado. Pouco depois voltou D. Francisco e os cavalheiros que procederam a igual pesquisa, ao sair da capela, acompanhados de pajens com tochas. Nada absolutamente viram de suspeito.

Eram mais de nove horas.

O cortejo, que devia conduzir os noivos a suas casas, começou a desfilar. Inesita subiu ao seu palanquim dourado, aberto em forma de uma concha, e forrado de veludos e sedas; as outras damas tinham palanquins vistosos, embora menos ricos. Cristóvão, D. Francisco e os cavalheiros montavam luzidos corcéis, custosamente ajaezados. Na frente ia a música, concertando vários toques muito alegres.

Quando chegava a procissão nupcial perto à casa de Cristóvão, iluminada em festa e adereçada para receber sua nova senhora, repararam as pessoas que iam adiante, em um vulto de mulher a atravessar a rua. Quem quer que fosse, desapareceu na porta, por entre a numerosa criadagem, ali agrupada para saudar os noivos.

A suntuosa ceia estava posta em uma sala do edifício, que formava o centro de formoso pavilhão, unido às casas de morada por uma passagem de varanda.

A longa mesa carregada de iguarias, vinhos e frutas, esperava os numerosos convivas. Cavalheiros e damas a cercaram para honrar os seus hóspedes e brindar novamente as felizes bodas.

Logo em princípio do banquete Cristóvão dirigiu-se aos seus convivas:

— Senhores, que me fizestes a mercê muito subida de acompanhar-me nesta noite de minha felicidade, tenho outra graça de maior quilate que pedir-vos; e de vossa generosidade espero não a recusareis.

— A demora é o tempo de a declarardes! respondeu D. Francisco. Fio dos senhores que todos porfiam em vos dar gosto e prazer!

— Certo! exclamaram os fidalgos. Ordenai de nós como vos aprouver.

— Empenho-me convosco, senhores meus, para que nenhum deixe esta sala do banquete antes de meia-noite passada; porque para esta hora reservo o melhor e mais apurado da festa.

— Artifícios de fogo? exclamaram uns.

— Algum baile à francesa? acudiram outros.

— Aposto eu por uma serenata!

— Vê-lo-eis, senhores!...

Cristóvão dirigiu-se a Inês:

— Permitireis, senhora, que me afaste um instante de vossa presença, pois é para mais alegre torná-la nesta vossa casa?

D. Inês pôs os olhos no seu desposado e lhe disse com uma voz profunda:

— Ide, senhor!

Ávila misturou-se entre os hóspedes, e na confusão da turba desapareceu sem que o percebessem.

Recolhido ao gabinete, Cristóvão como que arrojou de si a tristeza que o oprimia. Seu rosto agora estava mais sereno; seu lábio, se ainda não o inflorava o sorriso, também já não o confrangia o íntimo sofrer; o olhar não vagava mais perplexo e tímido pela turba, como lhe sucedera no sarau; mas fitava avante com firmeza e calma o alvo de seus pensamentos. Dir-se-ia que era a presença dos convivas que o entristecera e atormentara.

O mancebo tirou do seio um manuscrito que releu atentamente e lacrou. Isto feito, chamou seu escudeiro:

— Afonso, toma esta missiva. Quando meia-noite soar, a entregarás a D. Francisco de Aguilar na mesa do banquete, e lhe dirás de minha parte que a leia a todos.

Cristóvão atalhou as palavras com um rir franco e aberto:

— É uma alegre surpresa que preparo a todos!

Alegrou-se Afonso de ver seu amo alegre, e recebeu o lacrado.

— Depois que houveres entregado a D. Francisco, ouve-me bem: fecharás a porta que comunica o pavilhão; e a ninguém deixarás penetrar nestes aposentos.

— Farei como ordenais!

— Vai. À meia-noite em ponto!...

Saído o pajem, fechou o cavalheiro a porta, e foi sentar-se junto à mesa na cadeira de espaldar. Pôs ao lado o punhal, e afundou-se em seus pensamentos.

Um rumor o despertou.

O vulto negro do embuçado estava de pé, diante dele.

Cristóvão ergueu-se lentamente.

O manto escorregou das espáduas ao longo do corpo armado do cavalheiro negro. O sombreiro abatido ao chão por um gesto rápido, mostrou o lívido semblante de Estácio, e especialmente a fronte vasta que esmagava com o peso do seu vulcão aquele busto já vergado pela dor.

— Estácio!...

Distinguiu-se este nome no estalar do grito rouco que prorrompeu do peito de Ávila.

Os lábios de Estácio entreabriram-se; mas antes que a palavra escapasse, cerraram-lhe os dentes; ergueu lentamente o braço esquerdo, e desenvolvendo-o num gesto enérgico, apontou com o índex para o centro da sala. Cristóvão obedeceu ao senho imperioso, retrocedendo cada passo que promovia o outro.

Chegados a meio do aposento, Estácio levou a mão ao flanco e a lâmina terrível de sua espada lampejou, vibrando sinistros clarões.

Cristóvão de braços cruzados o contemplava agora imerso em tristeza profunda.

Mas um sorriso brotou nesse pélago de dores, que era sua alma, e lhe subiu aos lábios.

Desembainhou a espada.

Capítulo XXII

Corria abril.

Era o dia em que Pedro Álvares Cabral avistou a terra brasileira. Celebrava a Igreja naquela semana a Páscoa de Nosso Senhor.

Seriam cerca de onze horas da manhã. O céu arreava-se do seu mais puro azul; nem um capucho de nuvem manchava o cetim do etéreo manto. A luz borbotava do sol como as cataratas de um dilúvio de ouro fundido, e imergia a natureza. A luxuosa vegetação ostentava seus primores, e longe de enlanguescer sob os raios ardentes do dia calmoso, ao contrário exultava com essa prodigiosa absorção de luz e calor, como exulta a bacante com os vapores do vinho generoso.

A terra selvagem parecia trajar as suas mais lindas galas para celebrar a festa natal da civilização.

Chegado era Estácio ao alvo de seus esforços: a gruta do Pajé abria-se afinal em face dele. Parando um instante para serenar o soçobro de sua alma, penetrou enfim na vasta caverna.

A princípio teve o mancebo o mesmo deslumbramento que seu pai e seu avô. Em face daquelas bizarras e esplêndidas cristalizações, ele não pôde conter um grito de admiração. Logo porém caiu em si e conheceu o erro do descobridor.

Irrisão da fortuna!

As decantadas minas de prata não eram mais que uma ilusão.

O infeliz mancebo achara ao cabo de tantas fadigas e tribulações uma cruel decepção: a sorte o havia conduzido pela mão após de uma sombra, até que esta tomara corpo enfim e se voltara para rir-lhe nas faces. Penetrando na gruta, reconhecera o engano de seu pai, induzido em erro pela ignorância e fábulas do tempo.

Depois do amargor do primeiro desencanto, sua alma grande consolou-se com a ideia de reabilitar o nome de Robério:

— Ainda bem! Não dirão mais que o perdeu a cobiça!

Permaneceu ali Estácio longas horas. Afigurava-se ao seu espírito que ali naquela gruta subterrânea, santificada pela memória do pai, ficavam sepultadas todas as brilhantes esperanças de sua vida. Entretanto mal sabia que essa areia pisada por ele, e que rangia sob seus passos, estava recamada de diamantes. Por tarde volveu ao pouso.

Nesse mesmo instante em que se apartou Estácio daquele sítio onde deixava morta sua ambição, na Bahia a fé desertava o coração de Inês, transida pelo temor da maldição paterna.

Semanas depois, pelo recôncavo da cidade do Salvador seguia um bando de homens, que logo ao primeiro aspecto se conhecia chegarem de longínquos sertões, e trazerem longa jornada pelo mísero estado que apresentavam.

Muitos já vinham descalços, com as roupas dilaceradas e cobertas de lama e pó, o passo trôpego e pesado.

Era esta a banda de Estácio, que se aproximava do termo de suas fadigas, depois de uma excursão de três meses.

A volta fora cheia de perigos. Várias vezes atacados pelos Aimorés, que lhes seguiram a pista, conforme a ordem de Molina, estiveram a sucumbir.

À coragem e tino do alferes deviam seus companheiros a salvação.

Estácio não se poupara; por várias vezes saiu ferido do combate. Ainda não estava ele completamente são de um último golpe que sofrera. Seu andar bem indica o esforço que lhe custa cada movimento; mas não obstante avança e estuga, animando os companheiros com a esperança de pronto repouso. Gil caminha a seu lado, cercando-o de cuidados que aliviem a fadiga. O travesso pajem, bem crescido para sua idade, era de todos os viajantes o mais fresco e bem disposto.

Como já andavam mais de seis horas, fizeram uma alta para tomarem algum alimento e repouso.

— Não chegamos ainda hoje!... disse Estácio ao pajem.

— Oh! não passa de amanhã!

— Amanhã! repetiu o mancebo com desânimo. Não sei que tristeza maior se apoderou de mim esta alvorada!... Tenho cerrado o coração! Às vezes quer me parecer, Gil, que hoje na Bahia se decide do meu destino!...

— Não vos deixeis apoderar destas ruins lembranças, Sr. Estácio! Chegaremos com tempo, vos prometo e seguro.

Estácio fez um gesto negativo.

— Serias tu capaz, Gil, de um esforço que infelizmente não me consente esta ferida mal curada?

— De que não serei eu capaz em serviço vosso?

— Estamos próximos do mar. Esforçando, tu podes alcançar a costa; toma aí um barco que te levará à cidade em uma hora com o vento que faz.

— Pronto! replicou o pajem, erguendo-se da relva de um salto.

— Aqui tens dinheiro para afretares o barco. Em chegando vai direito a Cristóvão, e dize-lhe onde me deixaste.

— Somente isto?

— Somente; ele virá ao meu encontro, e então saberei... o que tremo de saber.

Gil pôs a clavina à bandoleira, e dispôs-se a partir. No momento de se despedir do amo, uma incompreensível emoção apoderou-se dele, que lhe arrancou lágrimas dos olhos. Triste pensamento o assaltara. Deixava Estácio ali no ermo, ferido, cercado de mercenários incapazes de dedicação. Quem sabe se tornaria a beijar a mão de seu querido cavalheiro!

Também Estácio teve um inexplicável enternecimento ao abraçar o rapaz. Não era ele homem, cujo coração se embrandecesse a pequeno calor; tinha-o de boa têmpera, e era necessário o fogo ardente das grandes paixões para fundi-lo. Nesse momento não pôde compreender o que sentia: teve quase remorsos de arriscar o menino só, por caminhos desertos.

Gil partira. O troço de viajantes continuou a jornada até meio-dia, quando fizeram outra alta para deixar passar a força do sol. Estácio deitou-se à sombra, e dormiu profundamente todo aquele tempo. Ao despertar sentiu vigor novo; comeu com apetite e respirou à larga o ar puro e fresco da tarde.

Nesse instante o nitrido de um cavalo reboou pela campina. O som vibrante do brioso animal pruriu o coração do mancebo; ergueu-se rápido correndo o olhar em torno. O poltro aproximava-se aos saltos do lugar onde se achavam; e avistando-os fugiu arisco para voltar depois.

Estácio arranjou um laço na ponta de uma longa corda; e ajudado dos companheiros conseguiu apanhar o animal, que montou em pelo, à sertaneja. Naqueles tempos o melhor poltro valia duas moedas, que Estácio deixou à sua gente para indenizarem ao dono, se aparecesse.

Cerrando os calcanhares na ilharga do indômito animal, partiu a galope na direção da cidade. Desejava ter asas para transpor com a velocidade do vento as quatro léguas que faltavam. Passava em sua alma uma coisa muito natural, e que entretanto lhe parecia estranha: tendo suportado com resignação durante perto de três meses, que tanto durara sua jornada, a ausência de Inesita, agora às abas quase da cidade, quando só lhe restavam três a quatro horas de caminho, sentia uma impaciência e sofreguidão extremas. Como dissera a Gil, parecia-lhe que naquele dia se estava decidindo de sua sorte na Bahia, e estremecia pensando chegar tarde!

O dia declinou; veio a noite; as estrelas recamaram o azul do céu.

Estácio galopava sempre; apenas tinha feito curta parada, para deixar que o poltro resfolgasse da batida e bebesse num ribeiro; depois continuara a correr sobre a cidade. Seriam sete hora, ou cerca, quando avistou as primeiras habitações dos subúrbios. Estava em Nazaré. Seus olhos ávidos e ardentes vinham já de bem longe buscando o sítio da casa de D. Francisco de Aguilar; numa volta do caminho o edifício lhe apareceu de repente no seio de um alto clarão.

Involuntariamente o alferes estacou diante da inesperada cena. A luz daqueles fogos entrou-lhe n'alma como um raio de maldição, e o estremeceu. Passado o primeiro deslumbramento, partiu ainda mais veloz, lamentando o instante de demora. Então, à medida que avançava, o painel se desenhava mais vivo.

Era uma festa, sem dúvida. Já chegavam aos ouvidos do mancebo os sons da música de envolta com o ledo burburinho dos convivas. Qual fosse porém o motivo desta festa, não o sabia ele e tremia de adivinhá-lo!

Chegou afinal às proximidades da casa; apeou e embuçando-se no manto de viagem, penetrou na zona iluminada que cingia o edifício.

O que depois sucedeu, foi referido até o instante que deixamos Estácio e Cristóvão.

Ei-los ali ainda, no vasto gabinete frouxamente esclarecido, em face um do outro, com as espadas nuas e prestes a se cruzarem. Estácio vibrou a lâmina da sua, que cintilou aos olhos de Cristóvão como um raio de morte.

O mancebo recuou de um salto:

— A infâmia te fez cobarde? disse Estácio destilando sarcasmo do sorriso.

— Não devo morrer às tuas mãos! replicou Ávila com firmeza.

E curvando o joelho, partiu de encontro a folha da espada, cujos pedaços rolaram pelo chão.

— A que outras morrerás, senão às de tua vítima?

— Às minhas próprias!

Tirou o punhal da cinta.

— Tens razão! Esta obra de justiça é digna de ti!

— Oh!... Eu não posso morrer maldito por ti, irmão! Ouve-me!

— Nem uma palavra!

— Estácio!...

— Depois da traição a mentira!

Soaram nesse instante umas após outras as surdas badaladas de meia-noite. Cristóvão conduziu Estácio à janela meio cerrada donde se via fronteira a mesa do banquete. Os rumores que enchiam a sala do festim apagaram-se de repente; no meio do silêncio a voz grave e sonora de D. Francisco pronunciou estas palavras:

Em nome da Santíssima Trindade.

Declaro eu D. Cristóvão de Garcia de Ávila, que este é meu testamento.

Resolvido a pôr termo a uma existência que a desventura tornou insuportável, e querendo que meus últimos instantes sirvam à ventura do homem que mais amo, aceitei em seu nome a mão de D. Inês de Aguilar, unicamente para restituí-la pura e imaculada àquele a quem ela jurou pertencer. O que não podia a filha obediente realizar sem consentimento de seu pai, ordeno eu à minha viúva que o faça. Seja mulher de meu irmão Estácio Dias Correia, e ambos felizes me perdoem e orem por minha alma.

O punhal de Cristóvão, antes de terminada a leitura, ia embeber-se-lhe no peito; porém a mão robusta de Estácio travou-lhe do braço a tempo, e arrancou-lhe a arma.

O mancebo cingiu e estreitou ao seio o amigo dedicado até à morte.

— Por que chegastes tão cedo, Estácio?... murmurou Cristóvão. Não teríeis curtido tão cruas dores!...

— A Providência é impenetrável nos seus desígnios, Cristóvão!

Proferindo estas palavras, Estácio abaixou a fronte pensativa e carregada de sombras. Cristóvão sentiu remorsos de viver ainda; e aproveitando a distração do amigo, estendeu a mão para o punhal; Estácio preveniu-lhe o movimento.

— Inesita era sabedora de vossos intentos?

— Não! respondeu Cristóvão. Ela nada sabe, nem suspeita.

Uma ruga funda sulcou as faces do alferes.

— O que fiz por vós, não foi mais sacrifício, Estácio, do que o receio de ofender a suscetibilidade de vosso coração, buscando dar-vos a felicidade. Quanto à minha vida ela estava extinta, e se teria apagado há quinze dias, se não me inspirasse a Providência o meio de assegurar a vossa felicidade. Não podeis ter remorso da minha morte.

Cristóvão referiu tudo. Estácio o escutava distraído; ele tinha diante de si a imagem de Inesita, tal como a vira na capela, fulgurante e esplêndida.

— Mas, Cristóvão, se Inesita ignorava as vossas intenções, como acontece que foi livremente ao altar, ela que jurou não pertencer a nenhum outro senão a mim?...

Ávila estremeceu diante deste raciocínio formidável, tanto mais quanto ele próprio admirara a coragem da donzela, e o desembaraço que mostrara toda aquela noite.

— Não vos disse a conversa que tive com ela na véspera?...

— Sim; lhe assegurastes que não perdesse a fé, apesar do que sucedesse: mas há fé que resista nestas circunstâncias?...

Estácio prosseguiu com voz amarga:

— Quando cheguei à capela... Ainda vejo!... Meu Deus!... Que radiante aspecto que ela tinha! Que olhar vos lançou!

Cristóvão sentiu frio até a medula dos ossos:

— Era indignação, Estácio!

— Indignação!

— Oh! agora compreendo bem!... A calma aparente de Inês não era senão o ímpeto da cólera que a dominava. Ela se preparava para esmagar com seu desprezo o traidor infame!

Bateram à porta. Era Afonso.

— A Sr.a D. Inês busca seu nobre desposado.

— Onde está ela? exclamou Cristóvão surpreso. Não vos recomendei...

— A Sr.a D. Inês já se tinha retirado à sua câmera.

— Dizei-lhe que aqui a espero!

Àquela palavra desposado, a mão de Estácio rasgou com desespero o peito; seu coração crispou-se. Voltando-se, viu Cristóvão a dolorosa angústia, que se retratava na sua fisionomia:

— Seu desposado, Estácio, sois vós, pois eu já não vivo. Não me perdoareis nessa última hora, ter-vos representado na ausência? Ela não tarda!... Recebei vossa Inês, e adeus, irmão!

Estácio precipitou para Cristóvão que ia sair, e o reteve:

— Cristóvão, haveis de viver!... É a minha vontade! Também eu viveria se acaso...

A voz se evaporou em soluços:

— Ouvi!... A minha resolução inabalável é esta! Não proferireis uma palavra, nem fareis um gesto que denuncie a Inês minha presença. Comunicai-lhe vossas intenções e o fim deste casamento. Eu ouvirei oculto por aquele reposteiro!...

— Que pretendeis fazer?

— Se Inesita aceitar sem hesitação o vosso sacrifício, partireis para nunca mais voltar! É tudo quanto aceito de vós!

— Deixai-me antes morrer!

— Desde que vosso luto se enramasse às flores do meu amor, ele não podia ser feliz. Jurai-me que haveis de viver!

— Juro! Esse, sim, será sacrifício para vossa ventura.

— Se porém ela vos...

— Calai-vos, Estácio!

— Então partirei eu!...

— Tereis remorsos deste pensamento.

Ouviram-se os ruges-ruges da seda. Estácio mal teve tempo de ocultar-se; o vulto gracioso de Inesita assomou. Enlevada por um sublime pensamento, ela parecia fugir à terra e embeber-se já na serenidade do céu, tal era a expressão de suave placidez e bem-aventurança que se derramava por toda a sua pessoa. Seu passo não mais calcava o solo com a majestade régia que tanta graça lhe dava; agora deslizava brandamente como o voo de um anjo resvalando à superfície da terra, antes que remonte ao empíreo.

Caminhou para Cristóvão, cingida da celeste irradiação, e pôs nele os olhos cheios de uma magoada severidade:

— Há uma hora vos odiava, senhor! Neste instante solene vos perdoo!

— Este perdão eu o mereço, e o esperava, senhora! exclamou Cristóvão. Toda a noite senti os raios de vosso desespero que me abrasavam as faces; mas eu sabia que eles se apagariam mais tarde, quando soubésseis que este casamento não era a traição infame que julgastes, mas a ventura vossa ou o meio único de unir-vos a Estácio!...

— Escarneceis de mim, ou enlouquecestes!...

— Recebi vossa mão para ter o direito de a restituir a Estácio. Cristóvão de Ávila, senhora, já não existe! O que vedes é seu vulto apenas, ele vai deixar-vos nesse instante, viúva, mas só do infortúnio. O himeneu do amor e da felicidade vos espera.

Inesita surpresa, ficou um instante transida; mas logo exclamou arrebatadamente:

— Não, senhor! Haveis de viver!... Sim!... Haveis de viver para ventura de vossa esposa querida, da escolhida de vosso coração!...

Cristóvão ficou estupefato; um tremor convulso apoderou-se dele:

— D. Inês!... Quereis que eu viva?...

— Eu vos suplico... e ordeno!...

Ouviu-se um soluço por detrás do reposteiro; e logo após os passos de alguém que se afastara rápido. Cristóvão correu à porta e arredou violentamente o reposteiro; não havia ali mais ninguém.

— Estácio!... proferiu a voz de Cristóvão soluçando.

— Meu Deus!... exclamou Inesita.

— Vós o matastes, perjura!

Soltando esta exclamação, Ávila ia correr após o amigo. As mãos da donzela lhe cingiram o braço com uma crispação nervosa, e o retiveram ali:

— Não saireis, senhor. Deus vos ordena!

Cristóvão sucumbiu.

Estácio já andava bem longe!

Ia ao acaso, sem acordo de si. Vagou assim muito tempo alheio ao mundo exterior; não era um homem, mas um esquife fúnebre, que força misteriosa arrastava pelas trevas da noite. A primeira réstia de luz, que penetrou o abismo daquela dor, foi a lembrança de Vaz Caminha. O mancebo sentiu a necessidade de vazar sua alma no seio do velho amigo e preceptor; mas era tarde já; sem dúvida o advogado repousava. O atroz sofrimento não pudera apagar nesse nobre coração o tato e as delicadezas do sentir: preferiu esperar, antes que perturbar o breve descanso daquela existência decrépita.

Então levaram-lhe os pés sem que ele se apercebesse à Ribeira, em frente à porta de sua casa.

Que era feito de Gil?... O pajem, que ele mandara adiante prevenir Cristóvão da sua vinda, não dera conta da incumbência. Chegaria ele tarde, ou não tinha ainda chegado, e estava àquela hora exposto aos riscos do caminho?

Ainda teve o moço coração para se inquietar com a sorte do pajem, além de que sentia a necessidade desse companheiro. Bateu à porta; se Gil havia chegado à cidade, ali na casa devia estar sem dúvida esperando-o. Bateu de novo e redobrou de força. Depois de repetidas pancadas, ouviu-se rumor dentro; a gelosia do canto rangeu:

— Isto é hora de bater na casa dos outros? disse uma voz de zanga. Siga seu caminho!...

— Desculpai, boa mulher! Essa é a minha porta!

— Quereis chalaça!

— Falai mais baixo para não acordar a tia. Está ela dormindo por certo.

— Qual tia?...

— D. Mência!

— Ah!

Com esta exclamação mudou imediatamente de tom a voz; de áspera e irada tornou-se branda e compassiva:

— É o Sr. Estácio?... Pois não sabeis?

— O quê?

— Vossa tia já aqui não mora.

— Onde está ela então?...

— No céu!

Capítulo XXIII

Separando-se de Estácio, pela manhã, Gil encetou ligeiramente a jornada; a tristeza da despedida logo foi espancada pela inesgotável alegria da idade feliz. Pouco depois galgava cantarolando o teso de uma colina, a cujas faldas passava o rio. Margeando-o, chegou à praia, onde encontrando uma canoa, fez-se de vela para a cidade. Aí chegara por volta da tarde.

A primeira casa, que buscou, foi a de Vaz Caminha. Subindo a ladeira em busca dela, viu o rapazinho pelotões de povo que iam e vinham do Largo do Rosário; teve curiosidade de saber o que era.

No meio do largo atopetado de gente erguia-se o pelourinho de cantaria, cercado por quadrilheiros. Estavam lá, jungidos ao poste, dois condenados, presos de uma e outra banda, dando-se as costas, com o rosto voltado para o povo. Eram homem e mulher; dois sócios e cúmplices, o Brás e a Eufrásia. A gente ria a chacoteava, cuspindo a zombaria à face dos réprobos, que ali estavam para vergonha e infâmia do crime.

Defronte da Eufrásia, Zana, a feiticeira, soltava estrepitosas gargalhadas e bailava um ril, estalando castanholas nas pontas dos dedos. A espaços parava para descansar o corpo, e então trabalhava a língua:

— Não te dizia eu, michela, que um dia te havia de ver empoleirada!... Ah! Ah! Ah! Dá cá a pata, coruja!...

Ao oposto lado defronte do Brás, um caboclinho lastimava-se e esmagava com os punhos fechados as lágrimas que rebentavam dos olhos. Às vezes, quando os quadrilheiros se descuidavam, esgueirava-se entre eles, buscando chegar ao pelourinho, donde o arrancavam à força.

Era Martim.

— Pelo amor de Deus! bradava ele.

Ali estava um contraste singular. A mulher exultava em sua vingança; o menino pranteava de compaixão. Assim devia ser; a carne magoada ainda da recente tortura perdoava; a alma ofendida, embora dez anos fossem passados, estava ainda na mocidade do seu ódio.

Gil mal deu com os olhos de longe no objeto que atraía a atenção, afastou-se ligeiro e arrependido de sua curiosidade. Esse espetáculo o contristou de novo:

— Mau agouro!... disse consigo.

Entrou a correr pela casa do licenciado. Vaz Caminha trabalhava; depois de certa época seu trabalho era quase incessante; pouco tempo dava ao repouso; o mais dele empregava-o na última correção de sua obra. Não se pode descrever a emoção que ele teve ao ver o pajem:

— Estácio é chegado?

— Aí vem; mandou-me adiante avisar-vos que amanhã será convosco.

— Ainda amanhã!... murmurou Vaz Caminha.

— Ao romper do dia. Deixei-o a coisa de dez léguas daqui. A esta hora estará próximo.

Gil explicou o motivo por que Estácio não chegara com ele; e depois de sossegar o velho a esse respeito, refez de forças com uma boa naca de carne que lhe deu a velha Euquéria, molhada com dois dedos de vinho. Assim confortado partiu-se em busca de Cristóvão; em casa não estava, e disse-lhe gente estranha de serviço que talvez o encontrasse para as bandas de Nazaré. Para lá botou-se sem demora.

Como ia perto de Santa Luzia, ouviu a modulação de uma voz bem conhecida sua, que descantava uns versos de improviso.

Gil sorriu com a ideia de uma travessura. Endireitou no rumo da voz e logo avistou adiante a feiticeira Joaninha, que arrastando levemente os pés, ondulava com uns decentes meneios desse requebro lascivo que denuncia a opulência de harmoniosos contornos. Ela ia descuidosa, soltando ao ar os seus trinos maviosos, como um passarinho que canta para o céu e a natureza; a mão afilada batia o compasso na cesta de confeitos.

Desabou o pajem o chapéu sobre a fronte, e apressando a marcha, ombreou com a mulatinha. Ela lançou um olhar de esguelha para o importuno, e tomou a dianteira; o sujeito apareceu-lhe pela esquerda. Recuou então para deixá-lo passar; o tal passou, é verdade, mas girou numa pirueta, e postou-se-lhe por diante, requebrando-se todo em uma graciosa mesura:

— Arrede lá, sr. pajem! Não gosto que me cerquem; enjoam-me zumbaias.

Gil com um revés de mão ergueu a aba do chapéu; e perfilando o corpo, apresentou aos olhos da mulatinha, e bem perto, o petulante e formoso rosto que ela tinha gravado em sua alma.

— Deus meu!... exclamou trêmula. Gil... Sr. Gil!...

O pajem não estava só crescido; aqueles meses de vida ativa tinham desenvolvido rapidamente seu organismo. As formas haviam ganho em robustez; o rosto queimado pelo sol, conservando sempre a petulância que lhe era própria, desvanecera a expressão infantil; já a sombra do buço azulava o lábio superior e cobria as faces rosadas do macio frouxel.

Joaninha palpitante contemplava com embevecimento a figura do pajem; seus olhos não se cansavam de admirá-lo, e abraçá-lo, porque eram realmente abraços, esses lânguidos olhares que cingiam o amigo, e o enleavam.

— Que me estás a olhar aí com estes olhos que querem comer a gente! dizia Gil a rir. Perdeste a fala, rapariga, que nada dizes!

E ela calava e admirava:

— Escuta, Joaninha! Agora chego; e trago um recado urgente do Sr. Estácio para D. Cristóvão. Espera aqui enquanto torno.

— Oh! não!... balbuciou a mulatinha. Ainda não me fartei de ver-vos!... Como voltastes crescido e gentil, Sr. Gil!

— Que é isto, Joaninha! Tratas-me por senhor!...

— Pois estais um homem!... Já trazeis espada! Agora as raparigas todas vão se requebrar!

— Ai! não te agonies com isto! Onde estiveres tu, não olharei nenhuma outra! disse Gil com recacho de galã.

— Falais de coração?

— Sabes que mais, rapariga? Até já!

— Um instantinho! disse Joaninha volvendo os olhos em torno.

Estavam justamente perto da frente de um prédio em construção. Joaninha travou da mão do pajem e levou-o até dentro do muro. Esse lado da rua dava sobre uma íngreme encosta de montanha, como é muito comum na Bahia; a muralha do fundo já estava erguida; a plataforma, que devia servir de assento ao edifício, beirava pois um precipício de extraordinária altura.

— Estou me demorando, Joaninha!

— É um nada!... Quero dizer-te uma coisa! replicou Joaninha, ficando trêmula e pálida.

Os olhares, que ela deitava ao pajem, eram como espinhos que se voltassem para lhe crivar a alma.

— Avia então!

— Sabes, Gil, eu sou rica!... Muito rica!...

— Hã!... As alféloas têm deixado!

— Qual! Uma história de herança! Nem eu sei bem o quê!... Sabes que sou enjeitada!

— Sei! o negócio da toalha!

— Há de ser isto! Ora eu rica, também o és tu!

— E o Sr. Estácio também!

— Pois que dúvida?

— Que fortuna! Porque olha, o tal tesouro, nicles!

— Mas tu rico, Gil, não careces mais de ser pajem ou servir a alguém.

— Que queres tu dizer?

— Hás de ter tua casa para mandar nela, com acostados e gente do serviço!

— Sai-te daí, Joaninha! Pois eu hei de nunca deixar o serviço do Sr. Estácio e sua companhia!... Guarda lá tua chelpa, que ninguém ta pediu!

— Não! não! ouve cá, Gil; troquei! Queria eu dizer coisa diversa. Sim!... Não vês!... O Sr. Estácio, em chegando, casa com D. Inês!

— É o certo!

— Ora assim como ele tem seu pajem de estimação, também ela deve ter sua aia para a compor e toucar.

— Essa serás tu! Bravo! Topo; assim ficaremos todos juntos!

— Bem juntos e para sempre, não é? Sr. Estácio e D. Inês, Gil e Joaninha! disse a rapariga abaixando os olhos.

Gil corou:

— Mas é que D. Inês será noiva do Sr. Estácio.

— E eu, Gil?

— E tu?...

— Também não podia?... Se tu quisesses...

Joaninha vacilou encostando-se ao ombro do pajem para não cair. Sentindo o contato destas formas voluptuosas, e embebendo os olhos no seio da vasquinha onde se debuxavam uns contornos rijos e harmoniosos, Gil estremeceu. A primeira centelha elétrica do amor acabava de comunicar-se ao coração do adolescente. Joaninha sentiu o braço do amigo que a cingia estreitamente ao peito; e ergueu a face onde os risos brincavam com os rubores.

Moveram-se balbuciantes os lábios de Gil, mas não soltaram uma palavra. A mulatinha precipitou-se, e embebeu na sua aquela boca tímida e palpitante. Ali ficou sugando amor e volúpia. Como um cabritinho que salta sobre o seio materno, e depois de apojá-lo, bebe sorvo a sorvo o leite da vida, até que afinal adormece saciado, assim reclinou ela.

Não viram os dois amantes, no seu enlevo, a face taurina de Tiburcino que surgiu na abertura do muro, e os espreitou um instante. O magarefe estava horrendo; nas arcas do peito reboava-lhe o rugido, como o som da borrasca nas profundezas de uma caverna; rangia-lhe os dentes um riso de fera.

De um salto aproximou-se dos dois amantes e ergueu o punho. Viu Joaninha de relance atravessar pelos arroubos lascivos do seu amor aquela figura sinistra; e recuou espavorida, conchegando a si o amante para o subtrair ao golpe.

Era tarde. O punho, acostumado a abater um touro no açougue, tombara sobre a cabeça do mísero pajem, que rolou sem sentidos. Estúpida um momento, Joaninha balouçou como uma vergôntea batida do vendaval; seus olhos iam da vítima ao assassino, e tornavam do assassino à vítima. Mas estalou no peito um uivo sinistro, que gelava a medula dos ossos; ela se aproximou do magarefe com um colear de serpe.

Tiburcino tremia, e lançava em torno a vista enraivada. A alguns passos estava a beira do respaldo, e abaixo o precipício; mas ele nada via senão a fúria da amante bramindo vingança. A mulatinha chegou, e estendendo os braços hirtos, apertou as goelas do carniceiro, como se o quisesse estrangular. Fincando os pés, forcejou por empurrá-lo, como se fosse uma pedra que arrastasse; o magarefe recuava, recuava, ante o ímpeto de Joaninha e fechava os olhos para não ver-lhe o semblante que a cólera desfigurava; ele não opunha outra resistência senão a de seu peso.

Afinal não houve entre os pés do magarefe e o despenhadeiro mais que algumas polegadas. Joaninha concentrou as forças e soltou um segundo uivo mais lúgubre que o primeiro. O corpo do magarefe, despenhando-se pelo desfiladeiro, foi de rebojo em rebojo sumir-se na vegetação que enchia o barranco da montanha.

Então Joaninha se abraçara com o corpo hirto e gelado do pajem, e cobriu-lhe o rosto de beijos entrecortados de soluços.

— Está alguém aí? perguntou uma voz aproximando-se.

— Senhor Estácio!... exclamou Joaninha cheia de esperança.

Era com efeito o mancebo.

Nunca vos sucedeu contemplar, nalgum instante de remanso de espírito, um remoinho d'água? O objeto qualquer, impelido pela corrente, aproxima-se; imediatamente atraído pelo torvelinho é submetido a constante e vertiginosa convulsão. Ora desce nos vórtices da onda até às profundezas do pego, ora remonta à tona para descer de novo, e de novo subir. Afinal pela mesma lei da rotação chega um instante em que é o objeto lançado fora do centro elíptico; basta porém um sopro para atirá-lo de novo ao turbilhão.

Estácio fora ludíbrio da dor, como a folha é ludíbrio do vento ou da onda. O pesar da perda de sua velha tia, que lhe servia de mãe, o arremessou outra vez e mais fundo no remoinho da grande desgraça. De novamente o passaram e repassaram os cruéis tormentos, que tinham crivado sua alma desde o momento em que vira Inesita ajoelhada aos pés do altar até aquele em que ouvira de sua boca perjura a fatal sentença!

Andou, andou, andou! Movia-se o corpo; a alma estava atada ao poste do suplício, flagelada pelo látego da dor; convulsava apenas e arquejava, não prosseguia.

Ressoaram perto ulos de angústia.

O mancebo estacou de repente; o eco repercutira dentro. Aquele grande e imenso infortúnio, que cerrara-se ao mundo, passaria por certo entre os burburinhos de festa e os clamores de alegria, mudo e isolado, sem aperceber-se do ruído; mas o eco débil de uma angústia reboava no tímpano desse coração ulcerado. Um infeliz é um irmão para quem sofre; uma desgraça é para outra bálsamo, senão remédio, porque o sofrimento alheio faz destilar à nossa alma as suaves gotas da caridade.

Como o prazer, também faz sócios a dor. Nós diluímos as nossas mágoas consolando as do próximo.

Estácio volveu olhos na direção do pranto. À esquerda erguia-se a fachada, em arcabouço, de um prédio mal começado. As portas estavam cheias com tijolos soltos e acamados, como é uso nas construções; em uma porém tinham praticado uma abertura, quanto bastava para entrar uma pessoa. É natural que fossem fâmulos da vizinhança para aí atirar o cisco das casas.

Era fácil de conhecer que os lamentos vinham dali. Estácio para lá encaminhou-se e da abertura procurou ver na escuridão. Havia quase a meio um vulto confuso pouco elevado do rés do chão.

Estácio viu que o vulto era de uma mulher sentada, a qual tinha no regaço um corpo inanimado ao qual se estreitava soluçando.

— Joaninha!

— Gil! Senhor Estácio!... Gil!... exclamou a mulatinha. E estendeu para ele o corpo suspenso em seus braços hirtos.

Estácio, ajoelhado, fora de si, depôs um beijo na fronte do pajem inanimado.

— Ainda respira! acudiu com alegria.

— Salvai-o, Senhor Estácio!... Eu darei minha vida se preciso for!...

— Carecemos de prestar-lhe já socorros. Onde o levaremos?... Vossa casa fica perto?...

— Oh! não! Bem longe!... Mas eu o carregarei!...

— Onde estamos?...

— Não sei!... Em Santa Luzia, creio!...

— Aquela igreja!... É Santa Luzia?...

— Deve ser!

— Vamos aqui perto!

Estácio tomou o corpo do pajem e seguiu adiante; Joaninha o acompanhava beijando a mão de Gil. O calor que o mancebo sentira ao beijar a face do pajem era realmente um resto de vida, ou seria apenas o reflexo do seio ardente de Joaninha, onde a cabeça do infeliz rapaz estava conchegada?

Essa dúvida assaltara o espírito do alferes, sentindo agora o gélido frio que lhe traspassava o corpo; ao ouvir de Joaninha a narração truncada do que passara, perdera a esperança, visto que já tinham decorrido cinco horas. Contudo bom era sempre tentar os esforços.

Estácio ia à casa de D. Dulce, que ele se recordara morar ali perto.

A cancela estava apenas encostada; entraram às apalpadelas; a escuridão da noite era ali mais densa por causa da folhagem embastida do arvoredo. O vento de instante a instante soltava ulos tristes e longos; ouvia-se o bater de uma porta rangendo sobre os gonzos. No telhado cacarejavam lúgubres duas corujas.

Apesar do sofrimento cruel que os pungia, não puderam as duas criaturas penetrar naquele sítio sem que se lhes arrepiassem as carnes. Deitando no colo de Joaninha o corpo do pajem, entrou Estácio a porta escâncara, e achou-se na cozinha. Fez de propósito rumor para ver se despertava alguém; chamou em voz soturna, depois mais alta, porém debalde. Avisou então passar além; na varanda o mesmo silêncio; a casa parecia abandonada e erma.

Chegando porém à sala principal, ouviu um débil grunhir; falou; ninguém lhe respondeu. Abriu a janela para que entrasse alguma luz das estrelas, e procurando, descobriu um objeto negro atirado contra a parede. Tocou-o do pé e lhe pareceu massa inerte e bruta; mas o grunhido, que primeiro ouvira, soou de novo.

— É algum cão que achou a porta aberta, pensou o mancebo.

Tomado de um pressentimento terrível, soltou um grito de desespero, que acordou os ecos adormecidos da casa:

— D. Dulce!...

À sua voz, aquela massa inerte desenvolveu-se lentamente em um vulto de homem, que se foi a custo levantando. Essa figura grande e fantástica deu alguns passos trêmulos e vacilantes, como se mal pudesse ter-se em pé; e estendendo o pescoço, à semelhança de um cavalo que fareja, espiou o rosto do mancebo. Parece que o reconheceu, pois lhe travou da mão vivamente e apontou para o lugar onde estivera acocorado:

— Está ali!... disse um sopro de voz.

— Dorme ela, Lucas?

— Quem sabe?... Até anoitecer, ainda eu ouvia gemer.

— Mas então acha-se enferma?... Levai-me onde está. Quero vê-la.

— Não. Ela não quer...

— Onde está?

— Ali, no oratório...

— A porta?

— Não tem mais.

Impossíveis eram de compreender as palavras do negro Lucas para quem, como Estácio, ignorava os sucessos ocorridos ultimamente.

Capítulo XXIV

Desde que deixara o confessionário do Colégio, caíra Dulce em uma espécie de letargo, do qual só três dias antes saíra. Vaz Caminha apareceu como de costume e alegrou-se de a ver mais animada; porém logo a conversa tomou um tom melancólico.

— Tenho um pressentimento, doutor, de que me finarei breve, e pois quero confiar-vos meu testamento.

— Recaís na melancolia, D. Dulce. Tratai de vos distrair.

— Ei-lo. A ninguém tenho já com quem distribua os bens da fortuna, como não tenho há muito com quem reparta os bens deste pobre coração, a não serem vós e vosso filho d'alma, Estácio.

— Quanto a mim, não consinto... ia replicando o advogado.

— A vós, doutor, deixo-vos pouco, bem pouco, um quase nada. Estais velho e só; não tendes mais ambições, senão uma que me confiastes, a de ver saído da estampa esse outro filho de vossa alma, que durante a vida inteira e por longas noites embalastes. Deixo-vos para isto o bastante e nada mais.

Com esta delicadeza apagou os escrúpulos do velho; durou a prática até Ave-Marias, em que se foi Vaz.

— Não ide triste, meu velho amigo. Que meu padecimento está para acabar, eu o sinto. Talvez o acabe a morte, e talvez, quem sabe, a ventura.

— Qual ventura?

— A que Deus me enviar.

Partido o advogado, a dona deu em segredo várias ordens a Lucas, o qual foi-se a cumpri-las. Depois despediu a Brásia do seu serviço, apesar das lamúrias da velha comadre, e ordenou-lhe que deixasse imediatamente a casa com seu fato; para isso a mandou bem paga de suas soldadas.

Ficando só, abriu a dama baús da Índia, onde estavam guardadas roupas do mais rico estofo e lavor, mimos de seu pai, que pensava distraí-la com estas galas; ainda porém ali estavam em folha como haviam saído das mãos que as trabalharam.

Dulce compôs-se embelezando-se como para uma festa. Ao ver retratar-se no espelho do trumó sua imagem, o sorriso, tanto havia refrangido, desatou do lábio.

— Ainda sou formosa!

A paixão a transfigurava.

— Mais formosa talvez do que outrora... na festa da maia.

Dulce tinha razão; o botão de outrora radiava em flor estrelada. Em Palos sua beleza tinha sido uma aurora; nesse momento era um esplendor.

Fechara a noite.

A dama tirou da gavetinha do trumó uma carta, e leu-a antes de a cerrar com cera preta. Continha apenas estas palavras:

Dissestes que só no céu veria meu esposo; para lá me parto agora. Espero que me não desampareis neste momento derradeiro.

Por Lucas mandou a carta ao Colégio, para ser entregue ao P. Molina sem mais demora, pois se tratava de um caso grave. Enquanto dava o negro conta da incumbência, Dulce recostou-se à janela do quintal; perto dali um pedreiro, trazido por Lucas, amassava a cal e arrumava os tijolos para uma obra qualquer, urgente, pois entrava pelo serão.

— Ele virá! balbuciou a moça.

No receio de que o jesuíta se esquivasse ao chamado, lembrara-se quanto havia de pesar em seu ânimo a ideia de não consentir que outro ouvisse a confissão extrema da esposa abandonada.

Seriam nove horas quando o P. Molina guiado pelo negro chegou à casa, e logo depois ao lugar onde o aguardava a penitente.

Era o oratório estreita quadra no centro do edifício, fechada em cima por abóbada, e servida por uma só, e esta pequena porta. No fundo estava o altar com os círios acesos; ao lado sobre um coxim de veludo, a dama envolta em manto de lila preta que a cobria da cabeça aos pés, mostrando apenas a flor do pálido semblante.

— Que fizestes, senhora?

— Morro para ter o direito de ver-vos! respondeu uma voz dolente.

O padre quis sair.

— Onde ides?

— Em busca de socorro. Sem dúvida tomastes alguma droga. Eu vos salvarei!

Travou-lhe a dama das mãos:

— É escusado! Uma hora de vida, se tanto que resta, desejo que a passeis à minha cabeceira. É vosso dever de sacerdote!

— Meu primeiro dever é salvar-vos.

— Tendes vós o direito? Me restituireis a felicidade com a vida? Dizei-o!... Não respondeis!... Bem vedes que nada há já que me salve.

A senhora escondeu nas mãos o rosto banhado de lágrimas. Os soluços rompiam-lhe do peito. Quando acalmou esse acesso de dor, começou com débeis acentos:

— Fazem quinze anos!... Tantos eu tinha!... que formosa noite nas margens do Tinto: tudo era amor em torno de nós! Quem me dissera então que a minha noite de noivado tão linda se havia de trocar por esta tão aziaga! As bodas e a agonia se reuniram; e o esposo fez-se confessor!...

O frade escutava; as rugas, que sulcavam sua fronte proeminente, afundavam, como se o espírito se contraíra até os refolhos da consciência. A dama murmurou ainda aquelas brandas queixas e afinal sopitou-se em sua dor.

Decorreu longo trato. No oratório reinava o silêncio; mas na parte de fora da porta ouviam-se uns rumores estranhos e descompassados; não penetravam eles o espírito do jesuíta imerso nas profundidades de seu passado; porém no coração de Dulce repercutiam tristemente como os sons do martelo na catacumba.

Então a palavra borbulhou do lábio do jesuíta, como a espuma do álcool por muito tempo reprimida:

— Neste momento supremo, posso dizer-vos!... Já não sois deste mundo; estais a comparecer ante o Senhor; e lá haveis de ler em minha alma.

— Falai sim! É supremo consolo ouvir-vos!

— Pois sabei, mulher, que muito vos amei eu também...

— Vós?... Não é possível!...

— Não foi quando vos vi a vez primeira às margens do Tinto, em vosso casalinho, que vos quis... Então era eu uma criança, e folgava convosco brincos de infância, quando juntos dançávamos na festa da maia, quando corríamos à casa do cura que abençoou nossa união. Desde que me arredastes de vossa vista, quebrou-se o encanto. A sede de aventuras, que me escaldava o cérebro, arrancou-me à vossa influência. Vi um jesuíta; isso decidiu de minha sorte. Era ambicioso; e diante de mim abria-se uma carreira brilhante a percorrer.

A dama ergueu o busto sobre a almofada.

— Quando foi que me quisestes então?

— Quando passados anos vos vi a meus pés na Igreja de São Domingos, mais formosa que nunca. Era eu já um mancebo; apesar de que me cobria este hábito, não tivera ele ainda tempo de enregelar o coração vigoroso e ardente. Achei em minha vontade a força grande de repelir-vos com dureza, e pôr entre nós a imensidade dos mares. Mas donde vos não pude arrancar foi desta alma, onde a cada instante surgíeis cheia de seduções irresistíveis para provocar toda a possança de um amor veemente.

Molina debruçou ao leito sobre o rosto da dama:

— Sofrestes!... Sofrestes muito!... Que foi porém vosso sofrimento em par com o meu? A pureza de vossa consciência, a serenidade da virtude, nada a perturbava em vossa dor e aflição... Mas eu?... Réprobo que abjurara os votos conjugais pelos votos da religião, e me sentia de novo arrastado para o amor, desprezado quando ventura, e anelado agora que era crime e sacrilégio! Vossa imagem, deslumbrante de beleza, resplendente de paixão, se ostentava no meu delírio; eu lutava, abraçando-me com todas as forças à cruz do Senhor; mas as garras de Satanás me arrancavam daí, dilacerando-me para me rojar a vossos pés. Vós porém me repelíeis com asco e horror, como um evadido do inferno. Tentação até o sacrilégio, desprezo até o asco, eis a minha existência. Perante Deus, réprobo, perante vós, infame; minha virtude de sacerdote, minha consciência de homem, se martirizavam mutuamente.

— Esposo!... murmurou a meiga fala de Dulce.

— E nessa grande solidão da dor, em que minha alma viveu, nenhum pensamento consolador. Onde achá-lo? Aos pés do altar que eu maculava? Junto a vós a quem desgracei? Nas recordações de uma infância desvalida e vergonhosa?... Cristo teve sete passos para carregar a cruz ao Calvário; eu, pecador, devia arrastar a minha sem repouso, nem alívio.

O jesuíta ergueu-se arrebatadamente, e afastando-se do leito, cruzou o aposento com passos agitados. Rangiam-lhe os dentes; os lábios tremiam com arrepio convulsivo. Uma luta desesperada e terrível agitava sua alma:

— Restava este último e supremo combate!... Todas as iras do Senhor se desencadeiam contra mim, pobre e mísero mortal!... Minha coragem está exausta, minha vontade cansou!... Mas não sucumbe assim a alma do justo! Não!... A virtude que lutou até hoje, sairá triunfante de sua derradeira provança.

Fazendo então um heroico esforço, aproximou-se outra vez do leito, e cravou os olhos na dama, estática de ver a estranha agitação:

— Sim, vencerei!... Mas é preciso que eu fale!... O horror de meus pensamentos, ecoando aos meus ouvidos, e arrancando a indignação de vossos lábios, talvez flagele este mísero réprobo e aplaque o infame desejo!... Nem imaginais, mulher, o que vai no abismo insondável desta arca!... Enquanto vos falo, sacerdote, a vós, moribunda, sabeis que influições sobem deste leito ao meu espírito satânico?... São as seduções da paixão!...

Dulce quis falar; ele abafou-lhe a palavra nos lábios:

— Ouvide!... A cada instante, aos meus olhos alucinados, este oratório se transforma na câmera nupcial!... Lá corre o Tinto a murmurejar; aqui está o leito e a noiva a sorrir. Através da mortalha, que já as cobre, eu vejo as formas sedutoras, e minha alma precipita para cevar-se nesse fúnebre himeneu!

Dulce ergueu-se de um ímpeto; com esse movimento brusco a negra manta que a cobria toda deslizou pelas espáduas, e ostentou-a no esplendor de sua beleza.

Dulce tinha o voluptuoso traje de noiva, últimos véus da virgindade expirante, que um sopro basta para desfazer. Nas oscilações dessa transparência que ora se empana, ora se aclara, a formosura radiante da andaluza radiava fascinações ardentes:

— Os braços de vossa esposa estão abertos para vós, querido!... Quanto há que vos eles esperam e anseiam! Não vos enganais! Essa é a noite feliz de nossas bodas, que um contratempo interrompeu e agora continua mais desejada. Estamos sós, é linda a noite; este céu é belo como o nosso da Andaluzia; as brisas do mar também se inebriam aqui do cheiro das flores de laranja!... Vinde, amado meu!...

Molina hirto de espanto arrancou de seus ombros, como se fora um jugo de ferro, o nevado braço que a dama cingiu-lhe ao colo.

— Arredai-vos, mulher!... Que significa este jogo? É alucinação minha, ou embuste vosso? Sois vós a envenenada que me falava pouco há, com voz e gesto de moribunda!

— Sou vossa esposa amada! Quero viver; sim, para o vosso e meu amor!... Essa, que vossa alma desejou com tais ímpetos de longe, ou à borda do túmulo, não a quereis mais, agora que vos ela sorri e se arroja a vossos pés?...

O frade recuou, como se erguera-se ante ele uma víbera assanhada, e caminhou direito à porta.

A dama precipitou-se avante e tomou-lhe o passo.

— Não partireis!...

Houve um instante de hesitação, em que o sacerdote cerrara as pálpebras para não ver a deslumbrante beleza que lhe entrava pelos olhos e alma adentro. Depois ele a afrontou com a vista, senão calma, segura, e proferiu em voz firme:

— Ficarei, tendes razão! Devo levar ao cabo esta dura provança; sairemos dela, eu torturado e vós para sempre desenganada. Não me compreendestes, Dulce! Eu vos amo! Esse amor porém é uma flagelação d'alma, mais crua que a flagelação do corpo!... Não o reclameis, que ele se voltará em rancor profundo!... Entre nós está Deus!

— Não profaneis esta palavra amor, como profanastes a santidade de nosso himeneu!... Se fosse verdade que me amásseis, não teríeis nem a força, nem a vontade de resistir aos impulsos do coração!... Mas basta o temor do pecado para gelar-vos o sangue!... Quereis saber como se ama? É assim como vos eu quero e anseio há tantos anos!... Olhai-me!... Todas as potências de minha alma se arremessam para vós!... E eu sei que sois um sacerdote, que pertenceis ao Senhor!... Venha embora a condenação eterna; a lembrança dela me é doce, porque promete unir-nos no inferno, já que o amor nos expulsa do céu.

— A castidade é a nossa força! Os companheiros de Cristo, como seu mestre, devem preservar-se da impureza. Aí está sua virtude; aí o poder que tem realizado tantas coisas grandes. Não é a miserável individualidade minha que eu defendo contra o vosso amor; é o apostolado que me foi confiado, e a obra gloriosa que eu prossigo.

— Sois ambicioso?... Eu já o sabia. Correis após as minas de prata, que jamais encontrareis, porque elas não existem!... Tesouros porém de maior vulto, riquezas fabulosas, como nunca sonhastes, tenho eu que são vossos, que pertencem a meu esposo. Elas vos farão grande, príncipe, rei... o que desejardes!... E em troca de todas essas grandezas, só vos peço amor, amor!... Amor por um dia, amor por uma hora!...

— Onde estão essas riquezas? perguntou o frade com avidez.

— Duvidais?

Dulce correu ao altar, e erguendo a oca peanha de madeira, que servia de base ao crucifixo, tirou do vão o cofre embutido, que fora desenterrado pelo

Doutor Vaz Caminha. Abriu-o com a chave de ouro que trazia, e ergueu a tampa.

Molina fechou os olhos deslumbrados, soltando um grito de terror. Do cofre aberto jorraram espadanas de luz, que rutilavam da cópia de grandes diamantes ali encerrados. A dama encheu as mãos das pedras preciosas e começou a brincar, fazendo-as borbulhar como cascatas.

— Recebei, esposo meu, é o dote de vossa Dulce!... disse afinal a formosa dama apresentando o cofre.

O jesuíta sorriu:

— O que vós não pudestes em mim, senhora, não poderão estas brutas pedras!...

Com o gesto repudiou o cofre, e foi ajoelhar ante o Cristo.

Quanta sedução inspira à mulher a consciência de sua beleza e o afogo de veemente paixão, Dulce desenvolveu naquela hora. A contrariedade lhe enfurecia o amor, que então bramia raivoso; mas logo aplacava, arrastando-se súplice e humilde aos pés do impassível jesuíta.

— Tentai-me!... murmurava este. A alma sairá mais fortalecida do combate!

O rumor, que desde princípio se ouvia do lado da porta, parecia ir a pouco e pouco subindo ao longo da parede. Dulce, que por algum tempo o esquecera, ouvindo-o agora, estremeceu. Lançando para aquela parte um olhar esvairado, voltou-se para o sacerdote:

— Ainda uma vez!... Sereis ou não meu?

— Pertenço ao Senhor!

— Pois então sabei que também fiz um voto. Jurei que não sairemos deste aposento, senão esposos ou cadáveres!...

— Cumpram-se os altos desígnios da Providência.

Ambos emudeceram. O frade orava; a dama escutava o ruído, que a pouco e pouco ia diminuindo; afinal interrompeu-se; soaram no alto duas pancadas fortes e rijas; depois cessou completamente o rumor.

— Ouvistes!... exclamou Dulce. Foi a lousa de nossa catacumba que acabam de selar.

— Não vos entendo.

— A porta por onde entrastes, a única deste oratório, está murada por fora.

O jesuíta circulou com os olhos o aposento e examinando a porta conheceu que estavam realmente sepultados em vida. Acreditou então nas palavras de Dulce, as quais a princípio tomara por uma vã ameaça.

— Não me pertencestes na vida, me pertencereis na morte. Teremos o mesmo túmulo, já que não tivemos o mesmo toro.

As luzes do oratório extinguiram-se; a treva derramou-se pelo aposento.

Lucas, deitado da parte de fora, junto à parede, com o ouvido colado no chão, não ouviu mais rumor no oratório durante o resto da noite; mas pela manhã percebeu ele que batiam com força contra a porta, e apesar da ordem da senhora, custou-lhe a não seguir os instintos de sua natureza, que o excitavam a penetrar no aposento. O silêncio porém logo restabeleceu-se até o momento em que ali chegou Estácio.

Capítulo XXV

Apenas o mancebo suspeitou pelas confusas palavras do negro o que era passado, correu desatinado pela casa em busca de um instrumento qualquer para abrir a parede; achou-o no jardim. Enquanto ele trabalhava, Lucas batia o fuzil e acendia uma candeia.

Joaninha, sentada à soleira da porta do jardim, e alheia ao que sucedia perto, continuava a cariciar o corpo inanimado de Gil, impaciente pela demora de Estácio em socorrê-lo, mas animada com a esperança de que ele traria o necessário para salvar o mísero pajem.

— Senhor Deus, salvai-o, não para mim, que faço voto de servir-vos todo o resto de minha vida!... Intercedei por ele, que sois seu patrono, meu São Gil, e vos levantarei uma capela!

A brecha afinal deu passagem; Estácio precipitou-se dentro.

A cena era sublime.

O sacerdote, sentado nos degraus do altar, sustinha em seus joelhos o busto desfalecido da formosa Dulce; um dos braços da senhora pendia-lhe pelos ombros; e a cabeça repousava sobre o peito. O jesuíta já não se podia ter firme; era a coluna do altar que o amparava; sentindo que alguém se aproximava, sua voz débil como um soluço murmurou:

— Ela! salvai-a!... e desmaiou.

— Depressa! exclamou o cavalheiro. Vinho, Lucas!

O negro ergueu-se da terra onde jazia aos pés da senhora, e arrastou-se à copa, donde trouxe pão e vinho.

Foi tarde porém; a dama era já finada. Sem dúvida ela morrera feliz; porque sua alma, partindo-se daquele formoso despojo, deixara impresso nos lábios um sorriso de enlevo. Em uma das mãos notou-se que ela tinha fios de cabelos brancos, que pareciam arrancados em um último estertor.

Estácio cuidou de salvar o jesuíta, ao qual algumas gotas de vinho bastaram para reanimar:

— Estácio!... proferiu ele ainda com a voz sumida.

Ouvindo-se chamar e por uma fala, que vibrou dentro de sua alma, pôs o mancebo olhos de espanto no desconhecido. Aquele semblante profundamente sarjado de rugas, aquela fronte obumbrada de cãs revoltas, jamais os vira decerto, mas através da máscara de uma velhice fulminante transpareceram traços enérgicos, que ele conhecia e tinha impressos na lembrança.

Afinal exclamou o mancebo saindo de sua dúvida para um espanto maior:

— P. Molina!...

O velho quis reter-lhe a palavra com um gesto de terror e murmurou com entonação profunda:

— Não proferi este nome; ele foi profanado, filho. Já não sou o sacerdote da religião e ministro do Senhor. Estas vestes, manchei-as. Arrancai-as de mim, que me queimam e trucidam as impurezas da carne... Não as devo trazer sobre este miserável despojo, que a virtude enfim desertou... Cuidei-me forte, e poucas horas bastaram para aniquilar essa fortaleza. O passado de tantos anos, apagou-o algumas lágrimas!...

Quase não o ouvia Estácio, tão cheio estava de comiseração ante aquela grande ruína de um vigoroso organismo. O frade curvou a cabeça ao peito, e permaneceu assim vergado ao peso da dor.

— Ela vos amava, Estácio, como seu filho... Todo o mal que vos eu fiz sem querer, sua alma angélica devia reparar.

Arrastou-se a custo até o cofre que rojava pelo chão, e pô-lo entre as mãos do mancebo:

— Guardai-o. Isto vos pertence. Aí está encerrada vossa felicidade.

Estácio tomou o cofre maquinalmente, e pôs nele os olhos, sem compreender ainda todo aquele mistério. O P. Molina ajoelhou de bruços sobre o corpo exânime de Dulce, e ouviram-se os soluços abafados que lhe rompiam o seio e estalavam contra o gélido espojo.

Nesse instante um grande estrupido soou na rua; magotes de gente corriam apressados para o outro lado da cidade, deixando após o surdo rumor de passos e vozes, que no silêncio da noite incute sempre um inexplicável pavor. De vez em quando distinguiam-se nesse coro confuso falas que se destacavam:

— Fogo!... fogo!...

— Depressa!

— Aonde?

— Para as bandas da Sé!

— Acudi!...

Estas vozes sinistras ecoaram dolorosamente n'alma já tão ulcerada de Estácio.

Ainda havia naquela cidade de desolação e luto, para ele viúvo de suas mais queridas afeições, um derradeiro amigo; e esse habitava justamente aquele canto, onde lavrava o incêndio. Tomou-o tal espanto e terror, que sem volver um olhar ao oratório, da varanda em que estava, ganhou a rua e seguiu a corrente do povo.

O incêndio era por detrás da Sé, e justamente na casa de Vaz Caminha.

O advogado, depois que Gil partiu, voltara a escrever; havia tempos que ele trabalhava com afinco na sua grande obra, que a promulgação das novas Ordenações Filipinas, em 1603, modificara profundamente, exigindo grandes retoques e aumentos. Depois da morte de D. Mência especialmente essa atividade do trabalho redobrara, e tornou-se quase uma febre.

Vaz Caminha tinha um pressentimento de seu fim próximo; não queria deixar o mundo sem concluir a obra que consumira a melhor seiva de sua vida, e representava uma das duas grandes dedicações de sua alma, a dedicação da inteligência, como Estácio tinha sido a dedicação do coração.

Sentia o pobre velho que exauria os últimos alentos naquele labor estrênuo; mas sorria-lhe a imortalidade de seu nome, e em holocausto a ela sacrificava de bom grado os poucos vislumbres de existência que ainda restavam.

Euquéria já estava no seu terceiro sono, e de cada vez que acordara, tinha vindo à porta do gabinete espiar pela fresta da porta o seu velhinho. Achando-o sempre debruçado sobre o telônio e a escrever e sobrelinhar o grande alfarrábio, ralhava:

— Acame-se, Sr. Vaz! Já os galos cantaram. Também é tentar a Deus!...

— Estava mesmo para isso, Euquéria. Antes que vos deiteis, ouvir-me-eis roncar.

A velha tornava resmoneando; e o bom do Vaz, sorrindo, afundava-se mais no trabalho; era já nas últimas folhas; breve veria o desejado fim, e selaria com uma cetraria a grande obra. Poderia então morrer tranquilo, legando a Estácio o cuidado de tirar da estampa o livro.

Um instante porém sua cabeça, esmorecida e pesada de sono, vergou. Era já por madrugada, e muitas noites havia que o velho passava em claro; a seu pesar pois a mão parou inerte sobre o volume, a fronte escaiu e pousou sobre o braço. A respiração doce, ainda que fatigada, resfolgando sonora, anunciou que o bom velho dormia.

De repente ele acordou sobressaltado, sentindo estranho calor no rosto; ergueu de chofre a cabeça, e ficou como fulminado.

A candeia, que alumiava o trabalho, estava mui próxima da parte já corrigida do volume; o morrão, desprendendo-se com alguns frocos de chama, caiu sobre as folhas, e as foi consumindo em mais de um terço até a capa de pergaminho.

Avaliando o estrago já produzido, vendo a obra de tantos anos de laboriosas investigações destruída por uma centelha, Vaz Caminha ficou estúpido, com os olhos pasmos e o movimento paralisado. Seguia o progresso da chama sem força nem vontade de extingui-la.

De que lhe servia que apagasse? Não estava sua obra já destruída, e com ela consumida a melhor porção de sua alma? Que ficava ele fazendo na terra depois que seu espírito, ali apurado com tanto afã, se partisse dela?

O incêndio propagou-se com rapidez. De repente Vaz Caminha recordou-se do testamento de Dulce a favor de Estácio. Ainda o tinha no bolso; era preciso salvá-lo para que chegasse às mãos do mancebo. Correu à porta, mas já o fogo a invadira de modo que não a pôde atravessar, refugiou-se então em um canto menos fustigado das labaredas.

A esse tempo era o incêndio senhor do edifício; o povo se aglomerava em torno, mas como sempre sucede, na falta de uma iniciativa, perdia-se o tempo em hesitações.

Reconhecendo que o fogo era na casa de seu velho mestre e amigo, Estácio foi presa de uma vertigem, e lançou uma pungente imprecação de angústia.

— Melhor é rir!... Já não tenho alma para sofrer!

Quis desprender dos lábios uma gargalhada convulsa, e os dentes lhe rangeram de raiva. Teve ímpetos de atirar-se contra aquela multidão que se agitava ante ele e trincar-lhe as carnes, para derramar sobre os outros essa desgraça tenaz que se lhe agarrava como uma lepra asquerosa.

Um homem veio a ele, que o avistara de longe. Era Bartolomeu Pires, o velho amigo do advogado, acorrido um dos primeiros à notícia do incêndio. Reconhecendo o mancebo, deitou-se a ele, e não só pela atração de uma dor comum; lembrou-se que pondo seus esforços à disposição de Estácio, cuja energia e decisão bem conhecia, talvez se pudesse ainda conseguir a salvação do bom doutor.

— Vinde, Sr. Estácio!... Tenho fé que chegaremos a tempo.

Foi como um impulso magnético, o que essa palavra de esperança produziu no mancebo; precipitou-se avante seguido pelo mestre de capela até a janela do edifício. Daí lançaram o olhar ansiado para a cratera de chamas que borbulhava dentro; um grito áspero de dor rompeu do seio de ambos.

No fundo do aposento já completamente invadido pelas chamas, via-se a estátua de Vaz Caminha em uma atitude eloquente e sublime. O velho erguia acima da cabeça a destra que segurava o testamento de Dulce, tentando salvá-lo em derradeiro esforço. Seus olhos cheios de angústia envolviam o papel que a chama enegrecia; impassível às torturas que sofria seu corpo já meio devorado pelo fogo, ele só lembrava-se nesse instante de salvar a herança do filho amado. Sua sensibilidade estava naquele papel mais que na sua própria carne.

Estácio se arrojara contra as chamas para salvar seu mestre; porém um bulcão de fumo e brasido, que irrompeu pela janela, o sufocou, rejeitando-o fora quase asfixiado. Mestre Bartolomeu, apoderando-se de uma lança, investiu contra o fogo para abrir caminho, enquanto o mancebo, dissipada a asfixia, voltou à carga.

Ouviu-se então um grande estrondo; o teto da casa desabou todo, e de um só jacto, sepultando sob suas ruínas os sobejos do edifício. Ao estrépito respondeu um clamor doloroso da multidão, que permaneceu estática e imóvel ante a horrível catástrofe.

Bartolomeu teve ainda resolução para deter Estácio que, não obstante o desabo do teto, se lançara entre as paredes vacilantes, pisando sobre uma grelha de brasas, para senão salvar, ao menos abraçar os restos queridos de seu mestre e amigo.

— Sr. Estácio!... Sr. Estácio!... gemeu o cantor.

— Deixai-me!... Não me impedi!...

— Mas ides matar-vos!...

— E que tenho eu mais com este mundo? replicou o mancebo em ira.

Nesse instante atravessou pelos ares um som lúgubre. Os sinos da Sé dobravam a finados, e já lhe respondiam os outros sinos das próximas igrejas.

A multidão, apenas recobrada da triste impressão de uma desgraça, era já assaltada pelo receio de outra.

Houve como um soçobro de espíritos naquela gente; imersos em si mesmos, sentindo os sons funéreos do bronze repicarem doridamente em seu íntimo, esperavam anelantes a certeza dessa outra catástrofe que estava plainando.

Súbito grupos e grupos se foram destacando da massa informe e correndo para as bandas da Sé. Após outros; afinal estabeleceu-se a corrente, que escoou ao longo da rua rumorejando:

— Tão moça e formosa!

— Nem a capela tirou!

— Que pena!

— Mais um anjo no céu!

— Castigo! Castigo!

— Não tinha que ver!

— Tão mal agouradas bodas, não podiam surtir bem.

Estácio ouvira o toque de finados e as vozes destacadas da gente com curiosidade indiferente e como uma diversão à sua angústia; mas de improviso soltou um grande gemido, e lançou-se após a turba.

Era para a casa de Cristóvão de Ávila que a multidão corria levada pela curiosidade. Ainda ali duravam as galas e luminárias da festa que de repente se trocara em luto.

A esta hora já os fidalgos presos no pavilhão tinham forçado a porta e derramavam-se pelas casas. Em vez de Cristóvão morto, grande foi a surpresa de D. Francisco encontrando sua filha a expirar.

Atravessando por entre a multidão, Estácio penetrou na câmera nupcial.

Estacou na porta.

Em frente, sobre o leito de veludo estampava-se no brocado azul da tapeçaria o formoso relevo do talhe de Inesita. Parecia que adormecera, reclinada suavemente sobre as almofadas.

O mancebo avançava, quando a figura pavorosa de D. Francisco de Aguilar assomou-lhe por diante:

— Retirai-vos, mancebo! Não insulteis minha dor!

Estácio curvou a cabeça ante aquela sagrada indignação e saiu do aposento. Alguns passos além sentiu que o estreitavam ao peito; firmou os olhos baços no vulto, e através da névoa do espírito reconheceu Cristóvão. Então com o gesto frio e compassado de um autômato desviou de si os braços do cavalheiro:

— Estácio!... exclamou Cristóvão.

— Um túmulo nos separa.

O cavalheiro sentiu o coração esmagado por esta palavra. O amigo tinha razão: ele era o assassino de Inesita; querendo salvá-la, a perdera.

— Uma graça me deveis, em paga de tanto mal. O espojo mortal de Inês vos pertence, porque enfim... a desposastes.

Esta última palavra o mancebo a arrancou do peito como uma convulsão.

— Seu esposo sois vós! exclamou Cristóvão.

— Reclamo de vossa lealdade o espojo de uma alma que me pertence.

— Tê-lo-eis.

— Quando?

— Na seguinte noite.

— Onde?

— Em São Bento.

Partiu Estácio. Na rua o Bartolomeu Pires chegou-se a ele e pôs-lhe nas mãos um objeto.

— Vossa caixa, Sr. Estácio.

Capítulo XXVI

Caía essa noite fatal que vinha tão prenhe de calamidades. Elvira, recostada na penumbra do balcão, engolfava-se em um melancólico cismar.

Acudiam-lhe à mente as doces recordações de seus puros e castos amores, quando o virgem coração começara a desbotoar como uma flor, à luz ardente dos olhos de Cristóvão. Lembravam-lhe as tímidas esperanças, os contínuos rubores, os desejos travados de sustos, todos esses desmaios do coração que anunciam a concepção do amor.

Mas a pouco e pouco iam-se apagando estas reminiscências vivaces, como se apagavam no horizonte os tons rubros e áureos do arrebol da tarde; sucediam tons mais carregados e sombrios; lembranças da luta que teve a sustentar com sua mãe para defender seu amor. Finalmente a luz esvaecia-se de todo; ao crepúsculo sucedia a treva do presente cheia de tristura e ermo de esperanças.

Era noite.

O espírito da donzela parecia acompanhar o declínio da luz no horizonte, e sofrer a influência da sombra no espaço. A mesma escuridão, que sepultava a natureza, enlutava agora sua alma.

Depois da tarde em que com generosa abnegação restituíra a Cristóvão seu juramento, a existência da donzela era essa: sair um instante do presente para logo após tombar nele e mais fundo. Era o transe do mísero náufrago; à custa de violento esforço surde à tona, braceja em vão, respira, entrevê o risonho azul do céu, e afinal de novo submerge-se.

Elvira estava excessivamente pálida, mas ainda assim formosa; sua beleza tinha certa diafanez que a assemelhava a uma linda imagem de cera, qual se adora nos altares. Uma semana havia que ela começara de sentir um estranho sofrimento. De repente fugia-lhe a vida, deixando seu corpo frio e exânime; após a vertigem ficava-lhe uma sensação inexprimível, como a aspiração interna de todo o seu ser, seguida de uma constrição profunda.

A donzela curtia consigo este novo padecimento; ela se habituara de há muito a sofrer só e sem queixumes. Desde que sua mãe uma noite vibrara o punhal que devia cortar o elo de seu amor, e abandonara a vis assassinos a existência de Cristóvão, interpusera-se entre ambas véu glacial como um sudário.

Um dia porém D. Luísa de Paiva surpreendera a filha presa da costumada vertigem:

— Que tens, Elvira?

— Nada, minha mãe.

— Estás sofrendo alguma coisa, que pretendes ocultar-me! replicou a dona com voz severa.

A donzela ergueu para ela um límpido olhar; mas sua voz era profunda.

— Confessei-vos piores coisas, senhora!

Depois acrescentou:

— Há dias sinto uma vertigem, que me vem de repente, e uma agonia dentro, como se me arrancassem as entranhas. Mas logo passa... Há de ser fraqueza.

D. Luísa estremeceu; logo se contendo, derramou pelos lábios um sorriso de cruel ironia. Elvira viu esse sorriso sem o compreender; sua alma porém agastou-se com ele, como a sensitiva.

— Sei o que isso é!... Careces sem demora de ser curada para que não cresça o mal, que então será sem remédio. Vou te preparar uma mezinha de muita virtude, que me ensinaram.

— Para que, minha mãe? Isto nada é.

A dona voltara tempo depois com uma beberagem, de que obrigou a filha a tomar alguns tragos; nos dias que seguiram repetiu a dose, que a donzela bebeu sempre com indiferença, insensível tanto ao amargo do remédio como ao benefício dele.

Nessa noite, apenas acenderam luzes, D. Luísa veio como de costume trazer à filha a taça com remédio. Elvira, perturbada em sua dolorosa cisma, mas não arrancada a ela, segurou a taça maquinalmente e levou-a ao lábio. Quando porém o líquido verteu a primeira gota, ergueu-se a donzela arrebatada e fora de si.

A cabeça levemente pendida à esquerda, como se inclinara o ouvido às palpitações do coração, os lábios entreabertos pelo forte anelo, o corpo convulso para dentro de si, tal foi a atitude de Elvira alguns instantes. De repente ela soltou um grande e pungente ai, levando a mão ao regaço; uma cólera grande que dormia no fundo de sua alma, desencadeou-se como uma procela.

— Não o haveis de matar! Quereis imolar o filho, como já imolastes a mãe ao vosso fanatismo! Mas Deus não consentiu. Ele acaba de revelar-me por uma influição de sua infinita misericórdia a existência de meu filho!...

D. Luísa de Paiva dardejou sobre a donzela um olhar ímpio:

— Bebe!... exclamou apresentando de novo a taça.

— Nunca!...

— Preferes a infâmia?

— Estou resignada, respondeu a donzela com humildade.

A viúva teve um instante os olhos cravados sobre a filha. Que mau pensamento ruminava ela naquele transe?

— Então para salvar este fruto do crime e da vergonha que trazes no ventre, não te importa macular o nome de teu pai e a virtude de tua mãe, de lançar sobre os que te geraram o desprezo e o escárnio de tua desonra?

— O crime foi meu; só eu serei punida!

— Assim devia ser, mas assim não é. O mundo dirá vendo-te passar: — É a filha de Afonso de Paiva, o honrado mercador, que tornou-se uma...

— Minha mãe!...

— Arrepia-te o nome? O povo o dirá não uma, porém mil vezes!

Sentiu Elvira irritar-se o coração contra aquela crueldade:

— Pois que repita!... Será maior o castigo, quanto maior for a vergonha! Tudo sofreria, e agora ainda mais, por meu filho.

— Por teu filho!... E esse mesmo, quando souber que é um bastardo, não te pedirá contas severas de tua virtude e de sua honra?

— Ah! exclamou Elvira ferida n'alma.

Sua mão chegou a estender-se para a taça; mas uma boa inspiração lhe desceu do céu, que retraiu o movimento e lhe orvalhou de sorriso e esperança o semblante angustiado:

— Meu filho terá um nome honrado e nobre!

— Qual?

— O de seu pai.

A viúva soltou um riso de mofa.

— Supondes que Cristóvão me abandonou? continuou Elvira. Pois sabei, minha mãe, que fui eu quem o absolvi de seus votos e a seu pesar, porque me julguei indigna de seu amor, depois de meu pecado, embora fosse ele a causa. Mas aceitarei para meu filho o que para mim recusei.

O riso escarninho da dama redobrou:

— De que rides vós, minha mãe?

— É verdade; não sabeis ainda! Ouvis este rumor de festa que anda lá fora? Nem suspeitais o que seja?...

— Acabai!

— São as bodas de vosso fiel amante D. Cristóvão de Garcia de Ávila.

— Meu Deus!

— E adivinhais com quem? Com vossa melhor amiga, a formosa D. Inês de Aguilar.

— Ah!

Elvira caiu fulminada sobre o estrado. Sua mãe, depois de a contemplar algum tempo, conhecendo que ela não carecia de socorro corporal, retirou-se, esperando tudo da situação em que deixava a donzela. Perdida toda a esperança de casamento, o único recurso, que restava, era o aborto; assim destruiria o obstáculo que sobreviera para impedir o cumprimento de seus votos.

Ergue Elvira a cabeça e circula o aposento com olhares esvairados. Não vendo a mãe, como que sua alma sentiu-se aliviada de um grande peso.

— Não é a primeira vez que ela me engana! Verei Cristóvão e lhe suplicarei em nome de meu, de nosso filho! Ele é nobre e generoso! Se porém for verdade... Se chegar tarde para obstar que seja esposo de outra...

Levantou-se resoluta:

— Não matarei meu filho, não!... Morrerei para que ele não nasça à vergonha e à desonra!

Rebuçando-se à pressa em escura manta, resvalou como sombra ao longo do corredor. Já corre na direção da cidade; passa a porta de São Bento; seu instinto a leva à Sé, cujo caminho conhece. Ela sabe que Ávila mora nas imediações, e espera poder orientar-se ali chegando.

A gente do povo, que concorria à casa do fidalgo para ver chegar os noivos, a guiou; quando o cortejo já aparecia no princípio da rua, Elvira sem dar fé, atravessou da outra banda e entrou na habitação de Cristóvão.

Esgueirou-se como um fantasma ao longo das escadas e deslizou pelos aposentos iluminados; de repente abriu-se diante dela uma porta, e seus olhos viram o leito nupcial ricamente adornado. Em torno as aias da noiva dispunham suas roupas de dormir sobre o coxim de veludo, e davam o último alinho à câmera festiva.

— Cristóvão!... Cristóvão!... exclamou Elvira arrojando-se no aposento, e recuando ante aquele aparato.

As mulheres, que ali estavam, volveram para a desconhecida com surpresa, depois se entreolharam rindo, e cochicharam da aventura.

— Não me direis onde encontrarei D. Cristóvão de Ávila?... Não é esta sua casa?

— Pois não estais vendo que é esta mesma? Onde o encontrareis?... Não vedes o povo que festeja os desposados?

— Os desposados!... Mas então já vêm da igreja?

— De lá saíram.

— Sois também das convidadas?

— Chegastes tarde para a cerimônia, mas a tempo para a ceia.

— Ai, Jesus, que foi?

Era Elvira que tinha caído desmaiada. O rebuço da manta desconcertou-se, descobrindo o rosto. Uma das aias reconheceu a amiga querida de Inesita; tomando-a nos braços, deitou-a sobre o leito, e cuidou de chamá-la a si.

Por este tempo entrava o cortejo. Os convidados eram conduzidos à sala da ceia, e corria a cena até o momento, em que se retirou Cristóvão depois de seu estranho pedido.

Saído o mancebo, a noiva querendo repousar um instante no camarim, pediu ao pai que a abençoasse. Apenas se viu livre do rumor e alegria da festa, a donzela derramou no pranto os sentimentos por tantas horas recalcados.

Durou pouco essa expansão. Logo enxugando as lágrimas, revestiu-se de uma expressão glacial.

— Enfim!...

Suas aias viram a mão gentil lançar pela janela um objeto diminuto, e apinharem-se os lábios como se libassem gotas de mel.

Entretanto a história da desconhecida, que se apresentara bruscamente, corria a casa, graças à indiscrição das aias. Em pouco não se falou em outra coisa, e o acontecimento, aliás natural, ainda que estranho, tomou logo o cunho supersticioso do tempo. Diziam que a desconhecida não entrara pela porta, mas saíra da parede, fendida para lhe dar passagem; outros, que era tão fria e gelada a mão, que arrepiava ao toque.

Assoalhando-se tais vozes, chegaram a Inesita que as ouviu das aias próximas. Inquirindo do motivo, veio ao conhecimento do caso estranho. As almas sucumbidas e já desertas de esperança, tanto se deleitam com as cenas de tristeza, como se afligem com o espetáculo da alegria.

Ergueu-se pois a desposada e foi ao camarim nupcial, impelida por vivos desejos de fugir aos folgares da festa, e de saturar-se ainda mais nas agonias dessa noite agourada, com a presença da desconhecida. A donzela quis entrar só na câmera.

Reviram-se as duas amigas sem grande comoção; ambas estas duas almas estavam flácidas de tanto sofrer. Dos lábios de Inesita escapou-se um leve rumorejo, como de um coração que se afoga no abismo; dentro do seio de Elvira soou o estalido da última fibra rota.

— Também tu, Elvira!...

Só então se lembrara a filha de D. Francisco do quinhão que tocara à amante de Cristóvão na desgraça comum. Para as naturezas privilegiadas a felicidade é pródiga; a dor egoísta.

— Vinha buscar o pai de meu filho; roubaste-o, Inês. Peço-te eu agora somente mãe para o mísero, pois esta, roubou-a ele, teu esposo!...

— Filho!... balbuciou a donzela espavorida.

Elvira, com a sublime impudência da agonia, abaixou ao regaço um olhar morto:

— Se o não amparardes, levá-lo-ei comigo. O ódio de minha mãe o matará antes de nascer.

Compreendeu Inesita que havia nesse abismo, a que fora precipitada, voragens ainda mais profundas. Correu para a infeliz amiga; cingiu-a nos braços e envolveu-a de ternura e consolo.

Abriu-se com este tépido calor o seio de Elvira, e verteu no coração da amiga as lágrimas e soluços ali condensados durante tão longos dias e curtidas noites. Tudo referiu, tudo e com a ingenuidade da inocência. A santidade desse martírio da virtude era tanta, que o anjo decaído nada velava, e o anjo exaltado não enrubescia.

De repente houve em Inesita um sobressalto. Sua alma recaíra na realidade esquecida. A dolorosa expressão, que a vendava, dissipou-se; sorriu, e desse sorriso derramou-se por toda sua pessoa uma aspersão de luz. Dir-se-ia que o céu já lhe flutuava em torno.

— Abençoada seja esta minha pena, pois trouxe ela vossa ventura, Elvira!

Elvira não compreendeu.

— Sereis esta mesma noite esposa de Cristóvão! disse Inesita.

— E vós? acudiu a donzela esvairada. Que sereis vós, Inês?

— Serei a que foi.

— Quereis sacrificar-vos por mim?

— Prometi-me a Estácio no túmulo, pois não pude ser dele em vida. Tenho já a morte dentro de mim; ela me advertiu neste momento. Esperai-me; breve tornarei com vosso esposo.

Antes que Elvira pudesse opor-se à resolução, a donzela saiu em busca de Ávila, a quem mandou aviso por um pajem. É já conhecido o que passou na sala até o momento da brusca desaparição de Estácio.

Cristóvão retido por Inesita, a olhava estupidamente; o sentimento da realidade lhe escapava:

— Era Estácio que ali estava! repetiu ele esvairado.

— Breve o tornarei a ver!... Não sabeis vós para onde foi ele deste passo? Sei-o eu; vai encontrar-me no céu.

— Ah! exclamou o mancebo, sacudindo a opressão. Ainda o amais?...

— Não se trata já de Estácio nem de mim, senhor, que não somos deste mundo, mas de vós e de Elvira.

— E por que não partiremos nós também convosco?

— Não podeis, não. Vosso filho já vos prendeu à terra.

— Meu filho!... Meu filho!... Que vozes são estas, senhora?...

— Vinde!

— Aonde?

— A vossa câmera nupcial. Em vez do cadáver, que vos esperava, achareis a esposa abençoada do céu que se perdeu para não perder-vos. Não compreendeis este sublime sacrifício?...

— Nada compreendo.

— Elvira se condenou à maldição, porque era o meio de se unir eternamente ao seu amado. Vinde, que ela vos dirá tudo.

Momentos depois Cristóvão estava aos pés de Elvira e dela ouvia a plena confissão do suicídio de sua castidade.

Capítulo XXVII

O fogo lavrava ainda na casa que fora do bom Vaz Caminha.

Sem desígnio, trazido por uma espécie de atração, voltara Estácio direito ao lugar do sinistro, então deserto. Perdida a esperança de salvar o advogado e aplacada a curiosidade selvagem da turba, cada um tratara de recolher.

O mancebo entrou pela portinha do quintal, como outrora, durante a infância, nas diurnas visitas que fazia a seu padrinho e mestre. No horto, próximo ao oitão, estava a cacimba, em cuja borda de tijolo o velho doutor, quando saía fora por tarde, costumava sentar-se.

Estas recordações da infância flutuavam entre a dor na alma do mancebo, como as ondulações da sombra no seio de uma treva espessa. Eram raios de

242

mel, tênues e sutis, que mais contrastavam o amargor do presente.

Tempo esquecido esteve ali sentado à beira do poço, já recordando o passado, já contemplando com uma curiosidade incompreensível o jogo das chamas sobre as ruínas do edifício. Essa labareda, a crepitar alegremente, a espreguiçar-se em ondulações voluptuosas, o estava enamorando. Como que a flama lhe abria os braços sensuais; e desfazia-se já em carícias para recebê-lo. Ferviam ali sorrisos em brasa, beijos em combustão para o consumirem num só e rápido afago.

Ainda o mancebo ergueu-se para acudir ao aceno da labareda palpitante; mas o reteve uma lembrança. Desejava contemplar ainda uma vez a beleza material daquela que tanto amara em vida.

Com o movimento, que fizera para erguer-se, caiu um objeto, e produziu rumor. Há no meio das dores acerbas, curiosidades frívolas, sintomas de uma caducidade moral. Estácio foi presa de um impulso igual: ergueu o objeto, que examinou atenta e minuciosamente. O que era? Como ali se achava?

A pouco e pouco as reminiscências espedaçadas se foram reatando; lembrou-se vagamente da imagem encanecida do P. Molina e das palavras que ele proferira entregando-lhe o cofre. No começo a cena se desenhou como um quadro secular despregado dos muros de vetusto castelo; depois avivou-se ao pungir dos recentes golpes. Revistando o cofre, viu o mancebo uma pequena chave pendente; experimentou-a no fecho; deu a volta; abriu a tampa.

Um jorro fulgurante de límpidas centelhas esguichou de dentro, e deslumbrou a vista de Estácio. O cofre estava cheio de grandes diamantes; havia ali encerrada, naquele estreito vão de algumas polegadas, uma riqueza estupenda. Mais uma ironia amarga da fortuna, que o esbofeteava assim com a opulência, quando dela não carecia, havendo antes, nos dias da ambição, nas horas de esperança, abatido seu pundonor com a carranca da indigência!

Estácio já não pertencia à terra; suas núpcias eram do túmulo; o himeneu de sua alma com a de Inês devia celebrar-se no céu. Lá há as galas da bem-aventurança e as irradiações da luz divina; não se carecem das chispas e do brilho material. Ninguém mais lhe restava na terra a quem fazer dom de tamanha riqueza; todas as suas afeições tinham voado para o seio do Criador a esperá-lo; e uma, uma das mais queridas, estalara com violência.

Entretanto murmuravam os lábios do mancebo:

— Ímpia sorte!... Devias conhecer-me, pois desde a infância contigo luto!... Queres depravar-me o coração acendendo nele a cobiça!... Pudesse eu, que dispersara com um sopro todo este imenso tesouro por ti acumulado!...

Uma lembrança atravessou o espírito de Estácio. Ouvira outrora no pátio uma renhida controvérsia sobre a combustão do diamante, então simples conjetura dos sábios que só mais tarde foi verificada por experiências repetidas. O mancebo aproximou-se do edifício incendiado: a parede do oitão, de todo desmoronada, descobria o ladrilho do que fora gabinete de Vaz Caminha.

Encheu Estácio a mão de diamantes e atirou-os sobre aquele pavimento abrasado; umas após outras, lá foram as riquezas que encerrava o misterioso cofre. A todas devorou o incêndio em poucos instantes: o carbônio, que se cristalizara no seio da terra, volatilizou-se ao fogo e derramou-se na atmosfera.

Naquela noite, os viventes, que habitavam por aí acerca, respiraram um ar miasmático impregnado dessas exalações milionárias.

Contaram depois alguns mesteirais, saídos na madrugada para a tenda, que viram Estácio adormecido na relva do horto, com a cabeça sobre o parapeito do poço. Ao sair do sol, porém, lá não era já. Foi essa a última memória que houve na cidade do Salvador do infeliz mancebo. Muita vez pelo tempo adiante deu ele matéria para longas práticas às velhas comadres baianas; muita suposição se fez; certeza de seu fim desgraçado, porém, nunca houve.

O seguinte dia foi de tristeza para a cidade do Salvador. A fidalguia naqueles tempos não tinha somente o privilégio da riqueza e fausto, nem somente enfeudava as festas e gozos da vida. Arrogava-se também a tirania fúnebre do luto. Quando se finava alguma existência da nobreza, o nojo não ficava na família, nem mesmo na classe; a plebe devia participar dele, e sentir as penas e mágoas dos grandes.

Desde a alvorada que os sinos de todas as igrejas começaram a dobrar por finados e continuaram sem interrupção. Se alguma suave flor de alegria despontava nesse dia algures pela cidade, em casa de pobre, logo a finava o bafejo fúnebre que passava. O som vibrante do bronze traspassava o coração e nele vertia o pesar e o susto.

Nesta ocasião, porém, o luto da cidade do Salvador não é uma opressão da fidalguia; rebenta espontâneo d'alma do povo. Não há quem não pranteie com lágrimas sinceras a donzela infeliz, arrebatada na flor de sua idade e beleza. A esta lástima acrescem as suspeitas sinistras sobre o infausto passamento da noiva, e também o terror pela nova, ainda vaga, mas exagerada, das outras catástrofes dessa noite angustiada.

Durante o dia não se viam nas ruas senão grupos de gente merencória, de passo arrastado e vozes soturnas. Praticavam em tom submisso do caso desventurado; uns conjeturando sobre as causas do fato; outros discorrendo sobre a pompa do saimento. Depois se dispersavam cabisbaixos para se formarem além em outra roda. Entanto cruzavam em diversos sentidos oficiais mecânicos, atarefados com a armação do catafalco e essa, assim como da armação da casa de Cristóvão.

Caiu enfim a noite.

A rua, da Sé chamada, onde era a casa de Cristóvão, estava a não poder de gente. O popular curioso de assistir ao fúnebre saimento, rebentava de uma e outra banda. Vinham chegando as confrarias dos Defuntos, da Misericórdia, e outras com seus guiões na frente. Compareceu o Governador

D. Diogo de Menezes, sua comitiva, e os mais oficiais de El-Rei.

Já o préstito se alinhava pela rua além.

Nesta ocasião o fluxo e refluxo da multidão aproximou duas pessoas que ali estavam imóveis para assistir ao triste espetáculo. Uma delas deve ser Zana, a feiticeira, envolta em seu longo tabardo vermelho, coberto de figuras cabalísticas. A outra mostra apenas o vulto de um cavalheiro, coberto de negros arneses e viseira caída. A espada lhe bate o flanco; esguia e longa adaga cruza a cinta; apoia o braço esquerdo sobre alto e pesado montante.

Quando a bruxa, impelida pela lufa-lufa, bateu contra o ombro do cavalheiro, este abaixou para ela um olhar lento e inerte; enxergando-a, porém, sentiu alguma emoção, que se revelou por ligeiro sobressalto. Seu guante cerrou com ímpeto o braço da mulher.

— Bruxa de Satanás!... rugiu uma voz cava. Estais satisfeita! Vindes ao repasto dos mortos, como vampiro que és!

A feiticeira estremeceu:

— Perdão, cavalheiro, se vos ofendi. Mas Deus me fulmine se foi por meu querer. Nem sequer entendo as vossas falas!

A voz, que estas palavras proferiu, era suave como uma dulia; mas sentia-se nela, como em um favo de mel, laivos da dor causada pelo guante.

Os dedos do desconhecido afrouxaram; seu tom, sempre amargo, se tornou mais natural:

— Já te não lembras do agouro no dia de Ano-Bom, na Praça de Palácio?

Zana retorquiu vagarosamente e depois de uma pausa:

— Mal me quereis, cavalheiro, porque a sina vossa trouxe-vos a tamanha desventura; e não pensais que possa haver maior?

— Impossível!

— Nunca amastes, cavalheiro, senão saberíeis qual seja a maior angústia do mundo. Sei-o eu, que amei e amo, e não acabarei enquanto primeiro me não acabar este amor. É ver-se desdenhada, e quem sabe?... curtir o tormento de ser possuído de outra o objeto de seu carinho, por quem se estremece! Esta sim, é angústia, que a de chorar morto o querido de nossa alma chama-se, a par com ela, a bem-aventurança!...

Sob a viseira estalou um soluço. A feiticeira unia-se ao flanco do cavalheiro, suspensa na ponta dos pés, para lhe alcançar o ouvido.

— A virgem que ali está finada, esta é feliz; já não sofre. Matou-a o remorso, ou o castigo?... Ninguém o sabe. Se ela vivesse, seria esposa de outro, que não o primeiro escolhido de seu coração; trairia as juras de seu amor. Pensais que o esposo seu d'alma desejasse, se aqui estivera agora vê-la ressuscitada?

— Não turbai, mulher, o repouso de quem já não é deste mundo. Morto sou; tem-me ainda à terra, mas por minguadas horas, um voto santo.

— Nada mais então vos prende ao mundo? perguntou a feiticeira.

Nesse momento saiu fora da casa o esquife; era coberto de damasco branco franjado de ouro; conduziam D. Diogo de Menezes e os principais da fidalguia baiana. Na porta estava um alto e suntuoso catafalco, guarnecido de veludo roxo e negro com franjas também douradas e galões de prata. Colocado o esquife sobre a cornija do pedestal, pôs-se o préstito em movimento. Os mordomos alinharam suas confrarias; e as carpideiras entoaram as estrepitosas lamentações.

Dirigiu-se o séquito à Igreja de São Bento, onde tinha sepultura a família do Senhor D. Cristóvão de Garcia de Ávila.

Dez horas eram dadas quando terminaram na igreja os ofícios fúnebres; o popular derramou-se pelas ruas adjacentes; a família voltou acompanhada dos parentes e amigos; só Cristóvão se demorou na igreja para dizer à sua esposa o extremo adeus. O lugar ficou escuro e ermo.

Um vulto se aproximou então da porta lateral do convento, e quedou-se aí à espera. Com pouco abriram de dentro, e outro vulto assomou. Este último apresentou ao primeiro objeto mínimo, e murmurou estas palavras:

— Restituo quanto vos pertence. Não era assim que eu esperava...

O outro estreitou-o com veemência ao peito:

— A dor me fez injusto ontem. Venho do túmulo pedir-vos perdão!

Por algum tempo sussurraram as palavras do colóquio estranho. Afinal as mãos se travaram uma derradeira vez; e o vulto, que saíra de dentro, sumiu-se longe na escuridão da noite. O que chegara, penetrou no templo; antes porém de entrar arrojou de si as armas que trazia.

Chegou à sacristia; estava ali um velho, leigo do convento, que despertou da modorra ao som dos passos nas lajes do corredor.

— Podeis recolher, bom velho. Amanhã virão para selar a catacumba; não consenti que levantem a lápida!...

No centro da igreja se achava o catafalco rodeado dos tocheiros. Um frade estava ajoelhado próximo, que ao rumor de passos se ergueu e sumiu na capela-mor. Hirto e lento subiu o desconhecido os degraus da essa; no último caiu de joelhos. A chave de ouro, que trazia cerrada na destra, rangiu; e as abas do esquife abriram-se em par.

Inês parecia adormecida. Nunca a formosa donzela ressumbrara meiga serenidade, como neste sono tumular. Era sua própria e mimosa estátua em vida; mas talhada em frio alabastro. O cavalheiro tomou-lhe a mão gelada:

— Nada já nos pode separar, minha Inês. Agora somos um do outro; juntos dormiremos no mesmo jazigo e juntos acordaremos no céu, entre os anjos, que te esperam, esposa minha, para coroar-te de rosas imaculadas.

Sentiu o cavalheiro que lhe travava da mão pendente outra mão débil. Voltou o rosto; a feiticeira estava de novo com ele, ajoelhada no degrau inferior, em atitude suplicante.

— Que me queres tu ainda?

— Trago-te a vida de tua amada.

O cavalheiro ficou transido e estático.

— Também eu te amei, porém tarde. Inês já possuía teu coração. Um dia quando a destinaram a outro, quis saber se ela era digna de ti, e achei-a qual eu fora. Jurou que a morte a arrebataria aos pés do altar para restituí-la ao seu escolhido. E eu tive forças de jurar-vos, também em minha alma, que a ressuscitaria para o vosso amor.

O capuz do manto escarlate desconcertou-se, deixando ver à luz dos círios um rosto formoso.

— Raquel! proferiu o cavalheiro.

— A vida de Inês aqui está! exclamou a judia mostrando um frasquinho de ouro.

— Dai-me!

— Dar-te-ei, Estácio, mas em troca me voltareis o preço.

— Quereis meu sangue?

— Nem uma gota dele. Reclamo este esquife...

— Raquel!

— Pertence-me, pois não sou amada.

Nos solenes momentos a alma não divaga, mas se incrusta nos vocábulos breves que lhe escapam. Estas frases lapidárias entram no espírito como inscrição buriladas. Proferindo a última palavra, não deu Raquel nem à voz, nem ao gesto, a mínima ênfase; mas Estácio reconheceu ao toque de seu coração a imutabilidade daquela resolução. Braços estringidos no peito e cabeça derrubada, permaneceu algum tempo imóvel. Afinal ergueu-se:

— Vivereis ambas, e acabe eu que de nenhuma sou digno!...

Atirou-se Raquel aos pés do cavalheiro, abraçando-lhe os joelhos.

— Não; não há de ser assim. Tomai; que ela respire e... adeus.

Estácio a cingiu ao peito quando já fugia, e pousaram seus lábios na fronte da bela judia.

— Vivei, Raquel, eu vos suplico, para doçura da minha felicidade.

— Sim, viverei, pois me prendestes à terra. Adeus, sede feliz.

Partira a judia. Estácio tímido agora ante a esperança e a decepção, vazou o líquido no lenço que pouco antes cobria o rosto da virgem; e trêmulo deu-lhe a respirar a droga sutil. Uns laivos róseos se derramaram pelas faces da donzela; arfou-lhe o seio.

Inês vivia.

O mancebo, arrancando-a ao esquife, foi com ela nos braços sentar-se ao estrado da capela. Instantes depois entreabriu Inês as pálpebras e seu primeiro olhar embebeu-se das vistas de Estácio. O sorriso dos anjos lhe orvalhou o semblante:

— Graças, meu Deus, por haverdes ouvido minha oração. Encontrei-o no céu, ao esposo de minha alma. Vossa infinita bondade nos uniu!... Falai-me, Estácio!...

— Deus nos uniu ainda na terra, onde estamos, Inês minha.

— Na terra... Mas eu morri.

— Não, pois estais em meus braços. Dormistes desde ontem.

— Então, exclamou a donzela com pavor, sou a desposada de...

Estácio a atalhou:

— A desposada de D. Cristóvão e filha de D. Francisco, a Senhora D. Inês de Aguilar, ali repousa naquele esquife e breve dormirá no jazigo dos seus. Tu és a minha esposa, a minha Inês, que Deus me envia do céu.

— É verdade, eu desci do céu, e para ser vossa. Vinde, que Deus nos abençoe.

Os dois amantes ajoelharam às abas do altar-mor para orar. De repente uma sombra resvalou; e um sacerdote assomou ante seus olhos surpresos. À débil luz dos círios distantes reconheceram no rosto macerado do monge as feições de D. Fernando de Ataíde.

— Deus me envia para abençoar a vossa união, meus filhos.

Tomando as mãos dos amantes, uniu-as sob a estola e proferiu as palavras do sacramento. Sentiram os esposos úmida a mão do monge e pensaram fossem gotas de água benta; eram lágrimas silenciosas a furto arredadas.

Na manhã seguinte a canoa de Esteves saía barra fora; iam nela uma dama embuçada e um cavalheiro desconhecido.

Nessa mesma hora velejava um navio mar em fora; e além, nas ribas alcantiladas, o vulto de um monge transmontava a serra. Levava o navio Raquel e seu pai, que abandonavam para sempre as terras do Brasil. O vulto do ermitão levava ao deserto a grande alma do P. Molina.

Epílogo

Há bem pouco tempo ainda, viam-se nas cercanias da linda Baía de Camamu, as ruínas de uma capela, que ali existira em eras remotas sob a invocação de São Gil.

Um ano havia decorrido desde o passamento de D. Inês de Aguilar. Eram sete horas de uma bela manhã de primavera; árvores em flor, céu em gala, pássaros em alegres descantes, nada faltava à festa da natureza. O sino da capelinha tangia alegremente, e o âmbito do pequeno templo cheio da luz do sol, que embranquecia o clarão dos círios, semelhava um céu estrelado em noite de esplêndido luar.

Estavam na igreja duas pessoas. Uma era Frei Fernando de Santa Violante, que depois de acender os círios e vestir o altar, subira ao coro para tanger a campa. A outra era a recolhida, Soror Joana, ocupada em varrer o chão de ladrilho.

A ermida era nova, de fresco concluída. Dizia-se na aldeia vizinha que a mandara construir de seu bolsinho a Soror Joana, em virtude de um voto que fizera.

Aos lados viam-se os dois eremitérios isolados, onde viviam em clausura, a devota, servente da casa de Deus, e seu irmão Frei Fernando, capelão da ermida.

Poucos instantes depois, pelo caminho que desembocava em frente, apareceu um grupo de seis pessoas, onde havia pompa de mocidade e formosura, mas simplicidade extrema de traje. Estácio conduzia Inesita e

Cristóvão a sua bela esposa, D. Elvira de Ávila. Seguia-se Gil, carregando ao colo uma linda criança, filha deste último par. Ao mesmo tempo, da outra banda, chegava João Fogaça, que trazia pelo braço a sua Mariquinhas dos Cachos.

No mesmo navio, que levara Raquel, partira para Europa Fr. Fernando: ia a Roma cumprir a promessa que fizera a Estácio de obter do Santo Padre a anulação do casamento de Inesita. Chegara, havia apenas um mês, com o breve do Papa.

Cristóvão e Elvira, unidos desde muito, só então souberam da existência de Estácio e Inesita, que supunham mortos e sepultos na mesma campa. Viviam, noivos irmãos, esperando a santificação do seu amor.

O monge ratificou os sacramentos anteriormente celebrados, unindo desta vez em legítimo matrimônio os dois casais. Todo o tempo da cerimônia reinou na ermida profundo silêncio; terminada ela, a Irmã Joana derramou sobre a cabeça dos noivos um açafate de rosas.

Apenas saíram as pessoas, o monge e a recolhida se estreitaram ao peito. Foragidos do mundo, escorjados da desventura, esses dois infelizes se abrigavam no seio um do outro. Desde esse instante foram verdadeiramente irmãos.

Entanto o grupo de amigos se dirigia entre o arvoredo à modesta, mas graciosa habitação de Estácio situada à margem de um rio, que a abraçava carinhosamente formando uma quase ilha, do feitio de coração. Um poeta do tempo não deixaria escapar esta circunstância para dela tirar um conceito de madrigal. Se o amor reside no grande músculo humano, sem dúvida aquela mansão do amor devia ter essa forma.

Estácio e Inesita separaram-se um instante dos amigos e penetraram no interior da habitação; aí estavam D. Francisco de Aguilar e sua mulher D. Ismênia, que viera carregada em liteira. Tinham vindo incógnitos para abençoar a filha ressuscitada. Foi tudo quanto a ternura obteve do orgulhoso fidalgo castelhano; para o mundo sua filha estava realmente finada.

Depois da bênção paterna, partiu o fidalgo com sua mulher às ocultas, como tinham vindo. Os primeiros eflúvios do santo amor conjugal dissiparam a sombra melancólica na fronte de Inês.

Elvira também era feliz. Mas como a rosa, cujo seio pungiu a antena de um inseto, a flor de sua felicidade tinha uma nódoa que só o tempo devia apagar.

FIM DO TERCEIRO VOLUME E FIM DE "AS MINAS DE PRATA"

Also available from JiaHu Books:

O Guarani – José de Alencar
Iracema – José de Alencar
Ubirajara – José de Alencar
Mensagem – Fernando Pessoa
Livro do Desassossego – Bernardo Soares
Eurico, o Presbítero - Alexandre Herculano
Os Maias (Livro Primeiro e Segundo) - José Maria de Eça de Queirós
Os Lusíadas - Luís Vaz de Camões
Cantares gallegos - Rosalía de Castro
Canigó - Jacint Verdaguer
Terra baixa - Àngel Guimerà
L' Atlàntida - Jacint Verdaguer
Il Principe - The Prince - Italian/English Bilingual Text - Niccolo Machiavelli
The Social Contract (French-English Text) - Jean-Jacques Rousseau
Lettres persanes/Persian Letters (French-English Bilingual Text) - Charles-Louis de Secondat Montesquieu
What is Property? - French/English Bilingual Text - Pierre-Joseph Proudhon

www.ingramcontent.com/pod-product-compliance
Lightning Source LLC
Chambersburg PA
CBHW030134180626
46812CB00002B/687